à Lou-Anne

Second tercio

Ma mère avait démoli tous les types qu'elle avait rencontrés. Où était le problème ? Pour ma part, l'annonce de son troisième mariage m'avait à peine arraché un sourire, de bon matin, après que Lisa m'eut demandé si je connaissais la meilleure. La lettre venait d'Italie. Cela m'avait rappelé que j'avais une veste Giorgio Armani à récupérer chez le teinturier.

Je ne comprenais pas pourquoi mon grand-père le prenait si mal, tout d'un coup. Derrière les portes de son bureau, nous l'écoutions grogner, Anton et moi. Lorsqu'un objet volait en éclats sur le sol, Anton grimaçait en hochant la tête, agitant la main comme s'il tenait un éventail.

— Mais enfin, quelle mouche le pique... ? ai-je murmuré.

En guise de réponse, Anton m'a regardé fixement. Il y avait, en plus de l'acuité, une sorte de sombre amusement dans son air. Sans doute s'interrogeait-il sur mes capacités à affronter mon grand-père dans un moment pareil. Mais comme je me fichais de ce qu'il pouvait bien penser, j'ai tourné les talons.

Je suis revenu plus tard, à cause de cette histoire que j'avais eue avec l'un de mes professeurs. Il faisait une chaleur épouvantable. Nous n'étions qu'en juin, et pourtant l'on craignait déjà des incendies dans la région. Tous les propriétaires de forêts étaient de mauvaise humeur. Et ma mère avait choisi ce moment pour convoler.

— Où est le problème... ? ai-je demandé à Anton que j'avais rejoint dans la salle de gymnastique. Dans six mois, il sera au tapis... alors qu'est-ce que ça peut bien faire... ?

Anton travaillait ses bras à la barre fixe. Il n'était pas d'une musculature hors du commun mais son corps dégageait une étrange impression, comme s'il n'avait pas été de chair et de sang mais d'une matière beaucoup plus dure, trafiquée de l'intérieur.

— Ton grand-père est toujours dans son bureau, m'a-t-il répondu en poursuivant ses tractions.

— Tu veux dire que c'est mauvais signe ?

Je lui ai tourné le dos et me suis approché de la baie qui donnait sur le jardin. J'ai observé un instant le jet d'eau du bassin qui s'élevait dans la lumière, jusqu'à ce qu'un sentiment de capitulation m'envahisse. Puis Anton est apparu à mes côtés, se frictionnant le crâne dans une serviette-éponge.

— C'est moi qui ai pris la communication, ce matin. Ton grand-père n'est pas au courant. J'ai pensé que tu aimerais mieux lui expliquer toi-même comment tu t'es démerdé pour envoyer un prof à l'hôpital...

Il m'inspectait du coin de l'œil, en souriant, mais je n'allais pas passer mon temps à raconter cette histoire. J'allais devoir la débiter à mon grand-père dans un moment, cela me suffisait bien assez.

— Mais qu'est-ce qui le rend furieux... ? Dans six mois, ma mère aura envoyé ce type à la casse, tu le sais aussi bien que moi... !

— Mmm... En attendant, tu es viré de l'école. Jusqu'à ce qu'ils aient pris une décision.

Mes conversations avec Anton m'ont toujours laissé sur ma faim. Je ne savais pas pourquoi je m'entêtais à lui demander quelque chose. Même les Russes, en 52, n'ont pas réussi à lui arracher un traître mot.

La maison était silencieuse, sombre et presque fraîche malgré des épis de lumière suspendus aux volets. En direction de l'office, j'ai fait signe à Arlette de ne pas se déranger, que je ne voulais rien. Je suis resté un moment au milieu du salon. Puis je me suis calé dans un fauteuil, espérant qu'il allait me trouver plongé dans *Mort dans l'après-midi* que je venais de rafler sur un guéridon, mais je savais que je n'aurais pas cette chance. Une bouffée de rage m'a envahi l'esprit en pensant à ma mère. Je sentais que ses conneries allaient retomber sur moi. Je me suis caressé l'oreille droite. J'en avais perdu la moitié supérieure, lors d'un accident, et la partie qui manquait me démangeait lorsque ça n'allait pas. Ma mère avait bien une douleur à l'ovaire qui se réveillait trois jours avant la pluie.

En général, Victor Sarramanga, mon grand-père, avait les yeux bleus. S'ils viraient au gris, je m'arrangeais pour ne pas être dans les parages. Mais il me tournait le dos quand je suis entré.

Bien souvent, je me dégoûtais lorsque je me tenais devant lui. Je ne me reconnaissais pas. Ou peut-être découvrais-je un côté de ma nature qui ne me plaisait pas du tout. Plus jeune, je tremblais réellement s'il en avait après moi. Posait-il ses mains sur mes épaules, ses yeux enfoncés dans les miens, que j'étais pris de panique, prêt à m'effondrer sur le sol. Ma mère ou mon père venaient à mon secours, lui reprochaient de me faire peur alors qu'il n'avait même pas élevé la voix. J'étais pourtant celui qu'il préférait, et je le suis encore, mais cela ne m'a pas guéri. Il n'y a personne au monde que je craigne autant que mon grand-père. Et ce n'est pas physiquement que j'ai peur de lui. Non, il n'y a pas d'explication à ça.

Enfin bref, il a fini par lever les yeux sur moi. J'ai remercié ma mère de tout mon cœur.

— Mani, ce n'est pas le moment. Qu'est-ce que tu veux... ?

— Je suis renvoyé de l'école. J'ai bousculé un professeur. Il est tombé par la fenêtre.

— Écoute, Mani... Je ne suis pas d'humeur à plaisanter.

Ma seule victoire, avec le temps, était que je ne tremblais plus de tout mon être mais simplement de l'intérieur, d'un endroit si profond en moi que pas un de mes cils ne bougeait, pas un signe ne trahissait la crainte sur mon visage. C'était ma seule consolation. Que je payais, après coup, par d'abominables crampes d'estomac, quand je ne finissais pas le pantalon en bas des jambes, plié en deux dans les W.-C., secoué par de tristes coliques.

J'avais sans doute la pâleur, la rigidité symptomatique d'une personne qui ne plaisantait pas. Sans me quitter d'un œil, il a contourné son bureau, y a posé une fesse en se penchant vers moi. Je pouvais sentir son haleine, la lotion qu'il s'appliquait sur les joues. Comme si une ombre m'engloutissait.

— Très bien, Mani. J'aimerais que tu me donnes quelques détails...

Mon insolence, disait-elle, mon sourire qu'elle m'obligerait à ravaler... Et je voyais bien, cette fois, qu'elle allait lever la main sur moi. Mais je n'allais rien ramasser du tout. Je savais depuis longtemps que nous en arriverions là et nous nous y étions préparés tous les deux. Il y avait quelque chose qu'elle tentait d'atteindre, à travers moi, qui nous dépassait. Une semaine plus tôt, à la cafétéria, elle avait renversé du café sur ma veste. Je lui avais dit d'aller se faire soigner. Et à présent, il y avait toutes ces copies que j'avais envoyées en l'air et elle avait bondi sur moi. Ensuite, j'avais retenu sa main tout près de mon visage. Tout son corps s'était tendu. Alors je l'avais repoussée un peu fort et elle était passée par la fenêtre.

Comme il ouvrait des yeux ronds, je me suis empressé d'ajouter que la salle se trouvait au rez-de-chaussée. Mais qu'elle s'était tout de même cassé un bras.

— Je suis furieux contre toi, Mani..., a-t-il déclaré après un long silence. Mais je l'aurais été davantage si tu t'étais laissé faire...

Il m'a frappé en pleine figure, une telle gifle que j'en ai perdu un instant l'équilibre. Mais je me suis retenu de porter ma main à ma joue et me suis redressé.

— Tu l'as mérité, mon garçon..., a-t-il poursuivi d'un ton calme. J'aurais sans doute agi comme toi... et mon père m'aurait tenu ce langage et corrigé de la même façon.

Et il m'a frappé encore une fois, m'ouvrant à moitié la lèvre, me coupant le souffle.

Puis il m'a tendu son mouchoir.

— Très bien. Je vais arranger ça avec ton école... Je te verrai plus tard.

J'aurais aimé le regarder dans les yeux avant de faire demi-tour, mais je n'ai pas pu.

Nous habitions à l'autre bout de la propriété, ma sœur et moi, ainsi que ma mère lorsqu'elle n'était pas en voyage, en lune de miel, ou collée dans les draps d'un hôtel avec un type entre les jambes. La maison avait appartenu aux Sainte-Marie, les premiers beaux-parents de ma mère. De la ferme d'origine, il ne restait que les murs, et un grand potager, à l'arrière, flanqué d'une remise, caché par une rangée de thuyas. Pour le reste, il n'avait pas fallu moins de trois décorateurs pour satisfaire aux goûts d'Éthel Sarramanga, ma petite maman chérie. Je pensais à elle, allongé au bord de la piscine, la tête encore sifflante et l'estomac noué. Je me demandais ce qu'elle avait fabriqué en Italie, quelle folie l'avait poussée à épouser un autre homme. Trouvait-elle que ces quatre années, depuis son deuxième divorce, avaient été trop calmes, trop faciles, est-ce que c'était la guerre avec mon grand-père qu'elle voulait ? Si c'était le cas, elle avait gagné.

Je me suis laissé tomber dans l'eau avec la rage au cœur Pourquoi ne s'étripaient-ils pas tous les deux, une bonne fois pour toutes ? Je voulais bien fournir les couteaux, les rasoirs, les haches et refermer le caveau sur leurs têtes. J'allais avoir dix-huit ans au début de l'automne. Je me voyais bien atteignant ma majorité sans la moindre famille au monde. C'était même tout ce que je souhaitais.

J'étais à peine sorti de l'eau que Mona m'a apporté le téléphone.

— C'est votre mère…, m'a-t-elle dit.

Le ciel rougeoyait. Je me suis couché sur le dos, les yeux grands ouverts.

— Éthel ?

— Mon chéri ! Comment vas-tu ? Avez-vous reçu ma lettre… ?

— Oui, ce matin.

— Alors… ?

— Alors quoi ? D'où m'appelles-tu ?

— Je suis tellement excitée, tu sais… Je ne sais pas trop quoi dire.

— Eh bien, j'en connais un autre.

— C'est tout naturel… Comment pourrions-nous parler de ces choses au téléphone… ?!

— Non, je veux dire que j'en connais un autre qui est excité. Pas moi… !

— Oh… eh bien, n'est-ce pas, il devra s'y faire… Mon

chéri, je veux que tu saches que je suis folle de joie. Tu sais, je crois que les choses vont changer, à présent...

J'ai marmonné n'importe quoi car je ne l'écoutais plus. Je me demandais quand j'avais entendu ces mots pour la dernière fois. Trois mois ? Quatre mois... ? Y avait-il eu un seul de ses amants qui ne devait pas changer la face du monde ? Il m'a semblé, cependant, qu'elle y mettait une conviction inhabituelle. Avait-elle craint que je n'éclate de rire au bout du fil... ?

— ... j'avais ton âge.

— Bon. Et quand rentres-tu ?

— Je viens de te le dire, dans deux ou trois jours... Il y a une exposition de *Caravaggio* qu'il ne veut pas manquer, et nous devons retourner aux Offices... et il m'a parlé des fresques d'Orcagna, je crois, et... enfin, je ne sais plus, mais quatre jours au plus tard. Mon chéri, il y a tant de choses que...

Je m'en suis dressé sur un coude. Je venais seulement de réaliser qu'elle nous ramenait quelqu'un à la maison. Et, à la lumière de leur emploi du temps, j'en concevais soudain une vive inquiétude.

De l'entrevue avec mon grand-père, il me restait encore un poids au creux de l'estomac. A l'idée que nous allions devoir partager nos repas avec une espèce de dingue du clair-obscur et du quattrocento, je ne me suis pas senti mieux. J'ai roulé sur le côté en raccrochant le téléphone. Mona voulait savoir si je désirais quelque chose mais je ne lui ai pas répondu.

Lorsque je me suis décidé à rentrer, les projecteurs étaient allumés au fond de la piscine et le jour avait disparu, je ne m'étais aperçu de rien.

J'ai dit à Mona de me laisser. J'ai sorti quelques plats du frigidaire et me suis installé au bar avec un œil sur la télé. De l'autre, à travers la baie, au loin, réduite à la taille d'un timbre-poste, je pouvais distinguer la propriété de mon grand-père, la façade et le perron illuminés, mais j'avais fini par m'habituer à cette pénible impression que son regard était braqué sur nous en permanence. J'ai dû prendre certaines précautions pour manger car ma lèvre était douloureuse et saignait encore un peu.

Puis Lisa est descendue de sa chambre, les joues encore toutes roses. Elle a dit qu'elle mourait de faim et s'est assise à mes côtés. Comme je la dévisageais fixement, pendant qu'elle picorait dans mon assiette, elle a ajouté qu'elle irait prendre une douche un peu plus tard. Il n'empêche qu'elle empestait littéralement. Je trouvais que cela devenait une drôle de manie. Je regrettais presque l'époque où, petite fille, elle s'aspergeait de parfum de la tête aux pieds.

— Éthel a appelé. Ils sont fourrés dans les musées du matin au soir.

— J'en suis ravie..., a-t-elle déclaré en me subtilisant un piment doux.

— J'ai un mauvais pressentiment.

Bob nous a rejoints à ce moment-là. Lui, par contre, sortait tout droit de la salle de bains. Il se lavait même plusieurs fois par jour, qu'il ait eu des rapports sexuels ou non. Bob s'était plus ou moins installé à la maison depuis le départ de ma mère. Il prétendait avoir commencé un nouveau livre, mais ce n'était jamais les bruits de sa machine que j'entendais.

— Tu m'as vu... ? m'a-t-il demandé en désignant la télé.

— Bob, ils ne vont pas parler de ton prix pendant une semaine..., a soupiré Lisa.

— Tu es gentille mais je m'adresse à Mani. Et je ne parle pas de mon livre, je parle de cet entretien que j'ai donné à propos de mon séjour à la Villa Médicis.

— Celui que nous avons regardé hier ?

— Oui. Tu sais bien, cette blonde, avec un air idiot,

coiffée à la Jeanne d'Arc... Elle devait s'arranger pour qu'on en repasse quelques extraits dans la soirée... Ton frère aurait pu tomber dessus par hasard, c'est tout... Et quant à ce prix, je crois que tu ne te rends pas très bien compte de ce qu'il...

Je suis sorti sur la terrasse pendant qu'ils s'expliquaient. J'étais bien forcé de constater que tous les hommes qui avaient franchi le seuil de cette maison finissaient toujours par m'emmerder au bout d'un moment. Cela venait, bien entendu, de ce que je n'étais jamais le principal objet de leur attention, mais une des pièces du jeu qu'on s'ingéniait à mettre dans sa poche. On m'avait caressé la tête, au fil des années, ou passé un bras par-dessus l'épaule quand l'on voulait savoir comment baisait ma sœur. Par chance, je n'avais pas à les supporter trop longtemps. Il était même arrivé que je ne sois pas le premier à me lasser d'eux.

Quoi qu'il en soit, je n'avais pas l'impression d'avoir tellement souffert de cette situation. Je n'avais jamais rien attendu de ces types que je croisais de bon matin et qui plaisantaient à notre table, le soir. Mieux encore, je n'avais pas réussi à éprouver un sentiment particulier pour le premier d'entre eux, Paul Sainte-Marie, à qui je devais d'être au monde. C'était ma mère qui l'intéressait. Des douze années que j'avais vécues en sa présence, il ne me restait pratiquement rien. Il n'avait pas compté pour moi. Jamais nous n'avions ressenti d'attirance l'un pour l'autre. Je ne me souvenais que d'une indifférence paisible, d'un côtoiement sans histoires. Je n'avais même pas gardé son nom.

Bob a pris place dans la chaise longue qui touchait la mienne. Je me suis retourné pour voir si Lisa arrivait mais elle avait disparu.

— Alors ? Quand saluerons-nous l'oiseau rare... ? m'a-t-il demandé en examinant ses ongles.

— Dans quelques jours

— Soyons justes... On commençait à s'ennuyer.

Je me suis levé aussitôt car je n'avais pas envie de l'écouter. Je n'avais jamais le dernier mot avec lui, n'importe quelle discussion tournait à mon désavantage, mais j'arrivais parfois à le planter là, comme un con, et ses paroles ne pouvaient plus m'atteindre.

Je suis allé me changer. Dans l'escalier, Lisa m'a retenu par un bras. Elle venait seulement de s'apercevoir que ma lèvre était enflée.

— Je t'ai toujours dit où était ton problème : tu ne sais pas observer..., lui ai-je glissé en reprenant mon chemin.

Tandis que je me dirigeais vers ma moto, Bob s'est levé d'un bond.

— Hé ! On se retrouve au Blue Note... ?! a-t-il crié.

Je lui ai adressé un signe apaisant. Je ne le regardais pas mais je sentais qu'il continuait de me considérer avec un demi-sourire. Il détestait ma moto. Il n'arrêtait pas de tourner autour. Pour se mortifier, il s'était acheté un vélo.

C'était une Electra Glide. Mon grand-père me l'avait offerte pour Noël après mon deuxième accident de voiture. Il y avait vu un avertissement et s'était persuadé qu'une quatre roues finirait par me tuer. J'étais bien d'accord avec lui. « Tu comprends, disait-il à ma mère, on ne pourra pas l'empêcher de remonter avec un chauffard. Ils vont à sept ou huit dans ces maudites voitures... ! » Tout à fait exact. Ils en avaient discuté longuement. Au cas où ils ne seraient pas parvenus à se décider, je me tenais prêt à effectuer quelques nouveaux tonneaux sur la nationale.

Je n'avais pas encore l'âge de conduire une Electra Glide, et je roulais sans casque. Mais je m'appelais Manuel Innu Sarramanga, au moins que cela me serve à quelque chose. Lorsqu'ils me voyaient arriver, les flics regardaient ailleurs. Le chef de la police, Richard Valero, était à toutes les réceptions que donnait mon grand-père. Je pouvais faire tout ce que je voulais dans un rayon de cent kilomètres. Mon grand-père pouvait se pencher vers moi, me prendre dans sa main et m'écrabouiller, ou me dévorer tout cru, ou m'envoyer à l'asile. Mais il y avait certaines compensations.

Le Blue Note se trouvait de l'autre côté de la ville, sur la route qui longeait l'océan. Jadis, à cet endroit de la côte, par nuit noire, on attirait les bateaux sur les hauts-fonds et on les pillait après avoir massacré l'équipage. Pour d'autres raisons, le Blue Note avait une réputation sulfureuse. La rumeur prétendait qu'il s'y passait de drôles de choses, que l'on s'y adonnait à tous les vices. J'y venais régulièrement et n'avais jamais été le témoin de scènes particulièrement incroyables. A moins que le sexe et la drogue aient pu encore étonner qui que ce soit.

C'était un club privé. Pour y entrer, il n'était pas nécessaire d'arriver en Corvette ou en décapotable, ni même que le chauffeur de vos parents vous attende au parking, mais c'était préférable. Il y avait des pères qui déposaient leur fille devant la porte et que la vue des limousines rassurait. Et tandis qu'il effectuait son demi-tour, elle fonçait vers les toilettes pour s'y empiffrer le nez ou se déchaînait d'une manière ou d'une autre. On y était tranquille. Et la musique était bonne : Fear, Jane's Addiction et les Stooges.

Jessica n'était pas en forme. « Oh, tu sais bien... Que veux-tu que ce soit... ?! » a-t-elle fini par me répondre. Quand Bob s'est dirigé vers notre table, je me suis levé et l'ai mis entre les mains de ces filles qui en pinçaient pour les prix littéraires. Je n'ai pas vu Lisa.

Je suis revenu m'asseoir à côté d'elle, mais il n'y avait pas grand-chose à dire. Elle ne regardait personne. Comme ses cheveux étaient coupés au carré et qu'elle penchait légèrement la tête, je ne voyais pas son visage. Les lignes de son cou étaient vraiment très belles. J'en étais un peu stupéfait, quelquefois.

Je lui ai annoncé que j'allais certainement reprendre les cours d'ici un jour ou deux. Puis, pendant un moment, je ne me suis plus occupé d'elle. Je suis même sorti avec Vincent et Gregory pour régler une question d'argent. Je leur ai demandé si j'étais du genre à ne pas payer mes dettes. Nous avons bu un verre ensemble. De temps en temps, je la regardais du coin de l'œil mais je ne pouvais rien y faire.

Je lui ai parlé de nouveau, un peu plus tard. Du troisième mariage de ma mère. De la folie générale. Je lui ai décrit mon nouveau beau-père comme je l'imaginais, un rat de bibliothèque, un bel esprit, une face de raie au sourire pincé... et même si j'exagérais, si je ne cherchais qu'à l'amuser, mon appréhension était réelle. « Oh ne crois pas ça ! Elle est capable de tout... ! » lui ai-je affirmé. Et aussi brève que serait l'expérience, je savais qu'elle me paraîtrait trop longue, de toute façon.

Vincent s'est installé à côté de nous et, sans un mot, s'est mis à déballer son attirail sur la banquette. Mais elle se sentait fatiguée, elle voulait rentrer, alors je n'en ai pas pris non plus.

Je l'ai ramenée chez elle. J'ai préféré attendre dehors. Elle est allée chercher mes affaires dans sa chambre, deux ou trois cahiers que j'avais dû abandonner sur place après l'intervention des appariteurs. C'était une grande maison, avec des lumières jaunes, chaudes et tranquilles. Le jardin était d'une netteté absolue, le gazon taillé au millimètre, les balancelles et les fauteuils n'avaient pas un faux pli. Le père de Jessica est apparu sur le seuil, une main dans la poche et le sourire aux lèvres.

— Bonsoir, monsieur.

— Bonsoir, mon garçon.

Son air était amical, détendu. Il a respiré longuement et son sourire s'est élargi.

— Alors, vous êtes-vous bien amusés... ?

Je me suis contenté de hocher la tête. J'allais lui répondre quand j'avais vu la mère de Jessica traverser le hall, derrière son dos. Cela n'avait duré qu'une seconde mais j'avais remarqué son visage tuméfié, ses lunettes noires, et les mots s'étaient évanouis dans ma gorge. Il s'est baissé pour prendre le chat qui tournait autour de ses jambes, l'a caressé distraitement sous le menton. Puis Jessica m'a raccompagné jusqu'au portail. Je n'ai fait aucun commentaire.

Deux jours plus tard, je l'ai emmenée avec moi pour lui changer les idées. Les examens approchaient et je voulais que mon grand-père se trouve bien disposé à mon égard, pour le cas où ça irait mal. Il appréciait que je sois à ses côtés lorsqu'il rendait visite à ses amis. Parfois, si un taurillon laissait entrevoir une caste et une bravoure exceptionnelles, il me serrait contre son épaule, m'offrait un cigare, me couvait des yeux.

Jessica ne comprenait rien à ce qui se passait. Je lui avais expliqué que le combat de jeunes taureaux en plein champ était un spectacle très rare, réservé à quelques invités. Elle s'en moquait éperdument. « Regarde, ils essayent de le renverser d'un coup de lance... Ensuite ils le mèneront au picador... Mais non, un taureau ne doit jamais avoir reçu une seule passe avant le combat final... Écoute, je sais bien qu'il fait chaud, mais on peut bien se passer d'une journée sans piscine... ! »

Mon grand-père avait connu personnellement Belmonte et Manolete. Il m'a pris à part et m'a demandé pourquoi Jessica ne rejoignait-elle pas les femmes de ses amis qui se rafraîchissaient à l'ombre d'un gigantesque olivier, tout là-bas.

Durant la séance de marquage, elle s'est bouché le nez J'ai fini par l'abandonner et suis resté près de mon grand-père. Nous étions sur les gradins, en train d'apprécier la bravoure d'une mère devant le picador. « Ce n'est même pas son attitude... » m'a-t-il confié. « Mais c'est comme dans le *callejón,* il y a des endroits où les femmes n'ont rien à faire... » Je craignais d'avoir gâché cette journée sur les deux tableaux, mais mon grand-père a plissé les yeux en souriant dans le soleil, une main posée sur ma cuisse. Et quant à Jessica, je lui ai montré de vrais taureaux. Un groupe de miuras, noirs comme de l'encre, couchés dans un champ de coquelicots. J'ai dû la secouer pour repartir.

J'ai repris mes cours le lendemain, après une entrevue avec le directeur qui m'a invité à garder mon sang-froid, quoi qu'il arrive. Nous étions dans la bibliothèque. Au-dessus de son crâne brillait une plaque dont il devait sentir le poids sur ses épaules : « DON DE VICTOR J. SARRAMANGA. » Mais aurions-nous été dans la salle de projection, une structure ultra-moderne que l'on nous enviait un peu partout, que son malaise aurait empiré. Aussi bien, nous étions une fameuse bande de têtes quasiment intouchables dans les lieux. Les dons affluant de toutes parts, les soucis de la direction ne venaient pas d'une toiture qui fuyait, d'un équipement à revoir ou de la grogne de professeurs mal payés. Le directeur passait son temps à manipuler de la dynamite. Il nous souriait, était souvent plié en deux ou occupé à s'éponger le front, même en plein hiver.

A la sortie, le professeur à qui j'avais cassé un bras m'a frôlé comme une torche vivante. J'ai pensé qu'il faudrait peut-être que je m'arrange pour la faire virer. Ou en parler à Anton.

Nous étions à la maison, avec Jessica et quelques autres,

quand ma mère a appelé. Elle allait bien. Le ciel était tout bleu. Ils allaient bien tous les deux. Ensuite elle s'est décidée :

— Mani..., est-ce que ton grand-père t'a dit quelque chose... ?

— A quel propos ?

— Sur ton père.

Je me suis levé. J'ai failli fracasser le téléphone sur le mur. Mais comme les yeux étaient braqués sur moi, j'ai dû ravaler ma fureur.

— Attends une minute..., ai-je grincé à voix basse. Où est-ce que tu as vu que j'avais un père, tu te fous de moi... ?!

— Oh, très bien... Excuse-moi... Enfin, t'a-t-il parlé de Vito Jaragoyhen... ?

— Que tu épouses un type ne suffit pas pour qu'il devienne mon père... ! ai-je poursuivi sur ma lancée, le souffle court. Tu ne l'as toujours pas compris... ?!

— Mon Dieu, que tu es bête... ! a-t-elle soupiré. Je n'y avais mis aucune malice... Alors, est-ce que tu veux bien m'écouter... ?

— Vas-y. Je t'écoute.

— Eh bien... Voilà, cet homme que j'ai épousé, Vito... il faudra que je t'explique certaines choses... Mais c'est à moi de le faire, ce n'est pas à ton grand-père... Mani, t'en a-t-il déjà parlé... ?

— Quelles choses... ?! Qu'est-ce que tu as fabriqué... ?!

— Rassure-toi, rien d'extraordinaire. C'est une vieille histoire. Mais c'est à moi de te la raconter... Je voudrais que tu me fasses confiance, pour une fois... Promets-moi de ne pas écouter ton grand-père. Attends mon retour. Mani..., laisse-nous une chance, s'il te plaît... Promets-moi de te boucher les oreilles. Je ne te demande qu'un jour ou deux, est-ce que c'est possible... ?

— C'est une maladie, chez toi. Tu aimes te compliquer la vie.

— Je veux que tu me répondes.

— Bon... c'est d'accord. Je vais m'enfermer la tête dans un sac. Et si je le vois, je me sauve en courant. Ça te va... ?

J'ai à peine pris le temps de boutonner une chemise. Moins de cinq minutes plus tard, j'étais devant mon grand-père. « Je ne veux pas que tu roules si vite sur ce chemin... », a-t-il marmonné en me faisant signe de m'asseoir. Il était installé dans le patio, entouré de fleurs, de plantes qui grimpaient le long des murs, et sous un grand parasol écru, capable d'abriter une famille entière. Il avait les yeux fixés sur le terminal où défilaient les cours de la Bourse. J'ai gardé mes lunettes de soleil.

— Tout va bien... ? Est-ce que Tokyo s'est redressé ? ai-je demandé.

Il m'a regardé une seconde. Puis est retourné à son écran en souriant. Je ne savais pas trop où je mettais les pieds. Je craignais de déclencher une réaction dont je ne connaissais pas l'ampleur et qui risquait de me balayer au passage. Je percevais déjà les premières contractions de mon ventre. Mais Éthel m'avait mis sur des charbons ardents. Alors de deux choses l'une : soit je me lançais, soit j'allais griller vif.

— Tu sais, je viens d'avoir une conversation avec Éthel...

J'ai eu l'impression qu'il se raidissait, mais sans en être tout à fait sûr. Quoi qu'il en soit, il n'a pas bronché.

— Je crois qu'il y a quelque chose que je suis censé apprendre à propos de ce Vito Jaragoyhen..., ai-je repris d'une voix molle.

Il a levé les yeux, fixé le paysage droit devant lui. J'ai pensé à ce silence qui précédait les pires catastrophes. Il a allumé un cigare.

— Voyons voir... Que t'a-t-elle dit au juste... ?

— Rien. Je crois qu'elle avait surtout peur que tu m'en parles avant elle...

Il a eu un rire bref, pour lui seul. J'ai attendu.

— Dans ce cas, je ne te dirai rien..., a-t-il fini par déclarer. Je leur laisse le terrain pour commencer

— Je suis capable de garder un secret.

— La question n'est pas là. Et puis il n'y a aucun secret... Disons qu'il s'agit d'une plaisanterie de mauvais goût, mais tu connais ta mère...

Je n'ai pas réussi à en savoir davantage. Au retour, je me suis allongé dans une chaise longue et je n'ai plus ouvert la bouche. Quand ils en ont eu assez, ils sont partis. Et je n'ai pas raccompagné Jessica, Vincent a dit que j'étais dans un mauvais jour mais que lui était à sa disposition.

Malgré ce qu'ils ont pensé, je n'étais pas de mauvaise humeur, encore moins sous le coup de la rage qu'avait provoquée ma conversation avec Éthel. J'étais absent, tout simplement, délivré du moindre intérêt pour ce qui se passait autour de moi. Après leur départ, je n'ai pas trouvé que le silence et la solitude étaient d'une compagnie plus agréable. J'aurais plutôt souhaité être ailleurs, avec d'autres gens, dans une vie différente. J'y aurais été le type que j'aurais pu être si l'on ne m'avait pas emmerdé de tous les côtés. Si j'étais menteur comme un arracheur de dents, à qui la faute ?! Si j'étais sec à l'intérieur, à qui la faute ?! Si j'étais lâche, futile, renfermé, si je ne valais pas grand-chose, à qui la faute ?! Si je fouillais la chambre de ma mère sans le moindre scrupule, si j'empochais au passage quelques billets trouvés dans ses poches, qui m'avait rendu comme ça ?! Je n'avais pas inventé ça tout seul.

Ma mère ne laissait rien traîner derrière elle. Je n'ai mis la main sur aucune photo, aucune lettre qu'elle aurait pu garder du passé. Rien à propos de Vito Jaragoyhen, rien à propos d'aucun autre. La seule trace des hommes qu'elle avait connus — et peut-être était-ce là son délirant album de souvenirs — occupait tous les tiroirs d'une commode. Il s'agissait d'une incroyable collection de sous-vêtements, de toutes les couleurs, formes et matières imaginables. Certains étaient complètement démodés, ridicules, comme s'ils dataient de la guerre. Il y en avait de doux, d'étranges, de magnifiques. Certains étaient d'une classe absolue, d'autres étaient pour une putain de bas étage, ouverts entre les cuisses, bordés de dentelle rouge et noire. Lorsque j'étais plus jeune, j'avais une nette préférence pour ces derniers, sans bien comprendre leur utilité. Je les caressais contre ma joue. Ma mère riait et les remettait en place.

Bob et Lisa sont arrivés en début de soirée, pendant que je prenais l'air au bord de la piscine, vêtu d'un des slips de ma mère. Je les ai entendus se disputer, ce qui se répétait assez souvent et semblait leur convenir si j'en jugeais cette espèce de fureur joyeuse avec laquelle ils s'invectivaient. J'ai cru comprendre que c'était Bob, cette fois, qui avait eu le mauvais rôle. Il était question de la poitrine de Lisa, qu'elle avait généreuse entre parenthèses, et qu'elle aurait offerte aux convoitises, je le cite : « d'un petit trou du cul sans avenir, incapable d'écrire son nom ». Lisa m'avait parlé de cette soirée littéraire, et je me souvenais tout d'un coup de cette robe qu'elle avait passée, « au cas où ça deviendrait trop académique... », m'avait-elle confié.

Je ne les écoutais plus qu'à moitié. Le soir tombait et je n'étais pas parvenu à dissiper le malaise qui me poursuivait. Je n'arrêtais pas de me toucher l'oreille, du moins le morceau qui m'en restait, comme à l'aube de mes plus pénibles épreuves. Et pourtant, j'avais eu beau étudier la situation sous tous les angles, je n'avais rien vu qui puisse me tomber sur la tête. C'était une histoire entre ma mère, mon grand-père et ce Vito Jaragoyhen. Pour quelle raison me cassais-je la tête... ? L'un était un inconnu dont je me fichais éperdument. L'autre était un monument sans pitié, le cinquième cavalier de l'Apocalypse. Et quant à ma mère... Juste à ce moment-là, comme je cherchais mes mots, Bob a crié : « Ce que j'insinue... ? Ta mère est une salope... !! » J'y ai réfléchi un instant. C'est une question que je m'étais souvent posée et dont la réponse avait varié selon mon humeur. J'avais tendance à le penser lorsque j'enfilais une de ses culottes, mais alors son visage m'échappait et je m'astiquais sans état d'âme, sans songer à elle en particulier. Sinon, je n'étais pas si catégorique. Je n'en savais rien, pour dire la vérité.

Je me suis avancé à l'abri des tamaris pour accomplir ma besogne, avant que les deux autres ne surgissent à mes côtés. En général, je choisissais d'amples culottes de soie. La mère de Vincent portait les mêmes.

Durant les quelques jours qui ont suivi, j'ai eu l'esprit tellement occupé par ces foutus examens que cette affaire est passée au second plan. Tous autant que nous étions, nous avons ralenti nos virées nocturnes, nous contentant d'aller prendre un verre au Blue Note pour ne pas devenir dingues, mais convenant d'un couvre-feu aux alentours de dix heures du soir.

Je me réveillais en meilleure forme, le matin. Mona me préparait de solides petits déjeuners que j'avalais en croisant les doigts. Cela dit, je n'avais pas de sérieux problèmes, je parvenais à franchir les caps difficiles sans fournir de gros efforts, même si le couperet ne tombait pas très loin derrière moi. Mon grand-père s'en accommodait car les diplômes ne l'impressionnaient pas et il se faisait fort de m'enseigner ce que l'on ne m'apprendrait jamais dans un amphithéâtre mais qu'un homme devait savoir pour s'élever aux sommets. Et pour ce qui concernait Éthel — je le déclare sans aigreur et avec reconnaissance —, elle s'était davantage souciée de mon acné lorsque j'avais seize ans que de n'importe laquelle de mes notes. J'avais eu de plus sérieux problèmes avec Paul Sainte-Marie, surtout vers la fin, quand Éthel et lui ne s'entendaient plus et qu'il s'était mis en tête de nous reprendre en main, Lisa et moi, simplement pour épater ma mère. Cela avait été une période difficile, pour chacun d'entre nous. Mais après sa mort, tout était rentré dans l'ordre.

Un après-midi, je suis allé voir ma première corrida de la saison avec mon grand-père. La chaleur était terrible, mais en face, en plein soleil, ils ont dû évacuer deux personnes qui sont tombées raides. A mesure que le temps passait, j'en voyais qui devenaient rouges, presque violacés. Sinon, les taureaux étaient si petits que même du premier rang, il fallait pratiquement des jumelles pour les repérer. Dans le *callejón*, mon grand-père tournait le dos à l'arène. « Quelle corrida... ?! Tu as vu une corrida quelque part... ? » m'a-t-il grogné en sortant.

Anton, qui ne le lâchait jamais d'une semelle dès qu'il mettait le nez dehors, nous a conduits jusqu'à son cercle, mais il était d'une telle humeur — il en avait oublié d'allumer son cigare, le tenait serré entre ses dents — que j'ai renoncé à le suivre. Il n'y avait pas eu que les bêtes : des trois toreros, pas un seul n'avait su le terrain qu'il foulait. Ça faisait beaucop.

En rentrant, j'ai trouvé un type debout devant la piscine. Je lui ai indiqué où se trouvaient les ustensiles puis je me suis laissé tomber dans un fauteuil, un éventail à la main. Même une mauvaise corrida est épuisante. Pendant que le gars inspectait la remise, je me suis étiré profondément, en poussant un long soupir de satisfaction. Puis j'ai parlé avec Jessica au téléphone. Elle m'appelait pour me dire qu'elle avait teint ses cheveux en rouge et qu'il s'était jeté à ses pieds. Je l'ai félicitée. Une fois de plus, le soleil se couchait, révélant une lumière idéale pour ce genre de coup de fil par lequel une voix féminine vous berçait de tout et de rien, puis se changeait en une mélodie sans paroles qui vous figeait paupières tombantes, bouche ouverte, à demi ensorcelé. J'étais à chaque fois stupéfait de tout ce qu'une fille pouvait avoir à raconter. Je suivais d'un œil distrait les tergiversations du bonhomme devant la difficulté de sa tâche. A croire qu'il n'avait jamais nettoyé une piscine de sa vie. Souvent, à l'approche de l'été, on nous envoyait un peu n'importe qui. Comme cet étudiant, au début du mois, qui s'était arraché le pied en tondant la pelouse devant la maison. « Bien sûr que je suis toujours là... », l'ai-je rassurée. Je saisissais quelques lambeaux de phrases au gré du va-et-vient de mon attention, ne sachant de qui elle me parlait au juste, de quelle histoire devant rester entre nous. Elle passait notre petit monde au peigne fin, avec patience, tandis que durcissait son vernis à ongles. Hachées de la sorte, nos vies m'apparaissaient comme un brouet de sang noir, de trahisons, de sexe, de misère et d'indifférence. Le type s'était assis par terre en bayant aux corneilles. Je l'ai fixé afin de l'encourager à s'y mettre, avant la tombée de la nuit si c'était possible. « Oui, j'ai bien entendu, sur la banquette arrière... Quelle drôle d'idée... ! » D'après moi, il était plus vieux qu'il n'en avait l'air. J'ai coincé le combiné contre ma joue et j'ai actionné mes bras dans sa direction, mimant un coureur à pied qui s'élance. Il a souri. Il avait un visage anguleux, des mèches de cheveux rebelles, de fins sourcils, très sombres, des yeux en amande. Il s'est accroupi. C'était un bel effort. J'ai alors remarqué ses affreuses bottes de cow-boy et j'ai pensé que la race n'était pas encore éteinte. Peut-être allait-il fumer un joint avant de commencer. Et travailler en musique, avec une cassette de Willie Nelson. « Oui. Très bien... Oui, attends, je te rappellerai... »

J'ai raccroché sans le perdre des yeux. Il me dévisageait également. Je me suis redressé sur mon siège, me demandant si je n'avais pas affaire à l'un des derniers spécimens de ces beatniks arrogants dont j'avais vu des photos dans les livres.

— Pas trop fatigué ? me suis-je inquiété.

— Un peu...

— Mais pas trop, j'espère...

Il s'est relevé. Je ne savais pas comment interpréter sa mine réjouie. Au même instant, Éthel est apparue à la fenêtre de sa chambre, cependant que l'autre marchait vers moi.

— Mani, mon chéri... ! Depuis combien de temps es-tu là... ? Avez-vous fait connaissance... ?

Le type m'a tendu la main.

— Je suis Vito Jaragoyhen..., m'a-t-il annoncé.

Mon repas m'est resté sur le ventre. Les premiers repas me tombaient toujours sur l'estomac quand une nouvelle tête se présentait. Même si je voyais au premier coup d'œil que nous en serions débarrassés dans le mois qui suivrait, une simple salade et un demi-verre de vin ne passaient pas. C'était assez stupide de ma part, mais parfaitement incontrôlable. Stupide, car au fond ces types-là ne m'avaient jamais crée beaucoup d'ennuis. Et la plupart des gens que je connaissais avaient des parents divorcés et subissaient ce genre de situation, ou pire encore, cent fois pire. Cela faisait partie de nos conversations habituelles.

Lui non plus n'a pas beaucoup mangé. Il s'est levé, je crois, pour aller vomir, car il est revenu blanc comme un mort, le devant de sa chemise tout aspergé d'eau. Il a fait signe à ma mère de ne pas s'inquiéter et s'est tourné vers Bob qui racontait comment ses ventes avaient explosé.

A la réflexion, je m'en suis voulu de m'être soucié à son sujet. Les mystères dont Éthel l'avait entouré, la colère de mon grand-père semblaient démesurés si on l'observait cinq minutes. Je lui conseillais de s'accrocher dès qu'il sentirait un coup de vent. D'autres avant lui, sur lesquels en comparaison j'aurais parié ma chemise, avaient été balayés d'un revers de la main, mis en miettes comme de vulgaires brindilles. Il était silencieux. Ne posait pas de question. Interrogé, il ne répondait que quelques mots. Si nous devions l'avoir un moment dans les jambes, c'était un poids en moins, non négligeable si l'on savait ce que signifiait d'être poursuivi d'une pièce à l'autre, à chaque instant, par un foutu moulin à paroles. Son regard était plus embarrassant. Cela venait sans doute de la couleur de ses iris, d'un bleu particulier, tirant sur le mauve. Mais je ne comptais pas en abuser. Le genre ténébreux était une nouvelle friandise que s'offrait ma mère. Il fallait bien qu'elle l'ait épousé pour quelque chose.

Je n'avais pas l'intention de m'éterniser, lorsque nous avons quitté la table. J'avais à peine enfilé une veste qu'il s'est excusé, puis est monté se coucher.

Vito et elle s'étaient connus vingt ans plus tôt. Une idylle contrariée par mon grand-père qui les avait brusquement séparés. Ma mère avait pris soin d'adoucir la lumière et nous avait installés dans des coussins pour me révéler le fin mot de l'histoire. Elle avait attendu que Bob et Lisa se soient éclipsés pour me prendre par la main.

— J'ai épousé Paul quelques mois plus tard... J'avais dix-huit ans, je pensais que ma vie était terminée..., a-t-elle soupiré.

J'en étais muet de consternation. C'était d'une si effroyable banalité que j'ai cru qu'elle se moquait de moi.

— Inutile d'ajouter que ton grand-père ne le porte pas dans son cœur...

— Pourquoi ? Il a essayé de t'enlever, il est revenu à la charge... ?

— Non... Je n'ai plus jamais entendu parler de lui... Nous nous sommes retrouvés par hasard, au cours d'une soirée...

Elle a haussé les épaules, invoquant la fatalité :

— Et cet imbécile me plaisait toujours, te rends-tu compte... ?

Elle en paraissait encore étonnée. Moi pas.

Avec une solennité ridicule, elle a déclaré que cette fois serait différente des autres fois. Que pour cette raison, elle avait craint que mon grand-père ne vienne tout gâcher, je savais comment il était, je devais imaginer le portrait qu'il m'aurait dressé de ce pauvre Vito.

Je sentais les fils qu'elle tissait autour de moi. D'autre part, j'étais sidéré par ses accents de sincérité, par ce pouvoir qu'elle avait de se persuader elle-même que les choses allaient changer. Elle était comme le fou qui dit à la montagne : « Sors de mon chemin ! » et se met à courir vers la vallée.

— Et que va-t-il se passer, d'après toi... ?

— Je n'en sais rien... Mais je n'ai plus dix-huit ans.

Personnellement, je connaissais des filles de dix-huit ans qui avaient les pieds sur terre. Et qui n'auraient pas tiré deux fois sur la queue d'un tigre, même vingt ans plus tard. Je la regardais tandis qu'elle s'était tournée sur le divan, le menton appuyé au dossier, et qu'elle fixait la nuit, en direction de la maison de son père. Je ne pouvais m'empêcher de sourire devant son air grave, résolu. Je la croyais assez folle pour lui tenir tête. Au fond, il n'y avait plus qu'une seule question que je me posais : de quelle manière allait-il les pulvériser, tous les deux ? Mais ce n'était pas une question obsédante, plutôt une simple curiosité.

Si Victor Sarramanga avait eu un fils... J'avais si souvent bercé cette illusion qu'il existait dans mon esprit. Je lui avais donné les traits d'une photo de mon grand-père, encore tout jeune, prise au volant de la Bugatti Atalante qui appartenait à sa mère. La voiture n'était plus de ce monde — pas plus que ma grand-mère qui, bien des années plus tard, dans une crise de mélancolie aiguë, l'avait conduite au milieu des flammes lors du grand incendie de 56 ravageant toute la vallée et les collines de Pixataguen, au sud de la ville — mais le jeune homme à l'air indécis qui posait pour le cliché était toujours bien vivant dans mes pensées. C'était lui que je maudissais quand je me trouvais à sa place.

C'était moi qui payais pour lui. Ce n'était un secret pour personne. Ce fils qui n'avait jamais montré son nez, qui détalait quand mon grand-père demandait après moi, nous avait tous précipités dans son chaudron. Les dépressions de ma grand-mère n'étaient pas d'origine inconnue. Et mon ressentiment ne visait pas tout à fait une chimère puisque après son accident, on avait découvert qu'elle était enceinte.

Longtemps, j'avais cru que les pouvoirs de mon grand-père s'étendaient au monde entier. Je les avais ramenés à des dimensions plus raisonnables, mais aujourd'hui encore, je n'en distinguais pas bien les limites. Les politiciens dînaient à sa table. Lui mangeaient dans la main pour être précis. Le chef de la police, Richard Valero, accourait ventre à terre dès qu'on l'avait sonné. Les domestiques baissaient la tête, ses fermiers se décoiffaient quand il leur rendait visite. Toute ma vie avait baigné dans cette ambiance. Un jour, je devais avoir cinq ou six ans, dans une de ses fermes situées dans les Malayones, une région où l'eau était aussi rare que les miracles, il avait emmené les hommes et les avait fait creuser dans un tas de cailloux, sous mes yeux. Pour finir, une source avait jailli à ses pieds. Je me souvenais que cela ne m'avait pas réellement étonné.

Les fermes en question étaient isolées, perdues au milieu des pins, des douglas, des épicéas, des chênes, introuvables pour celui qui ne connaissait pas les chemins, les détours, les signes. Chaque année, des randonneurs se perdaient, des curieux, des cinglés ne s'en sortaient qu'avec l'aide de la police et de bénévoles qui devaient ratisser tout un secteur avec des chiens. Il fallait parcourir des kilomètres, dans l'ombre des futaies, et continuer encore, même si le bon sens vous persuadait que personne n'irait vivre aussi loin de tout, même si la voie se rétrécissait, prenait des airs de layon abandonné.

Les gens qui vivaient là travaillaient pour mon grand-père. Leurs parents avaient travaillé pour le père de mon grand-père. Ils étaient un peu dégénérés mais ils en savaient plus que quiconque sur la forêt et ils réglaient leurs histoires entre eux. Ils n'avaient pas, pour mon grand-père, le même genre de respect que ceux qui se pressaient à sa table. Tout ce qu'ils possédaient venait des Sarramanga. La seule autorité à laquelle ils obéissaient était celle des Sarramanga. Je ne comprenais pas très bien ce qu'il représentait pour eux mais j'étais sans doute le seul à y trouver matière à réflexion.

A défaut de leur avoir jamais présenté un fils, c'était donc moi que Victor Sarramanga leur exhibait au cours de ses visites. Lorsqu'il s'agissait des taureaux, mon grand-père ne me demandait rien, quoique, sans en parler à ma mère, il m'ait embarqué pour ma première corrida à deux ans et continué de m'offrir de petites récompenses quand nous étions sur les gradins. Par contre, s'il s'agissait de ses fermes, il m'obligeait à l'accompagner. Il y avait certaines choses dont il refusait de discuter. Je devais le suivre, que cela me plaise ou non. Au cours d'un hiver particulièrement rude, sous un vent qui soufflait en rafales, dans un froid de tous les diables, il m'avait arraché de mon lit et traîné jusqu'à la voiture. « Si ces gens-là sont dehors par ce temps, m'avait-il grogné à l'oreille en me tenant par le col, toi, un Sarramanga, tu dois pouvoir y être aussi... !! »

J'y étais aussi par des chaleurs abominables, comme ce matin-là. Le fermier nous conduisait aux semis, nous montrait ses travaux d'éclaircie, de nettoiement, cassait une brindille, ramassait une feuille qu'il nous donnait à examiner, nous baladait dans les coupes et nous faisait marcher, le nez en l'air, buter contre les racines, afin que nous puissions remarquer les petits nids blancs des chenilles processionnaires. En dehors de la température, la promenade ne variait pas beaucoup d'une saison à l'autre. Plus petit, je grimpais aux arbres, courais à droite et à gauche, collectionnais les feuilles, les cailloux, les insectes.

Francis Motxoteguy, le contremaître de mon grand-père, nous guidait d'une ferme à l'autre. Il indiquait à Anton comment se diriger dans ce labyrinthe, précédait mon grand-père quand nous marchions vers un groupe d'ouvriers. Il était né, avait grandi parmi eux, mais il était l'un des seuls que ses parents aient envoyé régulièrement à l'école et il habitait à présent dans la propriété des Sarramanga, la maison de gardien à l'entrée, qu'il partageait avec Arlette, sa femme, également au service de mon grand-père. C'était un type renfrogné, mal à l'aise dès qu'on lui adressait la parole. En général, il ne vous regardait jamais dans les yeux. Nous roulions dans un chemin creux, étions secoués, cramponnés à nos sièges, quand mon grand-père lui a dit que Vito Jaragoyhen était là. Ils se sont fixés tous les deux, ce dont je n'aurais jamais cru Moxo capable. Son vis-à-vis était bien la dernière personne qu'on l'aurait imaginé dévisager ainsi.

Je n'ai pas pu lui parler tout de suite A la ferme suivante, le type avait eu un accident de chasse et nous sommes restés groupés dans la cour, en plein soleil, à l'observer traîner la jambe, tandis qu'il tournait en rond pour nous montrer ses progrès. Ce n'est qu'à la scierie que j'ai réussi à le coincer, près des grumes.

— Tu semblais sur le point de t'étrangler...

— Non, mais ça m'a surpris... Je pensais pas qu'il reviendrait.

— Tu le connaissais ?

— Non. J'ai juste entendu parler de cette histoire... Bon, faut que j'y aille.

— Qui t'en a parlé ?

— Ben, tout ce que je peux dire, c'est que c'est pas mes oignons.

Partout ailleurs, la plupart des gens étaient prêts à vous raconter n'importe quoi sur n'importe qui. Mais ici, on ne savait rien sur personne. Jamais. Ce n'était jamais leurs oignons. Néanmoins, ils avaient une manière, un ton pour vous dire ça, qui vous laissait entendre qu'ils en savaient très long. Ce qui était faux, neuf fois sur dix, mais particulièrement agaçant.

Lorsque je suis rentré, à la nuit tombée, ma mère et Vito étaient sortis. Cela commençait toujours ainsi avec elle. Durant l'après-midi, elle se mettait à réfléchir, à organiser sa soirée. Elle décidait du restaurant, puis des boîtes ou des parties qu'on donnait sur la côte, le but étant de ne pas se coucher avant l'aube. C'était un rythme qu'il fallait soutenir, et dont elle n'était jamais la première à se lasser. Aux premiers signes d'essoufflement, son compagnon recevait un avertissement, sous forme de regard perplexe.

Mais j'étais content d'être seul. J'ai demandé à Mona de

me préparer une omelette aux poivrons pendant que je prenais un bain. Puis j'ai dîné seul, devant les baies ouvertes, avec le plafond qui tremblait à cause de la musique. J'écoutais *Mommy, Can I go out and kill tonight* des Misfits, avec un verre de vin à la main que j'ai immolé à la santé de cette journée.

— Seigneur ! Mani ! Arrête-moi ça, je t'en supplie... !

Il était à peine minuit, mais Éthel venait de jeter un œil dans le salon avant de disparaître. Je me suis levé pour ramener le son à un niveau normal, me demandant ce qui leur arrivait. Vito a hésité devant l'escalier, regardant l'étage, puis il a bifurqué vers le bar. Il s'y est assis. Je suis retourné dans mon fauteuil. Il a saisi une bouteille, me l'a montrée, j'ai secoué la tête. Ma mère ne revenait pas. La musique s'est arrêtée.

— Que se passe-t-il ?

Les coudes appuyés au comptoir, il tenait son verre à deux mains. Il m'a offert une petite grimace, par-dessus l'épaule :

— Difficile à dire... Quelques mots avec l'une de ses amies...

J'ai croisé mes mains derrière la tête en fermant les yeux. Quand je les ai ouverts, il était penché sur le bac à disques. C'était une épreuve amusante. Il y en avait pour tous les goûts. Certains choisissaient du Mozart en humant l'air comme si un délicat parfum s'y était répandu, même s'il s'agissait d'une version du Requiem au synthétiseur. D'autres se tournaient vers moi, clignant de l'œil, aux premières mesures du *San Francisco* de Scott McKenzie. J'avais connu des amateurs d'Ivan Rebroff, de Neil Diamond, Michel Legrand, George Michael ou Genesis — d'ordinaire, ceux-là ne se donnaient pas la peine de chercher, ils me les demandaient carrément.

Vito s'est décidé pour *Damaged* de Black Flag. Seulement il pouvait être assez malin. Ou avoir pioché au hasard. Quoi qu'il en soit, il ne s'est pas tourné vers moi pour savoir ce que j'en pensais.

— Était-ce Élisabeth Vandouren... ? Cécile Manakenis.. ?

— Mmm... Maria ou Marion quelque chose...

Marion Delassane-Vitti, la mère de Vincent. Sa meilleure amie ou sa pire ennemie, selon la saison. Difficile d'estimer ce qu'elles éprouvaient l'une pour l'autre. Vincent et moi ne prêtions plus le moindre intérêt à leurs histoires.

— Tout va bien. Il n'y a pas de raison de s'inquiéter..., ai-je déclaré.

Cela dit, il ne semblait pas se tracasser outre mesure. Ni se moquer réellement de l'incident. Il s'était de nouveau installé au bar. D'un coup d'œil, il m'a réitéré sa proposition de partager un verre avec lui, mais j'ai refusé.

— Je crois qu'elle ne redescendra plus..., lui ai-je confié au bout d'un moment.

— Oui. Tu as raison.

— Je suis même sûr qu'elle s'est couchée...

— Elle ne va pas tarder. Elle a d'abord fumé une cigarette, les yeux fixés sur le téléphone. Mais elle y a renoncé. Elle va se donner la nuit pour réfléchir...

S'il songeait à m'impressionner, c'était raté. S'il avait connu Éthel aussi bien qu'il voulait me le faire croire, il ne l'aurait pas épousée. Tous autant qu'ils étaient, ils avaient cru tenir quelques jokers dans leur jeu, mais en fin de partie, ils s'étaient tous retrouvés les mains vides.

— Lisa ne rentre pas ?

J'ai continué de feuilleter la revue qui m'était tombée sous les doigts.

— Ça, je n'en sais rien. Elle est assez grande...

— Il y a longtemps qu'elle est avec Bob... ?

— Oui, assez...

— Mmm... Un peu bizarre, ce Bob, entre nous...

Eh bien, voilà, il s'y mettait enfin... ! Il lui avait fallu trois jours — une étape que d'autres avaient franchie dès le premier soir — pour tenter un pas dans ma direction. Ah ! cet « entre nous » qu'il avait prononcé du bout des lèvres, quelle caresse de chien galeux, quelle puante évocation d'une intimité dont l'embryon était déjà bon pour la poubelle... ! Ah ! ces « entre nous », ces « de toi à moi », ces « d'homme à homme » et compagnie, avec quelle rapidité, quel plaisir je les plastiquais en plein vol, bien avant qu'ils ne me touchent... !

Je me suis levé sans un mot. Entre nous, il y avait un espace intersidéral.

J'ai remis à Vincent l'argent que je lui devais. J'avais eu certaines difficultés à me le procurer car Vito passait de longs moments dans la chambre, allongé sur le lit les yeux grands ouverts. Le nouveau beau-père de Vincent était en Alaska depuis six mois. Il y mettait sur pied un énorme complexe de congélation et d'emballage, destiné à conquérir le marché sud-américain, puis éventuellement la côte Est, mais là-dessus il demandait à Vincent d'être discret. Vincent prétendait en grimaçant que ses lettres sentaient le poisson. Néanmoins, elles étaient toujours accompagnées d'un chèque et il ne parlait pas de son retour. Pourquoi ces choses-là ne m'arrivaient-elles pas, à moi ? Les grands-parents de Vincent étaient dans une maison de repos, en Suisse. Et sa mère n'était pas comme la mienne. Elle n'épousait que des hommes dont les affaires les retenaient au bout du monde, et quand l'envie la prenait, elle s'accordait un peu de vacances, laissant à son fils les voitures et les cartes de crédit. Il n'avait donc pas à supporter les petits amis de sa mère. La mienne tenait à nous les présenter. Elle tâchait toujours de construire quelque chose. Vous lui donniez une planche cassée et son visage s'illuminait.

Je me suis mis à sa fenêtre pendant qu'il téléphonait à deux ou trois types susceptibles de passer la nuit autour d'une table. Personnellement, je n'avais aucune passion pour les cartes, mais je finissais par lui céder de temps en temps. En général, c'était pour moi l'occasion de perdre de jolies sommes et d'apprécier la lumière du matin, les yeux exorbités, les mâchoires dures comme du marbre et les narines encore collées, en un mot la pleine forme.

Je feignais d'admirer le paysage — les forêts, que mon grand-père se partageait avec quelques autres, s'étendaient à perte de vue, ce qui n'était pas mon spectacle favori. En réalité, j'observais la mère de Vincent qui descendait de sa voiture, juste sous mon nez. J'avais pu voir ses cuisses, et à présent qu'elle était penchée à l'intérieur afin d'attraper ses paquets, je laissais vaguer mon imagination. Marion Delassane-Vitti était la plus belle femme que je connaissais. Je n'avais pas encore dix-huit ans, mais je savais qu'elle resterait une des grandes émotions de ma vie, que son corps, sa voix, ses gestes et son regard étaient gravés dans mon esprit pour toujours.

Je la couvais des yeux. Comme Jessica avait une maladie vénérienne, nous n'avions jamais eu de rapports sexuels ensemble. Et la chaleur aidant, je me trouvais donc par moments dans un état si fiévreux que certaines manipulations s'avéraient rapidement nécessaires.

La salle de bains de Vincent communiquait avec celle de sa mère. Bien entendu, la porte était condamnée et le trou de la serrure oblitéré par de la pâte à bois aussi dure que de la pierre. Mais si l'on collait son front au mur, les narines affleurant l'interstice, son odeur vous parvenait peu à peu, puis vous envahissait.

J'avais également de bonnes raisons de m'énerver. Je

savais qu'elle m'aimait bien. Jusqu'à l'automne dernier, j'avais bénéficié d'un statut particulier auprès d'elle. J'étais le meilleur ami de son fils — elle n'y était pas pour rien — et le fils de sa meilleure amie, ce qui ressemblait à un lien ténébreux dont la vigueur fluctuait au gré des situations. Parfois, elle venait s'appuyer dans mon dos quand je discutais avec Vincent, sous prétexte qu'elle voulait savoir de quoi, de qui surtout nous parlions ainsi. Ou bien, un soir, elle dansait avec moi. Ou me taquinait, m'arrangeait les cheveux, m'enlaçait pour un oui ou pour un non, glissait sa main sous mon tee-shirt. Jusqu'au jour, un peu avant la Toussaint, où j'ai cru mon heure arrivée. Nous étions seuls, je l'ai basculée sur un divan. Elle ne portait qu'un long pull de cachemire dont elle me vantait la douceur, et une culotte dont elle n'avait pas encore dit un mot. Avant qu'elle n'ait eu le temps de réaliser, j'étais sur elle, une main entre ses jambes, deux doigts à l'intérieur. Je l'ai embrassée aussi, j'en avais presque les larmes aux yeux. Puis elle s'est dégagée, tout à coup. Elle m'a dit que ce n'était pas possible. Elle a ajouté : « Ne me demande pas pourquoi... »

Plus tard, elle m'a expliqué qu'elle n'était pas fâchée, qu'elle avait oublié l'incident. Il m'a fallu quinze jours pour m'en remettre. Je me demandais à quoi je tenais réellement, dans cette vie. Au mieux, je n'éprouvais que des sentiments mitigés envers les autres. Je n'en nourrissais pas de meilleurs, vis-à-vis de moi-même. Et de l'épisode ridicule, avec Marion, je dressais le constat habituel, à savoir qu'un fruit ne donnait jamais tout son jus, qu'aux branches ne brillaient que des leurres et que seul un imbécile pouvait espérer y étancher sa soif. Aucune joie ne m'avait fait danser, aucune peine ne m'avait fait rouler par terre. C'était comme si quelque chose en moi était paralysé, comme si le monde qui m'entourait souffrait de la même déficience. Néanmoins, je ne découvrais pas ça d'un seul coup, je n'avais bâti ma conviction que pierre après pierre et cette dernière mésaventure n'était qu'un triste rajout à ce morne édifice. Un jour qu'il était un peu éméché, j'en avais discuté avec Bob. « Pourquoi crois-tu que je m'emmerde à écrire... ? m'avait-il répondu. Parce que la vie est sinistre. Parce que la seule réalité acceptable est dans ton esprit... » En disant ces mots, il avait touché mon front du bout du doigt. Je lui avais resservi un verre.

Je suis descendu, car les coups de fil s'éternisaient. Marion examinait une petite robe à pois blancs dans la lumière.

— Qu'en penses-tu ?... Éthel s'est acheté la même.

— Je croyais que vous vous étiez disputées.

— Elle sait que j'ai raison. Nous venons d'en parler plus calmement... Enfin, il est un peu tard pour y réfléchir... Vincent est dans sa chambre ?

J'ai hoché la tête pour la rassurer. Lorsque j'arrivais après la tombée de la nuit, elle s'empressait d'allumer toutes les lumières. Elle ne semblait pas s'être aperçue que je me tenais désormais à distance, que je n'avais pas ce regard implorant et baveux que peut-être elle s'imaginait. D'une boîte, elle a sorti une jolie combinaison de soie pâle, mais, se pinçant les lèvres, elle l'a rangée en vitesse.

— Est-ce qu'il n'était pas bien où il était... ? a-t-elle renchéri en essayant une paire de chaussures, sans doute afin de me changer les idées. Quel besoin avait-elle de remuer cette histoire... ?! Tu sais, parfois je ne la comprends pas...

— Tu connaissais Vito... ?

— Oui, bien sûr. Qui ne connaissions-nous pas, à l'époque... Crois-tu que ta mère et moi passions inaperçues... ?

— Et Vito... Comment était-il... ?

— Ma foi..., a-t-elle hésité en haussant les épaules, que veux-tu que je te dise... ? Il était comme les autres... Un peu trop collant à mon goût, mais il n'était pas le seul, nous étions très entourées, Éthel et moi, enfin j'espère que tu n'en doutes pas...

— Et que s'est-il passé au juste ?

— Que pouvait-il se passer au juste, à ton avis... ? Tu penses que son père allait accepter qu'elle ait une aventure sérieuse avec le premier animal venu... ?

— Bah... Paul Sainte-Marie ne faisait pas d'étincelles.

— Enfin, ses parents possédaient encore quelques terres, de toute façon. Et je ne sais pas plus qui, dans leur famille, était un haut magistrat... Vito était loin du compte, je te le garantis !

J'étais en train de me demander ce que ça aurait bien pu lui faire de coucher avec moi, quand Vincent est arrivé. Il est allé tout droit dans la cuisine tandis que j'observais Marion du coin de l'œil, ouvrant ses paquets, la jupe de son tailleur léger me cinglant la cervelle. Plus d'une fois, j'avais surpris certaines conversations entre elle et ma mère. Je savais qu'elle était capable de quitter une soirée pour disparaître au bras d'un inconnu. Il y avait sept mois et une dizaine de jours qu'elle m'avait glissé entre les doigts. J'avais l'impression qu'il y avait une seconde.

Vincent et moi avons passé une partie de l'après-midi chez Olivia et Chantal Manakenis, à attendre une livraison qui ne venait pas. Nous étions tous énervés. Les parents n'étaient pas là, mais les filles ne voulaient pas que nous montions dans leurs chambres. Elles avaient peur de ne pas entendre si l'on sonnait. Nous sommes repartis les mains vides, assommés par la musique new age dont se régalaient les jumelles.

Le lendemain, elles avaient ce qu'il fallait, mais leurs chambres étaient transformées en halls de gare, leurs lits en centres de dégustation. En pleine période d'examens, chacun craignait de tomber en panne. Certains arrivaient devant leur feuille pratiquement à bout de force, pâles comme des morts et pressés d'en finir. Nous nous retrouvions au Blue Note après l'épreuve. La situation de nos familles rendait ces examens absurdes pour la plupart d'entre nous, mais personne ne nous disait qu'ils ne servaient à rien. Ceux qui chutaient seraient repêchés d'une manière ou d'une autre. Ce n'était pas très stimulant. Mais qu'est-ce qui l'était ? Je me souvenais qu'étant plus jeune, je rêvais à mes dix-huit ans. Il me semblait que par cette porte, j'entrerais dans un monde différent, laissant à mes pieds une peau morte et stupide. Il me semblait qu'enfin les choses prendraient leur véritable dimension, que tout ce qui m'avait échappé jusque-là serait à ma portée, que mon attente serait payée en retour, récompensée au centuple. Il ne me restait plus que quelques mois avant de découvrir ce nouvel horizon. J'en éprouvais une telle excitation que j'avais besoin d'une chaise pour m'asseoir. Je n'étais ni étonné, ni en colère, ni même attristé de voir qu'aucune muraille ne s'effondrait devant moi. Et si j'avais jamais eu l'impression d'être enfermé dans quoi que ce soit, alors ma prison était infinie et je n'en toucherais pas les enceintes.

J'ai promis à Jessica de revenir après la corrida mais elle ne m'a pas répondu. Olivia a relevé la tête et a dit qu'on pouvait très bien se passer de moi. Je l'ai fixée un instant.

J'ai retrouvé mon grand-père dans le *patio de caballos*. J'avais jeté un œil sur le lot de Victorino Martín mais ses amis et lui parlaient de la sécheresse et de l'arrivée de nouveaux canadairs qui paraissait imminente.

Je ne savais pas ce que Jessica attendait de moi. Si je lui demandais de me raconter ce qu'il y avait, elle secouait la tête, refusait de me confier ses problèmes. Si je ne lui demandais rien, ou si lassé de son silence, je me désintéressais de la question, elle me le reprochait d'une manière ou d'une autre, quand ce n'en était pas une du genre d'Olivia qui se chargeait du message. Et lorsque tout allait bien et que j'évoquais nos difficultés à communiquer, elle balayait mes déclarations d'un geste, m'encourageait à entamer une conversation un peu plus gaie. J'avais parfois l'impression qu'elle couvait ses ennuis comme des œufs, avec jalousie et persévérance. Que s'il n'y avait pas eu ces histoires avec son père ou cette cochonnerie dont elle ne parvenait pas à se débarrasser — c'était le quatrième gynéco qu'elle envoyait promener —, elle aurait trouvé autre chose. Alors, qu'étais-je censé faire, au juste ?

En sortant d'une pique laborieuse, le cinquième taureau a bondi par-dessus la *barrera*. Une giclée de sang est montée en l'air tandis qu'il redégringolait dans le couloir. Comme j'étais au premier rang, que ses sabots m'avaient frôlé les genoux, c'est moi qui ai été aspergé.

Je suis allé me nettoyer le visage. Et aussi me rafraîchir. Pensant à Jessica, je n'avais suivi l'action que d'un œil distrait, si bien que tout à coup, le taureau avait surgi devant moi, me paralysant sur place. Il était retombé aussitôt, mais je voyais encore son mufle tout près de ma figure. Cela m'avait évidemment secoué. Néanmoins, ce n'était pas d'avoir eu peur que je me souvenais à présent. J'avais plutôt ressenti quelque chose d'agréable, aussi confus, mystérieux que cela pouvait être. Et stupide, par la même occasion. Car il me semblait bien — en admettant que le taureau soit resté suspendu dans les airs et qu'il ait eu deux ou trois mots à me dire — que je m'étais penché en avant et lui avais tendu l'oreille.

Le 28 août 1947, à Linares, un miura du nom d'Islero encorna Manolete et l'envoya dans la tombe. Ou bien à Séville, devant des autorités franquistes, Belmonte déploya sa muleta sur laquelle on pouvait lire le cri de ralliement national : « *Arriba España !* » Je connaissais toutes ces histoires, on me les avait racontées cent fois. Depuis que j'étais en âge de tenir sur mes jambes, mon grand-père me ramenait à son club, après chaque corrida, et je n'avais plus rien à apprendre sur « l'homme aux mains illuminées », « la véronique de La Serna » ou la cruche de Joselito Je me défilais donc, depuis un an ou deux, sauf lorsque je voulais m'attirer ses bonnes grâces.

Comme il était encore sous le coup d'un parfait *volapié* exécuté quelques minutes plus tôt, il m'a interrogé du regard. Je le sentais d'humeur à passer son bras sur mon épaule, à renvoyer Anton pour que nous puissions marcher un peu, à me demander si tout allait bien. Je lui ai souri tristement en lui montrant ma chemise. « Bah, le sang n'est rien... », a-t-il insisté, mais je n'ai pas cédé.

Il y avait une voiture de police devant la maison, et pas n'importe laquelle. Au moment où j'arrivais, Richard Valero lui-même y prenait place et repartait en m'adressant un signe de la main. Sur le pas de la porte, Vito rangeait des papiers dans son portefeuille.

— Qu'est-ce qu'il voulait... ?

— S'éclaircir la mémoire, je suppose...

— Mmm... J'avais oublié que vous vous connaissiez tous, à l'époque.

— Oui... plus ou moins...

Je l'ai presque bousculé pour entrer. Je n'avais pas envie de savoir à quoi ils s'amusaient quand ils avaient dix-huit ans, je n'avais pas envie d'entendre leurs aventures. J'en avais plus qu'assez de leurs allusions, tous autant qu'ils étaient, j'en avais même par-dessus la tête de leurs petits souvenirs de jeunesse. Pourquoi n'organisaient-ils pas un bal pour se retrouver et déguster leur bouillie jusqu'à l'aube ?

Je suis monté dans ma chambre pour me changer. J'ai demandé à Mona où était ma mère et ce qu'il fabriquait quand il était tout seul. Éthel faisait des courses en ville, pour changer. Quant à Vito, Mona s'est contentée de hausser les épaules.

J'ai dû me laver la poitrine car le sang avait traversé ma chemise. En me rhabillant, j'ai aperçu Vito accroupi devant ma moto. Et en y regardant bien, j'ai vu qu'il maniait des clés ou un outil quelconque. Je suis descendu en vitesse.

— Hé... ! Mais qu'est-ce qui te prend... ?! ai-je lancé en arrivant sur lui.

— Ta chaîne était détendue..., m'a-t-il répondu sans se lever mais en tournant un œil vers moi qu'il plissait dans la lumière.

— Je sais retendre une chaîne. Et je n'aime pas qu'on touche à ma moto.

Il est resté silencieux un instant, puis il a hoché la tête :

— Très bien... C'est entendu.

Il s'est redressé, un demi-sourire braqué sur l'horizon où le soleil s'engouffrait, simulant le grand incendie que l'on craignait, jaillissant du cœur des Malayones, le pire que l'on pouvait imaginer. J'attendais qu'il plie bagage, qu'il aille s'occuper du vélo de Bob si ça l'amusait ou méditer un peu plus loin. Mais il a encore fallu qu'il s'allume une cigarette et se passe une main dans les cheveux.

Mon estomac s'est contracté. J'ai failli reculer d'un pas. Je crois que si j'avais pu décider de ma réaction, j'aurais tourné les talons sans prononcer un mot. Mais mon regard ne pouvait se détacher de son oreille.

— Eh bien quoi... ? Tu ne l'avais pas remarqué... ?

Il avait pris un ton amusé, incliné la tête pour que ses cheveux retombent.

— Bah, je suis désolé, je n'y peux rien..., a-t-il ajouté.

Et comme je ne bougeais toujours pas, il a essayé autre chose :

— Il n'est écrit nulle part que les borgnes doivent s'embrasser sur la bouche...

J'étais bien conscient qu'un simple geste m'aurait tiré d'affaire. Je n'avais qu'à repousser l'air de la main pour lui montrer que je me fichais pas mal que son oreille soit coupée en deux, la même que la mienne comme un fait exprès, ce qui était du plus haut comique. Mais j'étais tellement sidéré que je le fixais comme s'il était tombé du ciel.

— Écoute..., a-t-il soupiré. Si tu prends les choses de cette manière, tu n'es pas au bout de tes peines... Et puis je te signale que j'ai perdu ce morceau d'oreille avant toi.

Il a voulu que je le suive jusqu'au garage, prétendant que les mauvaises nouvelles se digéraient mieux d'un coup.

— Voilà... C'est une Vincent Black Shadow, a-t-il déclaré, les mains enfoncées dans les poches. Et une fois encore, je n'y peux rien, je conduisais une moto avant que tu ne viennes au monde, figure-toi... Mais ne crains rien, je m'arrangerai pour emprunter d'autres routes que les tiennes...

— Bon. Très bien..., ai-je dit après m'être perdu un instant dans la contemplation de sa machine. Et quoi d'autre... ? Est-ce que nous avons la même eau de toilette... ?

J'ai soudain compris comment il avait eu ma mère. Il a plongé ses yeux dans les miens et j'ai senti ce qu'il essayait de me faire. Il s'y prenait assez bien, au demeurant, vous laissait deviner qu'il portait tout le poids du monde et qu'il ne demandait rien, que vous n'aviez qu'à donner ce que vous vouliez pour le soutenir dans son effroyable solitude. Il y avait dans son air un mélange de douceur et de sauvagerie auquel je concédais un certain charme, sauf que je n'étais pas ma mère et que la pointe de mes seins ne se dressait pas vers lui. J'ai trouvé qu'il ressemblait à Nicolas Cage.

— Bon Dieu ! ai-je marmonné sans pouvoir m'empêcher de sourire. Est-ce que je suis censé tomber à la renverse... ?!

Il s'est gratté la nuque en grimaçant, puis il est sorti. Nous

nous sommes rencontrés un peu plus tard, alors que je traversais le salon.

— Attends, j'aimerais que tu m'écoutes une seconde..., a-t-il lâché de son fauteuil.

Comme je poursuivais mon chemin — il n'avait même pas levé les yeux vers moi, s'imaginant que ses désirs étaient des ordres —, il a été obligé de m'interpeller de nouveau, mais en y mettant plus d'entrain, ce que je tenais pour le minimum.

— Enfin merde ! Pourrais-je te parler une minute... ?!

Je me suis tourné vers lui.

— Bien sûr... Pourquoi pas ?

— Bon... mais tu ne veux pas t'asseoir ?

— Pourquoi ? Ça va être long... ?

J'ai eu l'impression que ses épaules s'affaissaient légèrement, aussi suis-je allé me camper derrière le fauteuil, face à lui, n'était-ce que pour le dédommager de son numéro de tout à l'heure. Je savais d'expérience qu'un tel moment était inévitable et que si je me défilais, il n'aurait de cesse que nous ayons cette petite conversation ensemble. Tous les types que j'avais croisés dans cette maison avaient eu quelque chose à me dire, seul à seul. C'était en général pour me proposer leur amitié, m'offrir une main tendue, ou un disque, ou une boîte de chocolats, ou n'importe quelle merde qui leur passait par la tête. Baiser ma mère n'allait pas sans certaines marques d'attention à mon égard. Ils voulaient mettre les choses au point avec moi, s'assurer pour le moins que je n'allais pas leur compliquer la tâche.

— Bon, Mani, écoute-moi...

J'ai jeté un coup d'œil à ma montre pour l'encourager.

— Je vais bientôt avoir de sérieux problèmes avec ton grand-père..., a-t-il poursuivi. Je ne voudrais pas en avoir avec toi, si possible. Je n'ai pas l'intention de me mêler de tes affaires, ni de changer quoi que ce soit dans cette maison.

Nous ne sommes pas dans une situation où nous pouvons espérer de meilleures relations entre nous, mais nous pouvons faire en sorte qu'elles ne deviennent pas franchement désagréables. J'y veillerai, de mon côté, en me souvenant que c'est moi qui t'ai imposé ma présence, mais ne te trouve pas dans mes jambes quand j'aurai d'autres soucis en tête. Tu es la seule personne, ici, avec laquelle je n'ai rien à voir. Nous n'avons rien à attendre l'un de l'autre, ce qui signifie que nous pourrions nous ficher la paix, réciproquement. Qu'en penses-tu... ? Nous pourrions même échanger quelques propos aimables, de temps en temps, mais ce n'est pas une obligation, j'essaye simplement de te dire que nous pouvons nous arranger pour que la potion ne soit pas trop amère... Je vais donc commencer par m'excuser pour ta moto... Ce n'était pas très malin de ma part, d'autant que moi aussi, à ta place, j'aurais préféré qu'on me demande la permission... Enfin, ça ne se reproduira plus. Mais je voudrais que tu saches que je n'ai pas fait ça avec une idée derrière la tête. Je ne te servirai pas ton petit déjeuner au lit. Je n'irai pas acheter tes cigarettes ni ne me lèverai pour te céder mon siège. C'était simplement de voir cette chaîne qui me gênait, comme je serais allé remettre un cadre d'aplomb.

J'ai attendu un court instant, pour m'assurer qu'il avait fini. D'ordinaire, ils tâchaient de sceller un pacte avec moi, ne me lâchaient pas avant que nous nous soyons promis d'œuvrer à des lendemains lumineux, ce à quoi je m'empressais de souscrire de tout mon cœur, les haïssant de toute mon âme. Mais lui ne m'a rien demandé. Il n'a même pas cherché à m'interroger du regard. Il devait s'imaginer qu'il était différent des autres. Pour ma part, je commençais à le trouver plus amusant. Pareillement à vomir, bien entendu, mais plus amusant.

Je l'ai observé, au cours de la soirée. Je n'étais pas rentré tard, Jessica ne m'ayant pas attendu et les autres n'étant plus de ce monde, ne cherchant qu'à me tirer par la manche et me priant d'oublier mes taureaux. Bob et Lisa revenaient fourbus d'un voyage éclair à Londres où la mère de celui-ci venait d'être opérée des reins. Quant à Vito et ma mère, et pour une raison que je n'ai pas cherché à connaître, ils avaient décidé de ne pas sortir cette fois-là et nous nous sommes tous retrouvés à table, ce dont nous nous sommes déclarés agréablement surpris, Éthel déplorant même, sans plaisanter une seconde, que nous ne soyons pas réunis plus souvent.

A la conversation que Bob menait tambour battant, Vito ne participait que du bout des lèvres, mais avec suffisamment d'à-propos pour que l'on ne remarque pas qu'il se tenait en retrait, se fichant pas mal de ce que l'on racontait. Bob et moi ne l'intéressions pas beaucoup. Son regard se vidait quand il se posait sur nous, aussi prenait-il soin de sourire ou de hocher la tête pour donner le change, ou bien il ramassait sa serviette. Cela dit, mais je me trompais peut-être, je ne ressentais aucun mépris dans son attitude. On avait plutôt l'impression que son esprit était trop occupé, qu'il n'y avait plus de place, pour Bob et moi, dans la foison de ses pensées.

Je remarquais, par contre, sa vive curiosité pour Lisa, qui, comme on pouvait s'y attendre, ne se rendait compte de rien. Il ne s'attardait pas réellement sur elle, mais il en profitait dès qu'elle prononçait un mot : il lui jetait un coup d'œil rapide, transperçant, chargé d'une telle intensité que je me suis demandé à quoi il jouait. A ma connaissance, aucun des amants de ma mère n'avait encore tenté de séduire ma sœur. Au moins Vito voyait les choses en grand.

Le jour où Anton l'a soulevé du sol et lui a aplati le crâne sur le toit de la voiture, je savais que tout avait un prix.

L'affaire était déjà bien engagée quand je suis arrivé sur les lieux. Mon grand-père se tenait en avant, légèrement de profil, le soleil dans son dos. Anton était derrière lui, les bras croisés, une fesse appuyée sur l'aile de la voiture. Éthel et Vito leur faisaient face.

Je ne voulais déranger personne. Je suis allé m'installer à l'écart, sur la terrasse, à une distance que je jugeais suffisante. Je ne savais pas ce qu'ils s'étaient dit, mais Vito était blanc comme un mort et le visage de mon grand-père cramoisi.

J'ai craint un instant que ma présence ne les refroidisse, mais mon grand-père a tendu un doigt vers Vito « Je te le garantis ! a-t-il lancé d'une voix sombre. Je te donnerai la leçon que tu mérites… ! » Moi-même, j'en ai eu les poils des bras qui se hérissaient. Il avait mis tant de force et tant de résolution à décliner ces paroles qu'à mon avis, personne ne pouvait douter qu'il tiendrait sa promesse.

Éthel a déclaré : « Je ne t'écouterai pas plus longtemps ! » Elle a regardé Vito, avec la même expression excédée qu'elle avait réservée à mon grand-père, puis elle est rentrée en claquant violemment la porte sur ses talons.

Il n'était pas encore cinq heures de l'après-midi mais mon grand-père portait des chaussettes roses. J'étais curieux de savoir comment il allait citer Vito.

Celui-ci semblait en proie à des sentiments contraires. Il avait tourné la tête vers la maison quand Éthel s'y était engouffrée et quelque chose de douloureux l'avait traversé. A présent, il paraissait clair que sa colère avait augmenté et qu'il s'efforçait de la contenir, avec un bonheur inégal. Il n'en était pas encore à soulever la poussière mais son corps était tendu en avant, presque en déséquilibre. J'étais consterné de n'avoir pas été là quelques minutes plus tôt. Dieu sait ce qu'ils avaient dû s'envoyer à la figure ! Il y avait une telle odeur de sang qui flottait dans l'air que, sans doute, ils ne s'étaient rien épargné. J'avais bien peur qu'ils n'aient plus rien à se dire pour le moment. Je n'entendais plus que le chant des cigales. Et le vent léger qui cliquetait dans les feuilles des eucalyptus était tombé.

Mon grand-père en a profité. Il a tiré un chiffon de sa poche, à rayures vertes et bleues semblables aux couleurs de l'école, et l'a jeté en direction de Vito. Dans la seconde, ce dernier s'est élancé. Une charge longue et régulière, comme en rêvent tous les *diestros* et que mon grand-père a laissé venir avec le sourire.

Puis, juste au moment où Vito arrivait sur lui, il a chargé la *suerte*, les pieds joints, les jambes tendues, pensant à Pepe Luis Vásquez aurais-je parié, et accompagnant l'autre d'une passe de poitrine qui l'a conduit entre les bras d'Anton. Je m'en étais presque levé, les mains accrochées au bras de mon siège. Au bruit de la tête de Vito cognant sur le toit de la Mercedes, je me suis rassis.

Anton avait fêté ses cinquante-cinq ans le mois dernier, mais on ne lui donnait pas d'âge. Il était toujours impeccablement coiffé, rasé de près, ses chemises d'une blancheur irréprochable — Arlette, la femme de Moxo, s'en occupait elle-même, ce qui avait toujours été un sujet de plaisanterie entre Lisa et moi. Chaque fois que je l'avais vu régler un problème pour mon grand-père, je n'avais jamais assisté à une bataille de chiffonniers, ni à quoi que ce soit qui ressemblait à un combat ou à une bagarre de rue. Il portait toujours le premier coup, sans prévenir, et à une vitesse incroyable. Puis, tandis que son adversaire s'effondrait sur le sol, il prenait un air ennuyé en se caressant le coude, qui était son arme favorite — si l'autre avançait un pied vers lui, il ne reculait pas mais entrait dans ses jambes. « Quand on ne prend pas de plaisir à faire quelque chose, m'expliquait-il, autant en finir au plus vite... » Mon grand-père l'avait trouvé à Prague, en 56, sans travail et à moitié mort de faim, tout juste sorti de quatre années de prison pour antisoviétisme, arrêté à dix-huit ans en même temps que son père qui s'était battu en Espagne, dans les Brigades internationales. « On organisait des combats, dans la prison, m'avait-il raconté. Et sais-tu pourquoi j'y participais... ? Parce qu'ensuite, on nous donnait la permission de prendre une douche. Et je savais que si je restais propre, si je me coiffais, si je pouvais nettoyer mon linge, je savais que je m'en sortirais... ! » Je le regardais, après qu'il eut assommé Vito et l'eut laissé choir à ses pieds, rajuster sa chemise avec discrétion en se jetant un rapide coup d'œil dans le rétroviseur.

Ensuite, mon grand-père s'est tourné vers moi. Il m'a paru énorme, gigantesque. Il annonçait toujours qu'il pesait cent kilos, mais que faisait-il du reste ? Il était malgré tout encore suffisamment vif et souple — sa démarche semblait presque légère — pour qu'on ne mette pas sa parole en doute. Il a levé une main affectueuse dans ma direction, après avoir recoiffé son chapeau. « Ne t'attarde pas en plein soleil, mon garçon... ! m'a-t-il conseillé. Lorsqu'il se réveillera, rappelle-lui qu'il a choisi un chemin semé d'embûches... »

Jessica avait de nouveau teint ses cheveux. Ils étaient à présent d'un noir absolu, comme ses lèvres et ses ongles. Elle prétendait que son père avait fini par prendre son parti du rouge, qu'il ne s'étranglait plus lorsqu'ils passaient à table. Elle était tout heureuse de m'apprendre qu'hier au soir, en découvrant son nouveau maquillage, son appétit s'était envolé. « Il a pleurniché pendant une heure derrière ma porte..., a-t-elle ajouté. Comme je ne lui parle plus, je n'ai pas pu lui demander ce qu'il pensait du visage de ma mère... »

Je regardais celui de Vito, justement. Après être passé par différentes couleurs franchement abominables, son teint avait repris une apparence humaine. Son nez était bien moins enflé et ma mère consentait à l'embrasser de nouveau sans donner l'impression qu'elle grimpait à sa potence.

Il était d'ailleurs temps, car Éthel commençait à avoir des fourmis dans les jambes. Toutes ces soirées gâchées, à attendre que Vito redevienne présentable, la rendaient nerveuse.

Nous les avions rencontrés à un vernissage où Jessica m'avait traîné. Puis nous avions fini dans l'atelier du peintre, à la sortie de la ville. Nous avions descendu un petit jardin japonais, cheminé le long d'allées taillées au millimètre et délicatement éclairées de lampions suspendus dans les arbres. La pièce principale s'avançait au-dessus de la falaise, de larges baies s'ouvraient sur l'océan où miroitaient la lune et les lumières de la côte dont on pouvait découvrir l'étendue en sortant sur la terrasse que des types en livrée sillonnaient pour vous servir un verre ou vous proposer quelques petits machins du buffet.

Vito avait dansé. Au bras de ma mère, il avait participé à toutes les conversations, visité toutes les pièces de la maison, avait raconté quelques blagues, dépensé plus d'énergie que n'importe lequel des convives. Éthel était fière de lui, avait rayonné durant toute la soirée. Je surprenais parfois le plaisir avec lequel elle le couvait des yeux lorsqu'il retenait l'attention générale. Elle était encore sous le coup du beau cadeau qu'elle s'était offert. Vito lui donnait ce qu'elle voulait. Je ne l'avais jamais trouvée aussi belle, à la fois grave et insouciante, savourant une victoire dont j'étais conscient de ne peut-être pas bien saisir tout ce que cela signifiait pour elle, ne m'étant pas tenu dans ses jupes vingt ans plus tôt.

Je n'avais pas besoin d'être à ses côtés pour savoir ce que lui racontaient ses amies. Marion elle-même, qui n'avait pas salué l'arrivée de Vito avec enthousiasme, n'était plus aussi catégorique. Un matin, elle avait apporté une crème qu'elle avait fait confectionner tout exprès pour le nez du malheureux, une formule secrète à base de placenta et de liquide rachidien que l'on ne pouvait se procurer qu'à prix d'or et en toute illégalité mais qui supplantait les dernières nouveautés en matière de cosmétiques. Elle avait passé quelques soirées à la maison durant la convalescence du grand homme, afin de leur apporter son soutien pendant l'épreuve. Le jour, ma mère et elle ne se quittaient plus et lorsqu'elles rentraient de leurs courses, il y avait toujours un foulard, une cravate ou une marque de leur délire attentionné pour leur petit bonhomme.

Éthel recevait compliments et félicitations, parfois glissés sur le ton de la gourmandise, avec une tranquille bienveillance. Elle s'était occupée de reconstituer la garde-robe de Vito à son goût — ses tee-shirts, ses bottes, ses pantalons tire-bouchonnés restaient à la maison après la tombée du jour — et veillait à ce qu'il prenne un solide petit déjeuner de bon matin, accompagné d'une pleine poignée de vitamines et autres pilules destinées à prévenir rides et ridules, maintenir son appétit sexuel, lui conserver le teint clair et le regard brillant, le cheveu souple et le moral au beau fixe. Lorsqu'elle l'inspectait, le soir, avant de franchir le seuil — mais il ne s'était pas encore écoulé des siècles —, une bouffée de satisfaction illuminait son visage. Vito se prêtait volontiers à cette petite cérémonie, prenait même des poses avantageuses. Il était parfait. Elle aurait pu le tenir en laisse, lui acheter des pantalons à rayures ou lui mettre un ruban dans les cheveux. Il semblait qu'en dépit des histoires que cela occasionnait avec mon grand-père, elle ait choisi le bon numéro.

Je le regardais tandis qu'il s'était installé à l'écart, pour souffler un peu. Il était environ deux heures du matin.

Peut-être la fatigue y était-elle pour quelque chose, mais il n'empêche qu'il ne souriait plus, se frottait les joues, les yeux mi-clos, ou balayait la pièce d'un air sombre, oublieux du sourire imbécile qu'il affichait quelques instants plus tôt. Il y avait certainement une part de lui qui m'échappait, ce qui ne troublait pas mon sommeil, au demeurant. Il pouvait bien sortir un troisième bras de sa chemise, si le cœur lui en disait, ou s'envoler de la terrasse et flotter au-dessus de l'océan, je n'en avais rien à foutre.

Si j'avais eu un conseil à lui donner, je lui aurais dit de plier bagage sans perdre une seconde, que nous avions apprécié sa discrétion, comparé à d'autres, sa courtoisie, son amabilité mais qu'il était temps d'y mettre un terme, dans son propre intérêt. Il n'avait pas idée des ennuis, des déceptions qui lui pendaient au nez, qui jailliraient de tous les côtés à la fois. S'entêter relevait de la bêtise pure et simple, ou de l'aveuglement le plus complet que l'on puisse imaginer. Savait-il seulement où il avait mis les pieds ?

Voulait-il un exemple ? Qu'il aille demander à Éthel certains renseignements sur notre hôte, s'il voulait juger sur pièces. Ce peintre, ce barbouilleur sans âme qui lui avait serré la main et embrassé ma mère sur le front, les entraînant vers le grand canapé blanc qui trônait dans la pièce, voulait-il le connaître davantage ? Voulait-il savoir chez qui ma mère l'emmenait passer la soirée, désirait-il apprendre une chose dont il était bien le seul à n'être pas au courant... ?

Quel crétin c'était ! Éthel avait vécu six mois avec ce type vaniteux et puant, aussi nul que sa peinture — mais qu'on s'arrachait quand on aimait Bernard Buffet — et presque aussi laid que son chien mexicain à peau nue. « Mon pauvre Vito ! avais-je presque envie de lui dire. Sais-tu qu'un soir je suis entré dans cette pièce alors qu'on ne m'y attendait pas, tout bêtement parce qu'on avait oublié que j'étais endormi à l'étage ? Sais-tu que sur ce canapé où il t'a convié tout à l'heure, gardant ta main entre les siennes et t'assurant du plaisir qu'il avait de te rencontrer, je l'ai vu en train de sodomiser ma mère, oui, je les ai vus comme je te vois, pauvre imbécile, et je te fais grâce des détails... ! Tu n'es pas bien au milieu de tous ces gens... ? Mais qu'est-ce que tu t'imagines ?! Que tu en verras la fin... ? Va ! Fiche le camp avant de recevoir le ciel sur la tête... ! »

Je le regardais assis dans son coin, cueillant un verre au passage et feignant de se plonger dans le catalogue de l'exposition, sobrement intitulé *Réflexions et Matières.* Malgré ce que j'en pensais, aucune force ne me poussait de mon siège pour aller lui parler à l'oreille. Il m'avait un peu sidéré en bondissant sur mon grand-père, faisant preuve, à mes yeux, d'un courage qui m'aurait sans doute manqué et dont je le créditais sans faillir. Mais cela ne m'engageait pas autrement envers lui. Et je ne savais pas si je le plaignais réellement ou si ce n'était que l'attitude d'Éthel qui me rendait malade. Aussi bien, pour quelle raison me trouvais-je ici ? Pour apprécier son comportement ou pour mesurer le culot de ma mère ? Au fond, cela n'avait pas grande importance. Je jouais au squash, deux fois par semaine, avec un type qui avait donné à Éthel des cours particuliers, dans les douches de préférence, ou sur les tables du salon de massage. Le père d'Olivia et Chantal Manakenis s'était glissé comme une ombre dans le jardin, avait escaladé durant tout un été, et dans le plus grand secret, un vieil olivier qui menait à son balcon, ahanant, brisant de petites branches et agitant l'arbre tout entier, réveillant tout le monde à un kilomètre à la ronde quand il se cassait la gueule. Il y avait au moins un autre peintre — du genre maudit, celui-là, mais qui avait de grands yeux bleus —, quelques membres des parents d'élèves et deux ou trois personnalités qui avaient bien connu ma mère. En n'importe quel endroit où il poserait les pieds, Vito devrait serrer des mains moites, goguenardes et encore poisseuses. Je le faisais bien moi-même. Mais je préférais que ce soit en connaissance de cause. Ce n'était pas sur moi que ces types viendraient baver à un moment ou à un autre. Ils ne risquaient pas de me fixer dans le blanc des yeux, dans un élan de pure sympathie, pour me demander si tout allait comme je le désirais.

Quoi qu'il en soit, leur lune de miel a duré un moment. Malmené par sa prostate, mon grand-père a fini par accepter un séjour dans la clinique du Dr Santemilla, son ami et bouillant aficionado, qu'on disait capable d'opérer en déclamant du Garciá Lorca, en particulier la « Plainte pour Ignacio Sánchez Mejía », ce que je croyais volontiers, ayant été moi-même soigné dans ces lieux pour une appendicite et abreuvé, du matin au soir, par les hauts faits de ce matador, sa fantastique témérité et sa célèbre *mariposa,* le dos à la barrière. Ils parlaient souvent de ses *suertes* suicidaires, mon grand-père et lui, penchés au-dessus du lit où j'agonisais. Santemilla avait refusé d'être mon parrain, puisque ma mère avait refusé de m'appeler Ignacio. Puis il était revenu sur sa décision mais n'avait pas eu pour moi toute l'attention que j'aurais pu espérer si l'on m'avait flanqué de ce prénom ridicule. De toute façon, moins je le voyais et mieux je me portais.

Le plus souvent, Éthel et Vito dansaient et s'amusaient jusqu'à l'aube. Sur sa demande, je tenais mon grand-père au courant de ce qu'ils fabriquaient, ainsi que de leur humeur et de petites anecdotes qui me venaient à l'esprit. Il m'écoutait patiemment, s'intéressait à des détails dont je ne saisissais pas la valeur. Il voulait savoir quels gens nous rendaient visite, quels étaient ceux qui téléphonaient, quel genre de rapport Vito entretenait avec les uns et les autres, comment il se comportait avec Éthel, s'il avait des conversations avec Lisa. Je ne lui disais pas tout ce que je voyais et entendais. Je ne l'informais que de choses dont je pouvais parler facilement, qui ne me semblaient pas être de nature à trop noircir mon rôle. Je ne voulais pas me sentir mal à l'aise, je ne voulais pas dépasser certaines limites. Mais je lui donnais des nouvelles.

Il n'y avait pas que de la crainte qu'il m'inspirait. Mon grand-père était aussi le seul homme pour lequel j'avais jamais éprouvé de l'affection. C'était un sentiment bizarre, qui fluctuait de manière incontrôlable, surgissait et disparaissait sans prévenir, me laissant l'impression que j'avais été touché par une main invisible, brûlante et pressée. Je ne m'en rendais jamais compte, sur le moment, cela participait plutôt d'une sorte de rumination, d'une lente remontée jusqu'à mon cerveau. Le fait qu'il n'y ait aucune continuité dans mon inclination pour lui m'empêchait d'y voir plus clair que ça.

« Mani, tu n'as donc rien de mieux à faire… ? » me disait-il en me prenant la main, à peine avais-je pénétré dans sa chambre. Il congédiait aussitôt l'infirmière, hochant imperceptiblement la tête tandis que je m'asseyais. Ensuite, il fermait les yeux un instant et ses lèvres remuaient, mais je n'entendais rien.

Je ne me sentais pas obligé de lui rendre visite, même si cela ne manquait pas de me fortifier dans son cœur. Cloué sur son lit, il ne disposait plus des mêmes pouvoirs. C'était moi, à présent, qui pouvais me pencher au-dessus de lui. C'était à la faveur de conditions si différentes que je ressentais certaines choses à son égard. Il fallait que nous nous trouvions dans des situations particulières, échappées à la vie de tous les jours, pour que le charme opère. Replongé dans nos habitudes, je n'en gardais plus qu'un souvenir incertain qui peu à peu s'éloignait de mon esprit ou s'effaçait subitement dès que j'étais pris par mes coliques.

Lorsque je quittais la clinique, je sentais encore ses lèvres sur ma bouche, mais ce n'était pas ce que j'appréciais le plus. Éthel me regardait d'un drôle d'air, puis finissait par me demander comment il allait en prenant soin d'occuper son attention à d'autres tâches.

Un soir que Vito ne se trouvait pas en forme et rechignait à courir la dernière boîte qui venait de s'ouvrir sur la côte, Éthel s'est retournée contre moi.

— Est-ce qu'il te paye pour être à son chevet... ? m'a-t-elle lancé tout à coup.

J'étais en train de me confectionner un sandwich avant de remonter dans ma chambre. J'avais senti qu'il y avait de l'orage dans l'air, mais je ne m'étais pas attendu à en être la victime. J'ai glissé un œil par-dessus mon épaule.

— Pourquoi me dis-tu ça ?

Elle se tenait dans ses coussins, les jambes repliées sur le côté, faussement détendue.

— Eh bien, je ne sais pas... A ton avis... ?

Vito s'est penché en avant, pour feuilleter un magazine.

— Je te donnerai mes tarifs le jour où tu en auras besoin..., ai-je répondu.

Je ne m'accrochais pas souvent avec ma mère. Si nous avions été seuls sur une île déserte, nous nous serions très bien entendus. Mais elle avait ses problèmes et j'avais les miens. Il nous arrivait alors de nous en décharger l'un sur l'autre. Sans les courtoisies d'usage.

— Et si tu te conduisais comme un homme, pour changer... ? Si tu cessais d'aller lui lécher la main, qu'en penses-tu... ?!

— Bon Dieu ! Et si tu t'occupais de ce qui te regarde... ?!

J'ai lancé mon sandwich et mon couteau dans l'évier avant d'ajouter :

— Tu l'as bien cherché, n'est-ce pas ?! Alors ne viens pas me mettre ça sur le dos... !

— Il ne s'agit pas de ça ! Mais de ton attitude ! Tu choisis mal ton moment pour tes délicatesses, tu ne crois pas... ?!

— Écoute, laisse-moi tranquille... Prends ton téléphone et trouve-toi quelqu'un pour sortir, d'accord... ?

— Mais, mon chéri... ce n'est pas à moi que tu dois prouver ton caractère... Tu ne peux pas toujours choisir le plus facile, j'espère que tu en es conscient...

Les rares fois où j'avais tenté de tenir tête à mon grand-père avaient été autant de Berezina portées sur mon compte. Et je ne me souvenais pas qu'Éthel ait surgi au bon moment pour me sauver la mise. Lorsque j'avais douze ou treize ans et que mes diarrhées me tordaient dans mon coin, elle n'était jamais là pour me tirer d'affaire. Elle se pointait au bras de Pierre ou Paul, flottant sur un nuage, me caressait la joue, s'étonnait une seconde de ma pâleur puis pensait à autre chose. Je me sentais donc autorisé à lui renfoncer ses conseils dans la gorge.

— Ne te fatigue pas..., ai-je ricané. Tout le monde sait bien que tu t'y entends pour allumer un feu.. Mais ne demande pas aux autres d'aller l'éteindre à ta place. Ça aussi, c'est facile...

Si, au cours de telles discussions, ma mère prenait le temps d'allumer une cigarette, cela signifiait que le ton allait monter d'un cran et qu'il n'y aurait pas de prisonniers. Mais Vito a enlevé ses bottes, perturbant Éthel dans son élan.

— Malgré tout, si tu entends crier « Au feu ! »..., a-t-elle repris en m'envoyant un jet de fumée bleue, ne commence pas par te verser un seau d'eau sur la tête...

Vito s'est levé et a ôté son pantalon.

— Je dois pouvoir être prêt dans une minute..., a-t-il annoncé en se cambrant les reins, planté au milieu du salon sur ses deux jambes poilues et blanches. Finalement, mon vieux, je crois que nous allons te fausser compagnie...

Après la fin des examens, les cours devaient encore se poursuivre durant tout un mois, mais les sœurs Manakenis ont organisé une grande fête pour le soir même, profitant que le séjour en Grèce de leurs parents se poursuivait. Au petit matin, ivre morte, Olivia était dans sa chambre et les types se relayaient pour aller la baiser, malheureusement Jessica ne m'avait pas quitté d'un pouce. Quoi qu'il en soit, nous nous sentions tout de même libérés d'un poids, aussi peu terrible qu'il ait été.

Les nuits sont devenues très chaudes, pas très bonnes pour la santé. Je remplaçais mes cours du matin par des séances de squash, après quoi je retournais dormir un peu. Parfois, Vito venait me rejoindre sur le court. Il jouait assez bien et, pour moi, taper des balles avec lui ou un ex de ma mère ne faisait aucune différence. Comme il arrivait lui aussi en moto, nous nous observions après la douche afin de ne pas partir en même temps. Bien entendu, il se pouvait que nous nous retrouvions ensemble devant le frigidaire, mais il ne me témoignait pas plus d'intérêt que je n'en avais pour lui, et de ce côté-là, je n'avais pas à me plaindre.

C'était Lisa qu'il aimait bien. Son attention pour elle n'avait pas faibli, au contraire, mais j'étais revenu sur ma première impression. Je ne pensais plus qu'elle était simplement à son goût. Je remarquais qu'il se satisfaisait d'être en sa compagnie, qu'il cherchait souvent à lui parler et qu'il lui disait bonjour de bon matin quand il ne m'accordait qu'un signe de la tête. Il y avait mille petits riens que l'on aurait pu s'amuser à coller bout à bout et qui sans doute auraient donné quelque chose.

— Mais ma pauvre… ! Mais qu'est-ce que tu as dans les yeux… ?! lui ai-je dit.

— Bah… il est plutôt gentil…, m'a-t-elle répondu en haussant les épaules.

— Gentil… ?! Mais qu'est-ce que ça veut dire, gentil… ?! Et alors, ça ne te paraît pas un peu bizarre qu'il soit aussi gentil… ?!

Elle a joué à l'idiote, ce qu'elle réussissait parfaitement bien :

— Non, je ne trouve pas ça bizarre que l'on soit gentil avec moi… A mon avis, tu dois être le seul qui puisse s'en étonner…

— Écoute, tu devrais arrêter la fac de lettres et t'inscrire dans un ashram. Ton esprit est trop puissant… !

Pas plus tard que la veille, nous étions à la Pointe-du-Rat, sur une petite plage déserte, à une demi-heure de route. L'idée était d'aller déjeuner sur la plage, ce que je détestais, mais Marion était là et elle n'avait eu qu'un mot à dire pour me décider — je ne la cherchais plus mais elle savait où me trouver si jamais elle pensait à quelque chose. Néanmoins, je ne me berçais pas d'illusions pour autant, je connaissais le danger qu'il y avait à interpréter le moindre regard qu'elle posait sur moi. Elle arborait toutefois de ces minuscules maillots de bains que je pourrais m'enfoncer dans les yeux, en désespoir de cause, et je n'avais rien de mieux à me proposer dans les heures qui suivaient.

Des deux paniers que Mona nous avait préparés, ils se sont régalés, à peine séchés d'un premier bain duquel je suis sorti réveillé pour de bon, affligé d'une vision atrocement nette. Je n'ai rien pu avaler, pas une miette. J'étais plutôt d'humeur à m'enfourner des poignées de sable dans la bouche, à peine capable de terminer un soda que je n'avais accepté que pour la forme. Je souffrais en silence, écorché vif derrière le verre de mes lunettes, les plus grandes, les plus solides, les plus sombres de ma collection. J'étais cloué au sol, le souffle court, suffisamment tourné vers l'océan pour donner le change, mais le regard tordu dans sa direction, un bras replié sous ma pauvre tête. J'étais au supplice car — comment dire ? — elle m'apparaissait plus nue que nue et sous plus de lumière que je n'aurais jamais osé l'espérer. Serais-je parvenu à mes fins, en cette triste soirée d'octobre, que je n'aurais pu l'examiner aussi bien. Je pouvais presque distinguer les pores de sa peau. Le moindre duvet, le détail le plus infime n'étaient en état de m'échapper. L'œil rivé au fond du V de ses cuisses, je mourais, mes bras et mes jambes tombaient en morceaux, je mourais, l'esprit tourmenté par la seule question qui valait à l'instant de mon dernier souffle : était-ce de l'eau de mer qui tardait à s'évaporer ou mon supplice qui lui mouillait la fente, je mourais, j'allais me jeter à l'eau toutes les cinq minutes puis reprenais ma place, m'étendais de nouveau pour mourir.

A l'occasion de l'un de ces aller et retour, je les ai trouvées en appui sur les coudes, souriant à mon approche.

— Qu'est-ce qui vous prend, toutes les deux... ?

— Mais rien du tout..., a plaisanté Marion.

— Nous nous disions que tu devenais un beau garçon..., a renchéri Éthel.

— Sans blague... ! ai-je grincé avec la mort dans l'âme.

A les écouter, quelquefois, on pouvait supposer, sans trop se monter la tête, qu'un type de dix-huit ans leur était une douce friandise. J'avais le souvenir de Marion, avant le déluge, passant un doigt sur ma peau et demeurant perplexe, avant de s'éloigner avec un soupir. Je ne comprenais pas ce qui coinçait.

— Elle est à toi..., m'a glissé Vito, profitant d'un moment où elles bondissaient dans les vagues. Je ne te raconte pas d'histoires...

Je ne lui ai pas demandé de quoi il se mêlait. Parce que

j'étais anéanti, d'une part — ainsi, d'où qu'il vienne, le moindre souffle de chaleur humaine devient précieux. Et de l'autre, parce que ses paroles m'intéressaient au plus haut point.

— Pardon..., je n'ai pas compris ce que tu m'as dit...

Il s'est accroupi à mes côtés, regardant l'océan et manipulant un morceau de ficelle qu'il venait de ramasser. Les autres nous faisaient des signes. D'un séjour en Australie, il avait contracté quelques vives inquiétudes relatives à la détérioration de l'ozone et refusait de se déshabiller sous le soleil. Il a agité son chapeau dans leur direction, puis s'en est recoiffé en vitesse.

— Alors, tu disais... ?

— Voyons... je ne sais plus ce que je disais...

— Mais tu me parlais d'elle, nom de Dieu... !

Il m'a jeté un coup d'œil, parfaitement impénétrable.

— Je dois te faire un dessin... ?

— Comment ça, elle est à moi... ?!

— Écoute, tu reproches sans arrêt à Lisa de ne pas savoir ouvrir les yeux. Eh bien, si ce n'est pas ton cas, tu dois avoir l'esprit lent...

J'ai baissé la tête. Je n'étais plus en état d'ergoter. Je ne sais pas ce qui m'a poussé à lui avouer que j'étais dans le noir, incapable de décider quel chemin prendre, si jamais il y en avait un. Le soleil m'avait sans doute étourdi. Peut-être avais-je contemplé Marion de trop près, trop longtemps et m'étais-je abîmé pour de bon, ouvrant mon cœur et mes pensées au premier venu, comme j'aurais tendu la main à mon ennemi pour qu'il me sorte d'une voiture en flammes.

Je lui ai dressé le tableau complet de mes rapports avec Marion. J'ai conclu rapidement sur mon entreprise avortée, mais il a voulu savoir comment je m'y étais pris exactement et j'ai dû revivre cet instant par le menu, ne pas m'épargner le moindre geste. A la fin de l'épreuve, j'en ai eu la tête qui est retombée sur le sol.

— Trop de précipitation... ! a-t-il déclaré sur-le-champ. Ne cherche pas plus loin.

— C'est facile à dire... J'aurais voulu t'y voir... !

— Attache une corde au cou d'une mule, et essaye de la faire avancer... Plus tu vas tirer et plus elle va te résister. Mais si tu sais attendre le moment où elle se remet en marche, ce qui ne manquera pas d'arriver, alors tu pourras même lui grimper sur le dos.

— Ou recevoir un coup de pied...

— Mais ça ne se produira pas. Je tiens le pari, si tu veux.

Je me suis tourné vers lui, en soulevant mes lunettes.

— Écoute, si tu dis ça pour me faire plaisir...

— Pourquoi chercherais-je à te faire plaisir... ? a-t-il répondu.

Après ça, lorsque Marion est revenue, j'ai passé un moment formidable. Cette idée, qu'elle finirait par être à moi, que j'allais bientôt disposer de ce corps à ma guise, m'enivrait complètement. Si je n'avais pas craint qu'elle se trompe sur mes intentions, j'aurais veillé à hydrater sa peau, l'aurais badigeonnée de crème solaire — en tout bien tout honneur —, à seule fin qu'elle n'aille pas trop me l'endommager pour le Grand Soir.

Je me suis senti si vivant, tout à coup, que j'ai bondi sur mes jambes. Après un rapide tour d'horizon, mon regard s'est arrêté sur Lisa et un sourire m'est venu aux lèvres. J'étais en train de réaliser que nous avions cessé de jouer ensemble depuis très longtemps, mais que rien ne nous l'interdisait, surtout à la faveur d'une journée aussi belle.

Je riais tout seul en m'avançant vers elle, je trouvais le monde amusant. Je l'ai arrachée du sol comme un rien — sa surprise était complète — et me suis envolé avec elle pour nous précipiter à l'eau. C'était très drôle. Finalement, c'était très agréable d'avoir une sœur sous la main.

Nous étions de bons nageurs et connaissions ce coin depuis l'enfance. Il y avait une barre assez impressionnante à une encablure du rivage, une série de hautes vagues déferlant sans arrêt et qui en intimidait plus d'un. A l'époque de Paul Sainte-Marie, lorsque ma mère et lui ne s'entendaient plus très bien et qu'il tâchait de reprendre les commandes, Lisa et moi lui avions donné des cheveux blancs sur cette plage. Nous profitions qu'Éthel ne soit pas là pour le faire tourner en bourrique, nous vengeant de l'avoir toujours sur le dos à cause de problèmes qui n'étaient pas les nôtres. Même Lisa, qui lui avait accordé du « papa » long comme le bras quand ce mot ne m'était jamais sorti de la bouche, finissait par ne plus pouvoir le sentir. Nous écoutions ses recommandations les mains derrière le dos, en fixant nos pieds. Puis dès qu'il nous avait lâchés, nous foncions tout droit vers la barre. A le voir s'agiter et courir de long en large sur la plage, on sentait bien que ça ne l'aurait pas arrangé de ramener deux noyés à la maison.

Enfin bref, Lisa et moi avons plongé sous l'écume. Réapparaissant sur les crêtes, nous engloutissant de nouveau. Jusqu'à ce que nous ayons franchi la barre et retrouvé les eaux calmes.

On apercevait Vito, debout sur le bord. Pour un qui n'aimait pas trop se mettre à l'eau, notre numéro avait dû tourner à l'exploit, aussi bien gardait-il encore sa main en visière, que je lui conseillais d'utiliser pour s'éponger le front. Nous ne pouvions en demander autant à Éthel et Marion qui avaient assisté cent fois à la manœuvre et continuaient de discuter sans s'intéresser à nous. Quant à Bob, il avait juste abandonné son bouquin sur son ventre et ne nous prêtait qu'un œil qu'on imaginait vitreux, mollement impressionné.

— Tu ne peux pas savoir comme il m'agace, en ce moment..., m'a confié Lisa. Depuis qu'il a commencé son livre, on dirait un légume...

— Ça... mais tu t'attendais à quoi en t'envoyant un écrivain... ?

Elle a ruminé quelques secondes, en lançant un œil noir par-dessus les vagues. Puis elle s'est mise à agiter les bras avant de couler à pic. Je lui ai dit de ne pas faire ça quand elle est remontée à la surface. Mais elle a continué de plus belle.

J'ai profité qu'elle surgisse de nouveau pour lui annoncer que Bob ne bougeait pas d'un pouce.

Pour finir, je l'ai attrapée par un bras.

— Devine quoi... ? ai-je déclaré. C'est Vito qui vient de s'y mettre... !

— Tu veux rire... ?!

Elle s'est tournée vers la plage. On distinguait très bien l'écrivain, avec son livre ouvert sur la tête en guise de chapeau. Une certaine inquiétude l'avait tout de même saisi puisqu'il s'était assis et regardait dans notre direction.

— Vito... ?! a-t-elle repris d'une voix indécise. Mais il sait à peine nager... !?

— Oui... C'est ce qu'on dirait... ! ai-je remarqué.

En fin de journée, Bob est venu m'expliquer que ce n'était pas une question d'en avoir ou pas. « Je sais que ça peut sembler bizarre..., a-t-il poursuivi en se tenant la mâchoire. Mais lorsque j'écris un livre, j'ai toujours peur de mourir avant de l'avoir fini. C'est un sentiment absurde, nous sommes d'accord, je n'ai pas besoin qu'on vienne me le répéter... mais tu ne peux pas imaginer ce que c'est, de vivre dans cette angoisse permanente. Bientôt, je n'oserai même plus prendre un avion, ou monter dans une voiture si ce n'est pas moi qui conduis. Je vais avoir peur de tomber malade ou qu'on vienne m'assassiner dans mon lit... C'est comme ça... Ta sœur s'en contrefiche, bien entendu... J'ai rencontré beaucoup de filles qui rêvaient d'être avec un écrivain, mais pas une seule qui savait ce que ça voulait dire... »

A peine sortie de l'eau, Lisa lui avait décoché un direct en plein foie. Il était tombé à genoux sur le sable et n'avait plus prononcé un seul mot jusqu'à maintenant. Cela nous avait permis de nous occuper de Vito que nous avions repêché in extremis et qui avait péniblement recraché toute l'eau qu'il avait avalée pour prix de son héroïsme. Lisa a parlé d'une crampe subite, disparue comme elle était arrivée, et moi de quelques secondes d'hésitation, consécutives à ma surprise, mais Vito s'était élancé si vite... « On n'a pas besoin de savoir nager pour se jeter à l'eau », a été sa petite réplique amusante, lorsque en chœur nous l'avons traité d'imbécile.

— Si un type risque sa vie pour toi, tu ne peux pas simplement trouver qu'il est « gentil », ou tu as le cerveau complètement ramolli, ma pauvre... !

— Écoute, si ça t'intéresse tellement de savoir ce que je lui inspire au juste, pourquoi ne vas-tu pas le lui demander... ?! J'ai dit qu'il était gentil parce que je n'ai rien d'autre à mettre sur son compte. Si je pensais qu'il avait un goût particulier, j'y serais allée voir d'un peu plus près. Mais là... je ne sais pas, je dois être indifférente à son charme...

A la suite de cette conversation, et bien qu'elle n'ait jamais voulu l'admettre, Lisa s'est occupée de Vito. Elle s'est mise à l'envoyer promener pour un oui ou pour un non, dès qu'il tentait la moindre approche, qu'à petits pas il s'ingéniait à croiser son chemin. S'il avait simplement l'air de prendre sa défense lorsqu'elle s'empoignait avec Bob, il avait droit à une réplique meurtrière, accompagnée d'un regard qui le fusillait sur place. S'il s'avisait, même d'assez loin, de jeter un œil sur ce qu'elle lisait, Lisa se levait d'un bond, abandonnait le magazine derrière elle. Ou s'il la regardait plus d'une seconde, de l'autre bout de la pièce et aussi discrètement que possible, elle lui demandait s'il voulait sa photo.

Il m'en parlait quelquefois, à la fin d'une partie, tout en s'essuyant le visage, enfouissant sa grimace dans la serviette-éponge. Il cherchait certains conseils, à son tour, et je réfléchissais à quel animal je pouvais comparer ma sœur, considérant qu'elle avait une cervelle d'oiseau, le cœur glacé de l'alligator, la brutalité de l'ours et l'armure du rhinocéros. Dans ces conditions, je ne voyais pas de tactique particulière à lui recommander, si ce n'était de garder ses distances, ou mieux de renoncer à l'apprivoiser.

— A mon avis, tu ne saisis pas très bien la situation, lui ai-je annoncé. Je connais ma mère, et si j'étais à ta place, je crois que j'éviterais d'éparpiller mes forces. Et si ça ne te suffit pas, je te rappelle que mon grand-père ne va pas s'éterniser à la clinique, et de ce côté-là aussi, je te garantis de gros problèmes... !

— Oui... Sans doute... Mais je savais ce qui m'attendait en épousant ta mère...

J'ai haussé les épaules et me suis levé. Puis je l'ai de nouveau mis en garde, sous la douche :

— Dis donc... je vois que tu n'as que deux bras et deux jambes... N'oublie pas que les choses ne peuvent pas aller mieux pour toi qu'en ce moment. Mon grand-père te fiche la paix et tu as de la chance qu'Éthel ne s'ennuie pas encore... mais ne crois pas que ça va durer...

Les yeux fermés, les mains appuyées au mur, il laissait l'eau couler droit sur son crâne. Il était assez bien bâti, du genre nerveux, mais je doutais fort que cela soit suffisant. J'ai parlé plus haut, des fois qu'il ne m'entende pas :

— Fais ce que tu veux... Mais je t'aurais prévenu que tu

perdais ton temps avec Lisa. Alors, comme ça, on est quitte...

En nouant ses lacets, il a soupiré à retardement :

— On n'a pas toujours le choix, dans la vie...

J'ai remarqué qu'il souriait en prononçant cette parole idiote.

J'ai eu de nouveaux ennuis avec ce professeur auquel j'avais cassé un bras. Elle m'a accusé de lui avoir volé son sac. Nous avons failli en venir aux mains, une fois de plus, mais ses cris de putois avaient attiré du monde et l'on nous avait séparés.

Lorsque le directeur lui a demandé de fournir les preuves de ce qu'elle avançait, elle s'est franchement embrouillée, ne proposant plus qu'une intime conviction, basée sur nos rapports passés et présents. J'avais, a-t-elle ajouté, accueilli la nouvelle avec un sourire qui en disait long et elle m'avait aperçu rôdant autour de son bureau — en fait, j'avais glissé la note du teinturier sous sa porte, pour une veste qu'elle m'avait arrosée de café, au cas où elle l'aurait oublié.

Pas plus qu'elle, je n'avais jamais rien fait pour tenter d'apaiser la tension qui couvait entre nous, bien au contraire. Nous ne nous appréciions ni l'un ni l'autre, c'était évident. Cependant, tandis que je considérais les termes en lesquels elle me décrivait au directeur, je me rendais compte à quel point elle me haïssait. C'était tellement plus fort et plus violent que ce que j'éprouvais à son égard, que j'en ai été impressionné.

Pour ce qui était du sac, elle se trompait. Après ce que je venais d'entendre, j'aurais été capable de lui mettre mon poing sur la gueule, mais lui dérober son sac ne me serait jamais venu à l'esprit.

Malgré tout, elle était déchaînée. Elle a tant et si bien

envenimé les choses, déclenché un tel scandale, en hurlant et menaçant de commettre l'irréparable si l'on ne prévenait pas la police, que le directeur, au bord de la syncope, a dû s'exécuter.

Comme c'était un Sarramanga qu'on mettait sur la sellette, Richard Valero lui-même est intervenu dans le quart d'heure qui suivait. Il m'a aussitôt déclaré de ne pas m'inquiéter, ce que je n'avais pas envisagé une seconde, puis avisant l'autre qui écumait dans son dos, il lui a promis de l'embarquer séance tenante si elle ne modérait pas ses paroles. Et il n'avait pas plus tôt fini de la menacer d'un œil sombre, qu'un appariteur a passé son nez à la porte et a demandé si c'était bien de ce sac qu'il s'agissait.

Il semblait qu'elle l'ait oublié dans la salle des professeurs, qu'il ait glissé entre un bureau et une corbeille à papier. Mais je n'ai pas eu droit à des excuses. « Dis à ton grand-père que je peux m'occuper d'elle, s'il le désire... », m'a soufflé Valero tandis qu'un bruit de talons nerveux s'éloignait dans le couloir.

Du fond de son lit, Victor Sarramanga n'a pas pris l'histoire à la légère. Que l'on puisse traiter son petit-fils de voleur ne lui a pas plu du tout. J'ai vu le moment où l'impudente allait se faire casser l'autre bras, et sans doute aussi les deux jambes. Mais il était toujours si content de mes visites que dans un élan de magnanimité, il s'est contenté d'un coup de téléphone et assuré qu'elle soit mutée dans les plus brefs délais, mais pas à moins de mille kilomètres au nord, là où le soleil était si rare que l'on ne connaissait même plus son nom.

— Nous verrons si cela lui rafraîchit suffisamment les idées..., a-t-il soupiré en éliminant cette contrariété d'un geste vague. Mais viens donc t'asseoir plus près, mon garçon... Parle-moi plutôt de notre ami, que devient-il... ?

Il avait saisi ma main dans les siennes, comme à l'accoutumée, et me tendait l'oreille, les yeux mi-clos, le visage baigné de bien-être.

— Oh, eh bien, je ne peux que te répéter la même chose... Il va et il vient... Franchement, si tu n'avais rien contre lui, je crois que j'oublierais même de t'en parler... Je t'assure qu'il est le type le plus inexistant qu'Éthel ait jamais rencontré, d'ailleurs Lisa le trouve gentil, c'est te dire à quel point il passe inaperçu...

Il souriait, dodelinant légèrement la tête, sans doute satisfait de mes paroles. Je me demandais si je ne préférais pas encore qu'il m'embrasse sur la bouche plutôt que de lui laisser ma main qu'il caressait comme un baigneur.

— En fait, aucun autre ne nous a fichu une paix pareille..., ai-je poursuivi. De ce point de vue, on pourrait regretter qu'Éthel ne l'ait pas épousé plus tôt...

Il a désigné une boîte de bonbons qui se trouvait sur la table de nuit. Je la lui ai donnée. Il a hésité une seconde, puis s'est décidé pour une pastille à la menthe qu'il a sucée un instant avant d'ouvrir la bouche :

— Ne me dis pas de choses pareilles, s'il te plaît..., a-t-il murmuré.

C'était noté. Je ne savais pas ce qui m'avait pris et je n'avais pas l'intention de glisser un seul petit doigt entre lui et Vito.

— Mani..., je suis au courant de vos parties... voyons, comment appelle-t-on cela... ?

Du dos de la main, il semblait repousser doucement des bulles de savon.

— De squash.

— Oui... Je suis sûr que c'est un bon exercice... un très bon exercice..., continuait-il en suspendant ses phrases pour déguster son bonbon. Le fait que tu t'y livres en sa compagnie... Enfin est-ce qu'il joue bien, au moins... ?

— Il me renvoie les balles. Ça n'a rien à voir avec ce que tu crois...

— Bien entendu... Bien entendu... Tu sais bien que je ne mets pas ta parole en doute, j'ai confiance en toi... Mais cela m'a un peu contrarié. Vois-tu, je pense qu'il est assez malin. Si jamais il gagnait ta sympathie... ce serait très ennuyeux...

J'ai eu envie de lui demander pour qui, mais j'ai humé l'air de la chambre. Mon deuxième prénom était Innu. Innu pour *Innumerables*. Comme l'était la liste des martyrs. Et je ne tenais pas à la rallonger.

— Mani... Est-ce que tu m'as compris... ?

— Très bien. Mais je ne vois que le Jokari...

Lorsque ses doigts se sont refermés sur ma chemise, j'ai cru qu'il allait me tirer violemment à lui, comme il s'y résignait quelquefois, s'il estimait que je n'avais pas bien saisi le fond de sa pensée. Mais il s'y est pris avec douceur, un engageant sourire aux lèvres.

— Crois-tu que ce soit nécessaire... ? Évidemment non, tu es assez intelligent... C'est malheureux, tu sais que je n'aime pas me mettre en colère... Mais ce Vito... ah, comment te dire... il me force à serrer le poing... Mon garçon, Éthel est impardonnable...

Par chance, il m'en fallait plus que ça pour me donner mal au ventre, mais les relents de cette entrevue m'ont agacé durant toute la journée et je n'ai pas adressé la parole à Vito, je suis même sorti avant de passer à table, furieux contre tous.

Dès le lendemain, le directeur m'a invité dans son bureau pour me renouveler ses excuses et m'informer que cette pauvre femme, dont il songeait d'ailleurs à se séparer depuis longtemps, avait d'ores et déjà quitté l'école et préparait ses valises après certaine conversation qu'elle avait eue avec Richard Valero. Il semblait si désireux que j'oublie cette histoire que, de but en blanc, j'ai déclaré que je désirais examiner son dossier. Je n'y croyais pas beaucoup, me préparant déjà à écouter ses jérémiades ou à le voir m'offrir sa poitrine plutôt que de me livrer ces renseignements confidentiels, atteignant à la liberté d'autrui. Mais il n'a pas hésité trop longtemps. Après tout, n'avait-il pas encore un poignard fumant à la main ? Il a donc ouvert un tiroir, déposé une chemise devant moi, et sans un mot, s'est posté devant la fenêtre, le cou rentré dans les épaules.

Plus tard, j'ai fourni ces informations à Gregory, qui, par l'intermédiaire de son père, un juge dont Victor Sarramanga avait surveillé l'irrésistible ascension, a fini par éclairer ma lanterne. Je voulais savoir pourquoi cette femme me détestait et j'ai appris que ses parents, comme bon nombre de petits propriétaires, avaient été expropriés, au début des années cinquante, à la suite de sombres manœuvres organisées par mon grand-père. Celui-ci avait alors racheté les terrains à bas prix, suivant le scénario habituel et rodé dans les quatre coins du monde.

Je découvrais ces choses aujourd'hui, mais ça ne m'étonnait pas beaucoup. Je ne m'étais jamais réellement interrogé sur la fortune de ma famille, non que je craignais d'y trouver matière à cracher dans la soupe, mais simplement parce que ça ne m'intéressait pas. Que mes ancêtres se soient enrichis grâce au cacao ou au sucre n'en faisait pas une poignée d'aventuriers auxquels j'aurais pu rêver des nuits entières. Et je ne croyais pas que mon grand-père était un saint sous prétexte qu'il se rendait à la messe tous les dimanches. Je n'avais jamais soupçonné que la puissance et l'argent soient le fruit de la prière. Chaque fois que je parcourais son domaine avec lui, je ne lui demandais pas si Dieu le lui avait envoyé du Ciel.

Au moins, je comprenais pourquoi cette femme en avait eu après moi. A la faveur de nouveaux documents que m'a dénichés Gregory, il s'est avéré que son père s'était suicidé deux ans plus tard, pour une raison qui n'était pas mentionnée mais dont elle aurait sans doute aimé m'entretenir, profitant qu'elle avait un Sarramanga sous la main. Il y avait également une coupure de journal, un article prudent qui éclairait du bout des lèvres le joli coup qu'avait réussi Victor Sarramanga, ainsi qu'une photo de celui-ci grimpant dans une voiture sous la protection de la police, après qu'il eut été blanchi des accusations que certains ex-propriétaires soutenaient contre lui. Ce n'était pas très brillant. Beaucoup de choses autour de moi ne brillaient pas non plus par leur délicatesse. « Et alors... ? Ça s'est passé il y a quarante ans... ! Ta mère n'était même pas née... ! »

« Mais qui parle... ? » me suis-je demandé.

Un soir, ma mère s'est plainte de cette fameuse douleur à l'ovaire. Je suis sorti regarder le ciel, et effectivement, de gros nuages s'amoncelaient au-dessus de l'océan, précédés par une petite brise humide qui commençait à frémir dans les eucalyptus. Malgré les grimaces de ma mère, c'était une bonne nouvelle. Des forêts entières avaient déjà brûlé à travers le pays et c'était un miracle si nous y avions échappé jusqu'ici. Dans les Malayones, quelques foyers avaient été rapidement réduits, on avait vu d'épaisses colonnes de fumée sombre s'élever à l'horizon, suivant un chemin rectiligne et c'était là que le miracle s'accomplissait : il n'y avait pas le moindre souffle de vent. Il avait disparu depuis plus d'un mois, comme un assassin qui aurait mis fin à ses crimes mais qui pouvait frapper de nouveau, à tout moment. On allumait des cierges, on priait pour qu'il reste là où il était, un grincement de girouette vous donnait froid dans le dos.

Éthel s'était résignée à passer la soirée dans un fauteuil. Par conséquent, elle était de mauvaise humeur. Elle s'en était prise à Vito avant même que le ciel ne se couvre, elle lui avait reproché certain comportement qu'il aurait eu la veille, au cours d'un repas chez les Manakenis. Vito était sorti dans le jardin, suivi par une volée de flèches, puis elle s'était tournée vers moi mais avait renoncé à entamer les hostilités.

J'avais beau m'interroger souvent à son sujet, je ne la comprenais pas. Pas plus que je ne comprenais Lisa, d'ailleurs. J'avais passé toute ma vie à leurs côtés, avais réuni plus d'informations sur leur compte qu'on ne pouvait l'imaginer, mais plus je les regardais fonctionner, plus je sentais qu'elles obéissaient à des lois mystérieuses et la plupart du temps contradictoires. De mon point de vue, elles étaient complètement siphonnées. Elles n'étaient d'ailleurs pas les seules. Cette simple journée, que j'aurais pu choisir parmi tant d'autres, me donnait-elle un seul espoir de changer d'opinion ?

Dès le matin, Jessica avait annoncé la couleur en me déclarant que nous devrions cesser de nous voir, puisque de toute façon, je ne m'intéressais pas à elle. Que nous sortions ensemble depuis des mois, sans que j'aie pu coucher avec elle, ne lui semblait pas être une preuve suffisante. Que ce soit elle qui refuse de me parler de ses problèmes ne l'ébranlait pas non plus. Elle prétendait qu'il y avait une manière de demander les choses. Que l'attention ne se mesurait pas au nombre de fois où nous l'aurions fait. J'avais eu envie de mettre ma moto en marche et de filer pour retrouver des gens normaux. Même au fin fond des Malayones, je n'aurais trouvé personne pour me tenir des propos si incohérents. Au lieu de quoi, je suis resté immobile sur ma selle et j'ai écouté toutes les absurdités qu'elle enfilait les unes après les autres. J'avais l'impression que le monde vacillait autour de moi.

En début d'après-midi, je me suis rendu chez les sœurs Manakenis. Penchée au-dessus de sa balance, Chantal écoutait du Mozart. On entendait sa sœur couiner dans la chambre d'à côté, presque rendre l'âme. Chantal, par contre, criait sur tous les toits qu'elle avait le sexe en horreur. J'ai reconnu le morceau qui passait pour l'avoir entendu plusieurs fois en sa compagnie. Je lui ai demandé de quoi il s'agissait, après l'avoir payée. « Oh, eh bien, c'est le canon en si bémol majeur, Koechel 382 d... Il s'intitule : " Lèche-moi le cul bien proprement "... » En la quittant, j'ai pensé qu'elle m'avait frappé avec quelque chose.

Un peu avant le soir, je me raccommodais avec Jessica, au bord de la piscine de Vincent. J'avais conscience de la chaleur épouvantable qui régnait, et, sachant que nous ne pourrions mener cette affaire jusqu'au bout — on venait à nouveau de lui interdire tout rapport jusqu'à nouvel ordre —, je veillais à la température de mon esprit, l'éventais avant qu'il ne s'enflamme. Pour y parvenir, je me détournais de ses lèvres à intervalles réguliers. Lui touchant les seins, je ne perdais pas de vue que la pente était savonneuse et j'avais soin de ne pas m'y éterniser.

Malgré cela, aussi peu ardents qu'aient été nos échanges, Marion m'a appelé d'une fenêtre de l'étage, me priant de venir une minute. Elle m'a accueilli avec des yeux ronds, comme si j'avais du sang sur les mains ou sortais de me livrer à des pratiques abominables.

— Mani... Tu ne peux pas faire ça... !?

— Hein... ?

Tout d'un coup, son visage a pris une expression douloureuse.

— Est-ce que tu cherches à me rendre folle... ?!

— Mais non... Jamais de la vie...

Je n'avais même pas encore réalisé ce qu'il se passait. Une seconde plus tôt, je m'évertuais à chasser de mes pensées toute réflexion trop poussée en la matière, tant et si bien que je débarquais. Ainsi, j'avais à peine ouvert les yeux qu'elle me serrait contre elle. J'avais les bras encore ballants qu'une de ses jambes s'enroulait à ma taille, qu'en un éclair, sa langue jaillissait de ses lèvres. Alors, j'ai voulu la saisir, réalisant ce qui m'arrivait. Mais une fois de plus, elle m'avait glissé des mains. Elle m'a repoussé fermement vers la porte.

— Mani, mais tu es fou... ! m'a-t-elle dit. Oh mon Dieu... !

Vincent était d'avis qu'il fallait les traiter comme elles le méritaient, sans se poser de questions. C'était la position la plus largement partagée, mais pour ce qui le concernait, je savais que ce n'était pas une simple attitude vis-à-vis des autres, que c'était bien le fond de son opinion. Mes rapports avec Jessica, par exemple, étaient un sujet que nous n'abordions plus depuis longtemps, lui et moi. En fait, nous étions d'accord sur un point : Dieu avait eu un moment d'inattention. Avec la Femme, Il avait introduit l'absurde, l'imprévisible, l'incontrôlable au cœur de la Création. C'était plus que Vincent ne pouvait en accepter. Il refusait de perdre son temps avec leurs simagrées, n'amenait jamais une fille dans son lit mais la baisait dans sa voiture ou entre deux portes ou, comme dans le cas d'Olivia Manakenis, en attendant son tour. Puisque les choses lui paraissaient claires, il ne voyait pas l'intérêt de les embrouiller. C'était la différence qu'il y avait encore nous deux : moi, rien ne me semblait très clair. Je pouvais supporter un peu d'ombre supplémentaire au tableau sans que mon œuvre n'en souffre, je pouvais ouvrir ma porte à quelques fautrices de trouble et tolérer davantage de désordre, au point où j'en étais. Lui, il les méprisait.

Je me suis demandé comment il aurait réagi à ma place, s'il avait vécu les incidents de ma journée. Selon moi, il en aurait sans doute étranglé une. Ou il aurait attendu le soir pour en repérer un spécimen un peu soûle ou en plein cirage, et il aurait dégrafé son pantalon avec la rage au cœur.

J'observais ma mère, qui venait de renoncer à me tomber sur le dos et gardait une main sur son baromètre intérieur, avec un air farouche. Malgré tout, je n'étais ni écœuré, ni en colère, ni abattu. J'avais remarqué comment Vito s'était comporté un peu plus tôt, lorsqu'elle l'avait pris à partie. Éthel les avait tous affrontés, à un moment ou à un autre. Un jour, et il avait été le seul, Paul Sainte-Marie avait levé la main sur elle, et je crois bien qu'elle l'aurait tué si on ne les avait pas séparés. Sinon, il y avait ceux qui rompaient, dont les épaules s'affaissaient et qui avaient leur compte. Ou ceux qui s'étranglaient, qui s'imaginaient crier plus fort qu'elle et qui finissaient par en bégayer, à bout de souffle, et qu'elle exécutait alors, d'un coup terrible et mortel qui les clouait sur place. Vito était resté imperturbable. Il l'avait simplement fixée droit dans les yeux tandis qu'elle s'excitait et cherchait des histoires. Il n'avait pas dit un mot. Il ne l'avait pas considérée avec un sourire arrogant, ni en montrant qu'il était navré, ni avec compassion, ni d'un œil mouillé, espérant son indulgence.

On aurait dit qu'Éthel s'était heurtée à un écran invisible. C'était la première fois que je la voyais décontenancée dans une telle situation. J'ai apprécié le tour de force. Mon seul regret a été que Vito n'ait pas poussé son avantage. Il a fini par tourner les talons, accompagné de quelques apostrophes sans vigueur, de considérations plutôt molles, de traits au poison éventé.

Je suis sorti un peu après lui. Maintenant que j'y réfléchissais, je trouvais que ce regard qu'il avait lancé à ma mère traduisait assez bien ce que je ressentais, qu'il indiquait la bonne attitude. D'ailleurs, je me disais que si j'étais capable de terminer cette journée avec le sourire aux lèvres, après tout ce qu'elles m'avaient fait, c'était que je touchais au but, que moi aussi j'avais ce genre de pouvoir. J'étais curieux de savoir comment il en était arrivé là. Nous aurions pu échanger quelques impressions. Ça ne voulait pas dire que nous allions nous taper sur le ventre.

Mais nous n'avons pas eu cette conversation. Je l'ai cherché autour de la maison, puis j'ai fini par le repérer dans le potager, derrière la rangée de thuyas. Il fumait une cigarette dans l'ombre, en compagnie de Moxo. Je les entendais rire et plaisanter à voix basse. Je m'en doutais un peu depuis quelque temps, mais c'était la première fois que je les surprenais ensemble. Je les ai laissés.

Toute la nuit, ils se sont rassemblés au-dessus de nos têtes. Chaque fois que je sortais du Blue Note pour respirer un peu, j'estimais que le déluge allait se déclencher d'une seconde à l'autre. Ils étaient si énormes, épais comme de la guimauve, se chevauchant lourdement et avec une telle mauvaise humeur que les pilules que j'avais avalées suspendaient leur effet et que je m'arrêtais au milieu du parking et devenais silencieux. Des éclairs jaillissaient, des craquements sinistres. Je retournais à ma table et annonçais que nous pourrions bientôt commencer à nous mettre à poil ou qu'il fallait consommer sur-le-champ ce qui craignait l'humidité.

Pour finir, il n'est pas tombé une seule goutte. A l'aube, le ciel s'était complètement dégagé et une lueur ardente soulevait l'horizon. Et durant les jours qui ont suivi, ma mère ne s'est pas plainte de sa douleur. Elle a eu d'autres sujets de contrariété.

Elle s'est mise à recevoir certains appels désagréables. Au bout du fil, quelqu'un lui proposait ses services ou ceux d'un chien, ou d'un âne, comme elle voulait. Il y en avait aussi d'une autre sorte, moins amusants ceux-là, et pas anonymes, pour la prévenir qu'une petite fête était annulée ou que l'on ne se verrait pas comme convenu, pour cause de migraine ou de contretemps fâcheux. Ou alors, quand il ne sonnait pas, c'était qu'on avait oublié de les inviter ou qu'on avait essayé de les joindre sans succès.

Je n'étais sans doute pas le seul à savoir d'où cela venait. J'avais remarqué que mon grand-père était pratiquement remis de son opération et qu'il n'allait pas tarder à quitter la clinique, non pas en lui pinçant la joue mais en mesurant la nervosité d'Éthel.

Je ne voulais pas croire qu'ils étaient assez bêtes pour s'aveugler du répit dont ils avaient bénéficié. Quoique, à la réflexion, je soupçonnais Éthel de s'y être avisée.

Ma mère n'allait jamais chercher très loin le pourquoi du comment des choses. S'il faisait beau un jour, elle s'y préparait pour l'éternité. Et si ses amis commençaient à la fuir à cause de Vito — ce qui n'était encore qu'un léger frémissement —, ce n'était pas contre son père que sa rancœur s'accumulait. Je pariais que Vito ne s'en étonnait pas plus que moi.

Dans la journée, il s'occupait du potager. Il s'y consacrait de plus en plus, à mesure que le temps s'écoulait. J'avais l'impression que tout l'amour qu'Éthel avait pour lui — car il devait bien y avoir quelque chose — était englouti par les efforts qu'elle dépensait pour lui souffrir une telle besogne. D'ailleurs, un jour qu'elle ne l'aimait pas assez, elle avait piétiné toute une rangée d'oignons, s'en était prise à de malheureux plants de tomates, parce qu'elle attendait une invitation pour le Grand Bal des Sotos qui n'arrivait pas.

Il n'y connaissait rien, contrairement à ce que j'avais imaginé. Il enlevait les mauvaises herbes, entretenait les sillons, plantait des tuteurs qu'il taillait lui-même, mais surtout, il avait conçu tout un système d'irrigation, parfaitement inutile, dont il était très satisfait. Grâce à un réseau compliqué de conduites, canaux, réservoirs et autres, il parvenait à arroser le jardin en ouvrant un seul robinet, alors qu'il existait une douzaine de jets d'eau automatiques qui s'en chargeaient sans peine avant son arrivée. Je n'étais pas allé voir ce qu'il fabriquait, au début. Je ne m'étais même pas aperçu qu'il y passait le plus clair de son temps, ni moi ni les autres, étant donné qu'il ne nous disait pas où il allait et que c'était bien le dernier endroit où nous l'aurions cherché. Ainsi, je n'avais qu'une vague idée du temps qu'il avait sacrifié à sa tâche, mais quoi qu'il en soit, le résultat était impressionnant.

Je lui ai dit que si c'était le travail qui lui manquait, Éthel pourrait certainement arranger ça. Il m'a répondu qu'il était un peu tôt pour envisager un projet de cette nature, qu'il ne se sentait pas encore fermement installé. « Et puis ça ne m'ennuie pas d'être entretenu par ta mère, si c'est ce que tu t'imagines..., a-t-il ajouté. Je n'ai pas ce genre d'orgueil mal placé... » Je lui ai rétorqué que si je le pensais, je ne serais pas là en train de regarder ses conneries d'arrosage, et que pour cette fois, j'acceptais de ne pas prendre ses paroles pour une insulte.

J'ai donc consenti à me pencher sur son œuvre tandis qu'il posait la main sur le robinet avec un brin de solennité, comme s'il procédait à l'ouverture du canal de Suez.

L'eau a coulé. C'était très intéressant. Je hochais la tête quand elle prenait un virage, tendais l'oreille lorsqu'elle glougloutait dans un tuyau, croisais les bras en attendant qu'un réservoir se remplisse. Dès qu'il se déversait à l'étage en dessous, je me retenais de ne pas applaudir. Nous cheminions côte à côte, en suivant la progression du flot et cependant qu'il me donnait toutes les explications nécessaires ou relatives à certaines difficultés qu'il avait rencontrées. Je me serais cru revenu dix ans en arrière, au temps où la maîtresse d'école nous emmenait à la découverte des grands mystères de ce monde et que nous passions l'après-midi à ramasser des feuilles d'automne, mettant le doigt sur le cycle des saisons, ou bien à vérifier que le soleil se couchait à l'ouest, ou que la pluie tombait de haut en bas et qu'un simple filet d'eau, dévalant les collines de Pixataguen, ne rejoignait pas l'océan par l'opération du Saint-Esprit.

Ce que Vito semblait apprécier par-dessus tout, c'étaient les réservoirs. Il s'agissait de bidons, d'un ancien abreuvoir ou de cavités qu'il avait lui-même aménagées en tenant compte de certaines pentes, niveaux, seuils de débordement, répartition et accidents de terrain en tout genre. Il me saisissait parfois un bras, de peur que je ne m'échappe, ou n'était-ce que si mon attention se relâchait. La montée de l'eau, dans chacun de ces déversoirs, le ravissait. Et lorsqu'elle passait par-dessus bord et continuait sa route, je ne savais pas s'il souriait simplement ou si je rêvais en l'entendant pousser un léger soupir de satisfaction. Alors qu'il scrutait l'un de ces incroyables phénomènes, ses yeux s'écarquillant à la seconde où le machin s'épanchait, il m'a posé une main sur l'épaule. « Pourquoi les fleuves et les océans sont-ils les rois de toutes les vallées ? a-t-il énoncé pour lui-même. Parce qu'ils sont bénévolement les inférieurs de toutes les vallées. »

J'ai cligné des yeux pour le regarder, car la lumière l'auréolait, par-dessus le marché.

— C'est quoi ? C'est du chinois… ? ai-je demandé.

— Oui. C'est le *Tao-tê king*, m'a-t-il répondu en ramassant quelques tomates que nous avons ramenées à la maison.

Les Sotos étaient les petits démons qui vivaient dans la forêt. Ils vivaient entre l'écorce et le bois, aplatis comme des galettes. C'étaient d'ailleurs leurs cris qu'on entendait lorsque l'arbre grinçait ou craquait à la tombée du jour. Quant à savoir s'ils étaient bons ou mauvais, les avis étaient partagés. De bon matin, en recevant enfin son invitation, ma mère les aurait tous embrassés un par un. Puis, elle s'est aperçue que Vito n'était pas convié à la fête. Et les Sotos ont entendu son rugissement déchirer le ciel jusqu'au fin fond des Malayones, et ils ont su qu'à leur égard, elle était à présent moins bien disposée.

— Ça n'a pas d'importance..., a déclaré Vito.

— ÇA EN A... !! a précisé Éthel.

— Tu sais, je n'en mourrais pas de ne pas y aller...

— TU IRAS ! FAIS-MOI CONFIANCE... !!

Elle arpentait le salon de long en large. De son fin chemisier de soie, à force d'agiter les bras dans tous les sens, un sein nu avait jailli, qu'elle ne prenait même pas la peine de remettre à sa place. Vito était en train de m'accorder que le seul point faible de sa Black Shadow était la fourche, une Brampton à parallélogramme qui manquait de débattement et que la Girdraulic qu'on monterait plus tard sur la Série C n'allait guère améliorer. A présent, nous regardions le sein d'Éthel, cramponnant nos fauteuils comme si nous subissions un tremblement de terre, et à demi charmés malgré tout. Jusqu'à ce qu'elle vienne se planter devant Vito, plus frémissante que si la foudre lui était tombée sur la tête. Je me réjouissais à l'avance, dans l'attente qu'il lui envoie son regard paralysant, mais il a baissé les yeux.

— Et je te conseille de ne pas compliquer les choses... ? a-t-elle sifflé. Car dussé-je te traîner par le col, tu viendras avec moi... !

— Ce n'est pas une très bonne idée..., ai-je déclaré.

— TOI, JE NE T'AI RIEN DEMANDÉ !

— Elle a raison, ne te mêle pas de cette histoire..., a-t-il renchéri sèchement.

Puis il a souri à Éthel :

— Je plaisantais… Tu sais bien que je n'aurais manqué ce bal pour rien au monde… !

Il l'a retournée comme un gant. J'ai dû les abandonner très vite, car Éthel, subjuguée, s'alanguissant tout à coup et ne se souciant pas de ma présence, s'était installée à califourchon sur les genoux de Vito et frottait sa poitrine contre son visage en roucoulant pour de bon.

Chaque fois que je prenais un tant soit peu la défense de Vito, non seulement je n'en retirais aucun remerciement, mais de plus, je dirigeais contre moi les animosités qu'il suscitait. J'étais vraiment très content de cet état de choses. D'autant que je n'avais jamais l'intention, ni le sentiment de prendre son parti. Si par hasard je basculais légèrement de son côté, c'était tout à fait inconscient de ma part, une réflexion qui m'avait échappé en passant et que je regrettais aussitôt mais trop tard. Je m'en serais mordu les doigts si cela avait servi à me laver de certains soupçons. Je ne l'aurais pas renié trois fois, mais autant de fois qu'on l'aurait désiré si l'on m'en avait laissé l'occasion. Malheureusement, ils ne savaient pas comment me prendre et me braquaient avant que je n'aie pu entamer ma défense.

Jusque-là, en dehors de mon grand-père, d'Éthel et de Lisa, Vito ne m'avait causé d'ennuis avec personne. J'avais même coupé court à deux ou trois observations de Jessica le concernant et qui m'avaient semblé un peu trop positives. Quoi qu'il en soit, et qu'elles soient fondées ou non, je digérais très mal que l'on se livre à des plaisanteries sur ma famille.

— Parce que maintenant, il fait partie de ta famille… ?! s'est exclamé Vincent, qui d'un côté prenait une ligne chez Olivia et de l'autre tendait son verre à Gregory.

— Il a épousé ma mère…, ai-je soupiré.

En fait, le problème n'était pas de savoir ce que j'en pensais personnellement mais ce que lui — et je me fichais de savoir dans quel état il se trouvait et qu'il aggravait de minute en minute — se permettait d'en dire. Je l'observais froidement tandis qu'il continuait son numéro d'imbécile. Je ne savais même pas ce qui lui avait pris de parler de Vito tout à coup, ni pour quelle raison il l'avait qualifié de bon à rien, mais je lui conseillais, en mon for intérieur, de changer très vite de sujet. A cet instant, j'avais une vision très nette de ce qu'était notre amitié. J'en percevais toutes les limites, l'écœurante facticité, les raisons stupides, plus je cherchais à toucher du solide et plus mon doigt s'enfonçait. Cela dit, je ne connaissais rien d'autre. Je ne voyais pas pourquoi je me serais imaginé qu'il pouvait en être autrement. Si bien que lorsqu'il a dépassé les bornes, et il a fait plus que les dépasser en déclarant que ma mère pouvait épouser n'importe quoi, je ne me suis pas penché vers lui avec la mort dans l'âme. Comme c'était une double insulte, de mon point de vue, je lui ai empoigné la tête de mes deux mains, une poignée de cheveux de chaque côté. Et je la lui ai écrasée contre la table.

Après quoi, il a fallu s'occuper de lui. Jessica et moi l'avons emmené dans la clinique de mon parrain pour procéder aux points de suture. Consciente que Vincent était en train de maculer de sang les sièges de sa voiture, Jessica passait sa colère contre moi. Nous filions sur cette petite route en lacet qui montait à travers les pins, les plaintes de Vincent s'échappant de la décapotable comme une succession de mouchoirs en papier et se désagrégeant dans les oranges et les mauves qui s'étiraient de l'horizon jusqu'au-dessus de nos têtes. Elle en avait assez de cette brutalité, me disait-elle, soulevant parfois ses lunettes pour s'assurer que j'avais bien compris. Ce à quoi je ne répondais rien, enfermé dans un silence de pierre, une main prête à saisir le volant au cas où elle aurait mordu le bas-côté. Je ne me retournais même pas pour voir si l'autre agonisait. Mes idées n'étaient pas très claires. La tranche de mon oreille me brûlait comme un fil incandescent, comme si ma blessure s'était rouverte. Malgré toutes les raisons qu'elle invoquait, je ne parvenais pas à regretter mon geste. Au plus profond de moi, le centre était glacé, sourd, impénétrable, et ce poids m'entraînait vers des régions obscures, primitives, autistiques, desquelles je m'accommodais. Je ne me sentais pas mieux disposé à son égard qu'à celui de Vincent, de Vito ou de ma mère, ni de moi-même, ni de tout ce qui m'entourait.

Nous sommes arrivés au moment où Santemilla s'apprêtait à rentrer chez lui. A cette heure, la clinique retrouvait son calme. Située en haut de la colline, elle était transpercée par les derniers rayons du soleil rasant et flamboyait tel un diamant posé sur un coussin. Pour mon parrain, cet instant était la faille par laquelle il pénétrait à l'intérieur de son royaume. Tandis que son bureau resplendissait de lumière, il s'y enfermait à double tour, sous prétexte de rassembler ses affaires, et personne ne venait le déranger.

Durant ma convalescence, après qu'il m'eut opéré de l'appendicite, je venais le taquiner en grattant à sa porte, aussitôt que le ciel se mordorait. « Ouvre-moi ! Je suis Ignacio... ! » l'interpellais-je d'une voix rauque. « Que dis-tu... ? Je n'entends rien... ! C'est moi, Antonio Montes, “ El Sordo ”... ! »

Mais cette fois, conduisant Vincent à travers les couloirs déserts et enluminés, je ne me sentais pas d'humeur facétieuse. Je ne me suis pas annoncé, et en vieillissant, il oubliait parfois de verrouiller sa porte.

Nous l'avons trouvé étendu sur le sol, les bras en croix, vêtu de son habit de lumière qui étincelait dans un rayon de soleil lui baignant également le visage. Il tenait une oreille dans chaque main, deux oreilles qu'il avait confectionnées lui-même, cousues dans de la peau de lapin noir dont il avait minutieusement taillé les poils et qu'il s'octroyait d'autorité après avoir mimé quelques naturelles enchaînées avec grâce, les pieds rivés à terre. Il n'avait pas coupé de queue, cet après-midi-là, elle était encore posée sur ses vêtements qu'il avait pliés sur une chaise.

— Bon. Veux-tu que nous attendions dehors... ?

— Non, les enfants... J'avais fini. Vous pouvez entrer.

J'ai rassuré Jessica pendant que mon parrain examinait la figure de Vincent et lui déclinait une par une toutes les blessures qu'avait reçues Antonio Ordóñez — et Dieu sait qu'il avait été châtié plus qu'un autre! — afin de lui redonner courage. Je savais bien que c'était moi qui l'avais mis dans cet état, mais je ne le plaignais pas et ses râles d'outre-tombe m'exaspéraient, d'autant plus que Jessica lui tenait la main.

Je suis allé voir mon grand-père, plutôt que de continuer à perdre mon temps.

Il était endormi. J'ai failli rebrousser chemin, puis je me suis avancé dans la chambre et me suis placé au pied de son lit, sans intention précise. Tandis que je le regardais, j'ai pris conscience que mes mains étaient accrochées aux barreaux et alors j'ai eu envie de le soulever, afin de juger si j'en étais capable. C'était un désir aussi violent qu'absurde, mais contre lequel je n'ai pas pu résister une seconde.

D'une seule traction, j'ai décollé les pieds du lit de vingt centimètres. J'en ai éprouvé un bonheur ineffable, bien qu'aucun signe de satisfaction ne soit remonté à la surface. Cela avait été beaucoup moins difficile que je ne l'imaginais, même si je ne l'avais que simplement basculé vers l'avant, les deux montants de la tête reposant encore sur le sol. Pour moi, ce détail était sans importance.

Je suis resté ainsi, dans la pénombre et le silence de la chambre, assuré que rien ne m'empêcherait de poursuivre mon effort et d'envoyer ce lit au plafond si le cœur m'en disait. J'observais la tête de mon grand-père qui commençait à s'enfoncer dans l'oreiller, le dotant d'une coiffe ridicule, un peu comme une cornette de bonne sœur transformée en pâte de guimauve.

Il a ouvert les yeux pendant que je remettais les choses en place. Je lui ai dit qu'il avait glissé de son oreiller et l'ai aidé à reprendre une position plus confortable, tout en lui expliquant pourquoi j'étais là. Je lui ai donné ma main pour ne pas faire d'histoires. Néanmoins, j'étais toujours sous pression. Je me sentais nerveux, irritable, tenaillé par une colère sourde et confuse que mon empoignade avec Vincent n'avait pas apaisée.

— Je sais bien... tout ceci est ma faute..., a-t-il murmuré. Je suis comme une vieille femme, cloué sur ce lit depuis bien trop longtemps... Je suis vraiment désolé... Je t'ai laissé ce poids sur les épaules, mon garçon... Mais tu as bien agi... Ce problème ne regarde personne d'autre...

— Tu ne t'en débarrasseras pas aussi facilement..., ai-je marmonné. Il est plus têtu que tu ne l'imagines...

— Oh, il est même davantage que cela, bien davantage... Il n'a même pas besoin que quiconque prenne sa défense, tu peux me croire, mon garçon...

J'ai ricané. Ils avaient dû se passer le mot, les uns aux autres. J'allais partir, mais il a saisi une corbeille de fruits secs sur la table de nuit et m'en a proposé quelques-uns. Il m'a semblé que c'était la dernière chose dont j'avais envie. Mais j'avais tort, selon lui. Tandis qu'il mâchouillait un grain de raisin, il se demandait tout haut dans quoi j'aurais bien pu en emporter. Je lui ai répété que je n'en voulais pas et que je devais partir. Non, ni même dans mes poches. Il avait l'air désolé. Est-ce qu'au moins, je ne prendrais pas une noix... ? Il a profité d'une seconde où je ravalais un soupir pour me la glisser dans la main, refermant aussitôt la sienne par-dessus, pour le cas où j'aurais persisté dans mon erreur.

— Très bien... maintenant, va retrouver tes amis..., a-t-il soupiré en m'effleurant la joue de sa main libre.

C'était ce que je comptais faire, aussitôt qu'il m'aurait lâché.

— Mais je t'en prie..., a-t-il continué d'une voix douce. Ne te mets pas dans une position qui deviendrait pénible...

A ces mots, il a écrasé mon poing dans sa main, pulvérisant du même coup la noix contre ma paume. Je n'aurais pas juré que je m'y attendais. Mais je n'ai pas trop bronché, bien que j'aie senti les débris de la coquille s'enfoncer dans ma chair.

— Mani, mon garçon... je serai bientôt sur pied.

Mon humeur ne s'en est pas trouvée arrangée. Je n'ai pas desserré les dents, sur le chemin du retour. Je ne savais pas ce que mon parrain avait administré à Vincent, mais il se tenait tranquille. J'avais été heureux d'apprendre que son nez n'était pas cassé et qu'il n'aurait à subir, comme Vito, que de petits ennuis d'ordre esthétique, selon qu'il n'aimait pas le violet ou le vert bronze. J'estimais qu'en dépit de ne pouvoir s'en servir dans les jours qui viendraient pour renifler n'importe quoi, il aurait la chance de bénéficier de soins éclairés et de pommades dont sa mère avait le secret.

Nous sommes passés en coup de vent chez les Manakenis afin que je récupère ma moto, laissant aux plus curieux le loisir de se pencher, avec des oulala, des olavache emplis d'admiration, sur le seul ami que j'avais en ce bas monde.

Une fois arrivés devant chez lui, j'ai aidé Vincent à sortir de la voiture. Entre Jessica et moi, la passion était si forte qu'elle a embrassé Vincent tendrement sur la joue, lui murmurant quelques douces paroles de réconfort, tandis qu'elle me réservait un coup d'œil glacé et un « A plus tard... » désenchanté, délicatement lugubre.

J'ai pris soin de regarder où je mettais les pieds en aidant Vincent à descendre l'allée, car ayant perdu amour et amitié, il n'aurait plus manqué que je me pète la gueule dans les graviers et que mon sang ne coule.

Marion a lâché son livre contre sa poitrine. Je n'ai rien dit. Vincent s'est dégourdi. Il a repoussé mon bras et s'est dirigé vers l'escalier qui menait aux chambres. Il s'est à peine arrêté devant sa mère pour lui dire que j'allais lui raconter ce qui était arrivé et que de toute façon, il ne voulait plus voir ce connard dans cette maison.

J'ai enfoncé mes mains dans mes poches pendant que Marion me fixait une seconde puis s'élançait derrière Vincent. Et je n'avais pas l'intention de m'éterniser mais elle m'a cloué sur place, du milieu de l'escalier, en tendant un doigt terrible dans ma direction. « Non, Mani ! Tu restes là où tu es, s'il te plaît !! » m'a-t-elle ordonné, sans l'ombre de ce sourire que j'aimais tant.

Voilà bien la chose à laquelle j'avais refusé de penser depuis qu'était survenu l'incident. Il paraissait qu'à présent, je pouvais y réfléchir tout mon soûl et prendre la réelle mesure de mon geste. Les pales du gros ventilateur, qui brassait l'air au-dessus de ma tête, ne m'apportaient aucune espèce de fraîcheur ou de mieux-être mais descendaient vers moi pour me transformer en charpie. Ce que je venais de perdre, pour m'être emporté contre son fils, dépassait mon entendement.

J'imaginais très bien comment Éthel aurait réagi dans une telle situation. Plus soupe au lait, plus excessive que Marion, elle aurait sans doute saisi Vincent à la gorge ou lui aurait arraché les yeux pour m'avoir défiguré. Je ne pensais pas que Marion en viendrait à ces extrémités, mais ne me toucherait-elle pas un seul cheveu qu'une punition bien plus terrible me comprimait déjà la poitrine. Je commençais à prendre conscience des grandes occasions que l'on pouvait manquer dans une vie.

Néanmoins, je la comprenais et je ne lui en voulais pas. Ce n'était pas tout à fait comme si j'avais assassiné son père, mais nous n'en étions pas loin. D'ores et déjà, je devais m'habituer à ne plus franchir le seuil de cette maison où elle vivait, à ne plus m'asseoir devant elle, dans l'axe de ses jambes, à ne plus l'apercevoir que de loin, de trop loin pour sentir quoi que ce soit, de trop loin pour que mon supplice soit encore une des meilleures choses qui existaient au monde.

Cette perspective me bouleversait. On venait de m'amputer, ou j'allais me réveiller avec un bras mort ou une jambe plus courte que l'autre. Je suis sorti sur la terrasse pour échapper à la lumière qui m'éblouissait. Je lui donnais encore cinq minutes, pas une de plus. Pour le peu de plaisir que j'allais tirer de notre dernière entrevue, je m'estimais bien généreux. Il n'y avait rien qui m'obligeait à rester. D'autant que je n'avais aucune excuse à lui fournir. Aucun regret, si ce n'était celui qu'elle soit sa mère.

Dix bonnes minutes plus tard, j'étais encore là, ignorant que j'étais pris dans une toile invisible d'où je ne pouvais que ressasser ma rage, mon dépit, mon appréhension, ma conception du bien et du mal, de l'honneur, du renoncement, du sacrifice, une de ces toiles dont chaque lien se resserrait à mesure que l'on tournait en rond. Si bien que lorsque Marion est apparue, j'étais sur le point de pousser un hurlement de tous les diables.

Je me suis ressaisi aussitôt, lui offrant mon visage de trois quarts et ne risquant aucun commentaire sur le fait qu'elle avait changé de tenue, ni même un coup d'œil supplémentaire. En arrivant sur moi, elle avait noué si sèchement la ceinture de son déshabillé que je ne me suis rien demandé du tout.

— Excuse-moi, je t'avais oublié... ! m'a-t-elle déclaré sur un ton glacé.

Puis elle a ajouté :

— Est-ce que tu es fier de toi... ?!

Je l'ai regardée et me suis avisé qu'elle s'était démaquillée, ce qui a remué le couteau dans la plaie car j'y voyais la marque d'une intimité dont j'allais être éjecté séance tenante et à tout jamais. Mais de cette tragédie qui s'annonçait et que je ne pouvais plus éviter, j'ai puisé les forces de lui répondre.

— Non, je n'en suis pas fier. Mais je n'avais pas d'autre solution.

Sans me quitter des yeux, elle a pris une cigarette sur la table et m'en a bientôt soufflé une bouffée au visage. Mais j'étais habitué aux endroits enfumés, j'avais pratiqué des lieux où l'on n'y distinguait le plafond qu'à grand-peine et qui ne m'avaient pas indisposé. Par contre, je percevais davantage la touffeur de la nuit tombant sur mes épaules.

— Franchement, je ne sais pas ce que je dois faire avec toi...

Avec un soupir de lassitude, elle a levé son poing et l'a abattu tout doucement contre ma poitrine. Puis elle a recommencé. Et encore une fois. Je ne voyais pas très bien où elle voulait en venir. Dans le doute, j'ai saisi son bras et me suis jeté sur ses lèvres. Mais elle s'est dégagée aussitôt. Elle n'avait pas l'air contente.

— Tu t'imagines sans doute que le moment est bien choisi... ?!

La question ne m'avait pas effleuré. Est-ce que l'arbre qu'on déracinait avait le souci de ses moindres feuilles ? A présent que j'étais au fond du puits, allait-elle me jeter de la terre sur le crâne ?

— Alors... ? a-t-elle insisté en repoussant une mèche de son front. J'aimerais avoir ta réponse...

Elle semblait y tenir.

— Je n'en sais rien. C'était la dernière chance que j'avais.

— Vraiment ?! Et la dernière chance de quoi, s'il te plaît... ?

Son ton s'était radouci. Néanmoins, je n'avais pas l'impression d'avoir mérité ça. La regarder dans les yeux devenait très difficile.

— Est-ce que je dois t'arracher les mots un par un... ?

— Oui. Ceux-là, ça se pourrait bien...

Je n'arrivais pas à me tirer de cette situation. Je n'arrivais même pas à réfléchir car je cherchais sans cesse à savoir ce qu'elle pensait et elle restait insaisissable. Tout ce dont j'étais sûr, c'était que son esprit fonctionnait plus rapidement que le mien.

— Très bien. Alors suis-moi. Je vais te montrer quelque chose..., a-t-elle décidé tout à coup.

Nous sommes montés à l'étage. Perplexe, méfiant, écœuré, j'ai remarqué que nous ne bifurquions pas vers sa chambre — ce que je me serais bien gardé d'interpréter —, mais vers celle de Vincent. Le couloir était sombre, le silence épais, son parfum démoniaque, mes pensées réduites à un mince filet d'eau s'écoulant avec peine.

Elle a entrebâillé la porte mais n'est pas entrée et m'a fait signe de rester derrière elle. Je pouvais distinguer Vincent par-dessus son épaule. Une petite lampe était allumée à son côté, concentrant toute sa lumière sur le visage de ma victime qu'un solide pansement authentifiait et qu'une bouche grande ouverte contribuait à classer au musée des horreurs. On aurait dit qu'une vision épouvantable l'avait figé dans son sommeil.

— Regarde-le bien..., a-t-elle murmuré en me donnant l'exemple.

J'ai pensé qu'à présent il y réfléchirait à deux fois avant de la ramener.

— Mani..., a-t-elle repris sans même se tourner vers moi.

Si tu souhaites que nous reparlions de certaines choses... il faudra t'arranger pour te faire pardonner cet incident.

Pour le cas où je n'aurais pas compris l'un ou l'autre des deux aspects de sa remarque, elle a relevé le bas de sa tenue qu'elle a serré autour de sa taille et a poursuivi, sur un ton neutre :

— Je ne veux pas qu'il y ait d'histoires entre vous... N'oublie pas que je suis la meilleure amie de ta mère... A quoi cela rimerait-il que tu ne mettes plus les pieds dans cette maison... ?

J'avais été refroidi, quelques instants plus tôt. J'avais les yeux baissés sur ses fesses où flottait un peu de soie gris perle et me demandais si j'avais envie de passer à nouveau pour un imbécile. N'allait-elle pas me saisir la main aussitôt et me traiter d'obsédé sexuel... ?

Je sentais le peu de fierté qui restait en moi partir en miettes. Un pied dans le couloir, l'autre à l'intérieur de la chambre, elle semblait prête à escalader le chambranle de la porte.

— Je peux faire quelque chose... ? ai-je grogné dans son dos.

Comme elle ne répondait pas mais me tendait ses fesses, j'y ai glissé la main. J'ai été surpris qu'il ne m'arrive rien de désagréable. Puis de constater à quel point mes souvenirs étaient fanés, si gentiment poisseux comparés au bayou dans lequel je pataugeais. J'avais toujours su que cette femme était merveilleuse. Je n'osais pas encore me presser contre elle, de peur de la braquer. J'y allais avec précaution, tandis qu'elle enserrait la cloison entre ses cuisses, caressant le papier peint d'un genou ou de l'autre et coulissant de haut en bas selon que je taquinais ses orifices. Mais je réfléchissais à la suite, partagé entre la moquette du couloir et le lit de sa chambre, qui avaient chacun leurs avantages.

— Mani..., a-t-elle chuchoté cependant que j'avançais bien dans ma tâche. Ai-je été suffisamment claire... ?

J'ai acquiescé dans son dos. Jetant un œil résigné sur ce con qui dormait à moins d'un mètre, je me suis senti prêt à implorer son pardon, à me jeter à ses pieds s'il le fallait. Dans de telles circonstances — et elle avait accompagné ses paroles d'un frétillement du bassin comme si nous pouvions encore gagner quelques centimètres —, elle aurait pu obtenir de moi tout ce qu'elle désirait. De ma main libre, j'aurais signé un pacte avec quiconque lui chantait.

— Très bien..., a-t-elle soupiré. Je crois qu'il n'y a rien à ajouter... Eh bien, si tu estimes que cela en vaut la peine, nous en reparlerons lorsque les choses iront mieuuuux...

J'avais soudain réalisé le coup bas qu'elle nous préparait, bien avant qu'elle n'ait fini son discours. J'avais ouvert mon pantalon, dans un élan frénétique, faillant me cisailler une lèvre entre les dents. Et alors qu'elle prononçait son dernier mot, j'avais, par une manœuvre subreptice, procédé à un échange et lui avais introduit mon engin le plus délicatement du monde, mais jusqu'à la garde.

Ainsi, je pensais avoir coupé les ponts derrière nous. Je me trompais. Elle ne l'a pas entendu de cette oreille. Avec douceur, mais d'une main ferme, elle m'a retiré d'elle en me glissant un sourire malicieux.

— Mani... J'ai dit que nous en reparlerions... !

A peine sorti de la clinique, mon grand-père a retrouvé sa forme. Il a expliqué certaines choses à Moxo, entre autres que la fréquentation de Vito, même s'il ne s'agissait que de griller une cigarette en sa compagnie, pourrait très vite s'avérer malsaine. Je n'avais pas assisté à l'entrevue, mais deux soirs de suite, Vito est resté assis sur la terrasse, occupé à ronger son frein.

Et un matin, comme je l'attendais pour commencer une partie, on m'a annoncé qu'il ne viendrait plus au club mais que d'autres seraient très heureux d'échanger quelques balles avec moi.

Vito m'a demandé de ne pas en parler à Éthel si ça ne m'ennuyait pas et je lui ai dit que ça m'était égal, que je ne m'occupais pas de leurs histoires.

J'avais d'autres problèmes, de mon côté. Mes tentatives de réconciliation avec Vincent me donnaient du fil à retordre et ça n'allait pas très fort, entre Jessica et moi.

Parfois, je partais me promener seul en moto pour me changer les idées et lui rentrait d'une balade et nous nous croisions sur la route, ruminant un air sombre. Ou bien nous tournions dans la maison, perdus dans nos pensées, ou occupions chacun un bout de la terrasse, méditant l'un et l'autre sur notre sort. Cela devenait encore plus drôle lorsque Bob descendait du grenier et s'asseyait au milieu, la mine encore hagarde d'un tête-à-tête avec son roman et tentant de s'arracher une poignée de cheveux. Nous nous observions quelquefois, mais n'avions rien de particulier à nous dire. Et aussitôt qu'une des filles arrivait, nous nous débandions en silence.

Pourtant, par un de ces après-midi étouffants et silencieux où le hasard nous réunissait sous nos parasols, nous avons échangé quelques réflexions, tous les trois. Éthel et Lisa n'avaient pu nous convaincre de les suivre chez les Manakenis pour une partie de ski nautique — nous avions grimacé en chœur — et Bob était monté travailler à son roman tandis que Vito et moi inspections l'horizon avant d'entreprendre quoi que ce soit d'inutile.

Au bout d'un moment, nous avons vu un paquet de feuilles tomber du ciel et s'égailler sur le gazon, bientôt suivi par une machine à écrire qui s'est démantibulée à nos pieds, éjectant la clochette du retour à la ligne dont la course émouvante a duré quelques secondes puis s'est tue.

Par-dessus la vingtaine de mètres qui nous séparaient, Vito et moi nous sommes interrogés du regard.

— Il prend ça très à cœur... ! ai-je déclaré en hochant la tête.

— Oui, il était un peu nerveux, ces derniers temps..., m'a-t-il retourné. Et même assez pâle, tu l'as remarqué... ?

— Il a peur de mourir, je crois...

— C'est l'éternel problème...

Nous avons étendu nos jambes, de nouveau. Il était rare que nous soyons ainsi dérangés durant notre retraite. Si Mona s'était absentée, nous ne répondions même pas au téléphone et quant aux visites, nous n'en recevions plus beaucoup, ces derniers temps. Nous avons recroisé nos mains derrière nos têtes.

— Dis donc..., ai-je fait au bout d'un moment. Est-ce qu'il n'est pas en train de gémir... ?

— Depuis au moins cinq minutes.

Nous sommes montés au grenier pour voir ce qui lui arrivait. Nous l'avons trouvé sous son bureau. De vraies larmes coulaient sur son visage. Lorsque nous l'avons sorti de là, simplement vêtu d'un pantalon de pyjama, nous avons pu remarquer qu'il s'était couvert le torse et les bras d'inscriptions diverses — on pouvait lire *Eli, Eli, lamma sabacthani* en travers de sa poitrine, *Mors ultima ratio* sur son bras droit, et en plus petit, çà et là, d'autres graffitis incompréhensibles. Pendant que Vito l'accompagnait vers le divan, j'ai redressé sa chaise. La pièce était tapissée de portraits d'auteurs célèbres, qui semblaient tous vous fixer méchamment, ou pour le moins, avec une sévérité déconcertante. Face au bureau, il y avait un grand tableau noir sur lequel était écrit : *Premièrement : « Ce dont on ne peut parler, il faut le passer sous silence.* L. W. » Il n'y avait pas de deuxièmement. Le sol était jonché de boules de papier blanc, dont certaines paraissaient avoir été mâchées.

Vito lui avait passé un bras autour de l'épaule. J'ai été surpris par une aussi délicate attention, car Bob ne lui avait jamais témoigné beaucoup de sympathie. S'il n'avait pas l'occasion de l'envoyer balader ainsi que Lisa s'y employait avec opiniâtreté, il se montrait assez condescendant à son égard, ou tout à fait indifférent. Je n'avais pas l'impression qu'à la place de Vito, j'aurais perdu mon temps à consoler un type qui n'avait pas levé le petit doigt pour moi.

— Écoute-moi..., a déclaré Vito alors que l'autre se calmait un peu. Je vais te donner trois conseils pour t'éviter de dégringoler. Le premier, c'est le *Tao-tê king*. Voici le deuxième.

Il s'est levé, s'est avancé vers le tableau et y a inscrit, sur toute la largeur, « IT'S A JOKE !!! », qu'il a souligné plusieurs fois. Puis il est revenu se planter devant Bob qui ne l'avait pas quitté des yeux.

— Et troisièmement, a-t-il repris, il faut chanter. N'importe quoi, quelque chose que tu aimes bien, enfin quelque chose d'assez fort. Je ne sais pas, est-ce que tu connais *Johnny comes marching on...* ?

— Hein... ? a fait Bob en se décrochant la mâchoire. Oui... c'est-à-dire, je ne connais pas les paroles.

— On se fout des paroles. L'important, c'est le souffle qui sort de ta poitrine. Et rien ne peut le briser, est-ce que tu comprends... ?

Bob a hoché une tête de merlan frit, essuyé ses joues.

— Alors allons-y ! a ordonné Vito.

Nous sommes redescendus en chantant.

While going the road to sweet Athy,
Hurrooo ! Hurroo !

While going the road to sweet Athy,
Hurroo! Hurroo!

Vito avait entamé la version originale, un chant irlandais de la fin du XVIIIe, *Johnny, I hardly knew Ye*, que j'avais étudié cette année mais dont j'avais surtout écouté l'arrangement des Clash, *English Civil War*, une reprise un peu plus traînante, concoctée par Joe Strummer. Mona, avec ce regard impénétrable qu'ont les gens des Malayones, nous a suivis des yeux pendant que nous traversions le salon, ferraillant avec la dépression nerveuse de Bob — et nos propres soucis, pendant que nous y étions — au moyen d'une simple chanson.

Sur la terrasse, Vito s'est interrompu un instant, entre deux couplets, pour dire à Bob qu'il pouvait également fixer le soleil en clignant des yeux — mais pas plus de quelques secondes à la fois —, afin d'en capter un peu d'énergie. Puis nous avons repris *Johnny* en chœur. Vito s'agitait devant Bob pour augmenter son ardeur, envoyait son poing vers le ciel sur « *Hurroo! Hurroo!* », sautait en l'air et tapait du pied au moment du refrain. Il était difficile de lui résister. Je me sentais moi-même gagné par une espèce d'euphorie incontrôlable, qui confinait à l'ivresse. Ce n'était pas simplement Bob que nous soulevions à bout de bras.

Nous n'en sommes pas restés là. Les paroles de chaque couplet avaient beau être d'une tristesse accablante, nous affichions des mines illuminées et Bob se permettait même certains écarts à la tierce supérieure, du plus charmant effet. Plus tard, lorsque j'y ai repensé, je ne me suis plus souvenu lequel d'entre nous a proposé une balade en moto, mais il ne nous a pas fallu trois secondes pour trouver un tee-shirt et un pantalon à Bob, puis enfourcher nos engins.

Nous sommes partis à travers les collines de Pixataguen, sur une petite route qui serpentait au milieu de la forêt et s'élevait au-dessus de l'océan qui s'est soudain étendu à l'horizon, comme une nappe de mercure, en contrebas. Nous roulions en plein soleil, la plupart du temps, mais nous pénétrions parfois sous une arche de verdure qui nous rafraîchissait et donnait à notre *Johnny*, que nous reprenions de plus belle, une résonance particulière dont nous n'étions pas mécontents.

Bob avait grimpé derrière Vito, après avoir déclaré qu'il voulait prendre son vélo et que nous l'en avons dissuadé de quelques tapes amicales, sourires et clins d'œil entendus. Nous avancions de face, exécutant de larges et tendres ondulations d'un bord à l'autre de la route, au rythme de « *My darling dear, you look so queer/Och, Johnny, I hardly knew ye !* ». Le soir, certains instants de cette promenade me sont remontés et mon humeur se transformait aussitôt. Par exemple, Vincent se levait alors que je venais de m'asseoir à sa table, m'expliquant qu'il n'avait rien à foutre de moi et pendant que je le regardais s'éloigner, tout comme mes chances de baiser sa mère, j'entendais une certaine mélodie tourner dans ma tête, des images lumineuses y apparaissaient, le long ruban gaufré d'or chiffonné qui nous avait conduits par-delà les collines jusqu'à l'océan, la halte que nous avions faite dans un repli de la falaise pour que Bob nous récite la fin du monologue de Molly Bloom, ou le simple plaisir de la conduite, le ballet parfait que nous improvisions, avec la Black Shadow. La grimace de Vincent me passait alors par-dessus la tête et je souriais tout seul. Il en allait de même avec Jessica qui cherchait à m'emmerder par tous les moyens. Prenait-elle un air étonné avant de me tourner le dos si j'avais à lui parler cinq minutes ? Je serrais les dents en fermant les yeux et les lueurs de l'après-midi me touchaient de nouveau, m'ôtaient toute envie de parler à quiconque.

Je suis rentré du Blue Note un peu avant l'aube. Le jour

n'était pas levé mais le peu de fraîcheur que la nuit avait apporté se volatilisait déjà, les molécules de l'air s'épaississaient et se frottaient l'une contre l'autre. Je me suis assis sur la pelouse, en appui sur les bras et la tête rejetée en arrière pour me détendre la nuque. A présent, j'étais légèrement préoccupé par le plaisir que j'avais trouvé en compagnie de Bob et Vito et ce n'était pas Bob qui me donnait à réfléchir. J'étais surpris, un peu comme si j'avais trempé mes lèvres dans une potion infâme et n'avais pas tout vomi sur-le-champ. Cette bizarrerie m'amusait. Elle avait également un goût de soufre, de mystère, de nouveauté qui ne me laissait pas indifférent si je feignais d'oublier une minute les ennuis qu'il y avait à la clé. Heureusement, je n'étais pas complètement fou. J'étais encore capable de manipuler des allumettes sans déclencher un brasier autour de moi. Et assez lucide pour me rendre compte que c'était ma propre réaction qui m'excitait, davantage que le seul intérêt que pouvait représenter Vito.

J'étais toujours là lorsque Éthel et Vito sont arrivés. Éthel est descendue la première et s'est aussitôt dirigée vers la maison. A ma hauteur, elle a hésité une seconde, puis s'est débarrassée de ses talons aiguilles pour avancer dans l'herbe et venir m'embrasser sur la tête. « Mon chéri, tu n'es pas encore couché... ? » Je lui ai répondu que si, mais elle s'était déjà redressée et filait en poussant un long soupir intraduisible.

J'ai observé Vito qui restait planté dans l'allée, les mains enfoncées dans les poches de sa veste et le regard brillant dans la pénombre, braqué dans le sillage de son épouse qui l'avait semé en chemin. Il a dénoué sa cravate et l'a enroulée autour de sa main, levant les sourcils avec un air de surprise outrancier.

— Bon sang, que dis-tu de ça... ?! a-t-il plaisanté. Je suis pourtant le meilleur danseur de la côte, il me semble... !

Il a examiné le ciel en exécutant un tour complet sur lui-même. Ensuite, après m'avoir jeté un rapide coup d'œil, il s'est installé à mes côtés, à distance respectable.

— J'espère que je ne te dérange pas... ? a-t-il marmonné.

Je n'ai rien répondu. Si je ne considérais sa présence que sous l'angle du dérangement qu'elle m'occasionnait, je n'avais aucune raison de m'y opposer.

— Il est rare que les choses se révèlent aussi brillantes qu'on les imaginait..., a-t-il poursuivi sur un ton léger. J'espérais m'en tirer d'une manière plus honorable...

— Je crois qu'elle t'a cherché pendant trop longtemps, enfin toi ou un autre... Peut-être qu'il est trop tard...

— Eh bien, je n'ai vraiment pas de chance avec les femmes, dans cette famille... C'est une malédiction. Même Lisa ne peut pas me voir en peinture... Est-ce que tu peux croire un truc pareil ?!

— Ma mère a démoli tous les types qu'elle a rencontrés. Je croyais que tu le savais. Et la plupart du temps, Lisa et moi lui avons prêté main-forte. Ça, tu aurais pu le deviner.

— Il va me falloir du temps. Je m'attendais à ce que nous passions une période difficile, ta mère et moi...

— Tu n'es pas le premier à penser que les choses peuvent s'arranger... Je ne voudrais pas te décourager, mais je peux te garantir que ça ne s'est encore jamais produit. Tu sais, je ne crois même pas qu'elle le fasse exprès... Il suffit qu'elle s'appuie sur un mur pour que le toit s'effondre. Dès qu'elle se met en tête de bâtir quoi que ce soit, elle le brise entre ses mains...

— C'est plus courant que tu ne l'imagines.

— Mais c'est plutôt aigu, chez elle. Les types dont elle n'attendait rien sont ceux qui ont duré le plus longtemps. Et inversement. Elle t'a parlé de son deuxième mari, l'Espagnol ? Bon Dieu ! Celui-là, elle se réveillait en criant son nom, elle en a bégayé pendant des semaines. Elle se voyait déjà avec des cheveux blancs, marchant à ses côtés, entourée des enfants qu'il lui avait faits et de ses petits-enfants qui joueraient dans la maison. Elle avait déjà fait venir un architecte, tu m'entends, pour ajouter une aile à la maison... ! Et sais-tu combien de temps leur mariage a tenu... ? Non... ? Un mois et quatorze jours... ! Bon sang ! Je ne me rappelle même plus de sa figure... !

En disant cela, j'avais arraché une poignée d'herbe que j'avais lancée au loin. Je me sentais énervé après lui, mais peut-être n'était-ce que la fatigue et le rougeoiement de l'aube qui se manifestaient. Plutôt que de chercher une brindille à mettre patiemment en pièces, j'ai fait disparaître mes mains dans mes poches. Et je suis tombé sur un peu de cocaïne que m'avait glissé Chantal Manakenis en prenant un faux air navré et avec ces mots tendres, soufflés à l'oreille : « Mon trésor, fais une croix sur Jessica et essaye ça pour te branler... » Je lui avais aussitôt mis la main entre les jambes mais elle avait bondi en arrière, folle de rage, et le tour était joué.

Enfin bref, je me suis occupé à confectionner deux belles lignes. Lorsque nous nous étions arrêtés sur la falaise, avec Bob, celui-ci nous avait, en même temps qu'un radieux sourire, offert un joint qu'il avait tiré d'un paquet de cigarettes. Mais Vito l'avait aussitôt écrasé dans sa main. « Ce n'est pas bon pour ce que tu as... ! » avait été la seule raison qu'il ait donnée. Je venais donc de me remémorer l'incident et c'était au souvenir de la mine déconfite de Bob que je me disposais à ramener plus ou moins cette histoire sur le tapis. Simplement pour lui déplaire. Parce qu'il m'avait semblé que ces choses-là le dérangeaient peut-être et que j'avais envie de l'emmerder.

Je lui ai donc présenté mes diableries avec un plaisir sombre, comme si j'avais servi un bifteck saignant à un bon catholique le jour du Vendredi saint.

Il s'en est envoyé une avant que je n'aie compris ce qui arrivait.

Et se penchait de nouveau pour siffler l'autre.

Je ne suis parvenu à sauver ma part qu'in extremis, ne retrouvant mes esprits qu'à la dernière seconde.

— Tu permets... ? ai-je grincé.

J'avais à peine ingurgité ma portion qu'il tendait un doigt vers les miettes et s'en frictionnait les gencives. Je l'ai regardé faire.

— Contrairement à ce que tu penses, a-t-il déclaré avec un haussement d'épaules, je ne suis pas un forcené de l'esprit sain dans un corps sain. C'est une aspiration de petit-bourgeois et ça n'ouvre pas de grandes perspectives. Cela dit, je crois sincèrement que fumer rend con et qu'un joint n'était pas très indiqué pour notre ami, vu les circonstances...

Je ne le lâchais pas des yeux, soutenu dans mes efforts par les premières lueurs du jour qui tiraient son visage hors de l'ombre, tel un charme qui aurait ramené un mort à la vie.

— Vito..., ai-je fini par lâcher en prenant soin de suspendre la suite... Qu'est-ce que tu fous avec ma mère... ?!

— Comment ça, qu'est-ce que je fous... ? s'est-il inquiété d'une voix douce.

— Pas ce que tu es *en train* de lui faire... Je veux dire, qu'est-ce que vous fabriquez ensemble... ?

Il a inspecté le paysage devant lui, très préoccupé par sa moitié d'oreille qu'il triturait en silence.

— C'est assez compliqué..., s'est-il décidé à répondre. Nous n'avons pas les mêmes motivations, elle et moi...

Il a hésité une seconde.

— ... mais tu sais, a-t-il repris vivement, est-ce que ce n'est pas une situation banale pour un couple... ? Et qu'est-ce qui nous empêche de nous rejoindre, au bout du compte... ?

— Écoute, c'est ma mère..., ai-je ricané. Ne viens pas me raconter comment elle est, *je sais* comment elle est. Et je crois qu'il faut être aveugle ou cinglé pour l'épouser... ! Non, en fait, j'en suis sûr... !

— Mani... Il nous est arrivé une chose désagréable, à l'époque...

— Oui. Je sais... ! l'ai-je coupé. Mon grand-père vous a chassés du paradis et séparés à tout jamais, épargne-moi les détails ! Alors c'est quoi... ? C'est pour reprendre cette douce aventure que tu t'es traîné jusqu'ici... ?! Pour le seul plaisir d'aller danser tous les soirs et te retrouver nez à nez avec mon grand-père... ? Est-ce que tu te fous de moi ou est-ce que tu es complètement abruti... ?!

Il m'a souri, puis s'est levé en soupirant.

— Je crois que mes explications te feraient sourire... Cela dit, tu as tort de sous-estimer le pouvoir de séduction que peut exercer ta mère. Et quant à ton grand-père, je compte bien l'éviter si c'est possible. Tu sais, quelles que soient les raisons qui poussent un homme à agir de telle ou telle manière, l'important est qu'il se sente l'âme en paix. Ou au moins qu'il y travaille...

Sur ces belles paroles, il a tourné les talons. Puis s'est ravisé, m'a confié encore quelques mots, juste avant que le soleil n'apparaisse et qu'un nouveau jour ne commence :

— Et franchement..., a-t-il fait en écartant les bras comme s'il s'apprêtait à recevoir les stigmates. Est-ce que tu penses que je m'amuse... ?

Ce samedi-là, j'ai pris conscience que mon grand-père portait une attention particulière à la pose des banderilles depuis le commencement de la saison. Il y avait un torero mexicain que je ne connaissais pas dans l'arène, un type lourd, sans esprit, et qui était si mauvais à la cape que même les touristes en étaient gagnés par l'ennui. Néanmoins, il se réveillait au cours du second tercio, à un moment où il n'y avait plus grand monde pour lui prêter le moindre intérêt. Sauf mon grand-père, qui semblait lui pardonner toutes ses gesticulations, ses bonds de côté et ses volte-face dignes de Rafael « El Gallo » dans ses plus mauvais jours. Car à l'instant où le Mexicain saisissait les banderilles, la Grâce lui tombait du ciel.

C'était la suerte destinée à donner de l'air au taureau, mais le public en profitait également après l'asphyxie qui l'avait guetté. Du *callejón*, mon grand-père se tournait vers moi pour s'assurer que j'ouvrais l'œil dès que l'autre abandonnait sa cape.

Il piquait rapidement, au centre de l'arène, et de *poder à poder* *, ce qui était assez rare et plutôt inattendu si l'on en jugeait de ses autres démonstrations. On aurait dit qu'il s'envolait, puis qu'il s'appuyait sur les banderilles, plantées dans le garrot, pour sortir, et pas un poil de son visage n'avait tremblé.

Victor Sarramanga en était obligé de s'arrêter en chemin pour me répéter la même chose. Il me décortiquait chacune de ces occasions où le Mexicain s'était distingué, de l'instant où il entamait sa course jusqu'à celui où il se dégageait, frôlé par la corne. Nous descendions vers le centre-ville, occupés par nos histoires de banderilles et suivis d'un peu plus loin par Anton qui roulait au pas, le long du trottoir et sous le reflet des buildings qui se mordoraient dans les derniers feux de l'après-midi. Ainsi, le vif penchant que mon grand-père manifestait pour cette suerte n'était plus un mystère. Mais je n'en prenais la mesure qu'à présent, les longs discours qu'il

* L'homme et la bête se dirigent ensemble l'un vers l'autre, et rapidement.

me tenait sur la technique du Mexicain me remémorant d'autres réflexions qu'il m'avait glissées sur ce sujet depuis le début de la saison. Outre la pose des banderilles, il espérait qu'à mon tour je savourais la magie de cette période où l'on permettait au taureau de se rafraîchir, de relever la tête et de reprendre goût au combat. La somme de tous ces petits trésors rassemblés le rendait volubile. Il projetait devant lui une ombre impressionnante, mais il sautillait presque à mes côtés et bien qu'il s'accrochait à mon bras, je n'en ressentais pas la moindre gêne.

Il était de si bonne humeur que nous avons dépassé son club et avons décidé de nous installer à la terrasse de l'hôtel Plazza, dans le frissonnement des jets d'eau et la tiédeur du couchant qui envahissait la place. J'étais parfaitement détendu jusqu'à la seconde où j'ai aperçu Vito, à moins d'une centaine de mètres, les bras chargés de paquets et remontant le trottoir dans notre direction. Je crois qu'il m'est venu une espèce de grimace. Je me suis assis là où j'ai pu, incapable de décider autre chose.

Mon grand-père était allé dire à Anton de nous reprendre un peu plus tard, puis s'était redressé tandis que la voiture s'éloignait. Pendant ce temps-là, Vito arrivait à la hauteur du Plazza, sans rien avoir remarqué. C'est alors que mon grand-père l'a repéré. Il m'a jeté un coup d'œil, mais au lieu de me rejoindre, il est resté planté au milieu du trottoir. J'ai compris que le pire allait se produire. Que la foudre tombait toujours au hasard.

Vito semblait perdu dans ses pensées et marchait tout droit sur mon grand-père. Celui-ci se tenait bien droit, prêt à encaisser le choc, immobile comme un mur de pierre. Je me suis tassé sur mon siège à l'instant de la collision. Qui en fait n'a pas eu lieu, car mon grand-père s'est déporté au dernier moment. Mais il a levé les bras au ciel, les mains repliées sur deux harpons imaginaires, et les a cloués dans la nuque de Vito avant de sortir en beauté.

Vito a sursauté. Puis avisant mon grand-père qui s'avançait vers moi, il nous a regardés tous les deux avec un air indécis, puis il a poursuivi son chemin en secouant la tête.

Mon grand-père a pris place devant moi. Il n'a pas dit un mot, mais soudain son visage s'est illuminé.

Le soir où l'école a fermé ses portes, Vincent a organisé une fête à laquelle je n'ai pas été invité. Si cela continuait ainsi, Vito et moi pourrions bientôt fonder le Club des Indésirables et nous lancer dans la pêche à la ligne. La nuit tombait et j'étais assis sur mon lit, le dos appuyé au mur, désœuvré, vaguement occupé à planter quelques fléchettes dans ma porte où j'avais placardé un portrait de Malcolm McDowell et à imaginer de quelle manière je ferais payer ça à Vincent malgré que je sois censé lui lécher les bottes — ce qui revenait un peu à chercher la faille dans le deuxième principe de thermodynamique. Au-dessus de ma tête, j'entendais Bob qui déambulait en fredonnant la version qu'il s'était procurée à la bibliothèque, une transposition qu'un certain Gil More, attaché au commandement du général Butler à La Nouvelle-Orléans, avait concoctée pour l'armée de l'Union. D'en dessous me parvenaient quelques bribes des chansons de James Mac Murtry, car Vito était seul dans le salon. En provenance du couloir, je captais une conversation entre Éthel et Lisa qui se parlaient d'une chambre à l'autre et dont j'avais déduit que ma mère se préparait tandis que Lisa, vautrée en travers de son lit, l'informait des derniers potins qu'elle découvrait dans *Vogue* — mais peut-être était-ce d'un autre magazine qu'il s'agissait ou bien alors c'était par pure malice qu'elle avait évoqué le nombre de calories contenues dans une petite cuiller de sperme.

Lorsque je me suis retrouvé seul avec elle, après le départ de ma mère et de Vito, je lui ai demandé si elle n'aurait pas un autre sujet de conversation, car je m'étais installé pour manger. Je lui ai aussi conseillé d'aller prendre un bain et d'aller se faire soigner, mais elle ne se formalisait même plus de semblables remarques, depuis le temps. Elle se serait sans doute arrosée de patchouli à une certaine époque et aurait lancé quelques propos d'Elridge Cleaver à table pour se donner un genre. Empester le foutre et s'interroger sur sa valeur nutritive était sa dernière invention — elle avait épuisé tous les styles, exploré toutes les attitudes, mélangé toutes les formules sans parvenir à trouver sa voie, et s'essoufflait visiblement. Je crois que son problème était qu'Éthel, loin de la freiner, la félicitait toujours de sa nouvelle tournure et même l'encourageait à en faire davantage. Elle s'en trouvait alors un peu désemparée et commençait déjà à réfléchir à autre chose. Quant à moi, elle savait que je m'en fichais — du moment qu'elle se tenait à distance, pour certains cas précis.

Nous nous étions franchement détestés quelques années plus tôt, car les types se servaient de moi pour l'approcher ou me prenaient pour un bureau de renseignements. Toute l'école savait que Lisa Sarramanga — nous n'avions jamais porté le nom de Sainte-Marie — était un coup relativement facile et toute cette merde rejaillissait sur moi. C'étaient des types plus âgés que moi, qui roulaient en voiture, fumaient des cigarettes, et auxquels je rêvais de ressembler. J'étais tellement stupide que par peur de passer pour un novice et plutôt que de leur cracher à la figure, je ne trouvais rien de mieux que d'accepter leur argent pour organiser une rencontre, transmettre un message ou surveiller les alentours de la maison. Ce qui ne m'empêchait pas de récolter leurs sourires méprisants par la suite. Et d'être à couteaux tirés, avec Lisa, du matin au soir.

Nous ne faisions la paix que s'il s'agissait d'affronter Paul Sainte-Marie.

A présent, nous nous étions calmés. Nous ne débordions pas d'amour l'un pour l'autre, mais il nous arrivait d'avoir de bons moments ensemble, et ce soir-là, compte tenu que je n'avais personne avec qui passer la soirée, j'ai presque regretté mes paroles peu avenantes et me suis levé pour lui chercher une assiette lorsqu'elle s'est assise en face de moi.

Elle avait quelques tatouages sur les épaules, dont un qui n'était même pas fini car elle avait abandonné cette toquade du jour au lendemain pour un style beaucoup plus sage où nous avions pu l'observer en train de sucer son pouce. Nous n'étions plus nombreux en mesure de les admirer — sur la plage, elle s'arrangeait souvent pour les dissimuler, quitte à les enduire de sable —, sauf si nous avions la chance d'habiter cette maison. Non qu'elle prît plaisir à les arborer, mais elle retroussait toujours ses manches sur ses épaules dès qu'elle était rentrée, de la même manière qu'Éthel ôtait ses chaussures, comme si cette partie de son corps avait besoin de respirer.

« Seigneur… ! a-t-elle marmonné en taquinant un peu de viande froide du bout de sa fourchette. Est-ce que c'est toi qui lui as appris cette chanson… ?! » Je lui ai répondu sur un ton amical que cela coûtait moins cher que les séances de *rebirth* qu'il avait suivies durant tout l'hiver. Elle a levé les yeux au ciel, puis m'a fixé une seconde avant de s'intéresser de nouveau à son plat.

Personnellement, je n'avais laissé qu'une moitié d'oreille, lors de l'accident. Lisa s'était déchiré le bras contre un montant du siège avant qui avait perforé la housse comme une lame de poignard brisée. Le serpent tatoué sur la cicatrice n'était pas une réussite, les chairs étaient trop abîmées. Un an plus tôt, lorsqu'elle s'était rasé la tête, on ne voyait plus que cette longue estafilade sur son crâne, luisante et blanchâtre. A nous deux, nous avions tellement aspergé la voiture de sang qu'on ne distinguait plus la couleur des sièges.

Depuis quelque temps, il m'arrivait parfois de poser ainsi les yeux sur elle. Je me demandais si nous allions nous rapprocher en vieillissant, étant donné que nos rapports étaient meilleurs qu'ils n'avaient été, ou bien s'il était trop tard, si nous avions laissé passer le plus important. Le meilleur souvenir que je gardais de notre enfance, pour ce qui concernait le plaisir que nous avions d'être ensemble, était ce séjour que nous avions fait à l'hôpital, après que Paul Sainte-Marie nous eut projetés contre un arbre, dans les Malayones — il avait cherché Éthel toute la nuit, puis s'était suicidé au matin, avec Lisa et moi, endormis sur la banquette arrière. Nous nous lisions des livres, jouions ensemble dans la chambre ou partions en balade à travers la clinique, semant les infirmières que Santemilla avait lancées à nos trousses. Mais à la minute où nous étions retournés à la maison, tout cela s'était envolé, nous avions regagné nos territoires respectifs et refermé nos portes. Quand je ne me sentais pas en forme, ou quand, à l'image de cette soirée, je ne trouvais d'autre compagnie que la sienne, je réfléchissais à ces questions et je mesurais le vide autour de moi. Était-ce moi ? Était-ce ma faute ? Je n'avais pas versé une seule larme sur la tombe de Paul Sainte-Marie, je n'avais éprouvé aucun regret, je n'avais pas eu une seule pensée affectueuse pour celui qui m'avait engendré. Ma mère, je ne me souvenais pas d'avoir sauté sur ses genoux, ni qu'elle m'ait tenu plus qu'il ne fallait dans ses bras, ni qu'elle m'ait prouvé une tendresse particulière, ou quoi que ce soit d'un peu plus fort que ce qu'elle m'avait accordé. Quant à ma sœur, que s'était-il passé au juste, pourquoi ne nous étions-nous jamais réellement rencontrés, pourquoi n'avions nous pas su nous y prendre... ? Est-ce que c'était moi ? Est-ce que c'était ma faute ? Étais-je incapable, ou indigne de porter quelqu'un dans mon cœur ? Avais-je eu seulement de vrais amis, savais-je au moins à quoi cela ressemblait-il ? J'avais beau me creuser la tête, me forcer à tomber amoureux ou serrer quelquefois Vincent dans mes bras, je ne parvenais pas à provoquer l'étincelle que j'espérais, je n'arrivais à rien de formidable, j'avais beau essayer, j'avais beau tenter n'importe quoi, je n'arrivais à rien. Je ne savais pas si j'avais plus de chances avec Lisa, mais c'était encore plus difficile avec elle. Lisa était ma sœur mais nous avions tellement déconné que je ne pouvais même pas lui prendre la main, dans un moment pareil, juste pour voir quel effet ça me ferait.

— Qu'est-ce que j'ai qui ne va pas... ? a-t-elle demandé.

J'ai cru que l'heure était peut-être venue de lui vider mon sac, de lui expliquer que tout ce gâchis était le résultat de quelque chose qui ne tournait pas rond chez moi et qu'en conséquence, elle n'avait rien à se reprocher et n'avait rien qui n'allait pas. C'était moi le monstre. Cette pauvre chérie ne devait pas chercher les poisons dans son propre cœur car c'était le mien qui renfermait un noyau noir, impénétrable et glacé. Toutefois, j'ai réalisé que nos pensées n'étaient pas à l'unisson quand elle a ajouté, en se penchant vers moi :

— Dis-moi, est-ce que tu veux ma photo... ?

J'ai retrouvé mes esprits aussitôt, avec un frisson rétroactif, un de ces tremblements au bord du vide quand j'imaginais le plongeon grotesque auquel j'avais échappé. Je l'ai donc rassurée en lui indiquant une miette providentielle au coin de sa lèvre.

— Et si tu m'emmenais quelque part... ? a-t-elle proposé. Si l'on sortait d'ici avant qu'il n'ait inventé autre chose... ?!

Elle avait raison. Bob chantait plus fort, à présent, et il

était difficile de savoir si c'était bon signe. Je lui ai expliqué qu'elle choisissait mal son moment car tout le monde, en dehors de moi, était à cette fête, mais je l'ai tout de même emmenée au Blue Note pour réfléchir et avant que ça ne dégénère au-dessus.

Une heure plus tard, j'étais soûl à ne plus pouvoir tenir debout. Nous étions à peine arrivés que Lisa avait retrouvé deux amies à elle dans la salle, des filles que j'avais peut-être aperçues une fois et qui me sont tombées tout de suite sur le dos sous prétexte que j'avais drôlement grandi et qu'elles n'en revenaient pas. Elles ont demandé à Lisa pourquoi elle m'avait caché si longtemps. C'était exactement le genre de situation que je détestais, d'autant plus qu'elles étaient assez mignonnes et semblaient avoir tout leur temps pour s'occuper de moi. J'ai commandé un bourbon pour voir venir. En général, je me méfiais des amies de Lisa, je connaissais leur folie des grandeurs et le peu d'intérêt qu'elles portaient aux types de mon âge, par principe. Je m'y étais assez souvent cassé les dents autrefois pour me tenir sur mes gardes. Mais je ne perdais pas de vue qu'il pouvait y avoir une chance à saisir. Je me suis donc levé et j'ai ramené quatre verres du bar.

Au fil de la conversation, j'ai appris qu'elles avaient fui une soirée où elles s'ennuyaient et avaient échoué là dans l'espoir d'une rencontre. Je feignais un ennui poli, comme absorbé par de plus profondes préoccupations, mais ces paroles n'avaient pas glissé dans l'oreille d'un sourd. J'étais assez content de ne m'être pas rasé depuis deux jours. J'étais prêt à parier que dans la semi-obscurité qui régnait et si elles considéraient la stupéfiante facilité avec laquelle je vidais mon verre, elles allaient bientôt s'apercevoir que je vieillissais à vue d'œil.

D'ailleurs, je les sentais mollir. Leurs petites mises en boîte du début avaient perdu de leur fraîcheur et nous échangions des regards plus soutenus, des plaisanteries plus tendancieuses, prenions des poses plus étudiées. Lisa nous a quittés au bout d'un moment, car elle en avait assez, j'imagine. Cela dit, je la comprenais. Elle n'avait pas eu de mal à comprendre ce qui se passait, à remarquer l'ascendant que j'exerçais sur les deux filles et je devais admettre que nous l'avions laissée un peu de côté. Mais qu'y pouvais-je ? Contre toute attente, cette soirée était pleine de promesses. Je ne me trouvais plus seul au monde, mais parfaitement comblé. Je ne gardais plus la moindre trace de ce léger abattement qui m'avait saisi un peu plus tôt car tout mon esprit jouissait de cet instant. Deux, c'était trop, deux, c'était la vengeance du Ciel sur les vapeurs de l'Enfer me répétais-je en levant mon verre à la santé de mes deux camarades dont les yeux brillaient comme des lanternes. Je me suis retenu de ne pas me pencher sur elles pour les embrasser sur-le-champ. Malgré tout, je me suis aperçu que j'étais un peu sonné lorsque au même instant, Lisa revenant parmi nous flanquée de deux écumeurs de la côte — version oxygénée, panoplie Chevignon/Quick Silver —, mon gosier s'est soudain contracté et l'alcool m'a dégouliné sur le menton, une ample gorgée qui, refluant aux commissures de ma bouche, a épargné ma veste mais s'est égaillée dans la blancheur de mon tee-shirt. Les filles ont cru que j'avais une crise d'épilepsie.

J'ai rassuré tout le monde d'une abominable grimace. Tandis que les nouveaux venus prenaient place, il s'en est fallu d'un rien que je ne saute à la gorge de Lisa.

Et une minute plus tard, tout s'était écroulé autour de moi.

A présent j'étais soûl et ne disais plus que des conneries. Mais cela avait-il une quelconque importance, étant donné le peu d'attention que l'on me prêtait, désormais ? Les deux types étaient de vrais professionnels, avaient deux fois mon âge et proposaient déjà de prendre la soirée en main — avec visite de leur appartement en fin de course, promesse d'une vision féerique de la baie que surplombait leur terrasse et dernier verre dans les sublimes lueurs de l'aube. J'en aurais vomi mais je m'accrochais encore, espérant qu'au moins l'une des deux se ressaisirait tellement ces gars-là ne valaient rien. Finalement, ils ont eu l'air de se décider pour un club de dégénérés de leur espèce, de l'autre côté de la ville. « Très bien ! ai-je glapi en m'écartant de ma chaise. Alors qu'est-ce qu'on attend ?! Allons-y ! »

J'ai réussi à prendre la tête du cortège, m'accordant ainsi un bon point. D'ailleurs, les filles m'avaient suivi. J'ai devancé les autres en payant leur vestiaire, pressant un peu les épaules de l'une d'elles en l'aidant à passer sa veste. Dehors, le plus crétin des deux simplets s'est demandé si l'on allait me laisser entrer, pour la raison que je ne portais ni chemise ni cravate « Ne t'inquiète pas pour moi..., ai-je ricané. Même toi, ils te laisseraient entrer pieds nus si tu es avec moi... ! » Son visage s'est alors empreint d'un air si ahuri que j'ai pensé qu'il venait de s'éliminer de la course. J'ai donc vu la lumière au bout du tunnel, mais en même temps, j'ai senti que la tête me tournait un peu plus que je ne l'aurais souhaité. Sans doute parce que nous étions plantés sur place. « Eh, dites donc... Ça manque de nerf... ! » ai-je plaisanté en me dirigeant vers le parking. Chemin faisant, j'avais l'impression qu'un voile brûlant s'était posé sur ma tête, et qu'en le soulevant, chacune de mes respirations le rendait glacé. Seul, j'aurais rapidement cherché un endroit pour m'asseoir, mais là, je ne pouvais pas flancher. Je n'avais qu'à défaillir une seconde et je retournais tout droit d'où je venais, dans ces ténèbres qui me poursuivaient depuis mon enfance, dans le silence feutré de ma solitude ou de je ne savais trop quoi sinon que rien n'y poussait. De telles pensées, malgré le style pompier avec lequel elles s'inscrivaient dans mon esprit, m'aidaient à me tenir debout. Je les ressassais, les agitais devant moi en tâchant de marcher droit vers mon Electra Glide. « Sors-toi une de ces filles, me convainquais-je, et tu es sauvé... ! Brise le cercle maudit de cette soirée et tu les briseras tous... ! Seigneur, Mani... tu y es presque... ! »

Réunissant toutes mes forces, j'ai enfourché ma moto d'un seul coup. J'ai attendu que les autres arrivent à ma hauteur pour m'adresser aux filles. « Désolé..., ai-je déclaré. Mais je ne peux prendre que l'une de vous, hé, hé... »

Le temps qu'elles réfléchissent, une décapotable se garait à nos côtés.

Je n'ai rien dit. J'étais tellement écœuré, de toute façon. Je les ai regardées, assises toutes les trois, si ridiculement serrées sur la banquette arrière, si tristement banales, si pauvres, si petites que j'en aurais décoché un coup de pied dans la portière.

Mais j'ai pris la tête, une fois de plus, car je comptais me battre jusqu'au bout. L'enjeu atteignait pour moi des sommets si terribles que ma vision s'en trouvait brouillée. Mon vaisseau a légèrement tangué, cependant que j'exécutais un virage en épingle à cheveux, comme si une lame m'avait fauché par bâbord. Malgré cela, je suis parvenu à remettre le cap sur la sortie. Je suis repassé devant les néons multicolores qui formaient une énorme gerbe au-dessus de la porte du Blue Note, me souriant à moi-même car, cette moto, j'étais capable de la conduire les yeux fermés ou dans le pire des états. J'en ai nourri un regain d'assurance pour la suite, me suis redressé sur mon engin avant de bifurquer sur la nationale. Mon esprit pouvait bien s'enfoncer au cœur de marais noyés de brume, ma foi en mes capacités de rester en selle était si intense que j'en acquérais la certitude que l'une ou l'autre m'aurait sucé avant le point du jour. C'était si important, pour moi, si indispensable au regard des épreuves que je traversais. J'avais toujours entendu dire qu'il ne s'agissait pas de prendre froid par-dessus un rhume. J'ai ri tout haut. Puis j'ai dégringolé dans le fossé, ivre mort.

Trois jours plus tard, de bon matin, Éthel a été réveillée par un de ces coups de fil obscènes auxquels nous pensions qu'elle s'était habituée, mais qui, s'il n'a pas gâté son humeur, l'a transformée en pile électrique. De ma fenêtre, je l'ai observée pendant qu'elle enchaînait de vigoureux aller et retour d'un bord à l'autre de la piscine, telle une torpille enragée, puis je suis allé la rejoindre. Je lui ai dit que je n'étais pas sûr que ce soit la voix d'Anton et qu'elle ferait mieux d'écouter les conseils de Richard Valero, à savoir ne plus répondre elle-même au téléphone ou trouver une autre solution car l'on n'était pas près de mettre la main sur ce gars-là.

Elle m'a décoché un œil sombre, puis s'est éloignée d'une détente, sans ajouter un mot. Elle aurait sans doute aimé que je reconnaisse Anton, mais cela aurait changé quoi ? Ces coups de fil, peut-être était-ce Valero lui-même qui les donnait, et de son propre bureau. De toute manière, nous savions bien qui tirait les ficelles. Elle n'avait qu'à descendre le chemin et frapper à la porte de la seule maison que l'on apercevait au loin. Là-bas, on lui fournirait tous les renseignements qu'elle désirait, toutes les explications qu'elle souhaitait. Elle devait penser que je ne montrais pas beaucoup d'ardeur à l'aider. Je savais qu'elle aimait bien se persuader que tout le monde se défilait, que plus personne ne se mettait de son côté. Ainsi, elle ne s'embarrassait plus de l'avis des autres.

Enfin bref, la journée commençait sur les chapeaux de roues, mais cet afflux d'énergie n'était pas le simple fait d'un coup de téléphone, duquel, entre parenthèses, j'avais appris ce qui manquait à ma mère et ce qu'il lui fallait, bien qu'aucune femme au monde, à mon avis, ne soit taillée pour recevoir de tels hommages ou bien j'avais encore beaucoup à apprendre. Non, il y avait autre chose. Je ne l'avais pas entendue en reparler une seule fois, ni rien remarqué d'inhabituel sinon que la veille, Mona avait repassé toutes les chemises de la maison et que la camionnette du teinturier avait franchi deux fois la grille au cours de la seule matinée.

Éthel n'était pas la seule à participer de cette sensible électrisation de l'air. Chaque année, le jour du Grand Bal des Sotos, une telle atmosphère était perceptible. Et dans l'après-midi, quelques heures avant l'ouverture, on se serait cru dans l'œil d'un cyclone, comme si tout s'était arrêté. Pour toutes les familles importantes de la région, ainsi que pour celles qui avaient eu l'insigne honneur de s'y faire inviter — les cartons d'invitation étaient aussi convoités que des indulgences —, ce bal était un événement sacré, réclamant une sorte de mise en condition — on ne s'y précipitait pas à la sortie du bureau avec la cravate de travers — et une certaine solennité — certains brûlaient un cierge pour y être admis l'année suivante. Quant aux Sotos recouverts d'aluminium qu'on avait suspendus dans les arbres, tout au long de la route, ils nous attendaient depuis le matin et contribuaient à cette ambiance inhabituelle en transperçant la forêt de petits éclairs malins, l'enchantant de leurs façons bizarres.

Ce bal était assez riche en occasions. En premier lieu, celle de verser un chèque à la communauté, en vue d'une bonne œuvre. Puis celle de le faire savoir, car chaque don était salué d'applaudissements. Se montrer à ce bal signifiait également que l'on savait tenir son rang. Que les affaires marchaient bien. Que les enfants grandissaient et, jusqu'à preuve du contraire, continuaient dans le droit chemin. Que l'on avait à son bras une épouse. Que l'on croyait à la pérennité de certaines valeurs. Que l'on se sentait digne et satisfait d'appartenir à une poignée d'élus.

Je me souvenais du petit jeu cruel auquel se livraient Éthel et Marion, par le passé, une fois qu'elles avaient obtenu de mon grand-père qu'elles puissent mettre leur nez dans la liste des invités. Elles parvenaient à en écarter quelques-uns qui avaient eu le malheur de leur déplaire, certaines de leurs relations qui avaient démérité ou de nouveaux venus qui n'avaient pas su choisir d'assez solides appuis. Et si elles ne décidaient pas à elles seules de la pluie et du beau temps, elles avaient malgré tout un sacré pouvoir, et, sur de nombreux cas, mon grand-père finissait par céder car sans arrêt elles revenaient à la charge et il adorait qu'elles se traînent à ses genoux. C'était un jeu qui les amusait tous les trois.

Aujourd'hui, les règles étaient changées. En n'invitant pas Vito, c'était bien sûr Éthel qu'on visait, Vito n'existait pas. Elle se sentait blessée, mais pourquoi l'aurais-je plainte ? Pouvait-elle donc pâtir à présent d'être écartée d'une soirée qu'elle tenait soi-disant en si peu d'estime ? Ne m'avait-elle pas répété autrefois que le Bal des Sotos était une vraie corvée pour elle, « qu'une telle concentration de constipés lui sortait par les yeux » ? J'avais envie de le lui rappeler, cependant que le jour tombait et que ne pouvant rester en place, elle bondissait d'un fauteuil à l'autre, en se mordant un ongle, le regard tourné vers le dehors. Elle nous avait toujours donné l'exemple d'une femme qui se moquait des convenances et pissait sur ses privilèges mais je m'apercevais que c'était une autre histoire si l'on menaçait de les lui retirer. Sciemment ou non, et n'était-ce qu'en nous livrant sa vie privée en spectacle, elle avait instillé en nous un certain dédain pour ces choses. S'il m'était arrivé de souffrir de ses aventures, je l'avais quelquefois admirée pour cette façon qu'elle avait de se ficher des règles, ce peu de respect qu'elle manifestait à l'égard des conventions. Et quel discours tenait-elle, ce soir-là ? Voilà que ce foutu bal devenait tout d'un coup le machin le plus important du monde. Que rien ni personne ne pourraient l'empêcher de s'y montrer. Que jamais elle ne se laisserait infliger un affront pareil. Je n'en croyais pas mes oreilles. Avait-elle ses raisons que je ne voulais même pas les connaître. Mais j'étais sûr d'une chose : à la place de Vito, je n'aurais pas été très fier de me présenter là-bas avec elle à mon bras.

En attendant son heure, celui-ci se promenait dans la maison en examinant une poignée de cravates qu'il soumettait par ailleurs à nos observations ou, quoi qu'il en soit, en affichant une bonne humeur qu'il était allé chercher on ne savait où. S'il avait eu la tête d'un malheureux que l'on menait à l'abattoir, j'aurais sans doute hésité davantage. Car je m'étais interrogé un moment sur quelle décision prendre, si je devais y aller ou non. Mais outre que mon grand-père n'aurait pas du tout apprécié mon absence — et sans compter qu'il ne répugnait pas à m'arracher lui-même de mon lit quand il partait inspecter ses fermes enfouies sous la neige — je voulais voir si Vito allait garder son sourire jusqu'au bout. Puisqu'il le prenait ainsi, je me suis demandé pourquoi j'aurais été le seul à m'en faire. Je ne mourais pas d'envie d'assister à ce qui allait arriver. Lorsque j'envisageais encore la possibilité de me défiler, j'avais soudain été revisité par ce taureau qui m'était pratiquement retombé sur les genoux, m'avait barbouillé de sang et glissé quelques mots incompréhensibles — peut-être *no me gusta nada,* mais je pouvais me tromper. Enfin, il n'empêche que cette image m'avait perturbé. Au point que quand Vito m'avait présenté ses cravates, j'étais déjà mûr pour certains sacrifices et l'avais averti qu'ils iraient sans moi.

— Pourquoi ? Tu ne te sens pas bien ?

— Il ne s'agit pas de moi.

— Alors qu'est-ce que tu nous emmerdes... ?

J'en avais donc choisi une au hasard et la lui avais passée gentiment autour du cou. Comme il s'était malgré tout exprimé sur un ton amical, j'avais laissé à d'autres le soin de s'occuper du nœud. Puis j'étais monté me préparer car la fête allait bientôt commencer.

Le Grand Bal des Sotos se tenait en dehors de la ville, au pied des collines de Pixataguen, à l'orée de la forêt. Il se déroulait dans l'ancienne salle des fêtes, un bâtiment historique, une relique tout en bois que l'on avait déplacée du centre-ville au début du siècle et remontée planche par planche, bardeau après bardeau, dans une large clairière que la route câlinait d'un lacet. Certains édifices publics, en particulier dans les quartiers périphériques, semblaient à l'abandon aux côtés de celui-ci. Mon grand-père veillait depuis toujours à son entretien et dès qu'une tuile tremblait, dès qu'une lampe s'éteignait sur un lustre ou qu'un peu de vernis s'écaillait, une avalanche de chèques atterrissait sur son bureau dans le quart d'heure qui suivait. Bien entendu, l'endroit était sauvagement gardé. On ne se souvenait pas que les fesses d'un vagabond aient jamais effleuré les bancs disposés sous les arbres ou le long du chemin qui menait à l'entrée. Les plus hardis avaient à peine fléchi les jambes que les hommes de Valero les remettaient d'aplomb, et dans le meilleur des cas, les éjectaient de la ville.

Le silence de Bob, qui conduisait, était une absence. Celui de Vito, un recueillement amusé avant l'épreuve, qu'il occupait en considérant la pression de l'air entre ses doigts, un bras sorti au-dehors. Le silence de Lisa était sans doute le fruit d'un encéphalogramme plat. Quant à Éthel, c'était une incapacité à proférer le moindre son tant elle était concentrée, préparée pour la suite. Elle était bien placée pour savoir que *personne* ne pouvait assister à ce bal sans un carton d'invitation, *surtout* lorsque l'on avait choisi sciemment de vous en écarter. A son air, je voyais bien qu'elle s'était armée contre le monde entier et que, de son point de vue, on ne donnait ce bal qu'avec la seule intention de pouvoir en refuser l'entrée à Vito. Elle n'avait peut-être pas tout à fait tort, après tout. Au demeurant, je n'arrivais pas à distinguer si le regard qu'elle plongeait dans la nuque de ce dernier était bon ou mauvais, ni quels étaient ses sentiments pour lui, si elle le détestait à cause de cette situation ou si c'était une main secourable qu'elle lui offrait — après, bien sûr, l'avoir poussé dans les flammes.

Nous sommes arrivés parmi les derniers. Bob nous a garés en bas des marches et Vito est descendu aussitôt, avant que l'on ne vienne nous ouvrir les portes et il est allé prendre la main d'Éthel. Une large banderole, tendue en travers de la façade, souhaitait bienvenue au Grand Bal des Sotos. Il s'agissait d'un ravissant ouvrage, brodé en lettres d'or figurant des arbres sur un fond de velours cramoisi, que ma grand-mère avait dessiné puis fait exécuter à la main l'année même du grand incendie de 56 dans lequel elle devait périr au volant de l'Atalante. Vito a levé la tête en souriant pendant qu'on emmenait la voiture vers le parking bondé, lui-même orné de guirlandes suspendues, de Sotos grimaçants, de types en livrées qui fumaient des cigarettes dans la nuit chaude et parfumée de sève, ainsi que d'air marin.

Bob et Lisa sont partis en avant. Ils ont disparu en haut des marches, après avoir remis leur invitation à Moxo, qui, en habit folklorique du XVIIIe — le fameux feutre rouge à clochettes penché sur l'oreille, les culottes noires, le gilet de cuir boutonné jusqu'au menton —, vérifiait les noms sur la liste. Il semblait très ennuyé, tout d'un coup. Je ne lui connaissais qu'une mine sombre, rébarbative, sans commune mesure avec la déconfite, la blême, la mortifiée qu'il s'offrait à présent et dont le pourrissement s'est accentué à mesure que nous montions vers lui.

— Vito, je suis désolé..., a-t-il bredouillé — sans même jeter un œil au carton qu'Éthel lui avait glissé dans la main et se déplaçant déjà pour lui barrer le passage.

Par-dessus son épaule et à travers les fentes d'un double déploiement de tentures, jaillissait un flot de lumière, comme une suite, un reflet d'or provenant d'un gousset percé. La salle était déjà pleine de monde, pleine de musique, pleine de la rumeur des conversations, pleine de douceurs, pleine de champagne, pleine de choses précieuses, véritables, raffinées, religieuses, troubles, cachées, malodorantes ou interdites. Moxo était flanqué d'un acolyte pour la décoration et d'un autre chargé d'ouvrir le rideau en s'inclinant sur le passage des invités. J'étais en train de me demander comment Vito allait surmonter ce premier obstacle, à un contre trois.

— Tu sais bien que je suis obligé d'y aller..., a déclaré Vito en regardant l'autre dans les yeux.

— Mais je ne *peux pas* te laisser entrer... ! a gémi Moxo.

— Très bien ! Assez discuté... ! a grincé Éthel.

Ma mère portait une mini-robe en maille perlée d'acier, signée Paco Rabanne. Vêtue d'une tenue plus longue ou de l'un de ces fourreaux qu'elle affectionnait — mais avait-elle prémédité son acte ? — elle n'aurait pas eu la liberté de mouvement nécessaire. Enfin, toujours est-il qu'elle a surpris Moxo d'un solide coup de genou dans le bas-ventre, au point qu'elle l'a pratiquement soulevé du sol.

Je savais qu'elle était capable de telles réactions. Peu de temps avant que Paul Sainte-Marie ne se décide à jeter l'éponge, un beau jour qu'il l'avait saisie au poignet pour la forcer à l'écouter, elle lui avait fracassé une bouteille de Campari sur la tête et Paul s'était effondré dans une flaque de liquide rouge. J'étais encore éberlué par la résolution et la rapidité de son geste lorsque nous avons enjambé Moxo, étendu tout du long ou se rétractant comme un ver, le souffle court, les grelots de son bonnet balayant le sol avec un mol enthousiasme. Tout aussi stupéfait, l'homme préposé à la manutention des rideaux nous les a écartés, pas plus lui que son compère ne songeant à s'interposer, eu égard à l'humeur d'une telle femme.

Aussitôt entrée, ma mère a saisi deux coupes de champagne et a tendu l'une d'elles à Vito. Puis ils se sont porté un toast silencieux, le demi-sourire de Vito répondant au masque impénétrable de ma mère. Tandis qu'ils accomplissaient leur numéro, ils avaient déjà capté l'attention d'une bonne partie de l'assistance, parmi laquelle de petites messes basses commençaient à circuler. Je connaissais tous ces gens. Les plus vieux avaient gazouillé sur le berceau de ma mère. Mais à présent, ils nous fixaient avec des yeux ronds, comme si nous étions défigurés. Je n'avais jamais pensé qu'il pourrait en être autrement mais vivre l'expérience enfonce toujours la plus parfaite simulation, la plus limpide projection mentale. Que sait-on d'un tas de merde tant qu'on n'a pas glissé dessus ? Pas davantage que sur ces choses que l'on regarde à la télévision, des coquilles vides. Et comme pour ajouter à mon bonheur, à mon intérêt pour les réalités du monde, j'ai eu le plaisir de découvrir Jessica, à la faveur de mon tour d'horizon. Vincent la tenait par la taille et m'adressait un air de défi aimable que j'ai feint d'ignorer, me consolant à la pensée qu'il n'était pas près de la baiser — elle était encore chez son gynéco, la veille, je me tenais informé — et que si elle comptait sur Vincent pour établir davantage de communication qu'elle n'en avait avec moi, elle allait être servie.

Au flottement qui a salué notre arrivée, et durant lequel Vito et Éthel en ont profité pour vider leurs coupes, s'est ensuivi un court instant de respiration, d'affaissement douceâtre. Il m'a d'ailleurs semblé que la musique reprenait, que la plupart des couples se mouvaient de nouveau sur la piste — si jamais quoi que ce soit s'était réellement arrêté. Marion a glissé dans mon dos, m'effleurant la taille au passage et murmurant un ou deux mots que je n'ai pas compris, ce qui n'a pas empêché de me provoquer une semi-érection quasi immédiate, quoique inutile, puisqu'elle avait déjà filé et venait de s'accrocher au bras d'Éthel.

Elles avaient certainement beaucoup de choses à se dire, de ces choses qui ne pouvaient pas attendre et réclamaient un minimum d'intimité. Il en allait ainsi chaque fois qu'elles se retrouvaient quelque part. Elles abandonnaient sur-le-champ quiconque les accompagnait et disparaissaient ensemble un moment, le temps de se raconter leurs histoires, ou je ne sais pas, d'échanger une recette ou l'adresse d'un nouveau chapelier. Elles se conduisaient déjà de la sorte dans le plus lointain de mes souvenirs — à moins qu'elles ne se soient haïes durant toute une semaine — et donc elles se sont éclipsées. Éthel était assez folle pour s'éloigner de Vito, ce soir-là, pour penser qu'ils avaient accompli le plus dur ou même qu'un sursis leur était accordé. Je ne m'interrogeais plus sur ce qu'elle avait dans le crâne. Elle était assez stupide ou inconsciente pour s'autoriser cette manière de *desplante* *, comme si elle dominait la situation. Comme si avoir étendu Moxo lui conférait un quelconque avantage. J'en avais vu plus d'un se faire éventrer d'un coup de corne pour moins que ça, de ces toreros *tremendistas* ** qui n'avaient pas eu le temps de comprendre ce qui leur arrivait.

A quoi pensait Vito, à cet instant précis ? Il était seul, son

* *Desplante :* attitude de défi, bravade.

** *Tremendistas :* toreros pathétiques qui cherchent à déclencher l'émotion par l'effroi.

verre était vide, on l'observait du coin de l'œil, on chuchotait, il était tout aussi inutile d'avancer un pas que de reculer, son sourire était bien mais pas éternel et il semblait fort que celle qui l'avait fichu dans ce pétrin l'avait laissé tomber. J'avais le sentiment qu'à sa place, j'aurais bondi à sa recherche et l'aurais enchaînée à moi avec la rage aux lèvres pour que nous jouissions ensemble de l'aventure qu'elle nous avait concoctée. Mais il s'est contenté de s'asseoir par terre, de respirer la fleur à sa boutonnière puis de sortir un poing américain qu'il a distraitement enfilé, continuant de sourire à la ronde et haussant les épaules avec une douceur fataliste.

Je ne regrettais pas d'être venu. Nous n'étions là que depuis quelques minutes, mais chacune d'elles s'était révélée plus riche qu'une caravelle craquant sous les trésors du Nouveau Monde. Je n'avais même pas eu l'occasion d'esquisser le moindre geste, ni seulement d'ouvrir la bouche tant la situation m'ahurissait. Et voilà que l'on tapotait à présent sur un micro, que l'orchestre s'arrêtait et que l'on demandait le silence. Tous les regards se sont tournés vers l'estrade où mon grand-père venait d'apparaître, absolument magnifique avec ses cheveux blancs, sa taille impressionnante, son air distrait qui le rendait encore plus terrible, la main glissée à l'intérieur de son smoking, posée sur son estomac, et cette façon qu'il avait d'hésiter, comme s'il cherchait ses mots, alors qu'il pouvait enfiler les phrases à la vitesse d'une mitraillette, s'il le désirait, mais je le connaissais depuis si longtemps, et Éthel avait confirmé mon impression, que je savais le plaisir qu'il y prenait et la patiente mise au point d'une élocution semblable. Je n'ai pas compris comment il a pu localiser Vito avec une telle précision, celui-ci étant toujours assis sur le sol, enfin il n'en demeure pas moins qu'il a baissé les yeux dans son exacte direction, aussi sûrement que s'il avait vu au travers des convives qui les séparaient et qui d'ailleurs se sont écartés en vitesse, plus rapidement que s'ils allaient prendre feu. A son air, j'ai cru qu'il allait remercier Vito d'être là. Et me trompais-je ou lui a-t-il souri ?

« Mes chers amis... », a-t-il démarré en promenant son regard sur l'assistance et sur ce ton égal qu'il employait avec les uns ou les autres sans qu'on puisse juger de son humeur véritable. « Mes très chers amis... Vous savez tous l'importance que j'accorde à cette réunion... Et ma joie de me trouver parmi vous, de passer cette soirée en votre compagnie... Certains visages me sont si familiers... je connais vos enfants, et vos petits-enfants... Et nous leur donnons le meilleur de nous-mêmes... nous leur donnons notre amour... »

Il était doué pour les grimaces. Par exemple, pour prononcer le mot « amour », il inclinait un peu la tête de côté, la reposait sur un oreiller invisible dont la moelleur l'envahissait. Puis son regard devenait vague. Après quoi, on aurait dit qu'il ne parlait plus qu'à lui-même.

« Et parfois, nous en sommes récompensés..., a-t-il poursuivi, occupé à se pincer le lobe d'une oreille. Je vous souhaite à tous d'être payés en retour... De n'être pas obligés de vous donner en spectacle comme je vais y être conduit... Condamnez-moi car je vous aurais condamnés si vous aviez troublé notre fête... Ne prenez pas exemple sur moi... Ne me plaignez pas car vous ajouteriez à ma confusion... qui est à la mesure de mon estime pour vos familles... Voyez comme tout ceci m'est désagréable... mais vous savez comme moi que je ne suis pas allé chercher cet homme, Dieu m'est témoin qu'il s'est remis sur ma route... C'est ainsi... Amusez-vous, à présent... Nous sommes là pour nous amuser... »

A la fin de son discours, une sorte de ballet s'est mis en marche, qu'il a sans doute déclenché par quelque signe mystérieux, que je n'ai pu distinguer. Pendant qu'il souriait à l'assistance, continuait de retenir son attention sans une parole, mais en bougeant simplement une main, en ébauchant l'une de ses impayables mimiques, Anton et son équipe — deux types qui travaillaient à la scierie et un conducteur d'engin, toujours prêts à rendre certains services — ont entouré Vito. Et tandis que mon grand-père quittait l'estrade en distribuant de vagues poignées de main et que l'orchestre attaquait *I put a spell on you*, Vito balançait quelques coups de poing dans tous les sens, puis disparaissait, s'engloutissait par le sommet d'un cône qui s'est refermé tant bien que mal.

Tout s'est passé si vite que la plupart des invités ne se sont aperçus de rien. Ceux des premiers rangs ont choisi de s'écarter, et selon, ont soupiré d'aise ou ont failli en redemander lorsque Vito s'est retrouvé plaqué au sol, la chaussure d'Anton lui écrasant la joue et le plus lourd de la bande assis sur son dos, flanqué des deux autres qui lui remontaient les mains entre les omoplates, lui bourraient le pif d'un coup de genou, ou les côtes, de la manière la plus discrète possible. J'avais déjà assisté à des raclées plus terribles, mais celle-ci me mettait mal à l'aise. Elle était très humiliante et donnée dans cette intention. On maintenait Vito aplati sur le plancher et mon grand-père ne se pressait pas d'arriver, permettant à ceux que cela intéressait de venir jeter un coup d'œil ou de hocher la tête si l'on savait de quoi il retournait. Au départ, j'avais imaginé qu'ils le sortiraient durant le discours de mon grand-père, prendraient soin de ne pas trop se faire remarquer et lui régleraient son compte au-dehors, mais d'une façon beaucoup plus brutale, à l'abri de regards dont on préfère se passer. Vito aurait-il préféré cette solution ? Aurait-il choisi un séjour à l'hôpital plutôt que d'avoir ces gens qui défilaient au-dessus de lui et l'examinaient dans cette position désagréable, le nez à la hauteur de leurs semelles et déculotté au beau milieu de leur repaire ? Difficile à dire. Sitôt qu'il gigotait un peu, les autres le coinçaient davantage. Anton devait lui réduire l'oreille — celle-là même qui faisait que nous en avions trois à nous deux — en bouillie, mais Vito ne semblait pas en souffrir, bien que sa figure se fripât comme de la pomme cuite. On ne l'entendait ni gémir ni grogner. Son regard était fixe, braqué au ras du sol. Le come-back de Vito, après vingt années, en avait estomaqué plus d'un. Mais il paraissait que les choses venaient de rentrer dans l'ordre ou en prenaient le chemin, qu'au moins l'on avait remis l'animal à sa place et tout le monde était satisfait. Ceux qui l'avaient félicité, ceux qui l'avaient invité à leur table, avaient passé toutes ces soirées en sa compagnie, ceux qui l'avaient tenu par l'épaule défilaient à présent et lui accordaient un regard, oscillant du mépris à l'indifférence.

J'avais espéré qu'il s'en trouverait quelques-uns pour le défendre. Il ne s'agissait pas de lui donner raison, ni de le transformer en martyr, mais de montrer un peu d'humanité — un sentiment auquel je n'étais pas très habitué et qui m'envahissait tout d'un coup —, de lui épargner cette espèce d'acharnement. J'attendais qu'il y en ait un ou deux à s'indigner pour me joindre à eux, car tout seul, je n'en étais pas capable. Je n'aurais même pas été fichu de lui apporter un verre d'eau s'il me l'avait demandé. J'inspectais chaque visage dans l'espoir d'y déceler un signe de possible ralliement. Je dressais l'oreille pour le cas où une voix se serait élevée alentour. Mais où étaient-ils... ?! Et ils attendaient quoi pour la ramener... ?! Et qu'est-ce que fabriquait ma mère... ?! Je ne voyais ni Bob ni Lisa, pas même Jessica qui trouvait Vito sympathique. Les musiciens avaient déjà exécuté la moitié du morceau et Vito était toujours au fond du trou.

Lorsque mon grand-père est arrivé à ma hauteur, il m'a

saisi par le bras et m'a entraîné au-dehors. J'avais déjà l'estomac noué, je me dégoûtais et j'étais sans force. De chaque côté de l'entrée, il y avait deux bancs de bois suspendus par des chaînes. Mon grand-père nous a installés sur l'un d'eux puis a refermé un bras sur mon épaule. De l'autre, il s'est allumé un cigare, après m'en avoir proposé un que j'ai refusé, étonné de pouvoir encore secouer la tête. Je perdais beaucoup de mes moyens, face à mon grand-père, mais dès qu'il me touchait, j'étais fini, mes réactions devenaient confuses, mon cerveau se ramollissait. Aussi bien, je ne comprenais rien à ce qui se passait, ni ce que nous fichions là. Quelques personnes étaient sorties sur nos talons, s'étaient rangées derrière nous ou de l'autre côté, dans un silence presque parfait. Je me suis tout de même rendu compte que tous ces gens étaient les plus proches relations de mon grand-père, les quelques gros propriétaires, les chefs des plus vieilles familles, les hauts magistrats, les personnes les plus influentes de la ville. Les autres avaient sans doute été priés de s'amuser sagement à l'intérieur. Mais jusque-là, ils ne loupaient pas grand-chose.

J'imagine qu'en temps normal, j'aurais aussitôt compris ce qui allait se passer. Mais mon grand-père me serrait fort et me souriait et je n'avais sous les yeux qu'un grand espace vide, une petite clairière à l'herbe rare, entourée d'arbres illuminés, fourrés de Sotos étincelants qui pendaient et pivotaient au bout de leur ficelle, et cela n'évoquait rien pour moi, peut-être n'étions-nous sortis que pour prendre l'air. Puis Vito est apparu devant nous, à la suite d'un vol plané qui avait traversé les rideaux pour se terminer au bas des marches, et de manière si brutale que le dos de sa veste s'est déchiré en deux. J'en ai été si surpris, abruti comme je l'étais, que je me suis légèrement penché en avant pour le cas où j'aurais eu la berlue. Que ce soit dans cette position que mon mal de ventre s'avérait en général le moins pénible —

couché en chien de fusil n'était pas mal non plus avec une bouillotte — tombait bien.

Je me suis souvenu d'histoires que l'on m'avait racontées. En voyant Anton et les trois autres bondir avec des cordes, en voyant les Sotos dans les arbres, en surprenant quelques sourires bizarres dans l'assemblée, j'ai repensé à certaines plaisanteries que l'on avait pratiquées dans la région autrefois et qui avaient disparu, la dernière, à l'en croire, s'étant déroulée en présence de mon grand-père lorsqu'il avait dix ans. Ici, nous n'avions pas le goudron et les plumes, mais nous avions les Sotos et les arbres. Et la légende voulait que quiconque regardait un Soto à l'envers avait les cheveux qui blanchissaient dans la minute. C'était, paraît-il, la vision la plus terrifiante que l'on pouvait imaginer et si l'on y était soumis, on n'avait plus assez de toute sa vie pour s'enfuir. Enfin, quoi qu'il en soit, on ne vous retrouvait plus jamais en ville, ni même dans les environs. Ce qui suffisait à la communauté.

Richard Valero s'est assis à côté de moi, si bien que j'ai été pris en sandwich. Jamais personne n'aurait osé occuper cette place — pour certains problèmes d'étiquette, Victor Sarramanga était très soupe au lait —, et surtout pas cette canaille de Valero, sans y avoir été invité ou n'en ayant pas reçu l'ordre. Je pouvais me sentir mal à l'aise, il y avait de quoi. Peut-être pas autant que Vito qui roulait dans la poussière, se débattait en silence et s'en prenait tandis qu'on s'occupait à le ficeler, mais quand même. J'allais avoir dix-huit ans, j'avais mes propres idées sur la vie, je la ramenais, je jugeais les autres, je marchais au milieu du trottoir sans baisser les yeux, je m'arrangeais pour ne jamais passer inaperçu, me souriais dans la glace, m'étais persuadé de ma valeur, de mon importance, j'avais pris conscience que j'existais, que le monde devait compter avec moi, mais je m'étais trompé, je m'étais menti, je m'étais raconté n'importe quoi. Quatre hommes n'étaient pas de trop pour maîtriser Vito et il n'était pas d'une force exceptionnelle. Mais quant à moi, malgré mes airs, il suffisait qu'un vieillard me tienne par l'épaule en fronçant un peu les sourcils pour me transformer en bloc de guimauve, me paralyser, m'effrayer, me détraquer les intestins, me rendre malade.

La prise de mon grand-père s'est affermie sur ma nuque. Je savais qu'il voulait que je regarde et que je reste droit devant tous ses amis. Prétendre que mon grand-père me flanquait la colique n'était pas une image. Chaque fois qu'il usait de son pouvoir contre moi, je passais la nuit plié en deux sur mon lit, les jambes molles, ayant à peine la force de me lever et de me traîner jusqu'à la salle de bains pour me vider les entrailles, les cuisses hérissées de chair de poule, le front couvert de sueurs froides et pas une fois, mais deux fois, trois fois, dix fois avant que la fatigue ne m'achève. Il me démolissait. Puis il me laissait remonter la pente — je ne savais même pas s'il agissait de façon délibérée — durant quelques mois, parfois un an ou deux, le temps que je me sois remis d'aplomb et aie oublié qu'il pouvait me casser comme du verre. Jusqu'au jour où je devais l'affronter de nouveau. Et où il me démolissait aussi sec. Dans l'ensemble, je songeais plus souvent à l'invariable retour de mes tristes coliques qu'à mes chances de m'en sortir un beau matin. Mais lorsque j'étais de bonne humeur et que je caressais cet espoir, quand je me voyais résister et tenir bon devant lui, j'envoyais un rugissant coup de poing sur le mur de ma chambre — toujours au même endroit, comme si j'avais attaqué un arbre à la hache — et je léchais mon sang.

Enfin bref, je n'en prenais pas le chemin, ce soir-là. Ils ont traîné Vito, saucissonné, sur une quinzaine de mètres puis se sont installés sous une branche et l'ont pendu par les pieds. Quelque chose m'étouffait, s'était bloqué dans ma gorge. Je me souvenais que pour faire bonne mesure, pour s'assurer que le pauvre type rencontrerait les Sotos comme il convenait — les Sotos, eux, n'avaient jamais la tête en bas, car chacun sait que l'on *plonge* vers l'enfer —, on s'armait de bâtons et l'on s'arrangeait pour qu'il tourne de l'œil — « car le vaurien qui regarde à l'intérieur de lui-même sera pareillement saisi d'effroi », disait-on. J'ai ouvert la bouche mais mon grand-père a posé un doigt sur mes lèvres, ce qui revenait à les coudre. D'ailleurs, je me suis aperçu que je n'avais rien à dire, j'étais bien trop couille molle pour tenter quoi que ce soit. Le plus drôle était que cet imbécile de Valero m'en avait cru capable et venait de me saisir le bras, alors que j'étais plus doux qu'un mouton.

J'étais content que mon grand-père et Valero me tiennent. Quelle épreuve, pour moi, si je m'étais senti libre de mes mouvements et n'ai pas été fichu de lever le petit doigt. Je remuais un peu pour éprouver cette dure réalité, la main de Valero sur mon coude, le bras de mon grand-père me serrant contre lui, dans une pose affectueuse. J'exagérais sans doute la fermeté de ces entraves. Mais je ne jugeais pas utile de remuer le couteau dans la plaie, d'admettre que d'un bond j'aurais pu leur fausser compagnie. A présent qu'ils avaient hissé Vito à sa potence, les trois types se rebraillaient, s'époussetaient tranquillement, cependant qu'Anton se dirigeait vers nous, l'air satisfait, comme sensible à des applaudissements silencieux. Aussi bien, le plaisir vaporeux de l'assistance était presque palpable. Il coulait sur ma tête, sur mes épaules, se mêlait à ma salive, s'étalait sur mes cuisses, s'épaississait à mesure que Vito balançait au bout de sa corde, les cheveux pointés vers le sol. C'était un poids, un collet supplémentaire autour de ma gorge, qui, je l'espérais, contribuerait à me clouer sur mon siège lorsque le premier coup s'abattrait sur Vito. Se trouverait-il une bonne âme pour m'enfoncer deux doigts dans les oreilles, me glisser un voile sous les yeux… ?

Anton s'est arrêté devant nous. Il s'est baissé pour ramasser quelque chose, un tissu de velours sombre qu'il a déplié de manière cérémonieuse. Puis il nous a présenté deux paires de banderilles noires, des *banderillas de fuego* — supprimées depuis 1950 et que l'on n'employait qu'avec des taureaux sans bravoure, au dernier degré du *manso perdido* — armées de pétards et libre à moi d'en croire ou non mes yeux. Un léger murmure d'approbation a ondulé dans mon dos. Une seconde, j'ai pensé que nous étions dans de beaux draps, lui et moi, mais à vouloir comparer nos situations respectives, je me suis vite dégoûté, je lui ai glissé un rapide coup d'œil alors qu'il bringuebalait la tête en bas et me suis ratatiné sur mon siège. Je devais garder quelques forces pour me persuader que j'allais suivre la fin du spectacle à mon corps défendant.

J'ai souri bêtement, failli couiner d'aise lorsque j'ai vu qu'Anton ne lui plantait pas les harpons en pleine poitrine ou entre les épaules, mais les lui glissait soigneusement sous les bras, ficelés dans ses reins. Mon grand-père m'a pincé la joue assez fort — cela dit, j'aurais préféré qu'il trouve une façon moins humiliante de me rappeler à l'ordre. Ensuite, il m'a transpercé du regard pendant qu'Anton mettait le feu aux banderilles.

Du bref apaisement que j'avais éprouvé quelques secondes plus tôt, il n'est bientôt rien resté et mes intestins se sont de nouveau chargés de pierres. Vito s'est illuminé sous le feu des détonations qui montait jusqu'à la voûte des arbres et inondait la clairière d'une lueur zigzaguante. Anton, qui devait escompter plus d'entrain que Vito n'en témoignait, ne serait-ce qu'une sorte de frétillement un peu enlevé, l'a pour finir poussé du pied, lui imprimant un mouvement de balancier qui tournerait sur lui-même, et qu'aucun des convives n'a critiqué. J'ai cru que ses cheveux avaient pris feu, qu'il allait peut-être exploser ou qu'il aurait son compte, d'une manière ou d'une autre. Le bruit des détonations était déjà assourdissant, d'où nous nous tenions. L'odeur de la poudre empestait et un film blanchâtre flottait à hauteur d'homme. Des flancs de Vito jaillissaient des éclairs, des gaz bleutés, des sifflements rouge orangé, des explosions lumineuses.

Quand mon grand-père s'est levé, Vito fumait encore comme une chandelle mal éteinte. Il lui a accordé un dernier coup d'œil, d'une vagueur inquiétante, avant de se pencher à mon oreille et me confier avec une de ses grimaces : « Drôles de coutumes, n'est-ce pas... »

J'ai filé aux toilettes, aussitôt que nous étions rentrés. Je me suis jeté de l'eau sur la figure. Puis j'ai ouvert la fenêtre et j'ai sauté dehors.

Anton nous avait suivis à l'intérieur. Quant aux trois autres, ils étaient assis sur les marches et fumaient des cigarettes sans plus se préoccuper de Vito qui oscillait doucement à sa branche, de l'autre côté de l'esplanade. Plié en deux, pour différentes raisons, j'ai couru jusqu'au parking et j'ai récupéré la voiture. Je n'avais qu'une envie, celle de me jeter sur mon lit, les bras croisés sur le ventre, et ne plus bouger. J'ai pu garder une main dans ma chemise, tiède et soulageante sur ma peau nue, car c'était une automatique. Il me fallait à peine dix minutes pour être à la maison. Personne ne semblait avoir prêté quelque attention à mon départ lorsque, glissant un œil au rétroviseur, je me suis engagé sur la route.

Je me suis arrêté un peu plus loin. J'ai coupé à travers les bois que la pleine lune ouvrait à ma pénible progression — enjamber une branche morte était un supplice, sauter un fossé, les sphincters comprimés, me donnait des sueurs froides — et je suis arrivé par-derrière.

J'ai observé un instant les trois autres, installés en face, sur les marches. Puis j'ai dénoué l'autre extrémité de la corde, fixée au tronc de l'arbre, et j'ai descendu Vito. Comme je ne pouvais pas être partout à la fois, il s'est reçu sur la tête, mais je le retenais. Je l'ai tiré à couvert, me suis occupé des nœuds à toute allure tandis qu'il débitait un long chapelet d'injures à voix basse, du genre incohérent. J'ai dû le secouer, car il demeurait à quatre pattes, tel un chien ivre, il a même basculé lourdement sur le flanc et m'a regardé avec des yeux exorbités. Il n'était pas frais mais nous ne devions pas traîner. Et puis ça ne s'arrangeait pas, de mon côté.

A la lumière du plafonnier, j'ai pu remarquer que son visage était rouge violacé. Le mien avait des reflets livides. Nous n'avons pas dit un seul mot durant le trajet.

J'ai foncé en gémissant jusqu'à ma chambre — grimper l'escalier venait de m'achever — sans davantage m'intéresser à lui. Je me suis tordu un moment sur le siège des toilettes, je m'en suis mordu les lèvres. J'ai jeté ma chemise trempée de sueur dans la corbeille et me suis effondré sur mon lit, recroquevillé, les bras serrés entre les jambes. J'en avais pour des heures avant de me sentir mieux. J'en avais sans doute aussi pour des années avant de me soustraire à son pouvoir — entre parenthèses, je sentais toujours l'étau de son bras autour de ma nuque —, j'avais encore devant moi tant de défaites à supporter, tant de batailles perdues d'avance, tant d'humiliations à connaître, tant de rage à ravaler. Il n'y avait personne pour m'aider et mon ventre me lâchait dès que je me heurtais à lui, j'étais plié en deux à peine s'en prenait-il à moi.

Je ne m'en tirais pas mieux que lorsque j'étais un enfant. Je ne tremblais plus comme une feuille mais je me liquéfiais de l'intérieur et je n'y pouvais rien. Je le détestais autant que je me détestais. Ce soir-là, comme les autres fois, des larmes de fureur étranglée manquaient de me couler des yeux. J'avais mal, j'avais le ventre que je méritais, les sales quarts d'heure que je méritais et j'aurais voulu que le plafond de ma chambre s'écroule sur mon crâne.

Quand j'ai vu Vito entrer chez moi, je lui ai dit de foutre le camp. Je le lui ai grogné de nouveau alors qu'il se plantait devant mon lit. Je ne savais pas s'il était sourd, mais il s'est assis sur le bord. Je voulais qu'on me laisse tranquille. Je ne voulais pas qu'on me voie dans cet état. Malheureusement, je ne pouvais plus lutter.

— Je ne t'ai rien demandé... ! lui ai-je dit.

— Je ne t'avais rien demandé, moi non plus.

Il est allé chercher une serviette humide qu'il m'a posée sur le front, et une tiède qu'il m'a appliquée sur le ventre. Pendant ce temps-là, il me parlait. J'avais essayé de l'envoyer balader mais le moment était mal choisi pour gigoter et j'ai fini par me laisser faire, puis par écouter ce qu'il me disait. Il m'a aidé à retrouver mon calme. Il m'a également massé les épaules et je me suis détendu. Personne n'avait encore pris soin de moi de cette façon. Le plus drôle est que je ne m'en suis pas étonné, tout cela m'a semblé parfaitement naturel. Il me racontait certains épisodes de sa vie d'autrefois, mais par-dessus tout, sa compagnie était agréable, était précisément ce dont j'avais besoin cette nuit-là. Nous avons fumé des cigarettes. Lorsque je me suis senti mieux, je suis descendu pour choisir une bouteille de vin. Vito sentait le brûlé, la poussière, la poudre froide. J'espérais qu'il en empestait ma chambre.

Premier tercio

La première chose dont se préoccupa Jim Jeffrey Jaragoyhen, le père de Vito, avant de s'installer dans la région, fut d'aller inspecter la côte. Il disparut tout l'après-midi et ne revint qu'à la tombée du soir. Il annonça à sa femme que les vagues n'étaient pas trop mauvaises et que donc, elle pouvait déboucler les valises.

Depuis près de vingt ans qu'ils étaient mariés, ils n'avaient quitté la Californie que pour les îles Hawaii, l'Australie et la Nouvelle-Zélande. A la mort de ses parents, Jim avait hérité d'un peu d'argent et de cette petite maison située entre l'océan et les collines de Pixataguen — là où ils avaient vécu avant d'émigrer aux États-Unis — mais il avait conclu un accord avec Giovanna, et cette fois, il ne plaisantait pas et elle le savait. Tout dépendrait des vagues. Il n'y aurait aucune espèce de discussion là-dessus. S'il jugeait que le coin n'était pas bon, ils reviendraient à la maison en vitesse et retourneraient illico en Californie, ou ailleurs si elle préférait, du moment qu'il y avait des vagues.

Le lendemain matin, aux aurores, alors que sa femme et son fils dormaient encore, Jim repartit vers la côte. Il voulait s'assurer qu'il n'avait pas rêvé. Il resta assis un long moment sur la falaise, les yeux plissés, puis reprit le chemin du retour en se frottant les mains. Giovanna pensa que l'air joyeux de son mari venait de cette maison qui avait abrité les grands-parents de Jim, puis son père et sa mère jusqu'à leur départ pour San Francisco. Elle s'imaginait que Jim était sensible à l'histoire de cette demeure, qu'il souriait parce qu'il ressentait certaines choses qu'elle ne pouvait que se figurer. En fait, ce qu'il ne lui avait pas dit, c'était que les vagues n'étaient pas bonnes. Elles étaient fantastiques.

Jim venait d'avoir quarante ans, mais il en paraissait dix de moins. La vie au grand air l'avait conservé. Il s'était mis au surf à l'époque où il avait rencontré Giovanna. De nombreuses années s'étaient écoulées avant que cela ne tourne à l'idée fixe.

Voler avait été sa grande passion. A San Diego, il était le plus jeune pilote d'une compagnie privée aérienne qui transportait les gens importants à travers le pays, dans de petits avions ou en hélicoptère. En 65, à la suite d'une bouffée d'héroïsme, il avait offert ses services à l'armée — ça n'allait pas non plus très fort avec Giovanna. Il larguait des soldats, en récupérait d'autres, chargeait du matériel, balançait du napalm au-dessus des forêts et relisait les lettres que lui envoyait sa femme. En janvier 66, son Chinook s'était fait descendre dans le delta du Mékong. Depuis ce jour, il n'avait plus jamais reposé les mains sur les commandes d'un appareil. Et il s'était rabattu sur le surf.

Il avait à peine parcouru un kilomètre sur la côte et avait au moins repéré deux spots à tomber sur les genoux — dont un qui s'ouvrait à gauche et Jim était un *goofy-foot*. C'était comme s'il avait retenu sa respiration depuis leur départ, mais il soufflait à présent et son sang était gonflé d'oxygène, il s'affairait dans cette maison qui sentait l'océan. Son père et sa mère la lui avaient souvent décrite, de même que le paysage alentour, la forêt qui s'étendait à perte de vue, le mystérieux repaire des Sotos — une foule de détails auxquels il ne s'intéressait pas une seconde —, mais ni l'un ni l'autre n'avait été fichu de lui parler des vagues. Jim était né à San Francisco, quelques mois après leur arrivée. Il n'éprouvait aucun sentiment pour cette demeure lointaine, malgré les efforts de ses parents pour qu'il n'oublie pas ses racines. Mais pas plus que dans les airs, on n'avait besoin de racines lorsque l'on était sur les vagues. D'ailleurs, on n'avait besoin de rien.

Jim se garda d'afficher un trop grand enthousiasme. Il n'était pas d'un tempérament exubérant et cette inclination à la réserve s'était accentuée depuis qu'il avait rouvert les yeux dans un hôpital de Saigon, après cinq jours de coma. Mais tandis qu'ils poursuivaient leur installation, il ne cessait de constater que les choses se présentaient bien. Par-dessus tout, et autant qu'il avait pu en juger, il n'y avait pas de surfeurs dans le coin — les quelques spécimens qu'il avait rencontrés en ville paradaient sur la plage la plus proche — et il aurait la paix, des kilomètres de plage pour lui seul. Quant au reste, il y avait une école américaine pour Vito, la maison était solide, le dollar à la hausse et le regard de Giovanna le couvait de remerciements silencieux.

Il lui acheta un bus Volskwagen d'occasion — il pourrait en avoir besoin pour sa planche, en fait il en aurait sûrement besoin lorsqu'il voudrait explorer la côte — qu'elle baptisa aussitôt *Led Zeppelin* — car l'on pouvait avoir trente-cinq ans et suivre tout cela de très près. Il offrit un vélo à son fils, qui, à seize ans, écoutait les mêmes trucs que sa mère, mais refusa qu'elle inscrive quoi que ce soit sur le cadre pendant qu'elle avait ses pinceaux en main. Jim profita de cette période d'euphorie pour se payer une Vincent Black Shadow dont il ne voulut jamais dire le prix.

Giovanna passa tout l'été à s'occuper de la maison. Au début, Jim et Vito lui donnèrent un coup de main. Puis, lorsqu'ils comprirent qu'il s'agissait de transformer la maison de fond en comble, ils baissèrent les bras. Pour l'aider,

Jim embaucha le fils de ses plus proches voisins, les Valero, celui-ci cherchant à gagner un peu d'argent pendant les vacances. Des cloisons disparurent, des fenêtres s'ouvrirent sur le toit, une énorme baie pulvérisa le mur au sud-ouest et une véranda éclosit au sud-est. Un jour qu'elle allait chercher sa cargaison de plâtre, elle rencontra un maçon italien de Galluzzo — elle était de Florence, du quartier de la Porta Romana — qui accepta de travailler pour elle contre le gîte (elle lui installa un lit dans la remise), le couvert (il ne mangeait pratiquement rien) et cinq litres de vin par jour (en général, c'était davantage).

Ce qu'elle voulait, c'était une maison dans le style californien, pleine de lumière et de coussins bariolés. S'il n'était pas soûl, Edoardo abattait la tâche de trois hommes et, en dehors du fait qu'il pissait dans le plâtre pour en retarder la prise, Giovanna était enchantée par son travail. Quant à Richard Valero, il fallait parfois le secouer un peu — sauf qu'il cavalait pour lui tenir l'échelle lorsqu'elle était en blouse, les jambes nues, sans qu'elle ne lui ait rien demandé — mais il était solide et obéissant. Edoardo, lui aussi, la reluquait de temps en temps. Au plus fort de l'été, la chaleur était abominable et ils devaient s'accorder quelques instants de repos, au moins deux ou trois fois dans le courant de l'après-midi. Ils se mettaient à l'ombre, dans la cour. Chacun leur tour, ils buvaient à même le tuyau, s'arrosaient la tête et les bras. Elle savait très bien le genre de pensées qu'elle éveillait en eux dès qu'elle commençait à se rafraîchir, malgré les précautions qu'elle prenait pour ne pas trop s'éclabousser. Mais elle n'y prêtait pas beaucoup d'attention. Ils pouvaient bien la dévorer des yeux s'ils le voulaient, cela lui semblait équitable. Comparé au plaisir qu'elle prenait à contempler l'avancement des travaux dans sa maison — et ces deux-là n'y étaient pas pour rien —, c'était peu.

Environ six ans plus tôt, à l'époque où Jim voulait divorcer, elle avait connu la même situation à Malibu, deux étudiants qu'elle avait engagés pour repeindre la maison et qui s'intéressaient davantage aux renfoncements de sa culotte qu'aux lézardes du plafond qu'elle s'échinait à enduire. Edoardo et son compagnon arrivaient trop tard pour se voir offrir une petite part du traitement qu'elle avait réservé aux deux étudiants. Un sourire lui venait aux lèvres si elle repensait à ce sauvage après-midi, au festival de postures obscènes qu'elle leur avait servi pendant une heure, feignant l'innocence, passant d'une double échelle à l'autre pour s'occuper de son plafond, tirant sur sa minijupe ou reprenant son équilibre au prix d'un sombre grand écart, poussant les gars à manger leur chemise avant qu'elle ne consentît à se laisser cueillir, grisée par ce souffle de liberté qui tourbillonnait alors et vous rendait fou. Mais ce temps-là était fini, du moins pour ce qui la concernait et pour autant que sa raison l'emporterait. Elle avait retrouvé ses esprits in extremis, au moment où leur couple allait se désintégrer. Elle s'était abstenue du moindre rapport sexuel pendant les mois où Jim larguait ses bombes sur l'humanité tout entière, elle lui avait écrit tous les jours pour lui dire qu'elle l'attendait et qu'elle ne pensait à rien d'autre. Elle lui disait la vérité. Elle regrettait de ne pouvoir lui expliquer pourquoi elle avait changé tout à coup et pourquoi elle l'aimait, mais elle lui demandait de la croire et Jim, la nuque appuyée sur une taie d'oreiller bourrée des deux cents lettres de sa femme, avait fini par trouver cette guerre dégueulasse.

Elle ne s'était pas encore découvert de ganglions sous les bras. Jusque-là, elle ne concevait le bonheur que comme les morceaux d'un plafond qui vous tombaient sur la tête, c'est-à-dire sans prévenir, vous choisissant au hasard et n'ayant sur vous qu'un effet rapide, aussi merveilleux que fugace. Elle avait tant avalé de « Ici et Maintenant » qu'elle avait vécu dans un monde en deux dimensions, pas plus épais qu'une feuille de cigarette. Mais à présent, à mesure qu'elle construisait sa maison, elle distinguait le chemin qui s'ouvrait devant elle et s'enfonçait dans le lointain pour le restant de sa vie. A trente-cinq ans, elle commençait à se trouver vieille et décréta que le bonheur était une sorte de consolation.

Jim ne s'étendait pas beaucoup sur la qualité des vagues, mais Giovanna se contenta de remarquer qu'il avait les genoux et le dessus des pieds à vif. Aussi bien, si elle avait douté de l'état d'esprit de son mari, elle aurait été rassurée par ces longues minutes qu'il passait à la fenêtre avant de se coucher. De leur chambre, au premier étage, le regard s'échappait au-dessus de la falaise, filait au ras des pins torturés qui bordaient la côte et s'envolait sur l'océan, jusqu'à l'horizon. Jim contemplait le *swell*, interrogeait les ondulations qui se propageaient à la surface sous les lueurs du crépuscule et lui indiquaient le menu du lendemain. Il se tenait cramponné à la barre d'appui, observant la seule chose qui semblait compter au monde et incapable de prononcer une parole. Elle se gardait bien de le déranger si elle venait fumer une cigarette à ses côtés. Quant à elle, ce n'était pas la houle qu'il lui suffisait de regarder pour savoir s'il y aurait des vagues. Elle avait même fini par aimer ce sourire un peu niais qui éclairait le visage de son mari, lorsqu'il inspectait le large.

Elle attendit la fin de l'été sans impatience. Elle savait qu'à l'automne, Jim surferait moins, que les travaux de la maison seraient terminés et qu'ils pourraient entamer cette nouvelle vie pour de bon, mais cependant, elle n'était pas pressée. Chaque jour qui s'écoulait, elle se voyait avancer sur ce fameux chemin, tout éblouie qu'il n'ait pas disparu à son réveil. Elle ouvrait les yeux avec l'aube, restait un long moment sans bouger, à examiner la progression de la lumière dans la chambre et elle réalisait doucement que le bonheur était un peu fade, ce qui le rendait difficile à identifier. Chaque matin, elle prenait davantage conscience qu'il n'y avait que quelques gouttes qui lui tombaient dans la bouche. Ce n'était pas le flot qu'elle aurait pu imaginer, le torrent qui devait vous engloutir, ce n'était pas une course folle mais de simples petits pas, un simple filet d'eau glissant sur vos lèvres, de toutes petites briques que l'on superpose une à une mais que l'on peut empiler jusqu'au ciel. Et cette révélation l'étourdissait, elle pensait avoir découvert un secret fondamental. Comprenant cela, elle refusa de brûler les étapes. Elle accepta que Jim et Vito l'abandonnent à la lenteur de ses travaux — qui ne la rebutaient pas, de toute façon — et continuent de ne pas s'en faire tant que les beaux jours duraient. Lorsqu'elle les regardait partir le matin, à peine confus de lui laisser tout ce travail sur le dos, elle se sentait pleine de force, pleine de courage pour la journée, même s'il s'agissait de gâcher aussitôt deux sacs de ciment à la main. Retrouver une place dans le cœur de Jim n'avait pas été commode. Cinq années difficiles s'étaient péniblement succédé depuis qu'ils avaient repris la vie commune, une si lente et si chaotique remontée vers la lumière qu'elle avait l'impression d'avoir effacé son ardoise, payé ce qu'il fallait payer, remis les compteurs à zéro. Sa rédemption, elle l'avait arrachée miette après miette, centimètre par centimètre, jour après jour. Pour un peu, elle se serait crue vierge.

Un matin qu'elle examinait la maison, elle fut prise d'une soudaine angoisse devant l'importance des transformations qu'elle avait accomplies. Elle était arrivée à ce qu'elle voulait, mais était-ce au goût de Jim ? Que restait-il de la demeure qu'avaient bâtie les Jaragoyhen ? Sous quel monticule de gravats avait-elle enfoui leurs fantômes ? Elle s'en ouvrit le soir même à Vito, qui récoltait parfois certaines confidences de son père.

« Non, je crois qu'il s'en fout… », lui répondit-il. Voyant que le sourire de sa mère s'était figé, il prit sur lui d'éclaircir la pensée de son père et précisa que ce n'était pas de son travail qu'il se fichait — il se permit même d'ajouter « au contraire ! » — mais simplement qu'il n'accordait aucune valeur sentimentale à cette maison. Sur ce point, il traduisait ses propres sentiments. La mort de ses grands-parents l'avait anéanti mais l'intérêt qu'il avait porté à ces murs s'était réduit à une vague curiosité, retombée au bout de cinq minutes. Pour cause de voyages, de disputes, de guerre, de problèmes existentiels, il s'était retrouvé, la moitié du temps, confié aux soins et à la tendresse des parents de Jim. Cela dit, Giovanna pouvait brûler tout le mobilier dans la cour, arracher toutes les tommettes du sol, démolir les murs et briser jusqu'à la dernière tuile, ça ne le dérangeait pas une seconde. La seule chose qui le perturbait — bien qu'il allait en faire l'expérience pour la sixième fois — concernait sa nouvelle école — son enfer personnel, sa croix, ses ténèbres. Tout recommencer, à chaque fois. Toujours le nouveau, toujours reluqué des pieds à la tête, toujours sur la défensive, toujours contraint de prouver quelque chose. Au gré de leurs déménagements, et en fonction de la hauteur des vagues, il avait écumé toutes les écoles du Pacifique, avec une préférence pour les plus dingues — Giovanna gardait un œil sur Haight Street —, ou les parallèles, les expérimentales, les Montessori et tutti quanti. Il n'arrivait jamais qu'il ait suivi le même programme que les autres. Au hasard de ses inscriptions, il avait appris l'italien, le français et l'espagnol et même étudié Shakespeare dans le texte, mais ce n'était jamais ce qu'on lui demandait et ses dons pour les langues ne lui épargnaient aucune humiliation lors d'un cours de sciences ou de mathématiques. Pendant ce temps-là, sa mère s'inquiétait de savoir si une cuisine à l'américaine importunait les morts, si l'installation du chauffage central nuisait au respect des gisants. Pendant ce temps-là, son mari cavalait en riant le long d'une plage déserte avec sa planche sous le bras.

Jim lui proposa de l'emmener en moto, pour le premier jour de la rentrée, mais il préféra y aller seul en vélo. Le lendemain matin, il demanda à son père de l'accompagner.

Personne n'arrivait à vélo, dans cette école. Il y avait davantage de voitures avec chauffeur que d'élèves à pied, mais au moins ces derniers avaient-ils le bénéfice du doute. D'ailleurs, il ne trouva même pas une place pour le ranger et après s'être donné en spectacle durant de longues minutes, il dut se résigner à l'abandonner contre la façade sévère et immaculée, contre laquelle il semblait tout déglingué et prêt à se casser la gueule d'une seconde à l'autre.

Le soir, lorsque l'on voulut connaître ses premières impressions, il déclara que ça allait, puis félicita sa mère dans la foulée, pour ses *rigatoni all' Amatriciana* — la recette du Harry's Bar, celle avec des tomates — qu'elle disait avoir cuisinés tout exprès pour son retour. Jim et elle compatissaient à son épreuve mais il se sentait trahi. Rien n'avait changé pour eux. Sa mère songeait tout haut à du tissu indien pour recouvrir les fauteuils. Son père était en bermuda, les bras encore couverts de sel.

Il n'avait jamais fréquenté une telle école. Il était allé dans une école privée en Australie et le fils du consul d'Italie s'était trouvé dans la même classe que lui lorsqu'ils habitaient à San Luis Obispo, mais ça n'avait rien de comparable. Il comprit très vite que tous ces garçons et ces filles n'étaient pas sur leur trente et un mais qu'ils s'habillaient ainsi tous les jours. Que les boucles d'oreilles et les colliers des filles n'étaient pas du toc. Que l'argent de poche dont disposaient certains de ses camarades n'était pas destiné à couvrir leurs besoins pour l'année tout entière. A la faveur d'une entrevue avec Mme Strondberg, la directrice — une femme d'une cinquantaine d'années, originaire de San Francisco et qui avait travaillé à City Lights à l'époque où Ginsberg entrait par la porte à quatre pattes —, Vito apprit qu'on lui avait accordé une bourse et que sa connaissance des États-Unis et de la langue — et Strondberg l'engagea à ne pas forcer son accent californien, regrettant qu'il ne vînt pas de Boston, mais bon — serait un atout précieux pour la couleur locale. Plus tard, il devait découvrir que les autres boursiers étaient américains et tous enrolés dans la chorale. Et que dans la région l'on considérait cette école comme un passage obligé pour les enfants de bonne famille, le prix des études constituant une marque de bon goût, le bilinguisme celle de la différence. Enfin, dans le courant de l'automne, il s'avisa que Strondberg et sa mère entretenaient de très bons rapports, prenaient le thé à la maison, ce qui le dispensa d'aller chercher plus loin comment diable on s'était débrouillé pour l'inscrire dans cet établissement de merde.

Il avait presque dix-sept ans. En châtiment de sa scolarité nébuleuse, il avait accumulé un certain retard et était le plus vieux de sa classe. Mais loin d'en développer un sentiment de honte, il considérait cela comme un avantage. Il dépassait tous les autres d'une demi-tête, sa voix était bien mieux posée et il s'était fait une spécialité du sourire mi-figue, mi-raisin, qui donnait à réfléchir. De plus, cette année-là, il avait pris une belle avance sur la plus grande majorité d'entre eux. Non qu'il dût d'avoir conclu l'aventure à son seul mérite — il était certain que Giovanna avait tout arrangé, n'importe laquelle de ses amies lui aurait rendu ce service de bon cœur pour ce que ça leur coûtait —, mais contrairement à ceux qui s'en vantaient — « Mon vieux, elle pliait les barreaux du lit avec ses mains ! », « Mon vieux, sans blague, j'ai cru qu'elle avait une bite ! », « Écoute, est-ce que tu peux imaginer une ventouse couplée à un aspirateur ?! » —, contrairement à ceux qui passaient leur temps à retourner la chose dans tous les sens, lui l'avait fait.

Il était d'ailleurs prêt à recommencer, dès que l'occasion se représenterait. A la suite de l'héritage de son père, leur départ avait été si précipité — les derniers temps, Jim filait à ses rendez-vous en passant par la fenêtre de derrière — qu'il n'avait pas eu le loisir de renouveler l'expérience. S'il pensait qu'à présent toutes les amies de sa mère étaient à l'autre bout du monde et qu'à première vue les filles de son école n'avaient pas leur liberté, leur incomparable largeur d'esprit, il voyait l'horizon sous un jour un peu sombre.

Il regretta que Strondberg n'eût pas dix ans de moins. Il la considérait, parfois, quand elle s'allongeait à demi sur le divan, en face de Giovanna, et qu'elles croquaient leurs macarons en buvant du thé au jasmin. En l'espace de deux ou trois mois, elles étaient tout simplement devenues intimes, s'étant découvert tant de goûts, tant d'expériences, tant de lieux et d'amis en commun — elles auraient pu se rencontrer à Hawaii en 62, à Malibu l'année d'après et ils avaient habité Ashbury à la même époque que Strondberg, à quelques pâtés de maisons les uns des autres — qu'une telle avalanche de coïncidences leur coupait le souffle. Il estimait qu'ils seraient sortis de l'hiver avant qu'elles n'aient épuisé le sujet. Il suffisait qu'elles tombent sur Untel ou Unetelle, un tant soit peu croisés autrefois, pour que l'après-midi y passe tout entier. Pour se mettre à l'aise, Strondberg ôtait ses chaussures de la pointe du pied, puis, par quelque manie que Vito avait aussitôt remarquée, elle frottait doucement ses jambes l'une contre l'autre et, s'il s'arrangeait pour se tenir à bonne distance, il pouvait entendre le délirant bruissement du nylon torturé.

Jim et Giovanna la trouvaient encore assez jolie, peut-être mûre au point d'éclater mais toujours dans la course. Un point de vue qui se discutait. Auquel il se ralliait presque en certaines circonstances, de préférence vers la fin de l'après-midi, sous une lumière moins brutale et qu'elle faisait grésiller ses cuisses en avançant ses lèvres sur le bord de la tasse. Ou le soir, lorsqu'elle venait dîner à la maison et qu'ils prenaient un dernier verre autour de la table basse, dans la tendre lueur des lampions chinois, le parfum des bâtons d'encens — une énorme malle avait dû être consacrée aux ultimes emplettes de Giovanna à Chinatown — et l'âcre odeur des joints que Vito avait en horreur. Il admettait alors qu'elle était baisable. Dans la douceur d'un éclairage de vingt watts, si elle gardait ses bas, si le truc ne durait pas des heures, si, encore mieux, elle se laissait ficeler aux quatre coins du lit, ne parlait pas trop et lui permettait d'accomplir tranquillement sa besogne, il ne dirait pas non.

Il se ressaisissait dans la journée. La Strondberg qu'il côtoyait à l'école n'éveillait plus aucune espèce d'excitation dans son esprit. Elle prenait une allure sévère, remontait ses cheveux en un chignon impeccable, portait des jupes au-dessous du genou, de stricts corsages — en fait de fruit mûr aux formes généreuses, aux poses alanguies, au regard vitreux, aux jarretelles frémissantes, elle ressemblait plutôt à une salade irradiée — et d'ahurissantes godasses à talon plat, ce qui lui permettait de marcher en serrant les fesses. Il ne savait pas laquelle des deux Strondberg était la vraie, mais il comprenait comment elle était parvenue à décrocher ce poste.

Il l'avait comme professeur pour les cours d'E.F.L (English as a Foreign Language) et il lui devait d'avoir pu s'inscrire dans cette matière où il se distinguait sans se fatiguer — les filles l'écoutaient bouchée bée, les types en étaient malades — et fort de laquelle il réussissait à se maintenir la tête hors de l'eau, à émerger derrière une petite moyenne que Strondberg s'ingéniait à lui conserver. A cet égard, il mesurait parfaitement bien les bons côtés de la situation. Strondberg, la directrice de son école, fourrée chez lui. Strondberg et Giovanna riant aux éclats, tombant dans les bras l'une de l'autre. Strondberg dénouant ses cheveux avec un soupir de satisfaction et s'allongeant sur le divan du salon. Strondberg vous racontant son risible divorce, les cuisses à demi découvertes et raide comme un passe-lacet. Voilà, il ne songeait à le nier, qui lui ôtait certain souci quant au bon déroulement de son année scolaire.

Avant de décider quoi que ce soit, il passa un bon moment à étudier chaque élève de sa classe, puis élargit le champ de son observation aux autres sections du même niveau ainsi qu'aux étudiants de dernière année. Il en conclut qu'il n'arriverait à rien. Qu'il irait même au-devant de toutes sortes d'humiliations s'il esquissait un pas vers la majorité d'entre eux. Mais il avait repéré quelques types qui ne semblaient pas trop à l'aise, qui repartaient de l'école à pied, qui traînaient la même chemise deux jours de suite, qui ne s'attardaient pas sur les marches de l'entrée. Il élimina les irrécupérables, les lèche-cul, les enfants de chœur et ceux qui pissaient dans leur froc. Puis il commença les travaux d'approche. Non pas qu'il souffrît d'un manque de compagnie — rien ne lui plaisait autant que lorsqu'il était seul, et de gré ou de force, il en avait pris l'habitude —, mais il se considérait en pays ennemi.

Le premier type qu'il ramena chez lui s'appelait Paul Sainte-Marie. C'était un garçon de sa classe, blond et timide, qui semblait souffrir en silence. Sa famille était honorablement connue dans la région — son père n'était que substitut, mais l'un de ses oncles procureur général et un autre président de tribunal — et sa mère s'occupait de bonnes œuvres. Ils avaient une petite propriété sur les hauteurs, à la sortie de la ville, moitié ferme, moitié maison de maître, qu'ils briquaient eux-mêmes, n'ayant pas les moyens de s'offrir des domestiques. Leur maison et les quelques bois qui l'entouraient étaient toute leur fortune et le substitut se rendait au tribunal au volant d'une vieille Hillmann automatique, d'un beige douloureux, d'une tristesse exubérante. Les Sainte-Marie ne se trouvaient jamais sur des listes d'invités, à moins qu'une fête n'ait un caractère officiel ou qu'une hôtesse ne veuille faire preuve de charité. Paul prétendait que sa situation était encore plus pénible que celle de Vito. Après qu'ils eurent discuté un moment de la question, Vito le conduisit dans sa chambre et lui repassa un bouquin de Jack Kerouac.

Ensuite, il y eut Stavros Manakenis. Son père venait d'ouvrir le plus grand restaurant de la ville mais il parlait avec un fort accent et les origines de sa fortune n'étaient pas très claires. Avoir de l'argent n'était pas tout, bien entendu. Stavros débarquait d'Angleterre, de Londres où les Manakenis avaient revendu leur troisième restaurant, après Rome et Bruxelles. Il fit son entrée à l'école dans le courant du mois de novembre, avec le sourire aux lèvres. Vito le laissa mijoter jusqu'aux vacances de Noël, le temps qu'il comprenne bien où il était tombé. Puis il s'avança vers lui la main tendue.

Un peu plus tard, ils accueillirent Richard Valero et son copain, Francis Motxoteguy, au sein de leur équipe. Ces deux-là étaient inscrits dans un lycée, à l'autre bout de la ville, mais ils étaient toujours là, au moment de la sortie, grimpés sur les bancs du jardin, devant la porte de l'école, fumant des cigarettes en reluquant les filles qui repartaient en limousine, dévisageant tous ces gars pleins de fric qui les rendaient malades et ruminant sous les palmiers, mesurant la hauteur du ciel.

Pour ce qui concernait Richard Valero, Vito ne l'avait pas

accueilli les bras grands ouverts. C'était pourtant son plus proche voisin, le premier type de son âge qu'il avait rencontré. Durant l'été, Jim et Giovanna les avaient encouragés à frayer ensemble. « Tu n'appelles pas Richard... ? » lui demandait-on dès qu'il avait le moindre projet en tête. Sinon Giovanna lui tombait sur le dos, le poursuivait jusque dans sa chambre en se persuadant que quelque chose n'allait pas, que tous ces déménagements le perturbaient et qu'elle et Jim étaient responsables, et elle secouait la tête et c'était parti. Aussi bien, elle avait à peine attendu qu'ils reviennent de leur première balade en vélo pour appeler en Californie et annoncer à ses copines — les pires commères de Sausalito — qu'il s'était déjà trouvé un ami.

Il était difficile de se faire un ami d'un type qui bavait devant votre propre mère. Depuis quelques années, il avait pris conscience des effets que Giovanna produisait sur ses petits camarades. Mais ces regards en coin, ces coups d'œil douloureux, ces quelques miettes qu'ils dérobaient en passant n'étaient rien en comparaison des morceaux que Richard se taillait sans se gêner, ou si peu qu'il s'en fallait d'un rien qu'on ne lui offrît une chaise. Au point que les choses avaient failli s'envenimer à deux ou trois reprises. S'il ne lui avait pas sauté dessus, c'était parce que Richard connaissait l'art de se sortir de situations qui menaçaient de tourner à son désavantage. S'il estimait qu'il pouvait l'emporter, il vous rentrait dans le chou, il n'y avait pas de cadeaux, pas de place pour la négociation. Par contre, s'il se voyait en mauvaise posture, et il avait vite fait de s'en rendre compte, il vous glissait entre les doigts, s'en tirait avec une pirouette ou s'écartait de l'orage d'une manière ou d'une autre.

Qui aurait voulu d'un ami pareil ? Vito avait hésité jusqu'à l'hiver avant de se décider, puis d'inévitables petites histoires étaient survenues et il avait jugé qu'il était temps d'enrôler de nouveaux effectifs. Si l'on avait Richard, on s'offrait Francis Motxoteguy en prime, et celui-là savait cogner. Vito l'avait déjà vu recevoir un poing en pleine figure, se relever, puis passer tranquillement à l'attaque. Chaque fois qu'il prenait une vraie dérouillée, c'était son père qui la lui administrait. Tout le reste était de la rigolade.

Enfin, le problème était de savoir si l'on voulait des filles ou non. Et ce qui pouvait les attirer, n'était-ce que vous voir accorder un simple regard, alors que tout brillait en face et que vous naviguiez dans l'ombre.

Ils passèrent de longs après-midi à réfléchir à la question. Il y avait un bar, devant l'océan, le Bethel, que ne fréquentaient pas les autres. Ils y étaient réduits à attendre une espèce de miracle. Et avant que celui-ci n'arrive, ils se regardaient dans le blanc des yeux, puis renonçaient à discuter davantage. A mesure que le temps s'écoulait, le compte des réjouissances qui leur filaient sous le nez augmentait. Il n'y avait pas une semaine sans qu'une de ces grosses villas alentour ne reste illuminée une bonne partie de la nuit, sans que la musique qui s'en échappait ne parvienne jusqu'à leurs oreilles. Tout ce qu'ils gagnaient à ne pas lécher les bottes de ceux d'en face, c'étaient les histoires, les invitations qu'on se lançait par-dessus leur tête, certains silences qu'il fallait avaler, les tensions, et donc les cassages de gueules qui se profilaient à l'horizon. A quelques jours des fêtes de Noël, pas une seule fille de l'école n'avait encore franchi la porte du bar et posé ses fesses à leurs côtés. Même celles qui n'étaient pas les plus jolies n'étaient pas assez idiotes pour prendre le risque de s'afficher avec eux.

Puis la température se refroidit tout d'un coup et il neigea le lendemain du jour de l'an. Ed Carrington, un ancien *marine* converti en professeur de gymnastique, les débarqua du bus au petit matin dans la campagne brumeuse et glacée, au milieu des dunes qui s'étendaient au nord de la ville. La plupart des élèves qui s'étaient mis entre les pattes d'Ed

Carrington étaient des Américains, de ces types qu'aucune marche forcée n'effrayait, aucune épreuve physique, aucune température, et qui se réjouissaient d'en baver. Il y avait aussi un Australien, un Néo-Zélandais, puis ceux qui n'avaient pas eu les moyens de s'inscrire aux séances d'équitation où se précipitait la majorité de l'école. Vito et Paul en étaient, par obligation. Stavros les avait rejoints après quelques chutes ridicules et une morsure à l'épaule. Ils rentraient sales, égratignés, couverts de sueur, traversaient la cour comme une bande de galériens pour regagner les vestiaires. Avec un peu de chance, ils ne croisaient pas trop de filles dans les couloirs. Et par bonheur, ils avaient convaincu Ed qu'il n'était pas indispensable de déranger tout le monde, de marquer leur retour d'un de ces chants à la con.

On aurait dit que le jour était à peine levé. Le brouillard tenait bon, flottait à quelques mètres au-dessus du plan d'eau qui paraissait sans fin. La fine couche de neige tombée pendant la nuit était gelée, l'air était glacé et le ressac de l'océan, de l'autre côté du cordon littoral, ajoutait une pointe lugubre et navrante à l'ensemble. Mais les Américains étaient roses et de bonne humeur, tout excités à l'idée qu'ils avaient des bras et des jambes. Ils descendirent les outriggers fixés sur le toit du bus, puis ceux qui étaient rangés dans la remorque. Dans l'ensemble, ils avaient déjà ôté leur survêtement et s'activaient à demi nus, sans craindre d'attraper la mort.

« Bon, Vito ! Tu veux une invitation... ?! » Dehors, le crâne rasé, les oreilles éclatantes, Ed commençait à s'impatienter. Le fait est qu'il n'y avait pas de temps à perdre. Vito s'attarda un dernier instant sur la banquette, lessivé à l'avance par les six kilomètres aller et retour qui se dressaient devant lui — Ed appelait ça le Harvard-Yale, en souvenir d'une course qu'il avait disputée autrefois —, sans même compter certaine affreuse galopade au milieu des dunes, une épreuve qu'on n'avait pas baptisée, un parcours innommable, qui durait plus d'une heure et qu'Ed savourait tout du long. Par ce temps, la plaisanterie prenait une allure infernale.

Pour tout arranger, il n'avait pas bien dormi. Deux copains de Jim étaient à la maison depuis une semaine. Ils avaient discuté longuement avant de passer à table. Ensuite, lorsqu'il était allé se coucher, Giovanna avait encore demandé des nouvelles de tout le monde et leurs exclamations et leurs rires avaient transpercé le plancher de sa chambre et il s'était retourné cinq cents fois dans son lit. Pour finir, alors que le sommeil le gagnait, ils étaient venus s'affaler sur sa descente de lit après avoir gonflé des matelas pneumatiques, puis ils avaient fumé dans l'obscurité.

Steven lui avait rapporté un tee-shirt à l'effigie d'Angela Davis, qui venait d'être arrêtée deux mois plus tôt. Ed leva les yeux au ciel en le découvrant, tandis que les autres piaffaient sur la rive. A l'instant où Ed leur faisait signe qu'ils pouvaient embarquer, une longue automobile sortit tout droit des brumes.

Pressés d'en découdre, la plupart avaient empoigné leurs avirons et filé avant que le chauffeur ne descendît et n'ouvrît à son maître. Ed jura silencieusement, tripota la plaque d'identité, le sifflet, le chronomètre, la petite croix qui pendaient à son cou. Après quoi il s'avança.

Vito savait qui était Victor Sarramanga. Et Ed aussi, qui dans un moment d'égarement avait ébauché un salut militaire. C'était sans doute l'un des types les plus influents, les plus puissants de la région. Les murs de l'école étaient couverts de plaques cuivrées et astiquées sans relâche, commémorant les dons qu'il avait prodigués à l'établissement. Peut-être Ed avait-il de quoi se sentir nerveux si l'on considérait ces choses. Vito aurait aimé voir la tête qu'il faisait lorsque Victor Sarramanga lui posa une main sur l'épaule et l'entraîna un peu à l'écart, penché sur son oreille.

Les chances pour qu'Ed Carrington eût un jour une conversation privée avec Victor Sarramanga étaient plutôt minces. Qu'elle se déroulât à cette heure et en ce lieu n'existaient pas. Difficile, dans ces conditions, d'imaginer ce qu'ils pouvaient bien se raconter. Vito se tourna vers Paul et les deux ou trois autres qui n'en revenaient pas davantage. Sur le chemin inverse, son regard accrocha une jambe nue qui se glissait par la portière.

Puis une autre. Non contente d'être la fille d'une des plus grosses fortunes du coin, Éthel Sarramanga était sacrément bien fichue. Avant que son buste n'émergeât de l'ombre, on pouvait d'ores et déjà apprécier la partie du bas, présentée dans un sombre short de satin blanc, et s'attendrir sur ses petites socquettes, sur la classe immaculée de ses chaussures de sport.

Elle semblait prête à égorger quiconque passerait à sa portée. De toute manière, elle était intouchable, qu'elle fût de bonne humeur ou non. Il fallait au moins une décapotable pour entamer une simple conversation avec elle. Les types avec qui elle sortait organisaient, dans la propriété des parents, des soirées qui coûtaient la peau des fesses. Et coucher avec elle n'était pas impossible. Mais il fallait se lever de bonne heure et balancer le monde à ses pieds.

Ils suivaient les cours d'E.F.L. dans la même classe. Ils se connaissaient mais ne s'étaient jamais dit un seul mot. Au premier coup d'œil, Vito avait compris qu'il devait se tenir sur ses gardes et il prit les devants, entraîna son regard à glisser sur elle comme s'il s'agissait d'une simple potiche. Et ce n'était pas aussi facile qu'on pouvait l'imaginer car Éthel Sarramanga le visitait au milieu de la nuit, ou lorsqu'il rêvassait. Il lui avait sucé les seins si souvent, s'était planté tant de fois entre ses jambes que la sobre indifférence qu'il lui témoignait jour après jour relevait du tour de force. Il remerciait Dieu et Strondberg de les avoir réunis en E.F.L., dans cette espèce de paradis où il décrochait aisément ses meilleures notes et les plus brillantes de la classe. C'était le bon moment pour la ramener un peu, sans se fatiguer, pour émerger au-dessus du panier en prenant un accent de Nouvelle-Angleterre qu'aucun de ces crétins ne parvenait à se payer malgré leurs petits week-ends à Londres. Cela dit, il n'en tirait aucun avantage. Elle n'était pas venue lui demander de cours particuliers.

Tandis que son père continuait d'entretenir ce pauvre Ed Carrington, elle sembla ravaler sa colère et son visage n'exprima plus qu'un terrible ennui. Pour une fois, il se sentait de tout cœur avec elle. C'était une matinée lugubre, que même la présence d'Éthel Sarramanga ne parvenait à dérider. A l'instant où il pressentit qu'elle allait être du voyage — son esprit venait juste de se remettre en marche — il n'en éprouva pas autant de satisfaction qu'il l'aurait cru. C'était une épreuve qu'il détestait suffisamment pour n'y trouver aucun plaisir, fût-ce le bonheur de voir Éthel Sarramanga en baver.

Il attendit le départ de son interlocuteur, le retour complet du silence, pour se remuer. Il marcha droit vers la rive, sans regarder quiconque. D'ordinaire, il barrait deux Américains. Vito et Paul étaient en double-scull. Mais cette fois, il s'embarqua à la place de Vito et, dans la foulée, ordonna à celui-ci de monter avec Mlle Sarramanga.

— Hé... mais pourquoi vous..., commença de protester Vito.

— Bon, alors tu ne discutes pas ! Tu fais ce que je te dis... ! aboya l'autre.

Vito regarda ses compagnons s'éloigner en retenant sa respiration. Il n'en revenait pas de s'être laissé posséder aussi vite. La rage continuait de s'épanouir en lui alors que des trois outriggers qui s'étaient arrachés du bord comme fuyant un incendie, il ne restait plus que quelques traînées à la surface, la brume les avait engloutis.

— Eh bien, quel est le programme... ?

Il réalisa qu'elle était juste dans son dos. Il ne se retourna pas.

— On traverse. On va de l'autre côté...

Il s'approcha de l'embarcation et saisit un gilet de sauvetage qu'il enfila en serrant les dents. Puis il revint vers le bus et empoigna son sac qui contenait deux sandwiches au poulet, une bouteille d'eau minérale et un thermos empli de café. Il lui jeta un rapide coup d'œil avant de grimper dans leur engin. Il se demanda quel genre de casse-croûte une fille comme elle pouvait bien transporter dans sa petite mallette. Des petits pains chauds roulés dans des serviettes en dentelle ? Un fruit exotique enveloppé de cellophane ? Une saloperie de chausson aux pommes ? Il remarqua que le haut de son survêtement était comme ce pull en poil de chèvre que Giovanna chérissait tant et lavait elle-même à la main, avec d'infinies précautions, et qu'on n'imaginait pas destiné à se rouler par terre. Mais Éthel l'ôta sans ménagement et s'assit dessus en prenant place dans leur esquif. Vito s'installa à l'avant. Après avoir louché une seconde sur le dos de sa coéquipière, il ne releva aucune aspérité sur son maillot et se confirma qu'elle ne portait pas de soutien-gorge. Six mois plus tôt, un tel détail l'aurait laissé indifférent. Six mois auparavant, il était un autre homme, il venait de se payer une telle séance qu'Éthel Sarramanga aurait pu embarquer sans culotte et en bas résille, il n'y aurait même pas pensé. Mais il était retombé de haut depuis son arrivée, il était presque redevenu un petit garçon en la matière. Privé de tout, la moindre étincelle l'enflammait. Et le souvenir de ses splendeurs passées illuminait le grand désert sexuel où il avait roulé, où un rien l'énervait, comme se trouver dans le dos d'une fille sans soutien-gorge.

Aussitôt qu'ils attrapèrent leurs avirons, il s'efforça d'imaginer qu'il était avec Paul, qu'il n'y avait aucune présence féminine à dix kilomètres à la ronde. Il plaqua son menton contre sa poitrine et respira dans l'échancrure de son propre maillot pour échapper aux volutes parfumées qui se déclaraient à bord. Elles étaient quelques-unes dans son genre, à se prendre pour des miracles ambulants, à s'imaginer que rien ne pouvait leur résister. On les avait habituées à ça. Un type qui n'était pas prêt à tout pour se payer l'une d'elles avait forcément un problème. Elles n'avaient donc que l'embarras du choix. Mais ce matin-là, les rameurs ne couraient pas les rues. Et il ne la baladait pas en gondole. Il s'arrangea pour qu'elle comprît que ça n'avançait pas tout seul.

A mi-chemin, elle se croisa les bras, puis alluma une cigarette. Mais il ne fit aucun commentaire. Elle pouvait même sortir sa canne à pêche si elle le désirait. Visiblement, elle n'appréciait pas trop de se trouver là. Elle secouait la tête, passait une main dans ses cheveux. Puis elle finit par se tourner vers lui.

— On peut savoir ce qui t'amuse... ?!

Il faillit ne pas répondre. Mais il avait ouvert la bouche.

— Ouais. Je me demande combien de temps on va rester plantés ici...

Lorsqu'ils atteignirent l'autre rive, ils étaient en sueur tous les deux car elle avait accéléré la cadence. Elle n'était sans doute pas au courant de la suite. Ils tirèrent leur bateau hors de l'eau et le rangèrent à côté des autres. Puis elle s'écroula sur le sol. Vito eut un petit grincement de plaisir et dit :

— Lève-toi. On n'est pas encore arrivés...

— Peut-être que *toi* tu n'es pas encore arrivé..., lui répondit-elle.

Il réfléchit un instant et s'accroupit là où il se trouvait, mais sans lui tourner le dos, ni lui faire face. Si Ed n'était pas content, il n'avait qu'à s'en occuper lui-même.

— Dis-moi, par curiosité... Quel était le programme ?

— Rejoindre les Lohiluz en coupant à travers les dunes. Les derniers arrivés doivent nettoyer les bateaux...

Elle rit.

— L'été, on revient jusqu'ici à la nage, par l'océan. Mais l'eau est froide. Je crois qu'il inventera autre chose...

— Eh bien, remercie-moi..., déclara-t-elle en se levant.

Elle alla chercher sa mallette, se couvrit les épaules, puis remonta un peu plus haut pour s'asseoir contre un pin parasol. A son tour, il attrapa son sac et prit position à quelques mètres, les genoux plantés dans le sable. Il essaya de se remémorer de quelle manière il avait confectionné ses sandwiches, si d'affreuses dentelles de peau n'allaient pas pendouiller tout autour. Il lui glissa un coup d'œil, persuadé qu'elle allait lui couper l'appétit.

Elle n'avait pas dressé son couvert. Ed Carrington prétendait qu'en analysant le contenu d'un sac, découvrant ici une pomme, et là une poignée de tartines au beurre de cacahuètes, on ne pouvait pas se tromper. « Est-ce que vous en voulez... ? continuait-il. Est-ce que vous êtes en condition... ? Eh bien, pas la peine de me raconter d'histoires. Montrez-moi ce que vous emportez avec vous et je vous dirai si vous êtes des clients sérieux... ! » De ce point de vue, il était facile de constater à quel point Éthel Sarramanga prenait cette épreuve à cœur, avait songé à l'instant où il faudrait récupérer des forces. Elle avait apporté tout ce qu'il fallait pour se rouler un joint.

Vito secoua la tête. A Sausalito, au-dessus de leur appartement, vivait un type qui dormait souvent sur leur palier. Il allumait un joint en bas de la côte, lorsqu'il rentrait de son travail, et parvenait rarement à dépasser le deuxième étage. Parfois, Vito lui montait ses provisions. Mais il se dit que si jamais elle déconnait au retour, elle avait intérêt à ne pas compter sur lui.

Il s'allongea, se calant sur ses coudes. Il faisait assez froid. S'il considérait la situation, il ne faisait pas *trop* froid. Les autres devaient avoir parcouru un petit tiers du chemin et dansaient sur des braises. A la réflexion, il n'attendrait pas que Ed lui tombe dessus. Il allait lui demander si ce n'était pas une plaisanterie et jouer les martyrs. De toute façon, Ed devrait lui accorder le bénéfice du doute. A défaut d'une médaille pour s'être coltiné Éthel Sarramanga. Il fronça les yeux, se souriant à lui-même. Il était agréable de penser à tous ces types qui se seraient bousculés au portillon pour être à sa place et de constater que, quant à lui, il n'en avait rien à foutre. Aussi bien, il ne songeait même pas à lui adresser la parole. Il ne lui parlait pas non plus quand il se concentrait sur elle, imaginait une courte scène où il finissait par la baiser. Seigneur ! Où était la Californie... ?! Où étaient ces filles sans histoires... ?! Où était celle qui l'avait illuminé, l'avait raccompagné chez lui au petit matin, en conduisant d'une main sur le Bridgeway, l'autre ayant disparu dans sa braguette cependant que la radio diffusait Instant Karma *(We all shine on)*.

— Est-ce que tu en veux... ? demanda-t-elle, le bras tendu vers lui.

Il fit signe que non.

— Ça tombe bien. L'heure est à l'économie.

Dans ce genre de situation, Giovanna disait ou faisait quelque chose qui trahissait aussitôt son changement d'humeur. Il y était à ce point habitué qu'une simple moue disgracieuse — mais pas n'importe laquelle — aux lèvres de sa mère l'avertissait qu'il n'y avait pratiquement plus rien à fumer dans la maison. Il réfléchit une seconde. Une part de son esprit venait d'ouvrir un œil.

— Est-ce que tu sais où est le problème..., demanda-t-il.

— A quel propos... ?

Manifestement, elle ne le suivait pas très bien. Elle devait le prendre pour un idiot, un type qui ne connaissait rien et qu'elle se préparait mal à supporter. Avant de poursuivre, il en conclut que ce serait très agréable quand elle viendrait lui manger dans la main.

— Le problème est de savoir à qui s'adresser...

— Ça va. Ne me fais pas rire... S'il y en avait, je ne serais pas la dernière à l'apprendre, crois-moi sur parole.

Il roula sur le ventre afin de la voir gober son hameçon.

— Tu me mets dans une situation embarrassante..., soupira-t-il. Je pourrais t'aider mais je n'aimerais pas que tu te sentes trop ridicule après ce que tu viens de m'annoncer...

Elle n'allait pas se donner à lui pour un peu d'herbe, il s'en doutait bien. Mais elle ne pourrait plus l'ignorer. Et pour commencer, il lui avait donné rendez-vous à onze heures du soir, tout près de chez lui, c'était à prendre ou à laisser. Quel type aurait pu se vanter d'avoir dicté ses conditions à Éthel Sarramanga... ?! Il avait conscience d'avoir frappé fort et juste. Elle lui avait glissé un dernier regard avant de remonter dans la voiture de son père. Mais il s'était affairé, comme si elle lui était sortie de l'esprit.

Giovanna était dans le salon, occupée à dessiner des costumes pour *Le roi Lear*. Il s'installa à côté d'elle et ils échangèrent quelques mots auxquels ni l'un ni l'autre ne prêtèrent attention. Penché en avant, il louchait sur une boîte de cigares qui aurait pu contenir les reliques de la famille Jaragoyhen, eu égard aux soins qu'on lui prodiguait — emballage spécial, transport en bagage accompagné, surveillance étroite — au cours de chaque déménagement et à la priorité qu'elle avait sur le reste au moment où l'on débouclait les valises. En fait d'ossements et de cendres, elle renfermait du papier à rouler, un paquet de petits cartons retenus par un élastique et diverses boîtes en fer-blanc, plus ou moins garnies de machins à fumer, selon les périodes. Enfant, c'était sans doute la seule chose qu'il ne pouvait pas toucher dans la maison, sans qu'une main s'abattît sur la sienne. Chaque fois qu'il détestait sa mère, il pensait au coffret à cigares, au plaisir qu'il aurait à l'enterrer, le foutre par la fenêtre ou le jeter au feu. Mais c'était trop risqué. Il sentait confusément que c'était la chose à ne pas faire.

Un jour, il s'était rendu compte que sa mère le surveillait. Elle s'était mis dans la tête qu'il en fumait en cachette et tâchait d'avoir de vraies conversations avec lui, d'aborder la question en douceur. Elle l'observait avec le plus grand intérêt lorsqu'il reniflait ses échantillons. Mais alors, il n'obéissait qu'à une curiosité distraite, refermait le tout avec indifférence. Ne l'ayant jamais pris en flagrant délit, elle se grattait la tête. Jamais elle n'aurait imaginé qu'au fond de la remise, derrière un tas de planches abandonnées et sous des sacs, Johnny Walker lui souriait de toutes ses dents.

Tandis qu'elle se demandait tout haut si l'on ne pourrait pas égayer la tenue de Cordelia — elle pensait à un motif psychédélique —, il tripota machinalement le coffret de sa mère, évalua en bâillant l'état des stocks et le jugea, ainsi qu'il s'y attendait, d'un niveau trop modeste pour y pratiquer des coupes sombres. Et puis Éthel Sarramanga ne lui avait rien promis d'assez fou pour qu'il se résolût à ôter le pain de la bouche de sa mère.

Il traversa la cour, sous un ciel bas, ténébreux et très excitant, pour rejoindre son père au garage. Steven et Mickey étaient avec lui, en train de bricoler des planches de surf. Ils en avaient reçu tout un lot par avion, ainsi que du matériel pour les remettre en état et les revendre. Ils ne semblaient pas au bout de leurs peines. Parfois, Vito ne comprenait même pas ce qu'ils fabriquaient, mais comme ça ne l'intéressait pas, il ne disait rien. Jim convainquait tous ses copains que construire une planche était un jeu d'enfant. Sauf que lui était l'un des meilleurs *shapers* de toute la côte californienne. On aurait dit que Steven et Mickey préparaient du petit bois pour l'hiver ou travaillaient sur une machine infernale ou donnaient dans l'art moderne.

La poussière que produisait le ponçage des pains de mousse — accentuée par le fait que Steven et Mickey s'amusaient à les creuser et que la pièce était pleine de courants d'air — les obligeait à porter des masques. Ils avaient noué leurs cheveux, retroussé leurs manches, conservé leurs bermudas, ils étaient comme pulvérisés de sucre glace, tout leur système pileux encrassé jusqu'à la corde. Il allait y avoir de la bousculade sous la petite douche que Jim avait aménagée dans un coin à la suite de certains accrochages avec Giovanna qui surveillait son plancher et ses coussins à la loupe. Assuré qu'il aurait tout le temps qu'il lui faudrait et compte tenu qu'ils s'étaient arrêtés et le remerciaient pour les bières, il resta cinq minutes avec eux, mais l'esprit tellement ailleurs que Jim lui demanda s'il se sentait bien.

Il n'avait même pas entendu ce qu'ils avaient dit, ne savait pas pourquoi ils riaient. Steven s'était sans doute fendu, avec finesse, d'un de ses diagnostics concernant votre vie sexuelle. Vito se mit à rire avec eux. Car c'était davantage qu'une simple fille qui occupait ses pensées, c'était beaucoup plus que ça.

Il attrapa le sac de Mickey, jeté dans un coin de sa chambre, imaginant déjà un double fond ou une poche secrète qui le rendirent nerveux. Mais le paquet d'herbe se trouvait sur le dessus, glissé dans une chaussette qui avait presque la taille d'un salami. Il se servit assez largement et renvoya le sac dans son coin. De sous son lit, il tira celui de Steven, s'y pencha et finit par mettre la main sur un bon bloc de népalais qu'il entailla aussitôt avec son couteau de poche. Puis il le replaça dans sa boîte à savon, qui dès lors fermait correctement.

Sur sa part, il préleva d'honnêtes échantillons, les glissa dans une enveloppe qu'il coinça dans sa ceinture. Quant au reste, qu'il estimait à une dizaine de rendez-vous, pour peu qu'il sût bien manœuvrer, il l'enveloppa et le fourra dans un gant de base-ball qui ne lui servait plus à rien, sinon à décorer son mur. Il retourna sur son lit pour le contempler. Il était signé par Sandy Koufax, des L.A. Dodgers. Mais tout à coup, il prenait une autre valeur. Il se releva pour le changer de place et l'accrocher à la tête de son lit. Même s'il avait pris sa retraite, des tas de gens continuaient d'adorer Sandy Koufax.

Depuis que Steven et Mickey étaient arrivés, les heures de repas étaient chamboulées. Parfois, Vito devait se confectionner des sandwiches. S'il y avait des légumes à éplucher, Steven se portait volontaire et deux heures plus tard, un joint éteint aux lèvres, il était occupé à tailler de minutieuses dentelles dans une épluchure de pomme de terre tandis que les autres imitaient les cris des oiseaux de nuit et s'extasiaient sur la véranda.

A onze heures, Steven déposait sur la table son curry de veau, avec bananes et cacahuètes.

A onze heures vingt, Vito retrouva Éthel Sarramanga non loin de chez lui, au bord de l'océan, un endroit qu'on appelait le « Couloir » parce que en été, les voitures venaient s'y garer en file indienne, entre la barrière et les dunes, et de préférence à la tombée de la nuit. C'était un coin que la municipalité avait décidé d'éclairer pour contrer sa vocation de baisodrome mais les lampadaires subissaient de continuelles dégradations dès que les beaux jours se profilaient et l'on s'était résigné à ne plus changer les ampoules qu'à la fin de l'automne, histoire de profiter de la jolie guirlande qui, de la ville, chevauchait la falaise.

Il repéra la M.G. de Vincent Delassane-Vitti qui tournait au ralenti, à une centaine de mètres. Quant à la fille, elle écrasa furieusement sa cigarette du bout du pied en soufflant vers le sol un long jet de fumée, de la taille d'une épée à deux mains. Il l'examina une seconde.

— Écoute... Si c'est ça, je m'en vais tout de suite.

Elle faillit s'étrangler. Peut-être avait-elle imaginé trente-six façons de le mettre en pièces tandis qu'elle rongeait son frein. Il lui laissa le temps de réfléchir. Parfois, Giovanna piquait des colères noires contre ses dealers, mais elle finissait toujours à leurs pieds. Il continua de l'examiner tranquillement tandis qu'elle se dégonflait.

— Bon, ne perdons plus de temps..., dit-elle.

Elle était géniale. Elle représentait tout ce qu'il aimait et tout ce qu'il détestait. Il ne savait pas s'il avait envie de la tenir dans ses bras ou de la démolir sur place. Ils se fixèrent un court instant. Ce qui ne les empêcha pas de dormir, car les effets de ce contact mirent de longs mois à remonter à la surface. Mais bien des années plus tard, abordant le sujet, ils devaient convenir que tout s'était joué dans cette espèce de mouchoir de poche.

Il conclut d'ailleurs ce rapide échange par un demi-sourire aux commissures dédaigneuses, dosé au millimètre. Puis il fouilla dans sa chemise, plongea la main vers la ceinture de son pantalon, sous l'œil atterré d'Éthel Sarramanga qui recula d'un pas pour s'adosser à la barrière. Le fait est que l'enveloppe qu'il lui tendit était d'une tiédeur agréable, et toute empreinte de son odeur corporelle, si ça l'intéressait. Il se jura que la prochaine fois, la marchandise sortirait directement de son slip.

Elle saisit l'enveloppe du bout des doigts, l'agita au-dessus du vide, dans l'air marin qui bouillonnait et chassait les microbes. Une fille coriace. Qui ne devait pas mouiller facilement. Il y avait du bras de fer à l'horizon. Puis elle se décida à examiner le contenu de la chose et dit :

— C'est tout... ?!

— Rassure-toi. Il y en aura d'autre...

— Quand ?

— Tu n'auras qu'à me faire signe.

Elle hocha vaguement la tête, baissa de nouveau les yeux sur la livraison.

— Ah, la la... C'est peu... !

— Ouais. Tu me l'as déjà dit.

Il ne voyait pas le chemin s'ouvrir devant eux. Cette première rencontre ressemblait plutôt à un goulet étranglé où l'on butait à chaque pas, mais il ne pouvait rien y faire. Comment s'y prenait-on pour être aimable avec une fille pareille ? A quelle gentillesse pensait-elle alors qu'elle l'observait fixement ?

Et voilà qu'elle tirait des billets de sa veste et lui demandait si ça allait.

Il garda les mains dans ses poches. Il ne se souvenait pas qu'ils aient discuté d'un prix quelconque. Elle avait sans doute un don pour tout flanquer par terre. Il regrettait de la trouver si belle, éprouva un sentiment de rage envers lui-même d'avoir aussi bon goût.

— Je ne veux pas d'argent. C'est un cadeau.

— Et moi, je ne veux pas de cadeau ! Prends-les !

— Je t'ai dit non.

Il crut l'entendre pousser une sorte de gémissement. Mais il y avait un peu de vent et quelques pins alentour, dont une branche pouvait couiner. Et qu'elle eût mal digéré son souper pouvait aussi bien justifier la soudaine pâleur de son visage. Il allait lui conseiller une cuiller à soupe de bicarbonate quand elle reprit la conversation :

— Non, je ne marche pas. Je veux te payer d'une manière ou d'une autre...

— Écoute, ou c'est ça ou c'est rien du tout. D'accord... ?

Il ne lui laissait pas d'issue. Il venait d'en faire une bouchée et commençait à jouir de la situation. Elle l'avait ignoré pendant quatre mois. Elle avait eu tort.

Elle sourit, puis déboutonna sa veste. Il détourna les yeux un instant, nota que Vincent Dalassane-Vitti actionnait ses essuie-glaces.

— Ils ne vont pas te mordre.., dit-elle.

Ils n'étaient pas si gros qu'il se les imaginait. Surtout si l'on considérait qu'en écartant son cardigan, elle trichait un peu, les congestionnait mine de rien.

— Tu peux même les toucher... mais après on sera quitte.

Il lui découvrit soudain des qualités qu'il n'avait pas soupçonnées. Son esprit s'embruma une seconde au souvenir de jugements trop hâtifs qu'il avait portés sur l'évolution des mœurs dans la région. Si ce n'était pas la Californie, ça commençait à lui ressembler. Les tenues assez strictes qu'on imposait à l'école avaient obscurci sa vision et la froideur des filles à leur égard avait fait le reste. Le décor changea tout à coup autour de lui, au point qu'il faillit en tomber à genoux sur le sol. Et pour la première fois depuis son arrivée, il se sentit chez lui ici, sur la terre de ses ancêtres. Derrière chaque étoile du ciel se cachait une fille nue avec le feu au train. Seigneur ! Quel aveugle il avait été ! Il se revoyait avec ses copains, sur le trottoir d'en face, embusqués devant la porte des villas où se déroulaient les soirées auxquelles ils n'étaient pas invités. Ils ricanaient en suivant le défilé des minijupes, se poussaient du coude à la vue de ces fesses froides, ces culs serrés qui se donnaient des airs affranchis, doublant la plaisanterie du non-port de soutien-gorge alors qu'elles se pissaient dessus au moindre bouche-à-bouche.

Ils s'étaient trompés. Il le reconnaissait avec bonne humeur. Le spectacle qui s'offrait à ses yeux, depuis quelques secondes, lui rappelait certaines accélérations qu'il avait connues sur la moto de son père.

— Dis-moi... Il serait temps de te décider, reprit-elle.

— Non, je te remercie.

Elle rangea ses seins et soupira :

— Ne pense pas à autre chose. Décidément, tu es plus bête que je croyais...

Comme il était encore sous le choc de l'embellie qu'elle avait provoquée, il n'éprouva pas le besoin de lui répondre. D'autant qu'il n'avait pas bien arrêté le genre d'attitude à prendre avec elle. Il s'agissait du premier round. Il verrait ensuite s'il devait la travailler à distance ou lui rentrer dedans. En attendant, il lui offrit un sourire dont personne n'aurait voulu.

— Bon, écoute..., dit-il. Je n'ai pas que ça à faire. Alors amuse-toi bien.

Il tourna les talons. Il ne s'inquiéta pas du risible picotement qui se déclencha dans sa nuque. Elle devait au moins en loucher. Elle avait tort de se mettre dans des états pareils. A ce rythme, elle allait finir au cabanon avant qu'il n'en ait terminé avec elle.

Soudain, alors qu'il closait à demi les paupières en respirant un bon coup, elle surgit devant lui, et si près qu'il sentit son souffle sur sa figure. Elle l'empoigna, écrasant ses lèvres sur les siennes. Le contact fut rapide et brutal. Vincent Delassane-Vitti klaxonna aussitôt. Il se trouvait assez loin pour jurer qu'ils se roulaient une pelle.

— Tu m'excuseras... mais je n'accepte pas de cadeau, déclara-t-elle.

Durant une seconde, il examina le sol autour de lui, au cas

où il aurait aperçu une branche morte ou quoi que ce soit pour la corriger. Ne trouvant rien, il s'essuya les lèvres. Il réfléchissait à toute vitesse. Il se dit qu'il devait résister à sa première impulsion et prendre de la hauteur. Mais il fit un pas en avant, son bras se détendit et il la repoussa rudement du plat de la main.

— Hé ! Faut te soigner… ! lui conseilla-t-il dans la foulée.

Arlette Beacotchea n'était pas une pleurnicheuse. Si elle venait le chercher, il n'avait pas besoin de la questionner pendant une heure. D'un coup d'œil, il s'assura que Richard, Paul et Stavros avaient reçu le message. Ils se laissèrent dégringoler de la terrasse du Bethel pour rejoindre le parking au plus vite, ignorèrent les filles qui se penchaient pour apprécier leur acrobatie et dévalèrent jusqu'au ras de l'océan.

C'était une soirée de juin, aérée, avec un ciel sans nusages, viré au safran. Arrivé le premier en bas, Vito put vérifier qu'il valait mieux boire quelques verres plutôt que de fumer un joint. Il n'attendit pas de voir Stavros terminer sa course en vol plané pour se prouver que sa théorie était juste.

Il bondit sur les talons d'Arlette. Ils s'engagèrent à fond de train dans une ruelle, grimpèrent à un escalier de secours et prirent pied sur le mur qui se dressait au fond du parking.

« Il se fera tuer, un de ces quatre… » soupira Arlette en lissant ses cheveux sur son crâne.

Francis Motxoteguy avait la gueule en sang mais il était toujours debout tandis que les autres regagnaient leur voiture en titubant ou se relevaient avec peine. Il les aperçut en haut du mur et leur fit signe que tout était O.K.

Vito sauta sur le toit d'une Mercedes, en contrebas, qui ne s'incurva pas trop. Une grosse décapotable au bleu lessivé s'engouffra alors vers la sortie, dans un bruit de ferraille inquiétant.

Malgré le sang qui giclait de son nez et de son arcade sourcilière, Moxo souriait de toutes ses dents. Vito s'avança en se disant qu'il n'avait pas de mouchoir, et puis qu'un seul n'aurait pas suffi. Mais Arlette le doubla comme une flèche, le torse nu, le tee-shirt à la main.

« Je croyais que tu avais fait la paix avec ton cousin... », lâcha-t-il à l'adresse de Moxo, tout en examinant les nichons d'Arlette.

Le sourire de celui-ci avait disparu tout d'un coup. Et ce n'était pas la remarque de Vito qui l'avait assombri. Au lieu de se tenir tranquille pendant qu'Arlette sacrifiait son tee-shirt pour lui éponger la figure, il se crispait, rejetait la tête en arrière, les sourcils froncés, comme refusant de croire qu'elle avait la poitrine à l'air et qu'ils n'étaient pas seuls. Moxo était un type des Malayones.

Un son de cloche fêlée, suivi d'un râle étranglé, détourna l'attention de Vito. Stavros venait de manquer sa réception sur le toit de la Mercedes et se tordait dans la poussière, les deux mains cramponnées à sa cheville.

Considérant la tournure que prenaient les choses, Vito poursuivit son chemin jusqu'à la voiture de Stavros et s'installa derrière le volant. Jim et Giovanna n'étaient pas près de pouvoir lui offrir un engin pareil. Ils envisageaient parfois, lorsqu'ils espéraient une quelconque rentrée d'argent, de lui dénicher un petit véhicule d'occasion. Pourquoi pas une Fiat 500 ou une Hillmann pendant qu'ils y étaient, du genre de celle que les Sainte-Marie promenaient en ville, pratiquement sur leurs épaules, un H écarlate brodé sur la poitrine... ? Il avait calculé qu'en travaillant les mois d'été et quelques heures par jour durant l'année scolaire, il lui faudrait dix ans pour se payer la même que Stavros. Pour ses dix-huit ans, il avait dû se contenter des leçons pour le permis de conduire. Et Giovanna voulait bien lui prêter son minibus mais Steven et Mickey avaient passé toute une semaine à le décorer de leurs peintures de cinglés. En fait, rien ne valait une décapotable. Il suffisait de la garer dans le Couloir, d'attendre que la lumière disparût de l'horizon, et une culotte de fille flottait bientôt à votre cou. Même celles qui refusaient de baiser se faisaient pardonner d'une manière ou d'une autre. Anne Demangeot s'en était pris plein la figure. L'ancienne petite amie de Marc Higuera — un garçon de sa classe qui lui obtenait des *barreras* depuis le début des corridas contre un peu d'herbe — s'était exécutée le soir de leur premier rendez-vous. Stavros lui avait prêté sa voiture. Bien entendu, une décapotable constituait un gros investissement. Mais ensuite, pour le prix d'un litre d'essence, la nuit était à vos pieds. Et ce n'étaient pas les discours de sa mère qui y changeaient quelque chose. Il n'avait pas l'impression de perdre son âme ou d'aggraver la misère du monde en louchant sur les engins haut de gamme.

Il rêvassa un instant, la main posée sur le cuir souple que les fesses d'Anne Demangeot avaient malaxé durant des heures et qu'il avait dû essuyer avant de se garer chez Stavros. Le cuir n'était pas donné non plus, mais il offrait de nombreux avantages, et ne demandait aucun soin particulier.

Stavros s'effondra à ses côtés, avec sa cheville à la main et le teint cireux.

« Allez zou ! Ramène-moi en vitesse ! Mais putain, mais ça enfle à vue d'œil… ! »

Après que les autres eurent sauté à leur place, il exécuta un demi-cercle en marche arrière, fit tanguer le vaisseau sur ses amortisseurs puis le précipita en avant, toujours séduit par le hurlement des pneumatiques, qui coûtaient également la peau des fesses et qu'un tel usage conduisait à remplacer plus souvent, sans parler de la boîte de vitesses, mais il fallait savoir ce qu'on voulait.

Ils empruntèrent la voie express qui longeait les plages. Comme d'habitude, les flics se trouvaient à la hauteur des Lohiluz, embusqués à l'entrée du golf, dans l'axe du feu suspendu et prêts à vous tomber sur le dos. Le seul feu à ne pas griller sur un kilomètre de ligne droite. Mais Vito et Denis Destignac avaient levé le pied à temps et se rangeaient en douceur, côte à côte, comme de vrais petits anges, devant le passage clouté. Il y avait quelques filles pas mal dans l'autre décapotable. Il espérait qu'elles avaient apprécié. Ce pauvre Denis n'avait pas les nerfs très solides. Et d'après ce que l'on racontait, il n'avait pas que les nerfs en compote.

« L'éjaculation précoce, c'est marqué en grand sur sa gueule... », conclut Richard alors qu'ils replongeaient en ville par le nord, puis retrouvaient les artères illuminées, histoire de déconner encore un peu, de se lancer quelques vannes d'une bagnole à l'autre.

— On vous ramène votre fils, madame Manakenis...

— Mon Dieu, Vito... ! Que lui est-il encore arrivé... ?

— Rien du tout, madame Manakenis...

— Mon Dieu ! Mais c'est toujours à lui qu'il arrive quelque chose... !

— Je sais, madame Manakenis...

— Hé, les gars... ! Portez-moi à l'intérieur... !

— Bonsoir, madame Manakenis.

C'était au tour de Moxo, à présent. Avant de redémarrer, Vito examina l'arcade boursouflée et saignante de celui-ci.

— Tu as tout ce qu'il faut... ?

— Bonsoir, monsieur Manakenis...

— Est-ce que tu veux une serviette ?

— Non, ça ira.

— Tu sais, Stavros fait ce qu'il veut de sa voiture...

— Oui, ne vous inquiétez pas...

— Ce n'est pas demain que je vais lui en racheter une autre. Bonne nuit, mon garçon.

— Bonne nuit, monsieur Manakenis.

A mesure qu'ils s'éloignaient du centre-ville, Vito jetait de plus fréquents coups d'œil dans le rétroviseur et observait Moxo. D'avance, tout le monde en avait mal pour lui.

Plus personne ne parlait quand ils attaquèrent les collines de Pixataguen. Le visage de Moxo s'était fermé et Arlette se mordillait l'ongle du pouce.

Lorsqu'ils pénétrèrent dans les Malayones, Vito coupa la radio — *Born to be wild* prenait soudain des accents dérisoires — et Richard le guida sous les ténèbres de la forêt, suivant un itinéraire plus compliqué qu'un jeu de piste. Maxo habitait à cinq kilomètres de la ville. Mais au fin fond du monde.

Vito coupa le contact en haut du chemin et l'on n'entendit plus que le grésillement des aiguilles de pins sous les roues, le craquement de brindilles, le cliquetis des clés qui dansaient au clair de lune, bringuebalaient contre le tableau de bord en acajou véritable. Ils s'arrêtèrent face à la ferme, à l'orée de la forêt, proposèrent à Moxo une cigarette.

En général, l'affaire durait à peine dix minutes, montre en main, à partir des premiers bruits de casse. Mais on avait l'impression que ça n'en finissait plus. On allumait une cigarette, on l'écrasait, on allait et venait en regardant ailleurs, on essayait de parler d'autre chose, on se raclait la gorge tandis que se succédaient les cris étouffés, les chocs sourds, les coups de ceinture qui pleuvaient et vous arrachaient un sifflement nerveux ou pouvaient vous laisser votre repas sur l'estomac. C'était un sale moment à passer. Surtout lorsque la porte s'ouvrait, fixant votre regard et vous servant les derniers pas maladroits de Moxo sur le seuil avant qu'il ne s'abattît de tout son long. Même Richard, qui était davantage que les autres habitué au spectacle, n'arrivait pas à s'y faire.

Lorsqu'il prenait une dérouillée, Moxo devait coucher dans la remise. Deux ou trois fois, au cours de l'hiver, ils lui avaient tenu compagnie un moment et avaient tâté au vent glacé, à la vermine et au trac de voir surgir l'autre abruti avec son ceinturon à la main. Qui aurait pu les assurer qu'ils ne risquaient pas de s'en prendre à leur tour ? Une brute pareille était capable de les découper en rondelles et de les enterrer dans le fond du jardin. Qui irait les retrouver dans les Malayones ? Au-delà d'une certaine heure, on commençait sérieusement à se demander ce que l'on fabriquait dans les parages. Et ce n'était pas la conversation de Moxo qui leur changeait les idées.

Pour Arlette, la question ne se posait pas. Quand ils convinrent qu'il n'était pas nécessaire d'assister à de telles séances, et encore moins de suivre Moxo dans la remise, elle resta fidèle au poste et continua de jouer l'infirmière, sans leur reprocher quoi que ce soit. Plus elle s'occupait de lui, plus elle était contente. Son dévouement avait quelque chose d'effrayant. Elle était moche, mais lorsqu'elle se penchait sur lui, on ne savait plus très bien ce qu'il en était. Et puis leur relation était bizarre, on aurait dit qu'ils s'étaient connus dans une vie antérieure. On ne les voyait jamais s'embrasser, ni rien. Enfin, personne ne cherchait à comprendre.

Aussitôt que Moxo referma la porte derrière lui, Vito remit le moteur en marche. Il tira un flacon de whisky déjà bien entamé de sous le siège et le planta dans les mains d'Arlette qui venait de sauter de la voiture et baissait les yeux, les mâchoires serrées. Mais elle avait de la famille, quelque part dans cette forêt de cinglés, et connaissait les mœurs des habitants du cru. Elle leur avait expliqué une fois pour toutes qu'on n'y pouvait rien, que l'on n'arrangerait pas les affaires de Moxo en s'en mêlant. Et personne n'avait envie de s'en mêler. Personne ne s'était avisé d'approcher le père de Moxo à moins de cent mètres. Ou de le regarder dans les yeux.

Ils observaient toujours un instant de silence, quand ils la laissaient sur place. Son courage leur en imposait. Moxo aurait-il été le sosie de James Dean, ils ne voyaient aucune fille qui en eût autant qu'Arlette, aucune qui lui arrivât à la cheville. Elle avait également de jolis seins. Un petit quelque chose en plus, et elle aurait décimé la bande. Une belle fille... Prête à se faire arracher un bras pour vous... Ils préféraient ne pas y penser. Arlette avait le cul trop bas, Dieu merci, et d'assez vilaines mains qu'elle enluminait patiemment en se rongeant les ongles.

Ils retournèrent au Bethel pour choisir quelques filles. Au bout du compte, il fallait bien admettre que ce n'était pas d'être courageuses qu'on leur demandait avant tout, pas plus que de démontrer leur force de caractère ou leur capacité à surmonter une épreuve difficile. Pour sa part, Vito hésita un moment entre la fille d'un dentiste — Carol Dorflinger, blonde, un mètre soixante-dix, vraiment pas mal, rompue à tous les styles de soirée, placée en neuvième position dans la liste des Vingt Meilleurs Coups Possibles que Stavros tenait à jour — et Marie-Joe Danzas — essai transformé au printemps, toujours en bons termes mais peut-être un peu trop voyante pour ce soir, un peu trop électrique, d'un certain point de vue.

Il s'installa devant un flipper pour réfléchir au problème. Les exercices de musculation qu'il pratiquait chaque matin depuis un bon mois commençaient à porter leurs fruits. Du coin de l'œil, il pouvait vérifier que les muscles de ses bras se gonflaient bien quand il secouait l'appareil. Il était satisfait de l'attirail qu'il avait commandé par correspondance dans le New Jersey — au moyen d'une carte American Express dont

Mickey avait oublié la provenance et s'émerveillait qu'elle fonctionnât encore —, satisfait de certaines remarques glanées ici et là. Il avait suivi le manuel à la lettre, avait supporté les plaisanteries de Steven et Mickey qui s'empressaient de lui tâter les bras, de solliciter ses abdominaux dès qu'ils rentraient de l'un de leurs voyages, mais le résultat était là.

Vincent Delassane-Vitti habitait sur les hauteurs. Il triait ses invités sur le volet, portait des polos, faisait venir ses amuse-gueule de chez un traiteur et tombait les filles avec une facilité surprenante. Par contre, il était incapable de trouver de quoi rouler un joint. Il piquait des colères au téléphone parce que tous ses tuyaux crevaient un par un et il savait que ce n'était pas bon pour son image. Il savait que dénicher du caviar à trois heures du matin n'épatait plus personne depuis qu'il y avait eu ce machin à Woodstock, que même un type comme lui était à la merci d'un crétin qui ne tenait pas parole ou d'une rupture d'approvisionnement. Et cette situation l'obligeait à une certaine souplesse.

Pour parler franc, Vito le tenait par les couilles. Il ne leur exerçait pas une pression trop rude, mais suffisante. Et si, par ce biais, il n'avait gagné ni l'amitié ni l'estime de Vincent Delassane-Vitti, il avait obtenu ce qu'il désirait, à savoir que les portes de la maison lui étaient ouvertes, le buffet à sa disposition, le côtoiement de certaines filles enfin possible. Aussi bien, si l'on considérait que ces soirées très fermées abritaient des petits groupes rivaux, des petites guerres intestines, des histoires sans fin, des alliances et des trahisons de dernière minute, la présence de Vito, même s'ils débarquaient à cinq ou six, ne constituait pas un facteur de déséquilibre. Ils pouvaient circuler au milieu du salon que Richard avait discrètement arpenté et estimé à deux cents mètres carrés — avec l'ahurissement d'un type qui vient de rencontrer la Sainte Vierge —, traîner autour de la

piscine d'un bleu plus beau que le ciel pu
divaguer en long et en large sur la pelouse, à
arbres du parc, sans déclencher de malaise
provoquer davantage de tension qu'à l'habit
même pas mal de gens pour se féliciter d'une t
des types givrés qui se figuraient frayer avec la pègre, des filles à papa songeant à s'encanailler. Ceux-là, on aurait dit qu'ils n'avaient jamais rien vu, qu'il vous suffisait d'arriver en tee-shirt et mâchonnant un cure-dent pour tomber de la planète Mars.

Enfin, ils étaient un peu plus éveillés dans l'ensemble. Il ne fallait pas les juger sur leurs bonnes manières. Ce n'était pas toujours dans certains bars de la ville ou dans les quartiers pauvres que les plus grosses conneries se commettaient. Ni dans les coins les plus sordides que la plupart des filles y passaient.

— Comment ça, « peut-être »... ?! grinça Vincent en rangeant son portefeuille.

— Ça veut dire que je n'en suis pas sûr...

— Écoute-moi, l'ami... Crois-tu que je puisse me contenter de cette réponse... ?

— Tu as une autre solution ?

Jamais une de leurs transactions n'avait pris un tour agréable. De toute façon, ils ne pouvaient pas se quitter sans échanger quelques paroles déplaisantes, sans se rappeler l'un à l'autre qu'ils ne s'appréciaient pas. En mal d'inspiration, Vito avait toujours la possibilité de rester évasif quant à la date de sa prochaine livraison. Ils avaient toutefois intérêt, réciproquement, à ne pas se sauter à la gorge. Éthel Sarramanga ne traînait pas n'importe où.

Elle apparut à côté de lui, un peu plus tard, tandis qu'il observait deux filles de dernière année au milieu de la piscine, ne pouvant juger s'il s'agissait d'un jeu ou d'un règlement de comptes.

— Tu as pensé à moi... ? fit-elle en tirant une chaise longue contre la sienne.

Par chance, elle n'était pas flanquée de Marion De Vargas, mais avant de s'en réjouir, Vito glissa un coup d'œil derrière lui pour s'en assurer. Puis il sortit un sachet d'herbe de sa poche et le lui tendit entre deux doigts.

— Mon père m'a demandé qui tu étais..., déclara-t-elle sur un ton innocent, tandis que le truc disparaissait dans la doublure de son spencer.

— Ah, ouais... ?

Il savait qu'il lui devait une fière chandelle. Il avait eu de la chance que Victor Sarramanga se soit trouvé là et ait persuadé l'autre de passer l'éponge. Sinon, l'éleveur appelait les flics.

— Il t'a aperçu, hier, à la fin de la corrida, quand tu es venu me parler. Il pense que les fêtes de Pampelune t'intéresseraient...

Un type avait plongé et tentait de s'interposer entre les deux filles, sans grand résultat. Vito se demandait si en éveillant l'intérêt de Victor Sarramagna, on prenait une option pour s'envoyer sa fille. Si c'était le cas, il avait l'impression qu'il pourrait recommencer son exploit. Si quelques gorgées d'alcool lui avaient donné assez de cœur au ventre pour sauter des barbelés et pénétrer dans un champ rempli de taureaux, la perspective de baiser Éthel Sarramanga devrait lui suffire. Il avait gagné ce pari stupide avec Stavros. A force d'en parler, et à mesure que Johnny Walker l'abandonnait, ils avaient fini par lui flanquer la trouille. Il avait décidé d'oublier l'incident, interdisait qu'on l'évoquât en sa présence. Mais il ne menaçait plus d'assommer quiconque, tout à coup. Elle n'avait qu'à le fixer encore une fois de cette manière, et l'on pouvait lui ouvrir la cage aux tigres.

Avait-elle remarqué la musculature de ses bras ? Apparemment, elle n'en avait rien dit à Marion, qui l'aurait répété à Anne Demangeot, qui en aurait informé son frère, lequel s'en serait ouvert à Stavros qui, à son tour, l'aurait averti sur-le-champ. Chaque fois qu'ils passaient un moment ensemble, aussi court et improductif soit-il, une bonne demi-heure s'écoulait avant qu'il ne pût l'écarter de ses pensées. Il prenait donc son temps pour rentrer, conduisait à faible allure, et par la route la plus longue, celle de l'océan. En haut de la falaise, il fit un crochet pour s'engager dans le Couloir, pratiquement désert à cette heure — mais il y en avait toujours qui tardaient à conclure —, et il se rangea à l'écart.

En attendant Mickey, il renversa la nuque contre le moelleux appuie-tête, étendit un bras par-dessus le siège voisin et songea chaudement à Éthel Sarramanga, à l'instant où elle se matérialiserait à ses côtés, toute ramollie par le désir et pressée de se retrouver dans ses bras. Qu'elle n'irait plus qualifier d'allumettes depuis qu'il avait découvert le *Joe Weider System of Bodybuilding* et remédié au problème. Malgré l'obscurité, il pouvait détecter certaine transformation de l'air, une fraîcheur, une légèreté venue du matin. Même si l'affaire n'était pas encore dans la poche, il ne doutait pas une seconde de son succès. Il mesurait le chemin parcouru depuis les jours sombres de l'hiver. A présent naviguait autour de lui matière à patienter. Et pas n'importe qui, mais des Anne Demangeot, des Carol Dorflinger, des Marie-Joe Danzas, de ces filles qui étaient l'objet de sérieuses convoitises et qui lui permettraient — ou lui avaient permis — de guetter son heure dans de bonnes conditions. A l'évocation de quelques images passées et à venir, qu'il agrémentait d'amicaux traitements de son entrejambe — simple gonflage de bite —, un fin sourire se dessina sur ses lèvres. L'espèce de petit jeu qu'elle entretenait avec lui l'amusait encore suffisamment, il supportait le chaud et le froid sachant comment les choses finiraient. Il pouvait bien tenir jusqu'à l'automne.

— Nom d'un chien ! Content de te voir... ! siffla Mickey en surgissant de nulle part, la mine aux aguets et un sac de voyage serré contre la poitrine.

Il regarda droit devant lui une seconde puis se tourna vers Vito :

— Dis donc, tu attends quoi pour démarrer... ?

Il voulait qu'on l'amène en ville. Vito ne lui demanda pas comment il avait bien pu se débrouiller pour le joindre chez Vincent, ni quelles étaient les raisons de sa virée nocturne car Mickey n'aimait pas les questions et avait le don pour transformer la lumière en ténèbres inintelligibles.

— Tu m'attends ! déclara-t-il en s'engouffrant dans la porte d'un immeuble sans prendre la peine d'allumer le hall, ni même d'écouter les protestations de Vito.

Mais il réapparut dans la minute qui suivait, évitant le halo d'un lampadaire.

— Bon, ça va... Tu ne m'attends plus !

A Sausalito, Mickey arrivait souvent par l'échelle de secours, à des heures impossibles. Rien n'était jamais simple, avec lui. Il était difficile de savoir s'il souffrait de paranoïa aiguë ou s'il y avait une bande ou tous les flics du comté à ses trousses. Lorsqu'on l'envoyait chercher du vin, il restait un bon moment derrière le rideau, à inspecter la rue, même en plein jour. Jim et Steven levaient les yeux au ciel ou soupiraient dans son dos, mais vers la fin, au cours du mois qui précéda leur départ de Californie, ils se postaient tous les trois à la fenêtre et n'utilisaient plus guère la porte pour entrer ou sortir. Mickey n'avait pas changé et ne changerait sans doute jamais. Quoi qu'il en soit, on ne savait plus si le trouble émanait de lui ou si réellement le monde devenait de plus en plus dangereux.

Il était deux heures du matin quand Vito rétrograda en première et attaqua le chemin en pente raide qui conduisait chez lui et plongeait sous deux rangs de pommiers avant de rejaillir sur la cour que Giovanna, Edoardo et Richard avaient dépierrée puis égalisée, il y avait presque un an de cela. La nuit était bien avancée, mais il trouva tout de même son père au salon, assis devant la table basse et en train d'examiner ses mains d'un air vague.

Jim entrecroisa ses doigts pui fit craquer ses jointures. Il dévisagea son fils un instant, puis déclara qu'il n'arrivait pas à dormir.

Giovanna rentra le lendemain, en fin d'après-midi. Elle était fatiguée mais, au terme de deux jours d'analyses et une nuit passée à l'hôpital, elle retrouva tout de même le sourire en découvrant l'accueil qu'ils lui avaient réservé. Et elle remarqua, en portant son verre à ses lèvres, qu'ils avaient effectué un ménage de tous les diables, nettoyé les carreaux et battu les coussins. Un peu plus tard, elle disparut un moment avec Strondberg dans la salle de bains et en revint avec les yeux rouges. On demanda à Vito de retourner en ville pour acheter d'autres bouteilles de champagne, ainsi que du nougat chinois puisque Giovanna venait d'en parler.

Parfois, sans prévenir, et après l'avoir observé une seconde, elle se jetait sur lui et le serrait dans ses bras. C'était à la fois gênant, risible, agréable, surtout qu'il était maintenant beaucoup plus grand qu'elle et pouvait facilement la soulever du sol. Quelques jours plus tard, elle en profita pour lui souffler à l'oreille que ce n'était rien, que les résultats n'étaient pas trop mauvais. Comme elle était pendue à son cou, il tenta d'imaginer ces mystérieux ganglions qu'elle couvait au creux de ses aisselles. Étaient-ils visibles ? Était-ce comme une balle de ping-pong ou comme une grappe de raisin ? Son père les avait touchés. Comment pouvait-on faire une chose pareille ?

Jim faillit remettre un voyage dans le Sud, qu'il avait pourtant soigneusement préparé avec les deux autres. Mais pour une fois, Giovanna le poussa à partir. Elle lui recommanda de faire attention à lui et de ne pas s'inquiéter pour elle.

Strondberg s'installa à la maison pour une semaine. Officiellement pour l'aider dans ses tâches ménagères, bien que la réduction des effectifs endiguât le désordre et qu'au bout du compte, il n'eût rien décelé d'alarmant concernant la santé de sa mère qui était toujours levée avant lui et avait préparé le petit déjeuner avant qu'il ne descende. Il en conclut que les deux femmes avaient saisi l'occasion pour s'organiser un séjour entre copines. Aussi bien la teneur des conversations qu'il surprenait en passant son nez à une porte, ou si elles trafiquaient dans le jardin, ou si elles prenaient une tisane sur la véranda au moment où il allait sortir, n'avait pas de quoi le tracasser. Il ne les entendait jamais parler d'horreurs, de quoi que ce soit ayant trait à une maladie ou à un simple rhume.

Le dimanche suivant le départ de son père, il prit place avec Paul Sainte-Marie dans les arènes, cinq ou six rangs derrière Éthel et Marion qui les avaient ignorés au bar du Grand Hôtel, fussent-ils nonchalamment juchés sur l'un de ces tabourets où Hemingway lui-même avait posé son cul et mêlés aux aficionados bon teint prenant le frais avant que la messe ne commence.

Vito en avait conçu un agacement légitime. Il se sentait nerveux, d'autant que Paul continuait de jouer l'imbécile et que trois touristes anglais s'agitaient dans son champ de vision, l'empêchant de fixer les yeux sur la nuque des siamoises. Il se rabattit sur Paul, par-dessus ses lunettes de soleil, tenta encore une fois de le ramener à la raison, d'une voix presque sifflante :

— Mais tu l'as regardée, au moins... ? Est-ce que tu l'as bien regardée, non mais franchement... ?

— Écoute, c'est pas la question...

— Qu'est-ce qu'il y a ? Tu te crois trop bien pour elle... ?!

— Bon Dieu, mais je n'y peux rien ! Je vais pas te le répéter cent fois...

De part et d'autre de ses jambes, Vito referma ses mains sur le banc de béton où ils étaient assis, se pencha en avant afin de bien raidir ses bras et ses épaules et d'ainsi mieux supporter l'abominable poids de connerie que trimbalait son ami Paul. Un type intelligent, au demeurant, moins dérangé que Stavros, moins vicieux que Richard et cent fois plus ouvert que Moxo, mais têtu comme une mule, surtout peu soucieux de se rendre à l'évidence.

— Très bien... Mais laisse-moi te dire une chose :... tu vas t'en mordre doublement les doigts, je te le garantis. Résultat des courses, tu te feras ni l'une ni l'autre. C'est ce que tu veux ? Eh bien, tu vas l'avoir... Continue de nous emmerder avec cette histoire ! Hein... ?! Qu'est-ce que ça peut foutre que tu la suives depuis la maternelle... Est-ce qu'elle t'a jamais adressé la parole ?

— Est-ce que j'ai dit...

— Bien sûr que non, tu n'as rien dit ! Écoute, on ne peut pas avoir la prétention d'intéresser toutes les filles, reconnais-le... Alors tu vas t'entêter encore pendant dix ans, dans l'espoir de croiser son regard ? Mais il te manque une case ou quoi, ma parole... ?!

— Tu m'amuses... Je vais pas me forcer à...

— Non mais attends, comment ça « te forcer »... ? Je suis en train de te parler de qui, d'après toi... ?

— J'ai pas dit qu'elle me plaisait pas.

— Tu me crois ? Je serais incapable de dire laquelle est la mieux... ! Ce que je veux que tu comprennes, à la fin, c'est qu'elles sont toujours collées ensemble et que ça nous mènera à rien de tirer du même côté, tu me suis... ? Je m'occupe de l'une et tu t'occupes de l'autre. Essaye de réaliser que je te sers Marion De Vargas sur un plateau d'argent. Réfléchis un peu à ça. Regarde-la. Quand elle verra qu'Éthel sort avec moi, je t'aurai mâché la moitié du travail. Tu me remercieras.

— Ah, j'en sais rien...

— Tu me remercieras ! En attendant, je ne peux pas l'avoir sans arrêt sur le dos, j'ai besoin de toi... Tu me remercieras, on en reparlera, tu verras...

Lorsque le premier taureau entra dans l'arène, l'un des *peones* le fit charger en droite ligne en laissant flotter sa cape sur la barrière. Vito imagina que c'était la tête de Paul qui venait de se fracasser contre les planches. Après un traitement de la sorte, peut-être celui-ci verrait-il enfin où était son intérêt, peut-être cesserait-il de se bercer d'illusions et œuvrerait-il à leurs succès communs, sans plus faire chier avec ses vues nébuleuses sur Éthel Sarramanga.

Les gens sifflaient, les insultes pleuvaient en trois ou quatre langues différentes. Quelques coussins virevoltaient dans les airs, une espadrille frappa ce maudit *peón* en plein visage tandis que l'animal se relevait et secouait la tête pour se débarrasser de sa corne droite qui ne pendait plus qu'à un fil et pointait bizarrement vers le sol, comme dans un numéro de clown.

Voyant que les protestations ne prenaient pas une ampleur trop inquiétante, la présidence considéra qu'il n'y avait pas lieu d'interrompre la course. C'était un après-midi orageux, à la moiteur pénible, à la mauvaise humeur évidente. Le taureau perdait l'équilibre, chargeait de travers. Parfois, un souffle de vent brûlant soulevait la cape et un murmure traversait la foule. Le premier taureau fut achevé à grands coups de *puntilla* désordonnés, d'une maladresse délirante. Pour les autres, on employa le *verdugo* à cinq ou six reprises pour chaque animal, après de superbes entrées en arc de cercle, le bras plié, les jambes flageolantes. Même les valets de piste étaient ridicules, même les fouets claquaient comme des pétards de cirque, même la couleur du sang.

Il y avait ainsi des corridas qu'aucune étincelle ne visitait, où tout commençait mal et où rien ne s'arrangeait, comme si l'on se repassait une malédiction, un relais hérissé d'épines empoisonnées ou comme si le premier buvait, le deuxième rotait, le troisième tombait dans les pommes. Il n'était jamais agréable d'assister à une simple boucherie. Vito ne jouissait pas d'une grande expérience en la matière, mais il en était à sa deuxième saison et tout au cours de l'année, Ed Carrington lui avait expliqué les corridas en long et en large, l'avait embarqué à des réunions taurines où il ne saisissait pratiquement rien si ce n'était que les grands moments étaient rares et les autres le pain quotidien. Au moins savait-il reconnaître une bouffonnerie quand il en voyait une.

Il y avait eu ces trois Anglais, par-dessus le marché. En plus de l'indifférence exaspérante des deux filles, des tergiversations de Paul, en plus d'être mal assis, de la chaleur, en plus du temps perdu et du gâchis dont on allait bientôt effacer les traces. Et ces trois Anglais continuaient d'emprunter le mauvais chemin. Une grande partie du malaise venait de ce qu'ils parlaient haut et que leurs astuces n'étaient pas du chinois pour des élèves qui répétaient *Le roi Lear* en V.O. depuis des mois, arrivaient de Californie ou passaient leurs week-ends à Londres. A trois occasions, Éthel et Marion s'étaient tournées vers eux, agacées, et n'avaient récolté que quelques vannes supplémentaires. Vito ramenait d'Amérique le point de vue le plus largement répandu concernant les Anglais, petits suceurs de bite et connards prétentieux devant l'Éternel.

Vito leur dut de rencontrer Victor Sarramanga pour la deuxième fois.

Un bref échange de mots — mais qui, de Vito ou des Anglais, avait commencé demeura un mystère — tourna bien vite à l'aigre, fila dans le rouge à la vitesse d'une étoile filante. Certains gestes significatifs furent employés de part et d'autre. Enflammé par un regard en coin qu'Éthel se décidait à lui accorder, l'un de ces messages voilés qu'il s'autorisait à traduire en tendres aveux ou il n'y comprenait plus rien, Vito se sentit des ailes. Il s'envola d'un bond, bras écartés, plongea sur les suceurs de bite en grognant, tout content de ce qui lui arrivait.

Tant de mauvaise humeur accumulée lui fournit l'énergie nécessaire. La présence d'Éthel fit le reste. Une brèche s'ouvrit dans les trois premiers rangs. Il s'en fallut d'un cheveu qu'un couple d'innocents stationné sur leur trajectoire, attendant que la sortie se fluidifie, ne se trouvât entraîné dans leur chute — d'instinct, l'homme se servit de la femme comme d'un bouclier et ils leur passèrent au-dessus de la tête.

S'il avait réfléchi une seconde, Vito aurait pu prévoir qu'ils allaient basculer par-dessus bord. Il craignait parfois de donner à Éthel un peu trop de gages de l'intérêt qu'il lui portait. D'ordinaire, il jouait plutôt serré, prenait grand soin de ne pas s'avancer à découvert. Il ne nourrissait aucun doute quant à l'épanouissement de leur relation future. La seule question qu'il se posait était de savoir si Éthel en avait pris conscience, si cette révélation, cette implacable évidence, l'avait touchée. Et tant qu'il n'en aurait pas la certitude, il lui faudrait continuer de se méfier, de lui tenir la dragée haute. Qui savait quelle attitude elle pourrait adopter, par simple esprit de contradiction ? De quelle invention elle pourrait s'aveugler pour l'envoyer promener, histoire de garder la forme ?

Il ne pouvait pas se permettre de recommencer une telle démonstration tous les jours. Mais ce qui était fait était fait. La configuration des lieux voulut que l'on sombrât dans un spectaculaire qu'il n'avait ni prévu ni souhaité. Ainsi ils atterrirent avec fracas sur le petit toit qui abritait les journalistes, s'attirant quelques « olé » qui pouvaient enfin sortir des bouches avec une satisfaction non dissimulée. Puis, à la grande joie de tous, ils poursuivirent leur dégringolade et s'aplatirent dans le *callejón*, sur un sol de terre battue, si battue qu'on aurait dit du ciment.

On les sépara aussitôt, ce dont Vito se félicita sur-le-champ car il se sentait un peu sonné et réalisait, à la vue des trois Anglais gesticulants, qu'il avait eu les yeux plus gros que le ventre. Mais qu'est-ce que des Anglais fichaient à une corrida ?! Comme ils éructaient dans leur langue maternelle, on les vira sans ménagement, leur conseilla de retourner voir chez eux si la Guiness faisait toujours de la mousse. Vito en profita pour s'adosser un instant à la barrière, les mains sur les hanches, le buste penché en avant, afin de reprendre son souffle. Il avait cru que sa poitrine éclatait quand les trois autres lui étaient tombés dessus, le choc lui avait coupé la respiration et il peinait encore à déglutir.

Il ne retrouva même pas sa voix pour dire « Bonjour, monsieur », lorsqu'il releva la tête et avisa Victor Sarramanga planté devant lui, l'observant avec amusement, occupé à s'éventer d'un distrait va-et-vient de son chapeau blanc. C'était un type dont la stature en imposait, aux traits doux, mais au regard insoutenable. Une nouvelle fois, il dévisageait Vito avec un drôle de sourire, son regard bleu clair fouillant déjà votre âme et vous pesant sur les jambes. Victor Sarramanga l'avait considéré avec la même expression avant d'arranger le coup, il y avait presque un mois de cela, par quelques mots glissés à l'oreille du *ganadero* qui semblait plus sensible à la tranquillité de ses taureaux qu'aux ardeurs de la jeunesse.

A part lui, Vito pesta contre la malchance qui le présentait aux yeux de cet homme sous un triste éclairage. Il songeait à l'instant où elle lancerait : « Père, je te présente Vito Jaragoyhen... ! » d'une voix chantante et à la seconde où l'autre s'étranglerait.

Victor Sarramanga interrogea le ciel en silence, puis reporta son attention sur Vito en reprenant son air satisfait :

« Eh bien, mon garçon... mais c'est encore toi... Il semble que tu aies de l'énergie à revendre, n'est-ce pas... C'est bien... C'est très bien... Enfin, tu as vu ça... ? Il arrive que ni les taureaux ni les hommes ne soient à la hauteur... J'espère que nous aurons plus de chance demain, avec Paco Camino... pas très combatif, naturellement, mais d'un style très pur... Je te conseille sa *chicuelina,* et pour ses mises à mort... je ne vois que Manolete ou Rafael Ortega... vraiment, je ne vois personne d'autre... »

Personne n'avait pu se défiler pour *Le roi Lear*. Là-dessus, Strondberg s'était montrée inflexible et très vigilante. Des circulaires avaient été envoyées aux familles, des notes d'information dans lesquelles on insistait sur l'importance du projet, eu égard à la réputation de l'école, et par conséquent sur l'INDISPENSABLE assiduité de chaque élève que seul un avis du médecin pourrait exempter. Vincent Delassane-Vitti lui-même n'y avait pas coupé. Il semblait que son père lui ait touché deux mots sur la question.

On travailla tard, ce soir-là. En plus des habituelles répétitions que Strondberg dirigeait, de la fabrication des décors qu'Ed Carrington supervisait, il y avait une énième séance d'essayage. Il était presque onze heures du soir et Giovanna, à genoux depuis le début de la soirée, continuait de placer ses épingles.

De temps en temps, on sortait prendre l'air. On apercevait le rougeoiement de l'incendie à l'horizon, bien au-delà des Malayones. On entendait le vrombissement de ces avions qui plongeaient sur l'océan et paraît-il engouffraient cinq mille litres d'eau en une poignée de secondes. Même en cherchant bien, on ne sentait aucune odeur particulière mais la touffeur du soir paraissait un peu plus éprouvante que d'habitude et c'était l'occasion de se verser des bouteilles de flotte sur la nuque en balayant la nuit d'un œil farouche et en se foutant d'avoir trempé son tee-shirt.

Vito avait encore une goutte qui lui pendait au nez lorsque Éthel le rejoignit dans l'ombre du jardin où Ed servait du café et des boissons fraîches. Il se tenait un peu à l'écart pour savourer l'amertume d'une soirée fichue. Le brasier serait maîtrisé au matin. Aucune fête n'était prévue. Ils en avaient encore pour un bon moment. Tout le monde en avait marre. Et plus tard, dans cette saloperie de minibus, il aurait son chemin de croix, elles allaient lui rebattre les oreilles avec leur maudite pièce. Et la plaisanterie continuerait à la maison. Il lui faudrait finir avec un oreiller sur la tête.

Il se tenait assis sur une margelle enclosant un massif de plantes semi-tropicales aux senteurs étranges — proches de l'orange corrompue. Il avait planté un talon contre ses fesses afin de mettre en valeur sa bottine andalouse et les muscles de son bras serré autour de sa jambe. Son autre jambe partait sur le côté, tendue, à environ deux heures trente. Son autre bras lui servait d'appui ou venait s'accrocher au premier quand il décidait de poser son menton sur son genou et de perdre son regard dans les lueurs de l'incendie, l'air vaguement soucieux.

Pour tout spectacle, il n'eut plus bientôt que le cinquième

bouton du cardigan léger qu'Éthel Sarramanga approchait sous son nez, au point que sa vision se brouilla.

— Qu'est-ce que tu fais... ? murmura-t-elle.

— Rien de spécial..., lui souffla-t-il sur le ventre.

Un geyser de feu tiède venait de se placer entre ses jambes, son visage effleurait une source d'or liquide, mais il gardait son calme.

— A quoi penses-tu... ?

— A rien.

Il avait shampouiné ses cheveux le matin même. Ils étaient encore mouillés mais glissèrent avec souplesse entre les doigts de la fille. Dans ces conditions, il s'autorisa un pas en avant, mais presque imperceptible — *Wise men say Only fools rush in* —, en plaquant davantage sa figure contre elle, cherchant à s'enfoncer au-delà de son eau de toilette.

— Est-ce que ça va... ? poursuivit-elle.

Elle se pencha pour lui poser un baiser au coin des lèvres. Il n'en fit pas tout un plat.

— Bon Dieu ! On n'en voit pas la fin..., soupira-t-il.

— Oui, c'est la même histoire chaque année...

Elle recommença. Mais ce n'était pas ainsi qu'elle allait s'user la bouche.

— Il faudra qu'un jour je me décide à m'occuper de toi..., conclut-elle. Qu'en penses-tu... ?

— Rien. Il faudra que j'y réfléchisse...

Il la regarda s'éloigner. Il était d'une grande patience avec elle. Il attrapa l'un de ces fruits étranges, mous et odorants, de la taille d'une petite prune, qui pendaient à ses côtés. Il le lança de toutes ses forces dans sa direction.

Ed Carrington releva lentement la tête et jura qu'il trouverait le coupable.

Sur le chemin du retour, Giovanna était si fatiguée qu'elle brancha la radio pendant qu'il conduisait. Il changea de station parce qu'on y parlait encore de la Pietà qu'un type avait démolie une quinzaine de jours plus tôt, les uns pleurant sur le nez de la Vierge Marie, les autres sur son bras ou sur la perte de son œil droit dont le tendre éclat qu'elle offrait à son Fils depuis près de cinq cents années était perdu à tout jamais. Strondberg protesta une seconde puis se débarrassa de son chignon, soupira en libérant sa chevelure.

Comme les deux femmes ne semblaient pas décidées à s'installer aux fourneaux, ni même à passer à table, il atterrit dans le salon avec un paquet de chips, dérouté par cette journée mortelle et le manque d'idée qu'il avait pour la porter en bière — elles avaient déjà refusé de jouer aux cartes et le regardaient en bâillant.

Giovanna s'excusa de leur fausser compagnie si rapidement, mais elle ne tenait plus debout. Tandis qu'elle occupait la salle de bains, Strondberg disparut derrière un paravent et refit surface avec un bandeau dans les cheveux et un peignoir en tissu éponge dont elle avait rabattu l'échancrure autour de ses épaules. Elle prit place en face de lui, devant une étonnante variété d'onguents et de crèmes qu'elle venait de disposer sur la table basse, puis se lança dans l'un de ces quasi-monologues qu'elle affectionnait. Est-ce que Vito savait qu'une reproduction de cette Pietà avait trôné durant des années sur la caisse, lorsqu'elle travaillait à City Lights ?

« ... Oh, ce Jack... ! Et quel bel homme c'était, tu peux me croire... ! » Elle s'interrompit une seconde pour, à son tour, embrasser Giovanna qui montait se coucher en répétant qu'elle n'en pouvait plus. Il termina ses chips, se leva, revint avec un paquet neuf. « ... alors je suis allée prévenir Lawrence, je l'ai averti que M. Ginsberg s'était enfermé dans les toilettes... » Tout en mastiquant, il secouait la tête et l'observait. Strondberg ne prêtait pas beaucoup d'attention à lui, pas plus qu'il ne l'écoutait vraiment. C'était la diversité des produits qu'elle employait qui l'étonnait. Il découvrait qu'elle utilisait une crème différente pour son nez, pour son visage et son cou, pour le contour de ses yeux. « ... bien entendu, Jack déraillait un peu vers la fin, mais quelle leçon il leur avait donnée... ! » Puis elle s'essuya et se massa longuement le visage, sans cesser de parler de ces gens qui avaient tourné et retourné la Pietà dans leurs mains, à l'époque où elle s'occupait de City Lights.

« ... mais je ne serais pas descendue au sous-sol avec William Burroughs, ça je te le garantis... ! » Elle s'enduisit ensuite la figure d'une matière verdâtre, ayant au préalable étalé sur sa peau une sorte d'huile au parfum puissant.

De fil en aiguille, elle en vint à ses bras, qu'elle caressa longuement. Choisit un autre pot pour ses mains. Vito réalisa tout à coup qu'elle attendrait son départ pour s'occuper du reste. « ... et ce n'était pas la nuit qui tombait, mais une bande de jeunes poètes qui se pressaient contre la vitrine... »

Un instant plus tard, il se bouclait dans sa chambre. Il écarta le tapis du pied et se laissa glisser sur le sol, examina le plancher à quatre pattes, en s'habituant à la pénombre. Il avait reproché à Giovanna de lui avoir posé du parquet de seconde catégorie, il revoyait la scène tandis qu'il l'effleurait du bout des doigts.

Il en découvrit trois. Il devait agir vite car Strondberg n'allait pas tourner en rond pendant des heures. Par malchance, celui qui offrait la meilleure prise avait sécrété une coulée de résine qui rendait toute extraction impossible, du moins dans la minute qui suivait. Les deux autres jouaient un peu sur place, mais il pouvait à peine les saisir entre ses ongles. Il abîma la lame de son couteau, tordit une lime à ongles, songea à un tire-bouchon, sans résultat. Le temps filait à une vitesse écœurante, emperlait son front. Quand soudain, une terrible frayeur le paralysa sur place.

A tout hasard, il venait d'appuyer sur l'un d'eux et celui-ci s'était enfoncé d'un centimètre ! Il ne tenait plus qu'à un souffle, un petit anneau de lumière jaillissait tout autour. Le lit de Strondberg se trouvait juste au-dessous. Elle pouvait très bien s'y tenir, à présent. Peut-être même avait-elle la bouche ouverte. Il finit par admettre que les risques étaient trop grands. Que toute cette histoire pouvait dégénérer. Il se passa une main sur le visage. Puis il introduisit lentement son majeur dans l'orifice.

Strondberg avait une toison d'enfer, large et châtain clair. On devinait une partie de sa fente. A genoux, le front collé au plancher, Vito débouclait sa ceinture. Il n'arrivait pas trop tard. Elle était en train de se nourrir les seins d'une substance qui tardait à pénétrer. Il avait conscience de la chance qu'il avait, de l'extraordinaire qualité du spectacle, de son ampleur, de sa rareté. Ce n'était pas comme de simplement surprendre une fille sous la douche ou de coller un œil à la serrure des chiottes. C'était comme de descendre un long fleuve, blotti au fond d'une barque, le regard fixé sur la pleine lune.

Elle était allongée sur le drap, les yeux clos. Les pans de son peignoir avaient glissé sur les côtés, bien qu'elle n'eût pas dénoué le gros spaghetti mou qui flottait à sa taille. Vito frémissait à la vue des tétines pointées dans sa direction, tels de gros yeux exorbités, étranglés, muets de surprise et rougis de honte. Il tira sur l'élastique de son slip, puis se cracha doucement dans la main.

La seule chose qu'il pouvait reprocher était qu'elle n'écartait pas assez les jambes. Un besoin de perfection le harcelait, tout à coup. Cette soirée avait été si pénible. D'ordinaire, il se serait sans doute contenté de ça, bien content de lâcher ses magazines. Mais cette fois, il se mit à implorer Strondberg en silence. Se balança le cul à l'air, les mâchoires serrées, priant avec une telle ferveur qu'il cherchait à enfoncer le plancher avec son crâne.

Elle l'entendit. Elle ouvrit un instant les yeux, tourna la tête de côté pour choisir un dernier flacon parmi la forêt rangée sur la table de nuit. Celui-là était pour ses jambes. Elle s'en répandit deux tendres giclées sur les cuisses, revissa le bouchon, replaça le poison au milieu des autres.

Elle battit un peu des cils, puis ferma les yeux de nouveau. Dès qu'elle commença à se triturer les jambes, il se lâcha la bite, par prudence. Subjugué, hypnotisé par les soins qu'elle administrait à ses cuisses, il reniait les propos qu'il avait tenus à son sujet, la trouvait éblouissante. Il fixait si intensément la scène qu'il en réduisait la distance qui les séparait. Et il se reprit en main, luisant comme un écorché vif.

A l'étage du dessous, Strondberg se finissait en beauté. Très vite, il dut se mordre les lèvres pour continuer à suivre les opérations sans qu'une espèce de pauvre gémissement le trahisse.

C'était un spectacle presque douloureux. Quand Strondberg plongeait ses mains entre ses cuisses, très bas, dans la pliure du genou, il avait l'impression qu'on le frappait, que tandis qu'elle affermissait sa prise, une flèche le transperçait et le tétanisait. Puis elle tirait sur ses bras, les épaules serrées. Elle tirait et tirait et ses mains remontaient centimètre par centimètre, traçant des sillons sur sa peau, échauffant les tissus, les lissant du plat de la paume. A mi-course, la trajectoire de ses mains s'écartait de l'intérieur et s'inclinait vers l'aine avant de s'enrouler sur la hanche.

Lors du premier passage, quand ses pouces bifurquèrent de part et d'autre de sa toison et qu'il aurait dit qu'elle cherchait à se déchirer l'entrejambe ou à se manger une culotte invisible, il eut un sursaut de ravissement. La fente de Strondberg venait d'éclater sous ses yeux, de lui lancer un reflet humide et saumoné, de sortir ses entrailles. Sur le coup, il songea sérieusement à une hallucination, d'autant que Strondberg avait relâché la pression, refoulant ainsi le diable dans sa boîte. C'était à peine s'il distinguait une vague dépression au milieu des poils. Il observa donc le second tour avec une attention soutenue.

Si Strondberg avait réservé ce traitement à ses joues, sa bouche se serait ouverte. A ses tempes, ses paupières se seraient fendues comme un Chinois et ses yeux auraient sailli de leurs orbites. Chaque fois que ses mains réapparaissaient d'entre ses cuisses et rampaient lourdement vers ses hanches — ses doigts agissaient comme de lubriques petits freins —, la moule de Strondberg s'enflait une seconde puis crevait subitement, s'ourlait et s'étalait comme un plat de spaghettis en sauce.

Il y pensait encore de bon matin et tardait à se lever en considérant ses haltères d'un œil trouble. Lorsqu'il descendit, Strondberg avait déjà filé. Il tourna un peu en rond dans la maison silencieuse, puis remonta voir ce que sa mère fabriquait.

Il eut du mal à la persuader qu'elle pouvait rester au lit, qu'il se sentait capable de préparer du café et qu'il n'allait pas en mourir d'avoir loupé un cours. Il lui demanda si elle voulait quelque chose, s'assit un instant près d'elle et la rassura en secouant le réveil, prétendit qu'il s'était arrêté.

Dehors, il considéra le ciel bleu. Le vrombissement des canadairs, qui avait secoué le toit de la maison pendant qu'il se branlait au-dessus de la ventouse de Miss Cosmétiques, avait cédé la place au léger friselis du suroît dans les pommiers, au souffle lointain de l'océan. Il n'éprouvait que de la colère pour les ennuis de Giovanna. Pas vraiment d'inquiétude. Et cette mauvaise appropriation de ses sentiments concernant la santé de Giovanna ne faisait qu'augmenter sa mauvaise humeur. Il pensa à son père qui était absent depuis bientôt une semaine et s'était fendu de deux ou trois coups de fil énigmatiques, complètement cons.

Ses histoires étaient toujours un peu foireuses. Quelque chose clochait toujours à la dernière minute, et s'il s'en tirait pour finir, en compagnie des deux autres, c'était qu'il y avait un bon Dieu pour les surfers et des sentiers compliqués à travers la montagne.

Il emprunta la moto de Jim, malgré et en raison de l'interdiction absolue. En espérant que l'estomac de son père allait se tordre un peu, là où il se trouvait, ou qu'une grimace allait lui tomber dessus sans prévenir. Il avait la nette impression que Jim s'était éclipsé au mauvais moment. Il se le répétait pour s'en persuader. En fait, il avait si rarement l'occasion d'en avoir après son père qu'il n'en laissait échapper aucune, fût-il ou non convaincu de la justesse de son ressentiment. C'était une manière comme une autre de vérifier que les fins fonds de l'univers étaient habités.

Plus tard, dans le bureau de Strondberg, et tandis qu'elle lui rédigeait un billet d'entrée, il redescendit sur terre en observant ses lèvres, se demandant si elle suçait bien. Comme son cours de biologie était trop entamé, elle l'envoya prêter main-forte à Ed Carrington qui semblait avoir un problème avec le stockage des décors.

C'était un vendredi, le jour de la semaine où Ed se rasait le crâne de si près qu'aucune autre surface ne brillait davantage, que le moindre filet de lumière était pour lui. Vito le repéra donc instantanément dans la pénombre du hangar, les poings sur les hanches, le regard tourné vers le plafond.

— Il y a peut-être moyen de les suspendre..., déclara-t-il.

— Je vois rien, répondit Vito.

— Si c'était une paire de fesses, tu les verrais...

L'instant d'après, Ed confirmait la présence de crochets fixés à la toiture. Mais il ne criait pas victoire. Il se tenait tout là-haut, à califourchon sur une poutrelle métallique transversale qu'il avait pu saisir in extremis en projetant ses bras en l'air. Vito avait refusé d'y aller. A présent, Ed avait ravalé ses sarcasmes. Les dernières barres soutenaient de vieux outriggers qu'on avait mis au rancart au-dessus des autres, relégués au cinquième échelon, après les avirons déglingués, les gilets racornis, les bâches de réserve. Du mur, Ed avait descellé l'une de ces barres sous son poids et tandis qu'il se rattrapait à cinq ou six mètres du sol de béton brut, les vieilles carcasses dévalaient et se fracassaient pour de bon.

— Bon, tout va bien..., grinça Ed. Maintenant, file me chercher du secours...

— Quel genre ?

— Ne fais pas le malin. Prends la fourgonnette.

Il y avait des pompiers à dix minutes de là, juste à la sortie de la ville, tournés vers la forêt. Vito conduisit de manière décontractée à travers le faubourg, s'autorisa une petite déviation sans conséquence en empruntant une bretelle qui s'élevait au milieu des toits et d'où l'on pouvait jeter un œil sur une cour où était garée une grosse décapotable au bleu lessivé qu'une bande de demeurés rafistolait du matin au soir. C'était un spectacle dont on ne parvenait pas à se lasser, donné par le cousin de Moxo et ses amis les plus intimes, qu'on découvrait en ralentissant un peu et avec suffisamment de hauteur pour que l'air n'en soit pas vicié. Il n'y avait guère d'autres sujets d'intérêt dans le coin, rien qui pût transformer en promenade la traversée de ce quartier envahi par le sable, rongé par les embruns, aligné comme une empreinte de moule à gaufre. Et il n'avait même pas une poignée de cacahuètes à leur lancer.

Le hasard voulut qu'ayant à peine détourné les yeux du cousin, ce fut le père de Moxo qu'il avisa, courbé sur son vélo et zigzaguant au milieu du carrefour désert. Vito roulait avec si peu de conviction qu'il n'eut qu'à effleurer la pédale du frein pour s'immobiliser. A demi penché au carreau, il suivit la course de l'autre avec amusement et curiosité —

quoiqu'il ne fît aucun doute que le bonhomme allait se casser la gueule. On ne savait pas s'il était soûl ou s'il s'endormait sur son engin mais sa roue avant était folle. Puis, exécutant un quasi surplace, il repartit presque en sens inverse au milieu du croisement qu'aplombait un soleil généreux. Et il chuta. Mais au lieu de verser gentiment sur le côté comme la plupart des ivrognes qu'on retrouvait endormis dans un fossé ensablé, le père de Francis Motxoteguy culbuta par-dessus le guidon qui venait de se bloquer à angle droit et plongea la tête la première.

Après une bonne minute, il ne bougeait toujours pas, hormis un talon qui raclait le sol. Plus d'une fois, lui et les autres avaient souhaité de le voir crever. Les nuits qu'ils avaient passées avec Moxo dans la remise n'étaient pas si lointaines. La trouille que ce type-là leur inspirait ne s'était pas envolée. Les sombres raclées qu'il administrait à son fils, les menaces qu'il proférait du milieu de la cour, vers la futaie où ils étaient tapis, leur avaient donné le goût du meurtre. Vito pianotait sur le volant, examinait l'une après l'autre les avenues désertes, lançait des coups d'œil dans le rétroviseur.

Le père de Moxo ne gagnait pas à être vu de près et en pleine lumière. Il avait un visage brutal, aux traits grossiers, à la lueur sourde, et que gâtait encore une grimace épouvantable. Vito avait l'habitude des attaques : son grand-père en avait eu cinq, dont trois pratiquement sous ses yeux et une alors qu'ils étaient seuls tous les deux, qu'ils étaient allés pique-niquer sur la côte près de Pacific Grove, à l'époque où le torchon brûlait entre Jim et Giovanna et où ce n'était pas très amusant pour un enfant de son âge.

Il finit par retirer ses mains de ses poches et traîna le type vers le trottoir. Il retourna chercher le vélo en réfléchissant. Il n'y avait toujours personne à l'horizon.

Tandis qu'il le fouillait, le père Motxoteguy trouvait le moyen de dépasser sa douleur pour lui décocher un regard mauvais. Vito ne lui accorda pas une seule parole. Il mit la main sur de la trinitrine, lui donna les comprimés, puis rangea le vélo dans la camionnette.

Après quoi, il dut se le coltiner sur une vingtaine de mètres, c'est-à-dire le soulever, le serrer contre lui, se badigeonner de son odeur de ranci, de tabac froid, d'espèces végétales, c'est-à-dire pratiquement porter cet enfant de salaud jusque sur le siège du passager. Et il ne roulait pas depuis une minute que l'autre commençait à grogner :

— Où on va... ?

— Je vous emmène à l'hôpital.

Vito lui glissa un coup d'œil. L'autre n'avait rien répondu, mais l'intérieur de la voiture s'était soudain empli, comme aurait dit Giovanna, de mauvaises vibrations. Bien entendu, il n'était plus en mesure d'effrayer qui que ce soit, dans l'état où il se trouvait. Le vent avait tourné. Ils débouchèrent sur une avenue qui longeait l'océan et conduisait vers le centre. Vito se décida à lui demander ce qui n'allait pas.

— Je veux rentrer chez moi..., grinça Motxoteguy.

— Écoutez, ils vont pas vous manger...

— Je veux pas y aller.

A mesure que l'on voyait des gens sur les trottoirs, Vito prenait vaguement conscience que la forêt s'éloignait. Il avait même l'impression que Motxoteguy se ratatinait sur son siège, que son souffle se précipitait. Alors qu'ils étaient arrêtés à un feu rouge, il ne se comprenait plus lui-même et l'on klaxonna derrière lui.

Ils atteignirent les Malayones sans avoir échangé un mot. Puis il quitta la route, s'engagea dans le labyrinthe et s'en sortit très bien tout seul, malgré certains doutes qui l'avaient envahi à une ou deux reprises, à la croisée de chemins identiques, dans les bruns et les verts. Une fois de plus, il dut empoigner son passager, le soulever, se coller à lui et le conduire jusqu'à son lit. Eu égard à leurs relations antérieures, mieux valait penser à autre chose. C'est ainsi qu'en arrangeant un oreiller, il se revit à la pointe du Great Tidepool, criant à son grand-père de se dépêcher car il venait d'apercevoir des otaries et des lions de mer, il en bondissait sur place et lui criait : « Viens voir ça ! Y'en a des centaines de milliers... !! »

Le père Motxoteguy ne jugea pas utile de le remercier. Il devait y avoir certains mots qui se coinçaient dans sa gorge, d'autres qu'il n'avait jamais soupçonnés. Avant de partir, Vito lui proposa de prévenir un médecin, dès qu'il serait en ville. Mais l'autre secoua la tête et continua de le regarder fixement. En regagnant la voiture, Vito finit par se pencher au-dessus du vide et il aperçut son grand-père à mi-chemin de l'escalade, un bras tendu et la bouche grande ouverte.

Il repassa par chez lui pour se changer. Elle fit comme si elle n'avait rien entendu et s'obstina à leur préparer un vrai petit déjeuner, avec des œufs et du jus d'orange. Il n'y avait plus d'ombre dans la cour, il devait être aux environs de midi, mais le parfum du café commença pourtant à se répandre dans la maison et ramena la journée en arrière. Aussi bien, elle ne s'inquiéta pas de savoir ce qu'il fabriquait à la maison, et elle en pantoufles, à une heure pareille.

Que l'on fût en juin 72 ne l'intéressait pas non plus. Elle préférait oublier ses soucis présents, bavarder de choses agréables, faire comme si elle n'avait jamais éprouvé la moindre fatigue, comme si rien n'était encore arrivé. Elle tournait autour de sa chaise, caressait le dossier tout en parlant, mais refusait de s'y asseoir. Elle souriait, dès qu'elle avait terminé une phrase. Lui parlait d'une robe à fleurs qu'elle avait portée l'été dernier. Relevait promptement une mèche qui lui tombait sur les yeux. Éteignait une cigarette dont elle avait à peine avalé deux bouffées. Évitait le soleil qui entrait par la fenêtre.

Il se comporta du mieux qu'il put, avec elle, mais ne se sentit pas tout à fait à la hauteur. Il avala distraitement tout ce qu'elle avait disposé devant lui, ingurgita un litre de café et de jus d'orange pasteurisé, prit des airs détendus, puis réussit à filer avant que la maison ne s'écroule sur son crâne. Il commençait à ne plus considérer la vie comme une lente ascension mais comme un parcours brisé. D'ailleurs, ce n'était pas dans les jambes que ça se passait, mais dans la nuque, à force de relever puis de baisser la tête. Il sortit de chez lui en fermant les yeux, en se tordant le cou dans tous les sens.

— Tu sais quoi... ? Ed te cherche partout ! le prévint Stavros avec un large sourire.

Il réussit à l'éviter jusqu'à la fin des cours. Il attendit même que les couloirs se vident pour se diriger vers son vestiaire. Puis tout à coup, son tee-shirt jaillit de son pantalon et lui remonta derrière les oreilles comme s'il avait rencontré un hameçon.

— T'as osé me faire un truc pareil... ? demanda Ed.

Vito en avait les bras qui s'étaient soulevés et les emmanchures lui cisaillaient les aisselles. Il tenta de jeter un coup d'œil par-dessus son épaule.

— Écoute, laisse-moi t'expliquer...

— Ferme-la, espèce de petit con... !

— Ed, ma mère est mourante...

Il s'écoula deux ou trois secondes avant qu'il ne sentît la pression se relâcher.

— Mais qu'est-ce que...

— J'en sais rien. Je suis pas médecin.

— Mais hier encore...

— Qu'est-ce que tu veux que je te dise ?!

Il renfila son tee-shirt dans sa ceinture cependant que Ed examinait longuement la pointe de ses souliers. Il l'avait assommé sur place. En général, les gens qui connaissaient

Giovanna l'aimaient bien. Et depuis qu'elle avait passé ces tests à l'hôpital, ceux qui étaient au courant ne rigolaient pas avec cette histoire. Malgré la rumeur officielle, qui voulait qu'il n'y eût rien de grave.

A partir de cet instant, la journée vira franchement à l'aigre. Il ne savait pas ce qui lui avait pris de raconter que sa mère était mourante, mais il garda ces mots en travers de la gorge.

Elle et Strondberg passèrent leur temps à lui demander pourquoi il n'avait pas faim ou si quelque chose l'avait contrarié. Regarder Giovanna dans les yeux lui rappelait un film avec Judas, ou bien alors il craignait de lui porter la poisse.

Lorsque les autres vinrent le chercher, il s'écœura un peu plus car il voulait se racheter en restant auprès d'elle, puis il finit par mollir et putassa jusqu'au moment où elle le poussa elle-même à sortir, emportant ainsi ses dernières et puantes résolutions. Le temps que durèrent ses tergiversations, il put remarquer que Richard la trouvait toujours à son goût. Et cette fois, il voulut y voir un signe rassurant. Il se sentait entraîné vers le fond, s'enfonçait avec une facilité désarmante dans une substance gélatineuse.

Anne Demangeot se donnait du mal pour que ses soirées sortent de l'ordinaire. Ce soir-là, elle distribuait à l'entrée de petites ampoules que l'on se cassait sous le nez et des gens restaient pliés en deux et riaient très fort. Mais ce n'était pas précisément ce dont Vito avait besoin. « Peut-être un peu plus tard... », promit-il en la serrant dans l'encoignure, lui promenant une main sur les fesses, même si le cœur n'y était pas.

Éthel ne dansait jamais avec lui. Mais quand elle dansait avec un autre, elle regardait Vito fixement. Elle ne le rejoignit qu'un peu plus tard, abandonnant un Marc

Higuera au bord de l'éjaculation sur la dernière mesure de *Me and Bobby McGee.*

— Je crois que la police devient nerveuse..., lui dit-elle.

— Oui... Il y a eu quelques descentes...

En fait, ils se moquaient bien tous les deux que la police devienne nerveuse ou non. C'était un bruit qui avait couru à la fin de l'hiver et l'on feignait de trembler un peu, d'avoir frôlé des emmerdements et l'on parlait à mots couverts au téléphone, l'on se retournait mine de rien en marchant dans la rue. La mode allait sans doute encore durer tout l'été, puis s'essouffler en automne. Compte tenu de sa position de pourvoyeur, Vito était auréolé d'une image agréablement sulfureuse dont il savait tirer parti. Une fille comme Anne Demangeot, enfant unique d'un sénateur connu pour ses croisades anti-drogue, n'avait pas juste succombé à la taille de ses bras, à son humour, à la grande variété de tee-shirts qu'il arborait au fil des jours, à ses bottines andalouses, à la douceur du vent marin, au cuir de la voiture de Stavros. Non, si elle lui avait scalpé le mohican, si s'épongeant le visage elle lui avait décoché un regard brûlant, c'était pour célébrer son côté sombre — ou supposé tel —, pour enjamber la barrière, pour tâter de l'autre bord, pour s'écarter du droit chemin. Vito profitait de l'air du temps.

Arguant donc du fait que la police était sur les dents et pouvait débouler d'une seconde à l'autre, ils s'accordèrent un instant d'abandon. Elle se servait ainsi, quelquefois, de la cuisse de Vito pour appui-tête. Soit qu'un joint l'eût dégommée, soit qu'elle se sentît d'une humeur particulière. Vito savait qu'un jour, tout commencerait ainsi. Qu'il n'aurait qu'à se pencher lentement sur elle et que les bras d'Éthel se refermeraient sur lui. Pour l'heure, il pouvait s'amuser avec une mèche de ses cheveux tandis qu'elle fredonnait un air du Velvet Underground, mais il ne devait pas s'y tromper. Ne pas confondre une petite lueur avec Le

Grand Jour. Il savait qu'une erreur d'appréciation lui coûterait cher. Qu'elle aiguisait encore ses dernières forces avant de lâcher prise comme un fruit mûr.

« Alors, comment ça va, les amoureux... ? » leur bava Richard à l'oreille, s'accoudant au canapé avec une cuisse de poulet à la main. Vito eut un sourire douloureux. Quant à Éthel, qui avait déjà bondi sur ses jambes, elle se pencha vers son oreiller préféré et lui déclara qu'elle le laissait en compagnie de ses amis. « Mais qu'est-ce qu'elle a encore... ? Qu'est-ce que je lui ai fait... ?? » se rembrunit Richard avec plus ou moins de sincérité dans la voix.

Vito ne répondit rien, prit un air désœuvré, comme s'il se moquait de tout ça. Son faible pour Éthel Sarramanga était le défaut de sa cuirasse et s'il avait renoncé à s'en cacher, il s'en voilait du mieux qu'il pouvait, ramenait toujours l'affaire au ras de la ceinture. Reprenant une mine réjouie, Richard occupa la place vacante et tiédie, balayant d'un coup la fragile empreinte du parfum qu'Éthel portait ce soir-là, un nouveau truc semblait-il, qui panaché à son odeur corporelle faisait très mal.

— Je te le répète..., reprit Richard. T'es pas au bout de tes peines...

— Je suis pas encore en manque. Je vais pas passer mon temps à la baratiner.

Il ne pouvait pas se permettre de rater son coup avec elle. Il y avait encore du chemin avant le happy end. D'apercevoir la lueur au bout du tunnel ne lui garantissait pas un parcours sans encombre. Pas un type ne pouvait se vanter d'avoir eu le dernier mot avec elle, pas un seul ne la ramenait, même ceux qui l'avaient eue pour de bon avaient fini dans la poussière. Pendant que Richard continuait de la débiner, il l'observait du coin de l'œil, assise sur un haut tabouret contre lequel Marc Higuera s'astiquait la queue, au bord du désespoir. A propos d'elle, Giovanna disait que son aura, quoique lumineuse, présentait certaine opacité au niveau du cou, bien connue chez les insatisfaits chroniques. Des gens à prendre avec des pincettes.

De temps en temps, selon la lumière, selon l'angle sous lequel il l'examinait, ou selon que son humeur était, comme à cette minute, maussade et poreuse, il en avait le souffle coupé. Sa beauté n'était peut-être pas aussi limpide que celle de Marion De Vargas. Anne Demangeot était plus appétissante. Marie-Joe Danzas avait posé pour une marque de sous-vêtements, et même à poil pour une espèce de David Hamilton. Mais aucune n'exerçait un tel ascendant sur lui. Éthel le subjuguait littéralement, le pénétrait par surprise, surgissait de couloirs secrets, de portes dérobées, et le réduisait à sa merci sans qu'il ait pu résister. Richard avait le même problème avec les cuisses de poulet. Il venait de se rasseoir près de Vito avec un pilon neuf à la main, qu'il considérait tendrement.

— J'ai l'impression qu'elle va s'envoyer Higuera sous ton nez, tu crois pas... ?

— Elle ferait mieux de se dépêcher. Je commence à m'endormir.

La tête sur le billot, il n'aurait jamais avoué ses sentiments. Elle aurait pu lui enfoncer une main dans la poitrine et lui arracher le cœur, qu'il aurait esquissé un sourire. Les types sans fierté ne faisaient pas long feu. Se mordre le poing en songeant à une fille était le meilleur moyen de se ridiculiser. Il avait une réputation à soutenir. On n'attendait pas de Vito Jaragoyhen qu'il se traîne sur les genoux ou qu'il aille graver des cœurs sur les troncs d'arbres. Quant aux autres c'était leur souhait le plus cher. Vincent Delassane-Vitti l'avait gentiment prévenu qu'il se casserait les dents sur Éthel, qu'il ne fallait tout de même pas rêver. Il semblait donc inutile, dans ce genre de situation, de distinguer ses amis de ses ennemis. Il s'agissait plutôt de faire doublement gaffe.

Juste avant qu'elle ne tendît ses lèvres à Marc Higuera, il réussit à se servir un grand verre de scotch, un pur malt, douze ans d'âge.

— Ouais... ben me dis pas qu'elle se fout pas de ta gueule..., avança Richard.

— Écoute, tu comprends rien ou tu le fais exprès... ?

Richard avait parfois une vision assez juste des choses, mais il vous la confiait quand on ne lui demandait rien.

— Je ne sais pas... Crois-tu qu'elle agisse ainsi dans le seul but de m'être désagréable... ?

Vito ne savait pas depuis combien de temps Victor Sarramanga était dans son dos. Il regretta aussitôt de n'avoir pas suivi les autres dans le jardin. Il se redressa, jugea qu'il pouvait s'économiser un air interdit, mais ne répondit rien.

— Nous avons perdu sa mère lorsqu'elle avait six ans..., continua Victor Sarramanga. Mais je suis persuadé que cela n'explique pas tout... Et ce garçon, là... comment s'appelle-t-il déjà...

— Marc Higuera.

— Oui, bien sûr... je connais bien son père... Il n'a pas dit grand-chose, à table... Est-il toujours aussi effacé ? Cela dit, je ne lui reproche rien personnellement... Le pauvre n'y est pour rien, soyons juste...

Plus tard, et tout au long de la corrida, Victor Sarramanga continua de lui tenir la jambe. Ce fut à la fois agréable et désagréable. Agréable, parce que Victor Sarramanga lui communiqua sa passion, lui expliqua certaines choses qu'il n'avait jamais comprises jusque-là, l'enthousiasma pour la beauté d'une simple naturelle, s'accrocha à son bras pendant un court instant de *temple*, lui montra comment juger un taureau au premier coup d'œil et la franchise d'un matador, ce qu'il était prêt à donner et ce qu'il comptait recevoir. Désagréable, parce que l'attention que lui portait Victor Sarramanga avait un reflet étrange, qu'il y avait derrière ses mots un espace inexprimé, une signification qui lui échappait. Plus obscure que le simple message l'avertissant de ne pas toucher sa fille et que tous les pères du monde psalmodiaient avec l'écume aux lèvres.

Il y avait une flamme gourmande dans son regard lorsque Vito se tournait vers lui, excité par quelque passe dont il mesurait à présent la valeur. Victor Sarramanga le félicitait, trouvait qu'il comprenait vite et semblait enchanté de ses dispositions. Il lui confia même que les amis d'Éthel n'entendaient rien à la corrida, que ceux qui croyaient y connaître quelque chose n'avaient pas son intuition, cette appréhension immédiate et viscérale qui différencie les vrais aficionados du commun des mortels. A mesure que le soleil déclinait, Vito sentait sa modestie en prendre un sacré coup. S'il repérait bien la corne contraire et les *querencias* les plus évidentes, beaucoup de points restaient encore dans l'ombre. Mais les propos de l'autre l'incitaient à plus d'assurance, à écouter son instinct. « Tu n'apprendras plus rien dans les livres..., lui soufflait-il. Tout ce que tu veux savoir est en toi... » Vito pensait que Victor Sarramanga était à moitié cinglé mais qu'il avait su déceler en lui certaines aptitudes, certaine richesse qu'on ne pouvait plus ignorer. Au sortir de la corrida, il marcha un moment aux côtés de ce drôle de type, laissant derrière eux la petite bande qu'Éthel avait invitée pour sa fête — une cérémonie obligée et très sage, que son père présidait en smoking au beau milieu de la journée. « Qu'ont-ils compris à tout ça... ? déclarait-il à Vito, en désignant la troupe sur leurs talons. De quoi peut-on parler avec ces garçons... ? »

Jim rentra le dimanche suivant, des heures après que la nuit fut tombée, si bien qu'il réveilla tout le monde en enfonçant la porte que Strondberg avait fermée à clé. Ils en discutèrent un moment afin de décider lesquel des deux était un imbécile : celui qui se bouclait à double tour ou celui qui débarquait en pleine nuit sans prévenir.

Ils étaient crasseux, barbus et hirsutes. Mickey et Steven rangèrent les planches derrière le canapé et s'y écroulèrent en gémissant pendant que Jim examinait les dégâts qu'il avait causés à sa porte. Puis il demanda à Vito si tout s'était bien passé. Et il leva les yeux et fixa Giovanna qui descendait l'escalier.

— On a passé trois jours et trois nuits en pleine forêt, dans la montagne..., dit-il.

— Jamais autant chié de ma vie..., soupira Steven.

— Je me demande comment on les a semés... Si on les a semés..., grinça Mickey en plissant des yeux.

Strondberg décréta qu'ils étaient fous et s'informa de leur appétit en se penchant sur le frigo. Steven poussa Mickey du coude car elle ne portait pas de culotte sous sa chemise de nuit et la lumière de l'appareil filtrait entre ses jambes. Vito leur sourit. Comparé au spectacle qu'elle lui avait encore offert quelques heures plus tôt, celui-ci valait une poignée de sucres d'orge et poissait beaucoup moins. Ils n'en revenaient pas d'être assis là, devant les miches de Strondberg, après ce qui leur était arrivé. Jim avait pris Giovanna sur ses genoux, avait posé sa tête contre son épaule.

Pendant que le repas se préparait, Mickey s'en alla inspecter les alentours de la maison et revint rassuré. Il tira tout de même les rideaux lorsque Steven entreprit de démonter les planches qu'ils avaient habilement trafiquées, puis garnies et transportées à dos d'homme pour retraverser la frontière. Jim raconta comment ils avaient sauté du train et couru à travers champs avec les planches sur la tête.

Steven décrivit leur éprouvante ascension tandis que les chiens hurlaient dans la vallée et leurs pénibles marches dans les torrents. Mickey fit frémir Strondberg en la regardant au fond des yeux, la bouche pleine de nuit et de vent, de pièges, de cavalcades, du bruit de bottes des sections spéciales lancées à leurs trousses.

Ils disposèrent douze kilos d'herbe sur la table. Six paquets de deux chacun, bizarrement emmaillotés dans des bourses de tissu à rayures vertes et bleues qui embaumèrent aussitôt la pièce.

Sur le coup, Strondberg le prit assez mal. Mickey lui tourna autour avec un verre de vin.

— Bon Dieu…, fit-il. On vous les a pas mangés, vos sacs. On les a simplement frottés à la naphtaline… A cause des chiens, vous comprenez… ?

Mais elle refusait le verre, protestait que les fournitures de l'école ne lui appartenaient pas, ce qui ne l'empêchait pas d'en être responsable.

— Écoutez, ne vous inquiétez pas… On va vous les nettoyer, on va vous les rendre… Vous faites pas de mauvais sang, on a soigneusement replié les shorts et les maillots, et on a sorti que les grandes tailles… Voyons, Martha, nous avions besoin de ces sacs, il nous fallait des trucs solides, nous avons été pris par le temps, regardez-moi… Martha, regardez-moi… Ne soyez pas fâchée… Je les nettoierai et les repasserai moi-même, je vous donne ma parole…

Mickey avait un certain succès auprès des femmes. Enfin, lorsqu'il prenait la peine de s'en occuper, lorsqu'il ne voyait pas en elles des espions, des mouchards, des flics déguisés. Pour la circonstance, la quasi et trouble nudité de Strondberg, qu'un sombre triangle révélait par-devant, ne lui avait manifestement pas échappé. Et si l'on prenait en compte l'état d'énervement dans lequel il se trouvait à la suite de leurs aventures, le pardon qu'il tentait de lui arracher, l'heure indéfinissable et les douze kilos d'herbe qui trônaient sur la table et sur lesquels il jetait des coups d'œil attendris, on pouvait s'attendre à une manœuvre décisive de sa part. Vito connaissait un ou deux bars à Sausalito où les filles, en parlant de Mickey, l'appelaient « La Foudre ».

Bien qu'émoustillé lui-même, Steven comprit très vite que l'affaire lui passait sous le nez et il ne tarda pas à monter se coucher. Jim accompagna Giovanna à l'étage puis redescendit cependant que Mickey ajustait un châle sur les épaules d'une Strondberg hypnotisée, l'entraînant à la découverte des alentours immédiats histoire de s'assurer que tout était calme et qu'un gentil rayon de lune poudrait le paysage.

Vito aida son père à transporter les sacs dans la remise. Ils les logèrent dans une cache aménagée sous le plancher, que Steven avait tapissé d'une toile cirée à fleurs, puis flanqué de petites grilles d'aération qu'il n'avait pas dénichées sans mal, à l'autre bout de la ville.

Ensuite, Jim débita les planches à la tronçonneuse, puis ils firent disparaître ce hachis de preuves dans des poubelles qu'ils chargèrent au fond du minibus. Mais Jim était K.O. Il n'avait plus le courage de filer jusqu'à la décharge, décida qu'il s'en occuperait demain, à la première heure, et il poussa enfin un long soupir.

— C'était comment, depuis mon départ... ? fit-il en levant le nez en l'air — alors qu'ils s'asseyaient cinq minutes sur les marches de la véranda, plutôt que de rester debout et parce qu'ils ne savaient quoi faire ni l'un ni l'autre.

— Il y a eu de beaux rouleaux, les premiers jours... Maintenant, c'est de la soupe.

— Tu sais, j'ai l'impression que mon dernier tube remonte à des mois... Enfin, c'est comme ça, je ne vais pas m'arracher les cheveux...

La nuit était claire, silencieuse, attentive. Ils entendirent le bref éclat de rire de Strondberg de l'autre côté des murs.

Vito imagina que des murailles invisibles sortaient de terre et s'élevaient progressivement autour d'eux. Il lui venait souvent de ces images bizarres lorsqu'il se trouvait seul avec son père et qu'ils ne disaient rien. Ce qui pouvait durer un long moment, n'avait aucune raison particulière.

Pour finir, Jim s'appuya le menton dans une main.

— Elle n'est pas très en forme, n'est-ce pas... ?

— Je ne sais pas. Je crois pas...

Ils s'offrirent une pause. Jim lui jeta un coup d'œil puis retourna dans le vague. Ses joues étaient hérissées de poils peu commodes, dissuasifs, mais il secouait la tête avec douceur et avait de longs cils de femme.

— Je lui donne du souci... Je lui donne trop de soucis en ce moment... Mais je ne suis pas assez malin pour m'en sortir d'une autre manière... Et je ne peux pas rester assis toute la journée à côté d'elle, je n'y arriverais pas, j'aimerais pouvoir le faire...

— Peut-être que ça lui plairait pas.

— Tu as raison. Peut-être que ça lui plairait pas.

Il tendit le cou, comme s'il avait aperçu quelque chose.

— Est-ce qu'elle t'a dit qu'elle doit rentrer à l'hôpital ?

— Non, je savais pas.

Il ramena ses genoux contre sa poitrine et se caressa les tibias.

— Je réfléchissais à une chose pendant que nous cavalions dans la montagne... Et nous en avons vraiment bavé, fais-moi confiance... Mais je crois qu'elle a raison lorsqu'elle dit que nous, les hommes, nous avons le beau rôle. Et je ne pense pas ça parce qu'elle est malade.

Ce genre de propos, Vito les sentait filer au-dessus de sa tête, à une hauteur où l'air se raréfie. Il en avait entendu d'autres. Il semblait qu'autour de la quarantaine, les réponses commençaient à pleuvoir. C'était peut-être un moment difficile à passer, un cap balayé par des questions idiotes qui vous torturaient malicieusement l'esprit.

— Oui, nous avons le beau rôle..., reprit Jim. Le problème est qu'on ne peut rien y faire.

Jim et Giovanna mirent la journée à préparer la petite valise qu'elle allait emporter avec elle. Ils l'avaient ouverte de bon matin, à l'heure où il partait à l'école, et ils étaient encore penchés dessus à son retour, avec des mines d'enterrement. Ils avaient téléphoné pour remettre son arrivée au lendemain.

Sans qu'il pût s'en empêcher, sa première réaction fut d'en vouloir à sa mère de se trouver encore là. Pour une fois, il n'avait pas traîné. Et il était rentré à pied, Stavros lui avait proposé de monter mais il avait voulu rester seul, revenir chez lui autrement qu'en décapotable. D'en bas du chemin jusqu'au seuil de la maison, il avait compté trois cent quatre-vingt-dix-sept pas et il s'était dit que tout aurait changé, que peut-être il ne reconnaîtrait rien du tout.

Elle le serra une nouvelle fois dans ses bras, mais plus rien ne pressait. Elle répétait les mêmes phrases, reprenait les mêmes gestes. « Écoute-moi bien, parce que ton père... », déclarait-elle en riant. Et elle recommença ses explications concernant le fonctionnement de la machine à laver, mais il n'y avait plus la même émotion, la même hésitation dans sa voix. Et il l'écouta sans broncher tandis qu'elle lui rappelait comment trier le linge, la quantité de produit à utiliser et le programme à basse température. A présent, cela n'avait plus rien de dramatique.

Jim et lui respirèrent un peu sur le chemin de la décharge. Jim lui demanda s'il s'était servi de sa moto pendant son absence. Vito répondit par l'affirmative, sans la moindre arrière-pensée. Jim, quant à lui, se contenta de hocher la tête. Le soir ne se couchait pas, le ciel s'attardait dans les rouges, les montagnes reculaient au loin et Jim avait enclenché une cassette qui ne donnait aucun son mais ils ne réagissaient pas.

Après réflexion, Vito déclara qu'il serait plus prudent de brûler les restes des planches. Jim tira un peu d'essence du réservoir, bien qu'il ne fût guère convaincu d'une telle nécessité, et les arrosa en prenant son temps, avec le plus grand soin. Puis, d'un regard, ils tombèrent d'accord pour surveiller le feu qu'un coup de vent pouvait propager alentour. Lorsqu'ils furent rassurés, ils finirent d'éteindre les dernières braises.

Stavros téléphona pour savoir ce qu'il fabriquait. Vito hésita une seconde car l'autre lui agitait sous le nez une soirée à tout casser. Dès que la nuit s'installait, Stavros ne tenait plus en place. Quand il parlait d'une soirée à tout casser, il fallait traduire. Mais quoi qu'il pût proposer, ne serait-ce qu'une simple balade en voiture, Vito faillit s'en emparer. Néanmoins, il jura que ce n'était pas possible, que sa mère était toujours là.

— Elle y va plus ? s'étonna Stavros.

— Si, elle y va. Demain matin.

— Ah merde... Enfin bon, alors j'insiste pas. Hé, prends un crayon, je vais te donner l'adresse...

— Stavros, j'en ai pas besoin...

— Ben quoi... ? Elle est pas morte... ?!

Plus tard, étendu sur son lit, il aurait aimé pouvoir réfléchir à la situation, prendre son temps pour penser à sa mère, mais il n'y parvenait pas car elle était tout près, juste derrière la cloison, et son esprit refusait de se mettre en marche. C'était sans doute pour des raisons similaires qu'on ne s'était pas mis à table, à force de tourner en rond, de ne pas savoir, de changer de mine pour un oui ou pour un non. Strondberg était arrivée avec de bonnes nouvelles. Il n'était plus question de l'hôpital mais de la clinique du Dr Santemilla où elle lui avait enfin, de justesse et grâce à quelques relations décisives, obtenu un lit dans une chambre personnelle, plus claire et plus charmante qu'on pouvait l'imaginer. Tout le monde avait trouvé ça génial. Durant un moment, on n'avait plus parlé que du charme de l'établissement, de sa situation exceptionnelle, au point que l'on y aurait presque pris des vacances.

Personne ne savait combien de temps elle allait y rester. Jim disait quinze jours, Strondberg trois semaines au maximum, ce qui laissait encore un peu de marge pour la représentation du *Roi Lear,* mais au fond personne n'en savait rien. Mickey répétait qu'il ne fallait pas raconter de conneries, que son père avait passé un an à l'hôpital. Ils épluchaient des oignons avec Jim, sur la véranda, et ils pleuraient tous les trois. Jim finit par lui faire remarquer que Vito était là :

— Tu n'es pas obligé de noircir les choses...

— Je noircis rien du tout. J'ai pas besoin de lui expliquer la vie.

— N'empêche que c'est tout à fait le genre de choses qu'on a envie d'entendre... Tu devrais reparler de ça et n'oublier aucun détail quand nous serons tous à table...

Le repas avait été terrible. On avait circulé avec les assiettes à la main, mangé à moitié dehors, à moitié dedans, incapables de trouver une place, semblait-il, un endroit définitif, et veillé à entretenir une conversation légère dont la rupture aurait été fatale. Mickey et Steven avaient discuté à l'écart pour décider si l'on devait rouler des joints. Quoi qu'il en soit, ils préparaient tout de même une petite provision pour Giovanna et Strondberg en avait profité pour les mettre en garde à nouveau. Elle avait enfoui ses mains dans la tignasse de Mickey, lui avait rappelé que les flics rôdaient autour de l'école. « Ils m'ont demandé d'ouvrir l'œil... », avait-elle plaisanté en considérant Mickey d'un œil lubrique.

Le lendemain, en fin d'après-midi, Vito finit par trouver son père sur la plage. Il était assis face à l'océan, devant d'assez jolies vagues. Sa planche était plantée dans le sable, à côté de lui.

— Ils lui ont donné une belle chambre... Je crois qu'elle n'a besoin de rien. Les gens sont très gentils.

— Qu'est-ce qu'on va faire... ?

— Comment ça, qu'est-ce qu'on va faire... ??

Vito n'insista pas. Lorsqu'il reprit pied en haut de la falaise, il lança quelques pierres par-dessus bord, aussi loin qu'il pouvait et jusqu'à ce qu'il sentît le sang lui cogner au bout des doigts. En marchant, il arracha quelques herbes, fouetta les feuilles des arbres avec un scion d'olivier qu'il avait brisé d'un coup sec, puis termina sa course dans le jardin que Giovanna avait laissé entre leurs mains avec une grimace compréhensible.

Il s'accorda un moment pour réfléchir à une solution d'arrosage ingénieuse, à un plan d'irrigation qui permettrait d'échapper à la corvée quotidienne, de perdre son temps avec le tuyau à la main. Il considéra le problème jusqu'à la nuit tombée. Et il n'en vint pas à bout en une seule séance. Mais il découvrit que la compagnie de l'eau lui faisait du bien, que ces questions d'épandage lui reposaient l'esprit, lui permettaient de penser aux gens qui l'entouraient avec plus de simplicité, plus de clarté qu'à l'habitude. Et c'était toujours ça de pris.

Contre l'avis de Mickey et sous les yeux à demi fermés de Jim, Steven s'en allait vendre des petites quantités d'herbe dans les bars de la ville. Mickey était prêt à se nourrir des fruits de leurs cueillettes — au cours d'une balade, il avait repéré des pommes dans un verger — plutôt que prendre ce genre de risques. Jim pensait qu'étant donné les circons tances, Steven n'était pas raisonnable, car la sagesse commandait de se faire oublier, d'attendre une conjoncture plus propice. Mais il avait des responsabilités de père et de mari et les quelques billets que Steven rapportait lui maintenaient la tête hors de l'eau. Le forfait journalier, en chambre individuelle, et dans un établissement du standing de la clinique Santemilla, lui donnait des sueurs froides. Il en avait perdu le sourire, même lorsqu'il sautait sur sa planche et que de longues et miraculeuses séries le soulevaient dans les airs. Ses plus beaux « aerial », « bottom turn », « cut back » ou « reentry » de toute la saison gardaient un goût amer. Et le soir, lorsqu'il travaillait à la façon de sa nouvelle planche, lorsqu'il y collait son nez, son œil, ou lorsqu'il caressait le prototype de sa main, il se mordillait les lèvres ou se redressait avec un regard vague. Avant de se coucher, il n'allait plus voir dehors, ni ne se mettait à sa fenêtre pour interroger le ciel. Il montait dans sa chambre le front plissé, les lèvres marmonnantes, pleines de prières et de chiffres. Il empochait l'argent que lui glissait Steven sans rien dire.

Mickey baisait Strondberg. Ayant décidé de réduire ses activités commerciales et n'ayant aucun autre projet en vue, il était l'homme de la situation. Comme il disait, les femmes passaient après les choses sérieuses. Mais lorsqu'il n'avait plus de soucis en tête, « La Foudre » se réveillait et certaines de ses victimes avouaient qu'elles en frémissaient encore, que leurs poils en étaient tout électrisés.

Steven se sentait rejeté. Il ne voulait même plus coller son œil au parquet, s'extasier en compagnie de Vito devant les capacités de Mickey promenant Strondberg à travers la pièce, les cuisses de celle-ci autour de son cou. Il s'ennuyait, il ne connaissait personne en ville. Si bien qu'un soir, Vito l'emmena avec lui.

Stavros aimait bien, avant qu'une fête ne commence,

piquer une pointe sur la route qui longeait la côte et lancer sa décapotable à la poursuite d'une autre, histoire de s'échauffer un peu. Comme il avait cette fois un invité à bord, et qui plus est un type d'une trentaine d'années avec un air farouche et les bras tatoués d'inscriptions telles que *Blows your mind* ou *Allonge-toi par terre, je crois que je t'aime*, il arriva un peu vite dans le dernier virage et mordit sur les bas-côtés, puis s'enlisa dans le sable. Insensible aux ricanements de Richard, ainsi qu'aux aboiements de Paul, il guettait les réactions de Steven dans le rétroviseur, mais l'autre ne sourcillait pas.

Steven était quelqu'un de très gentil, malgré son air sombre. S'il ne le montrait guère, c'était par peur qu'on n'abusât de ce qu'il tenait pour une faiblesse de sa part, ou parce que autour de lui, les gens l'emmerdaient. Tous ceux qui le connaissaient avaient un jour apprécié son bon cœur, la douceur de ses manières, la délicatesse dont il pouvait faire preuve à l'égard de ses intimes. A Sausalito, il était toujours aux premiers rangs des marches pour la paix et les flics cherchaient toujours à l'assommer plutôt que d'avoir à le maîtriser car aucun d'eux ne soupçonnait la vraie nature de Steven, ils ne voyaient en lui qu'une tête brûlée, qu'un individu dangereux et mauvais comme une teigne alors qu'un poème de Whitman lui mettait les larmes aux yeux.

Devant le perron de Vincent Delassane-Vitti, il marqua un temps d'arrêt et inspecta la façade en silence avant de se décider à entrer. Ce soir-là, quand d'autres portaient des polos et des pantalons à plis, il arborait un short et le plus grand cadeau que Jim lui eût fait : un maillot frappé du sigle du fameux club hawaïen, HUI NALU et que le « Duke » lui-même avait porté, ce « Duke » qui avait chevauché les « oiseaux bleus » dont tout surfer digne de ce nom avait un jour rêvé.

— Vraiment... ? fit Vincent Delassane-Vitti, une moue condescendante aux lèvres.

— Oui..., soupira Vito. Des vagues de dix mètres de haut, à la suite d'un tremblement de terre au Japon...

Il ne voulait pas d'histoires. Il voulait que Vincent cesse d'examiner Steven avec cet air méprisant avant que l'autre ne s'en aperçoive. Il avait envie de s'amuser pour oublier la triste ambiance qui régnait chez lui depuis le départ de Giovanna. Est-ce que c'était trop demander ?

— Mais, mon petit vieux, nous sommes tous là pour nous amuser..., ricana Vincent. A propos, as-tu pensé à moi... ?

— Justement, vois ça avec lui...

— Ah, eh bien, désolé, ça non, certainement pas... !

— Ne t'inquiète pas. Il est au courant.

— Je me moque qu'il soit au courant. Je ne veux rien avoir à faire avec ce type-là. Ça, pas question... !

D'ordinaire, Vito n'aurait pas cédé. Et Vincent aurait sans doute envoyé un ou deux gars pour régler ses courses. Mais auparavant, il y aurait eu l'une de ces discussions à n'en plus finir, l'un de ces bras de fer auxquels ils se pliaient l'un et l'autre par une espèce d'habitude, et en prenant garde de ne pas aller trop loin par souci pour les affaires qui les liaient.

— Très bien..., acquiesça Vito. Je suis pas d'humeur, ce soir...

Il rejoignit Steven et l'entraîna à l'écart pour lui expliquer que leur hôte était un peu comme Mickey, d'une méfiance ridicule, et ne désirait pas procéder à la transaction avec un inconnu, l'eût-il trouvé fort sympathique.

— Ben, c'est pas réciproque...

— Oui, je sais... Moi non plus je peux pas l'encadrer.

— Alors qu'est-ce que tu fabriques chez un type qui te plaît pas... ?

— Bonne question, je vais y réfléchir...

Steven se tourna contre le mur et fourragea son short comme s'il allait commettre quelque mauvaise action.

— Ce n'est pas aussi simple que ça, reprit Vito légèrement contrarié. C'est comme toi avec ta carte du parti communiste...

En souriant, Steven lui remit la marchandise, puis se pencha sur son oreille :

— Je vois pas mal de petits connards dans les environs... Je m'attendais pas à ce que tu fréquentes ce genre de milieu... Ou alors, j'espère qu'elle en vaut la peine.

Vito n'avait pas l'habitude de rougir, mais cette fois il sentit que ses oreilles s'enflammaient. Il était sensible à l'opinion que Steven avait de lui.

— Le problème, c'est qu'ils sont tous de mon école. On m'a pas demandé si ça me plaisait ou non d'être avec eux...

— Elle est là ? Et pourquoi tu me la montres pas... ?

— Écoute, si c'est pour entendre des trucs désagréables...

Steven lui passa un bras autour du cou et le serra un peu contre lui :

— Bon Dieu, tu es tellement soupe au lait, tu es comme ton père... ! Tiens, il y a quelques mois, je sortais avec la fille d'un sénateur... Et tu crois que ça me gênait qu'elle porte des culottes à trois cents dollars, qu'elle m'envoie son chauffeur pour me conduire à un bungalow du Bel-Air ou du Château Marmont... ? Ah, Vito, ces filles-là sont les meilleurs coups du monde, ne me fais pas dire ce que je n'ai pas dit... ! Tu sais que j'aime pas ces gens, j'aime pas leurs manières, tu sais ce que je pense de tout ça... C'est difficile de se mêler à eux, c'est dangereux, et pour des tas de raisons... Mais est-ce que j'ai dit que tout était simple dans cette vie ? Est-ce que j'ai dit qu'il fallait marcher en regardant la pointe de ses souliers... ?

Éthel et Marion étaient dans le jardin, elles dansaient

ensemble sur un morceau de Creedence Clearwater et sous le regard ému de types intéressés et prêts à tenter leur chance. Vito pensa qu'il faudrait que tout cela change un de ces quatre. Il sentait qu'il n'avait plus la même patience qu'en hiver, plus la même distance amusée qu'au printemps. Il sentait que quelque chose avait disparu. Et tandis qu'il attrapait un verre et s'installait à l'écart, mais en continuant d'observer les deux filles qui se donnaient savamment en spectacle, il commença à réaliser ce qui clochait, vida son verre puis s'en procura aussitôt un autre.

Ils s'étaient endormis. Voilà ce qui était arrivé : ils s'étaient endormis comme la bande d'imbéciles qu'ils étaient... ! Lui et Stavros et Paul, bien entendu, mais aussi Richard et Moxo qui ne faisaient plus d'histoires depuis belle lurette. Steven savait ce qu'il racontait. Où était leur différence, à présent ? Quelle muraille avaient-ils enfoncée ? Où étaient l'esprit qui les animait au début, les flambées, les rapports de force ? Les autres les avaient avalés, digérés, et eux ne s'étaient aperçus de rien. Sauf Arlette, maintenant qu'il y pensait, Arlette qui renâclait toujours quand ils filaient vers ces villas qui longeaient la côte et qui ne touchait pratiquement rien aux buffets, Arlette qu'ils traitaient d'emmerdeuse, de rabat-joie, qu'ils encourageaient à se dégourdir davantage, faute de célébrer leur superbe ascension.

Ils ne dérangeaient plus personne, aujourd'hui. On les appelait par leur prénom, on les mettait dans la confidence, on les présentait aux parents et on pouvait leur marcher sur les pieds sans déclencher d'empoignades, sans qu'une sombre étincelle ne brillât dans leurs yeux. Ils étaient complètement lessivés. Et ils n'étaient même pas comme les autres, ils n'étaient plus rien. Il se demanda depuis combien de temps ils en étaient là. Il cherchait des signes qui lui redonneraient espoir. Par exemple, aucun d'eux ne pratiquait encore l'équitation. Aucun d'eux ne portait de polo, ni de pantalon à pli. Ils n'allaient pas chez le coiffeur, piquaient des trucs dans les magasins, pénétraient dans les Malayones, grimpaient sur les tabourets des bars les plus crasseux de la ville, préféraient Led Zeppelin à Cat Stevens, s'asseyaient par terre, n'allaient pas à l'église, chaussaient des bottines andalouses, n'appelaient pas un traiteur à trois heures du matin, ne partaient pas en week-end à Londres... Au fond, il aurait pu allonger la liste, s'il le désirait, mais il préféra y renoncer. C'était encore pire qu'il ne l'imaginait un instant plus tôt.

— Je devais avoir à peu près ton âge..., fit Steven en s'installant à côté de lui. Je ne sais plus si je t'en ai parlé, mais j'étais amoureux d'une fille qui habitait en face de chez moi... En fait, j'en étais tellement amoureux que tous mes copains y sont passés avant que je me décide à lever le petit doigt...

Vito tourna un œil vers lui et se contenta de secouer la tête.

— Qu'est-ce qu'il y a ? Tu me crois pas... ?

— Si. Mais j'attends la suite...

— Y'en a pas, de suite.

Éthel et Marion étaient en pleine forme. Steven les considéra un moment et finit avec un sourire aux lèvres :

— A première vue, je dirais que tes chances sont plus que raisonnables... Mais c'est tout un art de savoir manier une mule... Tu peux lui attacher une corde autour du cou et tirer tant que tu voudras. Non, ce qu'il faut, c'est savoir la prendre au bon moment... sinon, tu n'as plus qu'à jeter l'éponge et t'occuper d'autre chose... Je te dis ça parce que j'ai l'impression que cette fille risque de te poser un problème...

Vito se pencha en avant pour attraper ses genoux, puis il se balança un peu.

— D'un autre côté, reprit Steven, on ne peut pas attendre cent sept ans. Tu sais, il y a des filles comme ça : plus un type leur plaît et plus elles lui cassent les couilles, mais ne viens pas me demander pourquoi... Tiens, je me souviens, une fois j'étais avec ton père, au môle de Redondo, et je remarque cette fille...

Vito n'entendit pas la suite. Il n'en voulait pas spécialement à Marc Higuera. Ce n'était pas la première fois qu'un type embrassait Éthel sous ses yeux et Marc n'était pas un candidat très inquiétant. Pas plus qu'il n'était le représentant des grosses fortunes du pays — il contrôlait lui-même les niveaux de son M.G. d'occasion — ou n'affichait un air supérieur à la Vincent Delassane-Vitti. Ce n'était pas le genre de gars à chercher les complications, à vouloir sortir dehors à tout prix pour continuer une discussion. A choisir, il valait mieux qu'une bonne partie des autres. Il avait un visage aux traits avenants, toujours prêt à s'éclairer lorsque l'on sollicitait son attention.

« Oui, Vito. Qu'y a-t-il... ?? » lâcha Marc sur un ton amical, après qu'on lui eut tapé sur l'épaule et, ce faisant, arraché à son agréable besogne. Un type d'un excellent caractère.

Vito lui balança pourtant son poing en pleine figure. Brutalement, sans regret, mais sans plaisir. Un direct qui ne visait pas Marc Higuera en particulier mais qui l'envoya tout droit dans la piscine. Et aussitôt, les choses commencèrent à bouger.

Éthel fut la première à lui sauter dessus. Elle se campa devant lui, déjà blême de colère alors que Marc remontait à peine à la surface. Comme elle ouvrait la bouche, mais qu'il se doutait un peu de ce qu'elle allait lui dire, il la repoussa d'une brusque détente et elle s'envola à son tour, en ayant économisé sa salive. Puis il lui tourna le dos, car c'était une bonne nageuse.

Marion le fixa une seconde. Après quoi elle lui décocha un certain sourire et s'écarta de son chemin.

« L'avenir nous dira si c'était la bonne solution..., déclara Steven, se mettant à cheminer à ses côtés. Vois-tu, j'hésitais un peu à t'en parler... »

D'un coup sec, Vito se débarrassa d'une main qui cherchait à le retenir. Le salon, le petit salon, la salle à manger, la vaste entrée étaient en enfilade. La lumière et les tapis étaient soyeux et mouvants. Il lui semblait que les gens se penchaient sur son passage, formaient une haie bruissante qu'il s'apprêtait à tailler au moindre geste. Et il avait l'œil, il se retenait pour ne pas en attraper un au passage, au point où il en était. Il entendait Steven qui poursuivait ses commentaires en l'accompagnant vers la sortie. Dans l'entrée, il apercevait Vincent Delassane-Vitti et quelques autres de la même veine. Le contraire aurait été surprenant.

Toutefois, avant qu'il n'arrivât sur eux, Éthel surgit devant lui et, par le fait, lui barra la route. Il ne s'y attendait pas. Mais le seul étonnement qui lui traversa l'esprit procédait du complet ravissement qu'il éprouvait à la vue d'Éthel, ruisselante, les cheveux plaqués sur le crâne, fraîche et lumineuse, comme sortie d'un écrin humide.

— Maintenant, j'attends tes excuses..., déclara-t-elle.

Il n'espérait pas qu'elle soit de bonne humeur. Néanmoins, alors qu'elle aurait déjà dû lui bondir au visage — elle lui avait semblé dans son état normal quelques instants plus tôt —, elle ne bougeait pas d'un poil. Et non contente de lui adresser la parole, elle n'avait pas employé un ton aussi menaçant qu'on l'aurait présumé. Pour la plupart des observateurs, ces détails, ces subtiles nuances étaient imperceptibles. Quant à Vito, il la connaissait bien. Ce n'était pas comme si elle lui avait sauté au cou et couvert les lèvres de baisers, mais il sentit un souffle tiède passer sur lui, un doux manteau glisser sur ses épaules.

— Ne me fais pas chier..., grogna-t-il.

Sans doute, il la gifla. Mais en pensée, il tombait à ses genoux. Aussi bien, il se félicita qu'elle eût de bons réflexes et qu'au dernier moment, elle évitât cette baffe qui le rendait déjà fou de tristesse avant qu'elle n'ait funestement claqué sur la seule joue qu'il convoitait ici-bas. Malgré tout, il n'y était pas allé de main morte et Éthel eut beau parer le coup de son bras, elle perdit l'équilibre et s'effondra sur le plancher, loupant le tapis de peu et avec un tel cri que les sangs de Vito en furent glacés durant une seconde.

— Bon Dieu ! Je suis fier de toi ! souffla Steven à son oreille. Bien joué, mon p'tit pote...

Les rapports entre Vito et Vincent D.-V. ne se voilaient pas d'hypocrisie. Si c'était possible, ils s'appréciaient encore un peu moins depuis qu'ils s'étaient concurrencés pour obtenir le rôle d'Edmond — enlevé par Vito, un soir que Giovanna et Strondberg avaient fumé et bien qu'elles ne comprissent pas tant d'histoires pour jouer le personnage du salaud. Et depuis le début, les filles avaient été le terrain d'affrontement entre les deux, le théâtre de manœuvres sans pitié, de pratiques assez tordues qu'ils employaient l'un et l'autre.

En voyant le sort que Vito venait de réserver à Éthel, Vincent replia ses lunettes et les rangea dans une boîte métallique qu'il choisit de confier à Marion plutôt qu'à l'une de ses poches, une habitude qu'il avait abandonnée à la suite d'une bataille rangée sur la plage des Lohiluz, contre le cousin de Moxo et sa bande, ce qui lui avait valu trois points de suture à la cuisse, le couvercle s'étant rompu dans le feu de l'action et lui ayant labouré la chair comme une lame.

— Mon pauvre vieux, mais tu as perdu toute retenue... ! soupira-t-il en secouant la tête.

Vito s'arrêta à moins d'un mètre. Cette fois, ils allaient se rentrer dedans pour de bon et ils avaient si longtemps retardé cette issue qu'il en ressentait presque une sorte de gêne, un genre d'appétit coupé par une faim trop grande, trop difficile à combler. Cela venait sans doute de ce que, sur le plan des filles, Vincent avait une bonne longueur d'avance. Il comptait au nombre des types qui avaient tenu Éthel dans leurs bras. Vito avait glané là-dessus tous les renseignements possibles et il n'avait pas été fichu de savoir avec certitude si Vincent l'avait baisée ou non. Mais c'était fort possible. C'était un handicap très écrasant, quelquefois insupportable, qu'il n'était pas près de surmonter. Il se demandait ce qu'il allait éprouver au juste, dans moins d'une minute. Ils s'étaient déjà bousculés, une fois ou deux, mais rien de très notable, rien qui n'eût un effet satisfaisant. Il se demandait si tous ses problèmes allaient s'envoler d'un coup, si taper sur Vincent allait être la solution globale.

Tout à ses pensées, Vito reçut une droite qui lui fendit la lèvre. Elle ne venait pas de Vincent mais celui-ci lui en servait une autre. Vito partit en arrière, retrouva son équilibre à la faveur de bras amis qui le rétablirent sur ses jambes et le projetèrent en avant.

Il s'accrocha au polo de Vincent dont deux boutons giclèrent dans l'atmosphère épaisse et sur les premières mesures de *One of us must know*. Vincent venait d'ordonner qu'on flanque cet énergumène dehors, ce qui permit à Vito, l'espace d'une seconde, dans l'ouverture de la porte et par-dessus l'épaule de son adversaire, d'apercevoir la lune flottant à la surface d'un ciel superbement pur, d'un noir plus saisissant que la lumière. Il se sentit attiré vers le dehors. Il balança son front vers le visage grimaçant de son partenaire tandis que celui-ci lui envoyait son genou dans le ventre. Agrippés l'un à l'autre, emportés par l'élan quasi voluptueux qui poussait Vito sous le grand toit du monde, ils roulèrent sur le trottoir, se relevèrent et s'ébrouèrent devant la longue file de voitures de sport qui ruisselait dans le halo des réverbères, puis disparaissait à l'angle du jardin ceint de hautes grilles ornées de bronze et de cuivre pour réapparaître de l'autre côté de la rue, chromes contre chromes, longeant d'autres jardins, d'autres villas du même gabarit, lourdes et silencieuses, gardées par des portails automatiques, de larges haies et jouissant, de par leur situation élevée, d'une ventilation agréable, directement venue de l'océan.

« Ah ! Maudit fils de pute... ! » siffla Vincent sans détour. Ils s'empoignèrent de nouveau, le souffle court. Comme ils étaient de force égale — Vincent ne maniait ni avirons ni haltères mais avait suivi quelques cours de boxe française —, comme ils avaient des tas de choses à régler et qu'à chacun des coups qu'ils se portaient, leur relation se détériorait davantage, ils s'en collèrent un maximum. De temps à autre, Vito jetait un œil autour de lui et voyait Moxo, aux prises avec les frères Holynguehi De Salabra De Santos, ou Richard tordant un bras, ou Paul en difficulté, Stavros courant dans tous les sens, Steven aplatissant le fils d'un juge sur le capot d'une voiture cependant que celui d'un sous-directeur de banque lui sautait sur le dos, et à cet instant, repérant l'ouverture, Vincent lui en plaçait un. Puis il se distrayait à son tour, tant il s'en passait autour d'eux. Vito lui rendait la monnaie de sa pièce.

Ils étaient une bonne quinzaine à participer, entraînés par le jeu des alliances. S'il y avait eu quelques échauffourées entre les deux camps, c'était de l'histoire ancienne et tout au plus deux ou trois individus qu'on séparait au nom d'intérêts supérieurs. Moxo lui-même avait fini par comprendre qu'il fallait arrondir les angles avec Vincent et les siens, qu'un brin de diplomatie allait les arracher aux mornes tabourets du Bethel. Les uns avaient eu les filles, ou du moins les avaient approchées en pénétrant des forteresses, les autres avaient eu l'herbe, comme s'il en pleuvait. Le visage en feu à la suite d'une bonne châtaigne, Vito avait attrapé une jambe de Vincent sous son bras et le laissait danser sur un pied pour le fatiguer, avant de le flanquer par terre, se disant qu'en toute conscience il avait agi au mieux pour lui et ses camarades, qu'à l'époque ils n'avaient guère eu le choix et que la facilité n'est pas forcément la voie la plus mauvaise quand l'horizon est bouché.

Il faucha la jambe de Vincent puis lui balança la pointe de sa bottine dans les côtes. La nuit était très haute, alerte et somptueuse, complètement en dehors du coup.

Au matin, lorsqu'il descendit prendre son petit déjeuner, Steven s'écarta pour lui laisser une place sur le banc, fit « Hééhéééiiii... ! » en le serrant contre son épaule. Il prit le menton de Vito et lui tourna la tête afin que Mickey pût admirer son profil.

— Ça ne te rappelle rien... ?

Mickey secoua la tête, le bol au bord des lèvres.

— Voyons, mais tu es venu me chercher toi-même... Souviens-toi, tu as payé ma caution... !

Mickey n'avait pas envie de se souvenir de quoi que ce soit. Il dit qu'il répétait à Steven que le moment était mal choisi pour se faire remarquer et qu'il n'aurait pas dû se mêler de cette histoire car tous ces mômes avaient des parents haut placés.

Vito passa la matinée dans le jardin de Giovanna, à considérer ses problèmes d'eau. Il refusa de se déranger pour répondre au téléphone, hurlait simplement qu'il n'était pas là. La plupart du temps, il se tenait à l'abri d'un figuier pour se protéger du soleil et même à l'ombre son visage lui cuisait. Quand il effleurait sa lèvre du bout des doigts, la douleur lui remontait jusque sous l'œil, mais d'autres maux le préoccupaient.

Dans l'après-midi, il rendit visite à sa mère. Le Dr Santemilla en personne, un type assez bizarre, volubile, et qui avait des espèces de petits escarpins noirs aux pieds, le conduisit jusqu'à la porte de la chambre devant laquelle il l'abandonna en soupirant, une main posée sur son épaule. Il n'y resta pas longtemps car Jim se trouvait là, installé au bord du lit, à cheval sur une chaise et l'air tout à fait azimuté. Il n'y resta pas longtemps du tout. Tandis qu'il parcourait le couloir en sens inverse, il remarqua que les infirmières le regardaient et il baissa la tête. En traversant le parking, il fixa la moto de son père. Jim venait de la nettoyer.

Il ne savait pas très bien quelles étaient les conséquences de leur castagne d'hier au soir. Stavros pensait que ce n'était peut-être pas si grave, que personne ne s'était retrouvé à l'hôpital et qu'on devait pouvoir arranger le coup en leur filant une poignée d'herbe et en discutant un peu. La rencontre pouvait même avoir lieu dans le restaurant de son père, à la meilleure table. Si c'était nécessaire, il voulait bien s'en occuper. Vito hochait la tête mais il était incapable de se concentrer sur cette affaire. Ils entendirent Strondberg rentrer, appeler Mickey — Steven et lui étaient allés cueillir des pommes, avaient déjà préparé la pâte et broyé la cannelle — puis en désespoir de cause ouvrir le frigidaire qui se remit en marche avec un bruit de bouteilles entrechoquées. Stavros ajouta qu'il ne fallait rien regretter, qu'il avait été temps de moucher cette bande de connards et qu'il était fier d'en avoir été et qu'il ne fallait pas trop se casser la tête.

— Je te rappelle que mon père tient le meilleur restaurant de la ville... D'ailleurs le père de ce petit con est un habitué. Nous lui donnerons les mêmes cigares si ça l'amuse... Enfin, moi ça m'étonnerait qu'on soit obligés d'en arriver là. Il sait bien que sans nous, il est pas près de se rouler un joint, il est pas si bête...

Il n'y avait pas d'informations précises concernant Éthel. Stavros ne lui avait rien rapporté de spécial, sinon qu'elle ne semblait pas avoir desserré les dents de toute la journée. Bien entendu Vito ne s'attendait pas à ce qu'elle ait demandé de ses nouvelles. Enfin, il ne s'y attendait pas beaucoup. Il était conscient d'avoir joué une sacrée carte, la veille au soir. Mais la mise était encore sur la table, personne ne l'avait ramassée.

Plus tard, Steven lui tendit le téléphone avec un sourire jusqu'aux deux oreilles. Vito l'envoya promener mais l'autre insista si fort, tombant à ses genoux en faisant mine de s'arracher le cœur, qu'il finit par attraper le combiné.

Il lui donna rendez-vous au Couloir. Avant de partir, il s'arrêta devant son père qui était penché sur des feuilles de papier depuis qu'ils avaient terminé leur repas, plongé dans des opérations qui le tourmentaient profondément, si l'on en jugeait à ses soupirs, à ses grimaces, aux faibles gémissements qu'il poussait.

— Est-ce que tu veux bien me prêter ta moto... ?

— Non, merde, pas question... ! grogna Jim sans même lever les yeux et rejetant cette éventualité d'un geste vague.

Il avait traversé la cour et s'engageait sur le chemin en compagnie des criquets et des lucioles — certaines nuits de la fin mai, elles étaient si nombreuses que Giovanna les appelait pour contempler un feu d'artifice délirant, silencieux, inimitable et qui pouvait durer jusqu'à l'aube — quand s'éleva la voix de son père :

— Très bien ! Tu n'as qu'à la prendre... !

Il s'arrêta. Enfonça ses mains dans ses poches puis repartit sans se retourner.

— Alors quoi ?! Je t'ai dit que tu pouvais la prendre... !

Éthel arriva cinq minutes après lui. Il n'était pas très tard, le Couloir n'accueillait pas encore grand monde. Vito s'était tenu dans l'ombre, soit l'esprit calme et le corps nerveux, soit l'inverse, elle voulait le voir, elle n'avait rien dit d'autre, il ne savait pas ce qu'elle voulait, il n'avait pas posé de question. Tout le long du chemin, il avait réécouté sa voix, les deux ou trois mots qu'elle avait prononcés sans qu'il pût y déceler quoi que ce soit dans un sens ou dans l'autre, sans qu'il sût s'il marchait vers l'abattoir ou s'il grimpait vers les cimes.

Il ouvrit la portière et prit place à côté d'elle. Durant un instant, elle continua de regarder droit devant elle, les mains posées sur le volant. En général, c'étaient plutôt les types qui se trouvaient derrière les commandes, les filles avaient la boîte à gants, et il en conçut un léger désagrément, voire davantage.

Puis elle l'invita à bien l'écouter, d'une voix d'où les violons ne perçaient pas encore mais d'où le pire était écarté :

— Je ne sais pas ce qui va se passer, mais je ne suis pas tranquille...

— Il aurait tort de me chercher.

— Je ne te parle pas de Vincent.

A la veille du grand saut, elles étaient comme des biches affolées. Elles vous toisaient, vous fixaient dans le blanc des yeux, prenaient la pilule et Dieu sait quoi encore, mais dès qu'elles tombaient amoureuses, elles perdaient complètement les pédales, s'effrayaient de leur propre bouleversement, se découvraient soudain prises de vertiges.

— Rassure-toi. Il ne va rien se passer d'épouvantable..., fit-il en maîtrisant un sourire qu'il jugeait trop franc. Pourquoi s'inquiéter de ce qui nous arrive... ?

Il soutint son regard. Ils pouvaient en discuter si elle y tenait. Ou si elle désirait quelques secondes de répit pour s'assurer que toute résistance était inutile, va pour cette ultime et infantile hésitation.

Elle le pria, sur un ton égal, de retirer le bras qu'il avait de ce pas étendu dans son dos, sur le dossier du siège Il s'exécuta sans rien dire. Plus ils mordaient à l'hameçon, plus ils luttaient. Vito avait bien souvent observé ce phénomène, assis dans le canot de son grand-père. Ils étaient faits mais il fallait leur balancer un coup de massue pour qu'ils comprennent. Enfin, Éthel avait de plus jolis yeux.

Elle ajouta qu'elle n'était pas là pour s'amuser. Il faillit lui répondre : « Pas possible... ! » mais préféra se caler un pied sur le tableau de bord, ce qu'elle nota d'un œil rapide et sombre.

— Mon père est furieux... Écoute, je ne sais pas ce qui lui a pris, mais il a fouillé ma chambre... Dis-moi, je te parle... !

Il tourna la tête, la considéra avec une moue dédaigneuse :

— ... et il est tombé sur ton paquet d'herbe. Qu'est-ce que tu veux ? Tu veux que je te fasse un mot d'excuse... ?

— Il fallait que je te prévienne.

— De quoi ? Tu n'as plus le droit de sortir le soir... ?

Il l'avait balancée dans la piscine. Ensuite, il l'avait giflée. A présent, il regrettait de n'en avoir pas profité davantage, de ne pas lui être tombé dessus à bras raccourcis. Il n'avait encore jamais connu ça : qu'une même personne déclenchât en lui tant de sentiments contradictoires et aussi violents. Il était conscient de s'en préparer de bonnes avec elle. L'avenir ne serait pas de tout repos.

Pour l'heure, elle était obnubilée par cette histoire. Il n'y avait rien d'autre à en tirer.

— Tu connais mon père... Ou plutôt non, tu ne le connais pas. Il va mener son enquête. Il va charger Anton de surveiller mon entourage. Alors te voilà averti.

— Hé... où as-tu remarqué que je faisais partie de ton entourage... ?! J'espère que c'est une blague...

Malgré le grand calme qui montait de l'océan lisse, la douceur vaporeuse qu'exhalait l'endormissement du paysage, la tension augmentait dans la bagnole. Surtout du côté de Vito qui redescendait les étages au pas de course.

— Vito, je suis sérieuse. Alors cesse de jouer les imbéciles.

Il n'en revenait pas de cet air qu'elle prenait. Ni qu'elle l'ait entraîné jusqu'ici pour lui raconter ces conneries. Il plissa les yeux puis tendit la main pour s'amuser avec l'une de ses mèches qu'il considérait depuis un instant et qui lui semblait la seule chose digne d'être sauvée, la seule chose qui ne le mettait pas en colère, la seule chose avec laquelle il pouvait communier pour le moment. Mais elle repoussa sa main d'un geste brusque.

— Au cas où tu ne l'aurais pas compris, siffla-t-elle, tu choisis toujours mal ton moment... !

Il avait bien entendu. Pour toute réponse, il lui tapa gentiment sur la tête. Ce qu'elle n'apprécia pas du tout.

— Ne fais pas ça...

— Et toi... Tu crois que tu le choisis bien, ton moment... ?!

Il ajouta :

— Hein... !?

Et il la punit d'une seconde petite tape qui ne lui décoiffa qu'à peine le sommet du crâne. Comme elle baissait la tête, agitait les bras, se rebellait contre le juste et peu terrible sort qui lui échouait, il lui en donna une autre, plus sèche.

— Comment ça, « arrête... ! ». Que j'arrête quoi... ?! disait-il, alors qu'il savait très bien de quoi il s'agissait.

L'ennui venait de ce qu'il ne pouvait plus s'en empêcher. Il lui avait saisi un poignet pour la maîtriser et continuait de la frapper de l'autre main. Par frapper, s'entend, il lui administrait plutôt une manière de ferme époussetage, tout au plus comme si des braises lui étaient tombées dans les cheveux.

— Je commence à en avoir marre de toi... ! lui confiait-il

entre ses dents, insensible et même écœuré par les petits cris qu'elle poussait.

Il avait également envie de la secouer mais il ne pouvait pas tout faire.

— Ma parole, mais faudrait être cinglé pour vouloir sortir avec toi, tu m'entends... ?!

Et ce n'était pas des paroles en l'air, il les avait si souvent et si longuement ruminées qu'elles ne demandaient qu'à lui sortir de la bouche et le remerciaient en lui caressant les lèvres au passage.

— Mais qu'est-ce que tu crois ? QU'EST-CE QUE TU CROIS... ??!

Pour finir, il la rejeta brusquement contre la portière.

De colère, il passa son talon au travers de la boîte à gants. Et comme la serrure tenait encore un peu, il replia sa jambe et l'enfonça pour de bon. Puis il se tourna vers elle. Sa tenue était assez dérangée, on aurait dit qu'elle avait couru au travers de broussailles. Elle hésitait.

Lui aussi. Il murmura :

— Pour t'avoir, j'étais d'accord pour me lever de bonne heure. Mais je ne vais pas me rouler à tes pieds.

Pour dire la vérité, il n'était pas mécontent de ces dernières paroles. Et il avait employé le ton juste. Or il était si facile de tout flanquer par terre dans de telles situations. Un mot malheureux, trop de pas en avant ou une inertie frileuse, une voix de fausset, une déclaration théâtrale et l'affaire était fichue. Aussi bien, Éthel accusait le coup. Désarçonnée, muette, le regard filant au-dessus de l'océan, elle tripotait machinalement les commandes, envoyait des appels de phares vers le ciel obscur. Vito se préparait à voir fonctionner les essuie-glaces ou les clignotants. Dans cet état, elle allait peut-être empoigner la manivelle et descendre pour se changer une roue.

Il était conscient qu'il ne devait rien précipiter. Il était en train de se décortiquer secrètement une tablette de chewing-gum à la menthe dans la poche de son blouson quand la portière s'ouvrit soudain de son côté.

Aussitôt, plusieurs mains cherchèrent à l'arracher de son siège. Mais il se cramponna. Et il fixa Éthel avec une telle intensité, malgré qu'on le tiraillait dans tous les sens, qu'elle se décida à le regarder. Il se retenait à tout ce qu'il pouvait. On s'énervait, dehors, on grognait et jurait, on l'accrochait par la peau du cou, par la ceinture de son pantalon. A demi extrait de l'habitacle, il trouva une bonne prise dans l'encadrement de la portière. Ses bras et ses jambes supportèrent alors une terrible tension mais il résista plus longuement qu'un type en chair et en os. Car il continuait de fixer Éthel. On lui tordait les doigts un par un pour lui faire lâcher prise mais ce n'était pas par là qu'il assurait son meilleur ancrage. Au bout d'un moment, Éthel finit par baisser les yeux.

Il se laissa embarquer sans rien dire. De toute façon, il n'avait rien à lui dire. Il ne pensait pas qu'on pût accomplir d'action si dégueulasse. Et quant à lui, il se trouvait en panne du moindre commentaire.

Ils ne le mirent pas en pièces. Quand ils virent qu'il ne bougeait plus, Vincent lui décocha un dernier coup de pied dans les côtes et déclara que ça suffisait.

A la terrasse du Bethel, Moxo racontait en riant que son père lui avait collé une raclée plus sévère que d'habitude et que c'était en essayant d'éviter le ceinturon qui tournoyait au-dessus de sa tête qu'il avait glissé. Il arborait une large ecchymose en travers du front. En compagnie de Vito, ils ressemblaient à deux pommes cuites bariolées malgré leurs lunettes de soleil, prenant leurs eaux sous la petite brise émolliente que vaporisait l'océan.

Dans la nuit, Strondberg avait abandonné Mickey et l'avait rejoint dans la cuisine. Au moins, elle n'avait pas insisté et lui avait nettoyé, tamponné avec douceur le visage de ses crèmes — ainsi, disait-elle, qu'elle avait soigné Jack, Allen, Gregory et même ce vilain William, de retour de sombres beuveries. Elle s'était servie de pinces colorées pour lui écarter les cheveux du visage, puis Mickey s'était levé, puis Steven, puis Jim et ils l'avaient découvert ainsi. Mais il finit par en rire avec eux. Jim lui massa distraitement les épaules, lui glissa qu'il avait bien fait de laisser la Vincent à l'abri.

Richard parlait de le foutre à poil et de l'attacher à un arbre, au milieu de la forêt. Moxo penchait plutôt pour une bataille rangée, sans ce genre de fioritures. Stavros réfléchissait tout haut, se demandait si Paul n'avait pas raison.

— Écoute, on a assez d'une couille molle... ! grinça Richard.

— Ah, arrête... Sers-toi un peu de ta cervelle ! soupira Paul.

Vito les laissa s'expliquer en observant un groupe de surfers en contrebas, à cheval sur leurs planches et à peine soulevés par de mornes ondulations. Il avait prévenu Jim et les deux autres de certaines dispositions qu'aurait prises Victor Sarramanga, mais très vite ils avaient débattu de la nécessité d'ajouter un troisième aileron au prototype que Jim construisait, une véritable flèche qui passait au-dessous des deux mètres quarante, avec un carénage en V et peut-être — il hésitait encore — une queue d'hirondelle.

L'après-midi était léger, tendre et fade comme une aquarelle. Le nez en l'air, Vito n'y décelait aucun présage. De temps en temps, il avalait une gorgée de son verre et remarquait que le niveau semblait toujours au même point. Il se sentait souriant et calme, peu enclin à intervenir dans la dispute qui opposait Richard à Paul car leurs positions respectives se défendaient. Et puis c'était une engueulade un peu ridicule. Ils étaient aussi risibles que la petite bande de surfers qui s'agitaient à la surface, pagayaient sans résultats, en vrais débutants qu'ils étaient. En fait, il n'y avait plus d'urgence, plus lieu de s'affoler, plus de véritable décision à prendre. Vito avait perçu le frémissement du grand mouvement souterrain, du grand oiseau bleu qui allait tous les porter sur sa crête et les précipiter en avant. Bientôt, tous les nœuds se dénoueraient d'une manière ou d'une autre. Ce dont Vito n'avait aucune idée, par contre, et qu'il traquait en vain les deux pieds sur la table et la nuque renversée vers le ciel, c'était de quoi cet ample soulèvement allait accoucher. Qui aurait dû s'en réjouir et qui aurait dû s'en inquiéter. Il s'endormait encore dans les bras de sa mère quand de vieux surfers éméchés lui parlaient de La Vague Qui Menait au Ciel et de Celle Qui Précipitait En Enfer.

Tout au long de la matinée, Vincent et les siens étaient restés bien groupés dans les couloirs. D'un geste, Vito avait stoppé Éthel au moment où elle ouvrait la bouche. Il avait dit « Pardon » et l'avait bousculée. Somme toute, une journée bien agréable. Paul était en train de s'entendre dire qu'il n'en avait pas beaucoup et qu'on attendait le jour où il prouverait le contraire. Paul avait besoin qu'on le secoue un peu, de temps à autre, et Richard, toujours cruel avec les plus faibles, s'y employait volontiers.

Paul s'en plaignit le soir même, pendant les répétitions.

— Écoute, Paul... il n'a pas tout à fait tort. Il faut qu'on sache si on peut compter sur toi, tu comprends... Il faut qu'on se serre les coudes, en ce moment, il faut qu'on soit vigilants...

— Merde, mais qu'est-ce que j'ai fait... ?

— Je dis pas que tu as fait quelque chose...

— J'essaye simplement de réfléchir... Mais cet abruti, est-ce qu'il sait seulement ce que ça signifie... ?

— Je ne sais pas... Peut-être que tu réfléchis trop. Je t'ai déjà dit ce que j'en pensais... Toi trop, et lui pas assez. Quitte à simplifier les choses, il faut savoir montrer de quel côté l'on est, de temps en temps... Tu vois, par exemple, quand je t'ai demandé de t'occuper de Marion... je voyais ça comme un travail d'équipe, un truc que nous aurions pu réaliser ensemble... mais tu n'as pas bougé, tu as préféré tenter ta chance de ton côté. Et non seulement tu t'es cassé la gueule, mais tu t'es mis contre moi...

— Non, pas contre toi...

— Ouais... mais c'est le genre de subtilité qu'un type comme Richard peut pas comprendre. C'est ce que j'essaye de t'expliquer.

— N'empêche que j'en ai marre de ses réflexions. Et peut-être que vous me connaissez mal, peut-être que je pourrais vous étonner... C'est pas indispensable d'avoir une grande gueule.

— Très bien, j'en prends note...

Ed désigna une poignée de volontaires pour l'accrochage des toiles de fond et quelques dernières mises au point concernant les décors. Au moment de grimper dans le minibus, Vito lâcha aussitôt la poignée et fit le tour afin d'entretenir Ed sur-le-champ et en particulier :

— Bon, je suis désolé, mais il y a un problème. J'y vais pas.

— Et pourquoi ça... ?

— Eh bien, ce serait trop long à expliquer. Mais c'est Éthel Sarramanga ou moi...

— Alors là, écoute-moi bien... Si je devais tenir compte de toutes vos petites querelles d'amoureux, on y serait encore demain matin. Donc j'ai rien entendu. Exécution...

— Ou sinon ?

— Je te conseille de te dépêcher, Jaragoyhen...

La pièce devait se dérouler à la sortie de la ville, au

commencement de la forêt, dans l'ancienne salle des fêtes que l'on avait sauvée de la démolition et rebâtie avec soin, fierté et amour sous la voûte de grands arbres dont on avait failli vernir les troncs et numéroter les feuilles. C'était un bâtiment encaustiqué à la main, surveillé comme une relique, destiné à abriter les manifestations les plus dignes, certaines soirées très habillées, certain bal, à tout casser une chorale ou de la musique de chambre.

Il venait à peine de sauter dans l'herbe, de respirer le parfum profond de la forêt étoilée, sans le moindre nuage, qu'Éthel lui annonça qu'elle voulait lui parler.

— Me parler… ? Dis donc, mais c'est une maladie, chez toi… ! Tu ne peux pas trouver quelqu'un d'autre… ? Ça t'ennuierait de me foutre la paix ?

Elle renouvela sa demande un peu plus tard, à environ cinq mètres du sol, alors qu'il suspendait les toiles de fond. Ed s'énervait à l'autre bout, mais elle avait pris un air si implorant, lui avait soufflé un si faible murmure qu'il lui avait simplement répondu de descendre.

Ensuite, car elle était le diable en personne, elle profita qu'il maintenait une muraille à bout de bras, cependant qu'Ed l'agrafait, pour l'enlacer, l'étreindre ni plus ni moins en lui déclarant qu'elle ne savait plus où elle en était.

Puis elle resta appuyée à la porte des W.-C., l'empêchant de sortir, et sur le point de lui annoncer encore Dieu sait quoi à la seconde où Ed se mettait à tambouriner dehors, conseillant à Vito de se ramener en vitesse.

Il se sentait faiblir, avait l'impression que son sang s'écoulait de multiples et imperceptibles blessures. Il s'était mis en tête de l'affronter, de lui rendre coup pour coup, de lui livrer un combat brutal, sans quartiers, à outrance. Il n'avait pas prévu de se laisser bécoter dans les coins. Il essaya de l'éviter pour tenter d'y voir clair, mais elle était partout, le poursuivait de son regard désespéré, utilisait toutes sortes d'artifices, des tours qu'il ne parvenait pas à expliquer et dont il ne pouvait que constater les effets déroutants sur sa propre humeur.

Envoyés en renfort pour assembler une cabane sur la lande, sous un ciel virant à l'apocalypse et qui leur avait collé aux doigts, elle lui dit qu'ils étaient aussi bêtes l'un que l'autre.

— Parle pour toi.

— Vito... je ne sais pas... tu me fais peur...

— C'est ton copain qui s'est occupé de ma figure.

— Je regrette ce qui s'est passé. Mais ça ne t'a pas ouvert les yeux... ?

— Non, pas vraiment.

— Est-ce que tu conçois que l'on puisse lutter contre ses propres sentiments ?

— Ouais. Ils sont pas tous enfermés. Ed, s'il te plaît, est-ce que je peux sortir cinq minutes ?

— Tu te souviens de ce que je t'ai dit, camarade ?!

— Je peux pas travailler dans ces conditions... !

— Est-ce que c'est ma poitrine qui te gêne ? Est-ce que je suis trop près ?

— Je t'imaginais pas capable de me faire ce que tu m'as fait. Je l'oublierai jamais.

— J'aurais pu faire pire encore. J'aurais voulu te voir mourir.

— Ed, tu veux un coup de main ? Tu t'en sors... ?

— Vito, j'avais peur de ce qui nous arrivait.

— Il nous est rien arrivé. Cesse de te frotter à moi.

— Tu as le droit de me repousser.

— Et je vais pas me gêner.

— Alors essaye, si tu le peux... Moi aussi, je me croyais très forte... !

— Ah, sacré nom, Vito ! Où est-ce que tu vas... ?!

— Je vais pas loin. Je prends du recul.

Dehors, il grimpa sur un banc, ôta son tee-shirt et s'essuya sous les bras, se tamponna la nuque et le visage. Il était sidéré, presque inquiet des efforts qu'il avait dû fournir pour lui tenir tête. Il éprouvait encore la caresse de sa poitrine sur son bras, le terrible contact de son ventre contre sa hanche. Évoquant ces choses, il sentait la sueur reperler à son front, sa déglutition se gauchir, ses mains devenir moites. Secouer la tête ne servait à rien, se claquer les cuisses ne valait guère mieux, jurer pas davantage et réfléchir n'apportait pas la moindre solution. Il se demandait comment il allait s'en sortir, s'il n'allait pas se mettre à avaler les conneries qu'elle lui avait racontées. Il se raidissait mais quelques fibres à l'intérieur de lui tendaient à s'amollir, et de ce fait l'engourdissaient. Il pensa à sa mère, puis à beaucoup d'autres femmes qu'il avait croisées tout au long de sa vie. Aucune ne ressemblait à Éthel. Il paraissait avoir perdu tous ses points de repère et soufflait comme un animal, grattait le banc du plat de sa chaussure. Il trouvait qu'il lui en arrivait beaucoup, en ce moment, que son existence ressemblait à une poudrière frappée par la foudre, explorant les ténèbres dans toutes les directions.

Ed l'envoya sur le toit, plus précisément sur une petite terrasse conçue à l'origine pour guetter l'arrivée des bateaux et qui ne servait plus à rien aujourd'hui, sinon à contempler la forêt, à s'imaginer qu'un déluge de verdure avait submergé les terres. Vito vérifia les attaches avec lesquelles on suspendrait la banderole au fronton, en fixa quelques autres en se penchant par-dessus la balustrade.

Elle se plaqua contre lui, par-derrière, referma ses bras autour de sa taille. Il se redressa, tombant des nues, planté comme un poteau de téléphone. Elle se fit douce dans son dos, couchant sa joue contre sa colonne vertébrale, et rude par-devant, sa main lui glissant sur la bite. Il referma ses doigts sur la rambarde, réalisant qu'il était fait comme un rat mais rougissant l'horizon d'un simple coup d'œil. Puis sans attendre et sans un mot, elle la lui sortit à l'air, la lui pressa d'une humeur calme, prouvant par là qu'elle ne s'inquiétait pas de la suite, n'envisageait pas une seconde qu'il puisse lui échapper. Vito regardait son gland pointé vers la forêt avec une expression de plaisir hébété, les doigts de pieds tendus, pratiquement sur les pointes.

Par chance, elle ne disait rien. S'ils s'étaient mis à discuter, il aurait pu, ou plutôt il aurait tenté de sauver les meubles en ergotant, en lui exprimant ses griefs, en l'assurant qu'il n'allait pas se plier à ses quatre volontés. Par la parole, il aurait pu sauver la face. Mais il ne disposait d'aucune autre arme et ravala un hoquet de satisfaction douloureuse, proche d'une coulée de bave écœurante, à l'idée qu'il était coincé.

Elle ne lui demanda pas s'il était toujours fâché. Ni s'il s'avouait vaincu. En silence, elle jouait avec son prépuce, lui chauffait la saucisse tandis qu'il n'attendait qu'un mot pour ouvrir les hostilités. Mais comme rien ne parvenait à ses oreilles que le bruissement sublime de la forêt, il s'occupa des deux derniers boutons de sa braguette — deux vraies calamités — et déballa tout son attirail au grand jour, confondant la lune avec le soleil.

Il souriait car il avait une folle envie de ses lèvres mais n'osait pas changer de position. Il souriait tout seul car tout fonctionnait à merveille. Il n'avait rencontré aucune difficulté pour lui baisser son slip à mi-cuisses, n'avait pas été contraint de se cracher cinquante fois dans la main pour lui beurrer la raie et appréciait fort qu'elle lui mordillât la nuque, qu'elle jouât à ce point franc-jeu avec lui. Qui prétendait que ces filles de la haute étaient des mèches longues, des fruits secs, des petits vagins serrés taillés pour des Lilliputiens protestants ? S'il avait jamais tenu de ces propos stupides, Vito était prêt à exécuter la traversée de la ville sur les genoux en se frappant la poitrine. La main plongée dans une bassine d'anguilles encore vivantes, les poils de ses jambes se hérissaient dans son pantalon et il tournait la tête d'un côté et de l'autre pour l'apercevoir par-dessus son épaule mais elle restait agrippée dans son dos, têtue et silencieuse, comme un ange en mission, pratiquement invisible.

Il se ressaisit avant d'arroser les fougères en contrebas. Le temps était aussi venu de prendre une initiative. Ainsi, plus rapide et plus sûr de lui qu'un danseur de tango professionnel, il pivota, lui enlaça les reins et la renversa avec une ferme douceur sur le plancher blanchi, patiné par les familles des navigateurs au long cours dont les femmes n'avaient peut-être pas baisé depuis des mois, ce qui expliquait sans doute la magie du lieu, le sentiment d'urgence qui vous y assaillait, cette impression de microclimat, de nœud tellurique, de lupanar ouvert en plein ciel, nettoyé depuis des siècles à grands seaux d'eau.

L'embrasser, lui dévorer les lèvres était sa première et incoercible intention. Mais il eut le malheur de s'écarter un peu pour la contempler et fut violemment détourné de son projet initial en la regardant tirer sur sa culotte. Une fixité blêmissante émietta son masque réjoui. S'il n'avait remarqué qu'elle le tenait dans sa main, le froissait comme une papillote, il aurait juré qu'elle venait de lui enfoncer son slip dans la gorge, une boulette chaude et soyeuse qui était en train de le tuer mais qui fondit soudain comme une hostie quand il sentit ses testicules, tels des œufs dans un nid, s'installer au creux d'une paume.

Sans même qu'il eût à détacher son regard du bas-ventre d'Éthel, que, cuisses repliées, elle lui présentait du nombril à l'anus, il flaira la seconde — crut déceler une ombre d'haleine chaude — où on allait le sucer. Il grimaça, car la tentation était forte, le désir très puissant. Mais le danger étincelait comme le nez au milieu de la figure, ne cherchait pas à se dissimuler pour lui servir un mauvais tour. Vito savait pertinemment qu'il se trouvait dans un état d'excitation trop avancé pour jouer au plus malin. Rien qu'en se représentant les lèvres d'Éthel lui ajustant au quart de poil un petit col roulé rose et poisseux, il se poignardait lui-même. De ce point de vue, les filles possédaient un réel avantage. Il y avait certains bruits qui couraient comme quoi elles se plaignaient de ceci ou cela, que les types étaient trop rapides, qu'ils n'étaient pas très imaginatifs, peu disposés à prendre des risques, pas assez détendus. Il aurait voulu les y voir. Avec une bombe qui va leur sauter à la gueule.

Il roula sur le sol, se redressa, la tête entre ses jambes. D'habitude, il n'était pas très chaud pour commencer par là, mais ça ne le gênait pas avec Éthel. Il se sentait d'ailleurs différent, à la fois plus tendu et plus serein qu'avec les autres, plus tendu et plus confiant. Avant de s'y mettre, et en un éclair, il avait révisé toutes ses connaissances. Au trac de l'entrée en scène avait succédé l'assurance du chirurgien. D'autant qu'elle lui mâchait le travail en s'ouvrant davantage et en se cramponnant la toison comme la crinière d'un cheval emballé.

Malgré l'entrain quasi jubilatoire qu'il appliqua à sa besogne, il resta très attentif aux directives d'Éthel, freina et accéléra quand on le lui demandait, sans chercher à comprendre. Et il n'avait pas goûté au truc du bout des lèvres, n'avait pas regardé à sa peine, n'avait pas fait le délicat. Ce fut le menton luisant qu'il releva la tête, le nez bouché, les cils en paquets, le front badigeonné comme à la colle à bois. Il était fier de ce qu'il avait accompli, buvait le halètement d'Éthel comme du petit lait et se régalait à l'avance en songeant au terrain qu'il avait préparé, arrangé, retourné, nettoyé avec patience avant de lui planter son poireau. Un instant, il contempla son boulot d'un œil satisfait, y mit la main comme s'il voulait briser une dernière motte entre ses doigts, ou caresser son chien, ou respirer un peu de cette terre qu'il venait de valoriser. Et donc, pour toutes ces raisons, ce fut d'un cœur léger qu'il se pencha, d'un corps qui portait encore la sueur, l'échauffement, l'odeur de son travail, qu'il se faufila entre les cuisses d'Éthel et commença de lui poinçonner la pastille. Environ trois ou quatre centimètres d'un bonheur sans égal, qu'il se plut à sublimer d'une subtile rotation des hanches, d'un mouvement qui se voulait amical, plaisant, un brin malicieux et lubrificateur pour son compte. Il fermait à demi les yeux, se recueillait pour ainsi dire, s'oxygénait avant que tout son être ne se décidât à plonger. Éthel ne pouvait pas choisir un pire moment pour s'arracher le tuyau de la veine. Elle le saisit toutefois d'une main habile et les désaccoupla sans sourciller.

— Je crois que j'allais faire une bêtise..., murmura-t-elle.

Pendant ce temps, Vito luttait contre l'éventualité d'un arrêt cardiaque ou certain acte qui le conduirait à la prison à vie. Mais elle se dressa sur un coude, l'attira, et lui administra un tendre baiser.

— Je suis désolée, reprit-elle. C'est une stupide histoire de pilule... Enfin, je dois prendre certaines précautions durant le mois qui vient...

— Ah, nom de Dieu de nom de Dieu... !!

— Jurer ne sert à rien. Tu ne vois aucune solution... ?

— Figure-toi que je ne me promène pas avec ces trucs plein les poches...

Elle lui enfouit le visage contre sa poitrine.

— Oh Vito, Vito..., souffla-t-elle. Nous étions si bien partis...

— Écoute, je vais me retenir...

Elle n'éclata pas franchement de rire, mais sa voix gargouilla comme de l'eau :

— Voyons, ne dis pas de bêtises... !

Dans le minibus, elle se serra contre lui, lui donna la main dans le noir. Elle l'examinait en fronçant les sourcils car il ne réagissait pas. Elle pressait sa main entre les siennes mais il ne parvenait pas à montrer le moindre enthousiasme. Quelque chose s'était effondré en lui. Un peu plus tôt, il n'avait même pas essayé d'obtenir d'elle une petite compensation. Peut-être même aurait-il décliné certaine offre, il n'en savait rien, il n'en était pas sûr, mais quant à lui, il n'y avait pas songé, il s'était assis, les yeux tournés vers le ciel. D'ailleurs, il n'avait rien compris à ses explications, avait tenu la plaquette de pilules entre deux doigts et s'était contenté de hocher la tête. « Oui, bien sûr que je te crois... » Le problème n'était pas de savoir s'il la croyait ou non. Le problème était de savoir s'il existait un remède à ce genre d'histoire. Il frappa l'épaule de Ed et le conjura de s'arrêter de toute urgence.

Se vider la vessie l'ôta d'un poids. Il prit également quelques profondes inspirations en se bouchant une narine ainsi que Giovanna le lui avait enseigné pour parvenir à la paix intérieure.

« Une chouette soirée... ! » glissa-t-il à Éthel en reprenant place à ses côtés, un large sourire aux lèvres. Elle hésita une seconde puis lui saisit de nouveau la main. « Une très chouette soirée... », fit-il de nouveau en hochant la tête. Une fois encore, il ne reconnut pas sa voix. Son sourire lui tordait la bouche.

« Ouais... Peut-être que c'est vrai..., déclara Steven. J'y connais pas grand-chose, mais peut-être que c'est vrai... » Vito cligna des yeux puis décida d'enlever une cale sous un tuyau afin de lui donner davantage de pente avant d'arriver aux pieds de tomates, pas trop mais suffisamment pour s'écouler aussi dans un réservoir dont le trop-plein déclenchait d'autres systèmes. C'était une de ces journées comme on n'en voyait qu'en plein été, d'une chaleur épouvantable, d'une lumière aveuglante. L'air avait une odeur d'herbe brûlée, s'élevait très haut puis redescendait en soufflant comme une forge. Steven se tenait à l'abri d'un figuier, dans le hamac de Giovanna, et il essayait d'attraper des messages de la police sur les ondes courtes tout en discutant contraception. De toute façon, il ne comprenait pas qu'on puisse s'emmerder à ce point-là avec une fille alors qu'elles étaient des armées entières à parcourir le monde, avec ou sans pilule, et toutes plus belles les unes que les autres, toutes pleines de fureur, de bruit et d'aventures, et pas du genre casse-pieds, pas du genre à vous faire perdre votre temps. « Tu l'as déjà pistée pendant des mois... Songe à toutes celles que tu as loupées depuis l'hiver... Tiens ! Et ça, c'est quoi... ? Écoute... Non, c'est l'aéroport... Tu sais, ce que j'essaye de te dire, c'est qu'il faut pas se donner trop de mal pour les avoir. Sinon on finit par marcher voûté avant l'âge. Souviens-toi qu'on ne peut plus soulever une fille dans ses bras quand on lui en a trop mis sur le dos. C'est logique... »

Jim arriva sur ces bonnes paroles. Lui, par contre, ses épaules s'étaient affaissées en quelques jours. Et son regard s'était assombri, ne brillait plus dans l'attente des grands oiseaux bleus et balayait le sol, en proie à des visions plus sinistres. Il resta un moment à considérer l'œuvre de son fils, parut réfléchir, en observant un filet d'eau qui gargouillait à ses pieds avant de disparaître dans une conduite souterraine pour resurgir en contrebas et filer dans un paisible goutte-à-goutte pour arroser des mousses courant sur une rocaille.

— Je vais pas y arriver..., soupira-t-il en s'effondrant sur un siège en osier.

Il grimaçait, mais ce n'était pas le soleil qui le gênait, ni la chaleur, ni les clous qui dépassaient de ce fauteuil sur lequel personne ne s'asseyait jamais mais que Giovanna avait gardé en souvenir du père de Jim, histoire de ne pas tout balancer.

— Je vais pas y arriver, reprit-il, parce que je ne sais pas les fabriquer. Et il est trop tard pour que j'apprenne...

Steven coupa la radio et se pencha pour toucher le bras de son copain :

— Jimmy... Personne peut y arriver en faisant ses comptes... En te serrant la ceinture, tu peux marcher un moment sur la brèche, mais tu finis toujours par plonger... Jimmy, n'importe quel type intelligent finit par se placer hors-la-loi. A moins de gagner au Loto ou de faire vœu d'abstinence...

— Bon sang ! Vous savez ce que coûte une journee en oncologie... ? Alors que j'ai même pas de quoi la couvrir de fleurs et de chocolats comme la première princesse venue... ? **Mon Dieu ! Est-ce qu'ils veulent que j'attaque une banque... ??!!**

Devant un tel désarroi, Vito amorça un pas vers son père, mais Steven, plus rapide, avait glissé de son hamac et serrait Jim contre son épaule :

— Ne t'inquiète pas. Je vais m'occuper de ça...

— Steven ! Ils t'abattront avant que tu n'aies traversé la rue... !

Ils en discutèrent avec Mickey qui revenait d'une balade avec un panier empli de cerises qu'il se disposait à accommoder de diverses façons. Vito les regardait comploter à l'ombre d'un auvent de canisses, assis autour de la table où Strondberg et Giovanna tressaient les oignons et crachant leurs noyaux un peu partout, par poignées entières. Ils n'avaient pas besoin de son avis, mais de temps en temps, Jim se tournait vers lui et l'observait. Parfois, il n'agitait pas la main mais soulevait quelques doigts pour lui faire signe.

« Tu dois veiller sur lui..., déclara Giovanna. Il est complètement perdu. C'est de ma faute, c'est comme si je l'avais abandonné. Je n'ai pas eu assez de temps pour me racheter... Je ne devrais pas être ici, je devrais être en train de m'occuper de lui. J'ai tellement aimé ton père par la suite... Est-ce que tu crois que ça compte... ? »

Il n'en savait fichtre rien. Chaque fois qu'il venait la voir, elle ressortait cette vieille histoire. Elle avait trompé Jim, l'avait humilié et blessé, et il semblait que la seule chose qui lui importait était de réparer sa faute. Elle finissait par oppresser Vito avec son idée fixe. La rédemption était à présent inscrite au nombre de ses réflexions, au même titre que la masturbation féminine, l'hyperréalisme, la mécanique des fluides, la tauromachie ou la culture physique, ou les anomalies cellulaires. Quand il sortait de la clinique, il avait presque envie d'entrer dans une église. Ou bien s'il était tard et temps de se coucher, il se rabattait le drap sur la figure.

Ce jour-là, il avait travaillé pour elle, avait passé de longues heures dans son jardin en espérant un coup de fil d'Éthel, les mains pleines de mauvaises herbes, l'esprit rongé par les souvenirs de la veille, amers et délirants. Lorsqu'il avait déclaré qu'il allait voir sa mère, les trois autres avaient suspendu leur conciliabule. Jim avait coupé des fleurs, Mickey avait trié ses plus belles cerises et Steven était allé chercher un livre dans ses bagages, *Winnesburg-Ohio* de Sherwood Anderson. Il avait tout déposé aux pieds de Giovanna. Mais ce qu'elle avait apprécié par-dessus tout, c'était le compte rendu de ses travaux dans le jardin, les nouvelles de chaque plant, chaque sillon, chaque mètre carré de terrain qu'il lui rapportait en détail, sans se forcer le moins du monde. Elle était également très excitée par ce qu'il lui avait raconté au sujet de ses tuyauteries, de ses plans d'eau, de son système d'irrigation phénoménal. Pour lui faire plaisir, et ayant ramassé ses lauriers, il lui dit que Jim l'avait un peu aidé. Mais prononcer le nom de Jim la plongeait à présent dans les affres.

Il l'avait profondément observée pendant qu'elle lui débitait son discours habituel. Il ne savait pas si elle avait ou non racheté sa faute, mais il s'assit auprès d'elle. Ça ne le prenait pas très souvent, pas par besoin personnel. Il avait passé l'âge de ces choses.

Raconter sa vie n'était pas non plus son penchant naturel. Giovanna l'avait maintes fois interrogé sur les filles qu'il rencontrait — et qu'il baisait autant que possible, au cas où elle en aurait douté — sans obtenir de lui des renseignements très solides. Il profita de cette fin d'après-midi où elle ne lui demandait rien pour lui parler de sa dernière séance avec Éthel et de ce qu'il avait sur le cœur.

Il en fut le premier surpris. Cela venait peut-être de la mollesse du lit, des reflets mordorés du couchant sur la baie ou de la mauvaise mine de sa mère. Il se figurait peut-être qu'il allait rallumer une étincelle dans ses yeux, lui redonner des couleurs par la magie d'une petite conversation intime. Ou qu'elle allait trahir son camp et lui donner les clés de la citadelle. Mais en fait, plus il avançait dans son histoire et plus les raisons de son déballage lui échappaient. C'était comme quand il ouvrait le robinet du jardin. Les mots coulaient de sa bouche, se collaient les uns aux autres et s'étiraient, suivaient un tracé capricieux. Des phrases entières emplissaient de sombres réservoirs, puis débordaient et rejaillissaient un peu plus loin. Un souffle les ralentissait, un passage délicat, mais à l'occasion d'une ligne droite, elles reprenaient de la vitesse, s'élançaient vers de petites vallées, se heurtaient à des barrières, bouillonnaient dans les torrents. Il n'y avait pas de vrai moyen d'arrêter ça. Il se souvenait d'un dessin animé où des tonnes de balais se mettaient en marche avec des seaux d'eau.

Tandis qu'emporté par le courant, il tenait le récit de ses

aventures, il éprouva un plaisir inattendu en constatant qu'il avait ses propres emmerdements. C'était peut-être la première fois qu'il avait l'impression de parler d'égal à égal avec un adulte. C'était aussi, en regard des problèmes que traversaient Jim et Giovanna, une manière de participer, de ne pas apparaître plus insouciant qu'il ne l'était. Il fermait à demi les yeux, secouait gravement la tête, frappait du poing sur sa cuisse ou soupirait en montrant ses blessures. Ses démêlés avec Éthel prenaient des reflets terribles, de sourdes résonances, des allures de tragédie grecque. Il craignait un peu d'épouvanter sa mère dans l'état où elle se trouvait, ou de lui mettre une larme à l'œil mais Éthel n'avait pas donné signe de vie — il avait vérifié le téléphone — et ce silence le chiffonnait, lui soufflait un soupçon de vague à l'âme. Il voyait le moment où Giovanna allait le serrer dans ses bras et où il allait se décider à la rassurer. Il était content de lui offrir cette occasion. Avant, quand tout allait bien, il se tortillait pour sortir de son étreinte. Mais cette fois, elle ne le taquinait plus, il en avait la certitude. Après ce qu'il venait de raconter, plus personne n'avait envie de rigoler. Et pour finir, il découvrit qu'il avait envie que sa mère le serre contre sa poitrine et que ça ne le gênait pas du tout. Comme quoi, on en apprenait tous les jours.

— Mais tu sais, je te dis ça, je ne veux pas que tu t'inquiètes..., conclut-il en lui caressant la main pour lui montrer la voie.

— Mon pauvre chéri..., soupira-t-elle. Ce n'est pas pour toi que je m'inquiète... Si ton père me donnait deux fois plus de soucis que toi, je m'estimerais heureuse. Le pauvre, il a tellement besoin de moi, il a tellement pris l'habitude que je m'occupe de lui... Tu le verrais, il s'assoit là, à ta place, il ne dit rien puis il vient se blottir dans mes bras... Oh, je me fais un sang d'encre à son sujet... Pourquoi le Seigneur ne m'accorde-t-il pas la force...

Il l'embrassa gentiment avant de partir, mais pour le reste, l'envie lui avait passé. Dans le bus, il posa sa tête contre le carreau et s'endormit. Accroupi à côté de la Vincent qu'il était en train d'astiquer, Jim le regarda pénétrer dans la cour. Vito le savait déjà, mais elle avait raison : Jim pédalait dans la semoule. Il rangeait son atelier au lieu d'y travailler. Il s'asseyait devant l'océan au lieu de filer dans les vagues. Il boutonnait sa chemise et mettait une cravate pour frapper aux portes des banques sauf qu'il ne portait pas de chaussettes dans ses chaussures de ville. Et il briquait la Vincent tous les jours au lieu de l'enfourcher et d'attaquer sa balade sur la côte. « Tu te gênes pas, tu la prends quand tu veux... », lui glissa-t-il lorsque Vito fut à sa hauteur. Complètement à côté de ses pompes.

La nuit tombait et ils attendaient les pizzas que devait ramener Strondberg. Enfoncé dans un fauteuil Steven écoutait un disque de Townes Van Zandt et secouait la tête en examinant la pochette. Jim se fixait dans le miroir du salon, se penchait pour observer quelque détail. Vito se tenait près du téléphone. Mickey était nerveux, pianotait sur le carreau, le nez à la fenêtre.

« N'empêche que c'est pas ce qu'on avait décidé... » grogna-t-il. Personne ne lui répondit. Personne ne lui avait répondu les autres fois. Lui-même ne semblait pas attendre de réponse, il se parlait tout seul. Steven avait expliqué à Vito qu'ils avaient décidé d'écouler leur stock le plus vite possible pour faire face à certaines dépenses et honorer un chèque de caution que la clinique, soupçonneuse, se disposait à encaisser. Strondberg avait proposé son aide mais Jim ne pouvait accepter, d'autant que la taille de son bas de laine était à pleurer d'attendrissement. Et qui d'autre était prêt à les aider ? Quel banquier écoutait un type qui ne portait pas de chaussettes et qui hésitait à décliner sa profession ou s'interrogeait carrément sur le problème ? Les trois malins s'étaient creusé la tête durant tout l'après-midi à chercher une autre solution, mais ils avaient dû se rendre à l'évidence.

« N'empêche qu'il faudra pas me dire que je l'avais pas dit... ! » insista Mickey.

Vito les avait prévenus que l'ambiance était malsaine, même si l'on ne prenait pas au sérieux la mauvaise humeur de Victor Sarramanga. Ne le connaissant pas, et Vito n'ayant pu les convaincre qu'il fallait se méfier de ce gars-là, Mickey voyait déjà des gyrophares encercler la maison et des haut-parleurs aboyer dans les ténèbres. « En 67, poursuivit-il, il a fallu que je me sauve par les toits, et ils m'ont coursé dans les égouts, ils ont mis ma mère sur écoute pendant un mois et ils ont foutu mon sommeil en l'air. Mais je crois que j'ai pas compris la leçon... » Ils n'envisageaient pas que le danger puisse venir d'ailleurs.

Ils entendirent la voiture de Strondberg qui se garait dans la cour. « Il ne faudra pas traîner..., conclut-il. Si on n'écoule pas les douze kilos en deux ou trois jours, on va le sentir passer, je vous le garantis. Au fait, on n'a pas encore décidé si on restait ensemble ou si on se partageait la ville en secteurs. Il y a des inconvénients, qu'on choisisse l'un ou l'autre... »

— Salut, mes chéris... ! lança Strondberg en entrant.

Le lendemain après-midi, le quatrième taureau refusa la pique. Il chargeait la tête haute et freinait, réfléchissait à toute vitesse. A cause du vent, la *faena* se déroulait le long des planches et les types toréaient avec la muleta en retrait depuis le début. Celui qui s'occupait tant bien que mal de ce taureau, un María Luisa Domínguez Pérez de Vargas proprement armé, était un jeune dont on parlait beaucoup, qui avait pris l'alternative au début de la saison et venait de couper trois oreilles à Madrid deux jours plus tôt. On se demandait comment il s'était démerdé, ne serait-ce que pour sortir de sa cape une ébauche de naturelle. Il n'y avait pas grand-chose à tirer du taureau et pratiquement rien à espérer de son adversaire. Vito se désintéressa de la course. Il porta son attention sur la nuque d'Éthel, puis sur les épaules massives de son père qui se penchait vers elle avec douceur et s'éventait de son chapeau.

Vito avait déjà vu des toreros projetés en l'air, fauchés par une charge courte, traînés d'un bout à l'autre de l'arène ou piétinés, éreintés, transformés en poupées de chiffon, secoués comme des marionnettes, mais il n'avait jamais assisté au pire et cette fois, le jeune matador se tenait debout, la gorge transpercée par une corne qui l'empêchait de s'effondrer et le soulevait sur la pointe des pieds. Cette image ne dura qu'une fraction de seconde, sembla se figer sous l'effet de la clameur avant que le taureau ne reprît le combat et ne s'inquiétât des capes que l'on déployait autour de lui, tout empêtré du fardeau qu'il avait embroché et dont il cherchait à se débarrasser en secouant la tête.

Davantage que par la scène, Vito fut frappé par le renversement des rôles. Et ce n'était pas une simple éventualité, un cas de figure improbable, mais une incroyable réalité dont il s'imprégna sans prendre garde. La mort du torero, bizarrement, lui donna le sentiment qu'un poids disparaissait, que l'air se déchargeait, se purifiait du relent de sacrifice que Vito n'avait pas très bien identifié jusque-là, qu'inconsciemment il assimilait à un rituel.

Malgré la présence de Victor Sarramanga, il voulut rejoindre Éthel à la sortie. Il n'avait pas l'intention d'entamer une longue discussion avec elle, de toute façon. Mais il avait passé toute la journée d'hier sans nouvelles et tenait au moins à croiser son regard. A son avis, le fait qu'elle n'était pas avec Marion signifiait qu'il y avait un problème. La veille, il l'avait maudite du lever au coucher du soleil, l'avait pulvérisée en lançant une tomate sur le mur du jardin, déchiquetée en taillant des chiffons dans un vieux drap avec Strondberg, écrasée en préparant de la purée, souillée en pissant contre un arbre. Pourtant, la nuit venue, il avait envisagé qu'elle ait pu avoir des ennuis, qu'elle se morfondait dans sa chambre, privée de téléphone, incapable de communiquer avec l'extérieur. En la voyant seule avec son père, il s'était conforté dans cette hypothèse. Qu'elle n'osât pas une fois se retourner était un indice supplémentaire, presque trop évident.

Il joua des coudes, enjamba les rangs jusqu'à la *barrera*, mais il ne les rattrapa qu'au-dehors car il y avait ce type, cet Anton, moitié chauffeur, moitié garde du corps, qui leur ouvrait la marche à travers la foule que la mort d'un homme avait rendue compacte et collante, plus lourde et plus traînante qu'à l'ordinaire. Vito aperçut Victor Sarramanga en arrêt devant un stand où l'on vendait des affiches, des reproductions de cartels célèbres, tandis qu'Éthel s'éloignait sur les talons d'Anton.

Il faillit, en s'élançant de plus belle, percuter Victor Sarramanga la tête la première.

— Diable, mon garçon... ! Mais tu es un animal sauvage... !

Vito tombait des nues. Il ne comprenait pas comment l'autre avait pu se glisser sur son chemin, ni comment interpréter le sourire et le ton amical qu'on lui prodiguait. Il baissa les yeux une seconde et jura en silence car l'obstacle était impossible à franchir.

— Un triste après-midi, tu ne crois pas... ? Mais que veux-tu..., lorsque l'on ne croise pas suffisamment... Oui, ça ne pardonne pas... regarde Manolete...

Vito voyait surtout qu'Éthel avait disparu.

— Comme je te le disais, je n'ai pas souvent l'occasion de parler de ces choses avec les amis de ma fille... Qu'en penses-tu ? Aurais-tu quelques minutes à perdre avec moi... ?

— Oui, bien sûr...

— Oh, mais peut-être le moment est-il mal choisi... Tu avais l'air si pressé... Tu sais, ne crains pas de décliner ma proposition, ton temps est sûrement très précieux...

Découragé, Vito secoua la tête. Il enfonça ses mains dans ses poches et s'apprêtait à faire quelques pas en compagnie de cet homme quand on murmura, « S'il vous plaît... », dans son dos. Il se retourna et découvrit Anton qui s'inclinait et lui maintenait la portière ouverte.

Vito ne savait pas si c'était une Rolls ou une Bentley, du lard ou du cochon. Il profita du bref instant pendant lequel Victor Sarramanga échangeait quelques mots avec Anton puis s'installait à son tour pour évaluer la situation. D'un côté, il n'avait pas de mauvais rapports avec le père d'Éthel, ils avaient eu certaines conversations sur les corridas et ce dernier n'avait pas caché le plaisir qu'il y avait pris. Mais de l'autre, c'étaient les ténèbres. Peut-être y avait-il quelque chose qui n'allait pas. En fait, des tas de choses n'allaient pas, tout allait même de travers. Mais pour en revenir à son voisin, qui venait de poser sa veste et son chapeau entre eux, celui-ci avait au moins deux raisons de lui en vouloir : Vito vendait de l'herbe à sa fille et la baisait, pour ainsi dire. Restait à savoir s'il avait découvert l'une ou l'autre de ces activités — qu'il fût au courant des deux n'ouvrait pas de plus sombres perspectives, tout bien pesé — ou si Vito lui avait simplement tapé dans l'œil.

« Personnellement, je n'y ai pas assisté..., reprit Victor Sarramanga tandis que le véhicule s'enfonçait avec douceur dans la foule. Mais l'on m'a certifié qu'il n'a pas croisé comme à son habitude... lui qui entrait court et droit, une pure merveille... Ma foi, tu as sans doute compris que rien n'était joué d'avance... Ah, mais tu n'as pas pu voir ce dont un tel homme était capable... ! Son poignet était d'une telle souplesse, d'une telle élégance... J'admets que sa véronique souffrait de cette mauvaise manie qu'il avait de reculer d'un pas, mais sa demi-véronique, mon garçon, sa demi-véronique était une incomparable splendeur... ! »

Il y avait beaucoup de place à l'intérieur du véhicule, mais Vito se sentait à l'étroit. A l'instant où l'autre fouillait ses souvenirs pour lui décliner quelques estocades *a recibir* qui l'avaient littéralement enchanté, Vito se raidit sur son siège en découvrant Éthel à la terrasse du Plazza. Ils ne roulaient pas vite, de sorte qu'il put la considérer à loisir et même dévisager le type qui était avec elle. Il se retrouva bientôt avec le cou tordu sur le côté, la respiration bloquée.

« ... que les jeunes filles d'aujourd'hui..., disait Victor Sarramanga quand Vito rouvrit les yeux. J'aurais aimé avoir un fils, ne serait-ce que pour avoir l'impression de parler le même langage... Quoique ce garçon, durant le déjeuner, m'ait demandé si Antonio Fuentes n'était pas un écrivain mexicain... Que veux-tu, on peut traverser l'océan pour s'inscrire au M.I.T. et ne rien connaître à la vie... Je ne choisis pas les relations de ma fille, j'essaye de la conseiller... Bien entendu, il y a ceux que l'on doit châtier, mais combien d'autres n'ont ni caste ni bravoure, combien sont si faibles des jarrets qu'ils ne méritent pas le moindre intérêt... ? Imagines-tu, plus tard, que dans sa vie un garçon tel que celui-ci ait un combat à livrer... ? Il faut sans doute se résigner à ne rien comprendre aux femmes... Enfin, si tu as l'occasion de le rencontrer, tu jugeras par toi-même... mais je ne te conseille pas d'aborder certain sujet avec lui, j'ai même cru comprendre que le pauvre était végétarien... Il a préféré prendre un livre plutôt que nous accompagner, ... je n'ai pas insisté... »

Ils étaient à présent sortis de la ville et longeaient l'océan à faible allure, comme s'ils se laissaient pousser par le vent. Vito avait un passage à vide.

« ... car la faiblesse de ton adversaire te diminue, son ignorance te prive de discipline... Crois-tu que l'on puisse " donner " la mort à n'importe qui, n'importe comment... ? Le choix de ton adversaire, les accords terribles et secrets que vous passez ensemble d'un simple regard, sont la lumière de ta propre vie... Et tu n'apprends pas ça dans les livres... Tu portes en toi l'instinct de vie et de mort, ou tu n'es rien du tout... Tu ne rencontreras la grandeur ni dans ce monde ni dans l'autre si tu ne sens pas ces choses... Je sais que tu me comprends... »

Vito ouvrit les doigts et se plongea une main dans les cheveux. Il sourit à Victor Sarramanga qui l'observait avec un air satisfait et, ce faisant, lui flanquait un peu la trouille. Néanmoins, et bien qu'Éthel occupât à demi son esprit, il avait suivi le discours de son interlocuteur.

— Vous devriez m'inviter plus souvent chez vous..., lâcha-t-il.

Il en rougit d'avoir eu un tel culot. Mais il était prêt à le répéter si l'autre n'avait pas entendu. Il y avait aussi de petits combats à mener dans cette vie. Qui, s'ils ne vous ouvraient pas le ciel, vous embellissaient la vie, ici-bas.

Le père d'Éthel en plissa les yeux d'un bonheur trouble :

— Nous avons le temps, mon garçon... Ne précipitons pas les choses... Mais j'aimerais te faire un cadeau, si tu le permets... Il te sera peut-être utile un jour... C'est à propos du *cargar la suerte,* cette façon de dévier la charge du taureau... Eh bien, Rafael Molina, celui qu'on surnommait « Le Lézard », en parlait en ces termes, il disait : « Tu te mets là et tu t'enlèves, ou c'est le taureau qui t'enlève. » Mais Belmonte avait une autre conception de l'exercice, qui me semble plus intéressante... Donc, je te la donne, pour ta réflexion personnelle... Belmonte disait : « Tu te mets là et tu ne t'enlèves pas. Et le taureau ne t'enlève pas non plus si tu sais toréer. »

A cet instant, Vito s'aperçut qu'ils s'engageaient dans le chemin qui conduisait chez lui. Il ouvrit la bouche et fut incapable de prononcer un son durant quelques secondes. Puis il se réveilla :

— Le chemin est très mauvais, je vais descendre ici...

Victor Sarramanga se pencha vers le carreau et déclara que c'étaient de beaux pommiers.

— Écoutez, ma mère n'est pas là...

— Je suis au courant, mon garçon... Une épreuve particulièrement terrible et pour laquelle, tes parents et toi, avez toute ma sympathie...

Vito ne reconnaissait pas la chaussée. La limousine était si bien suspendue qu'il n'y avait plus ni trous ni bosses. Elle pénétra dans la cour le plus sournoisement du monde.

Jim se redressa près de la Vincent, une main en visière pour se protéger du dernier rayon rose orangé qui déchiquetait la cime des pommiers et frappait la maison de plein fouet. Bien qu'à l'abri du phénomène, Vito se sentit aveuglé lui aussi. Il tâtonna pour trouver le système d'ouverture, manœuvra l'issue de secours et remercia Victor Sarramanga en s'éjectant dans la foulée.

Jim s'essuyait les mains mais elles étaient aussi propres que son chiffon et la Vincent ressemblait à des souliers vernis. Vito se rangea à côté de lui, sans satisfaire à la curiosité que Jim manifestait par un sourire flottant. Il était un peu tard pour les explications et pas grand-chose à dire sur une telle intrusion. Il effleura la main de son père qui venait de se refermer sur son épaule cependant que Victor Sarramanga posait un pied sur le sol. Vito avait envie de se tourner vers Jim pour lui jurer qu'il n'y était pour rien. Le père d'Éthel secoua la tête en regardant autour de lui, s'appuya sur une aile et d'un geste, le chapeau à la main, désigna les bâtiments :

— Une bien belle maison que vous avez là, monsieur Jaragoyhen... Et le site est remarquable...

— Mes parents habitaient ici..., répondit Jim d'un ton aimable.

On aurait dit qu'il recevait une visite de bon voisinage. Et au fond, ça en avait tout l'air, d'autant que Vito ne savait pas si Jim réalisait qui se trouvait en face de lui, ni si ce dernier avait découvert quelque chose. Il était également difficile de décider s'il faisait encore jour ou si c'était la nuit qui s'annonçait.

— Il y a sans doute bien longtemps... Je me souviens toutefois d'un couple sans enfants...

— Oui, un oncle et une tante que je n'ai pas connus. Mon père ne s'est jamais décidé à vendre cette maison. Il préférait la prêter et pouvoir y revenir de temps en temps, il y avait laissé presque tous ses meubles... Elle ira un jour à mon fils.

— Oui... C'est une région à laquelle on s'attache... qui a ses particularités et ses coutumes... Il y a sans doute certaines règles à observer, remarquez, comme partout ailleurs, mais je crois que l'on s'y sent bien... Je ne sais pas si cela vient de la forêt, de l'océan, ou de l'air... oh, j'admets que c'est inexplicable... mais c'est une qualité assez rare pour que chacun veille à la préserver... Ah, vous savez tout cela aussi bien que moi et je vous parle comme à un étranger... !

— Eh bien, mes parents sont partis pour San Francisco avant ma naissance... vous n'étiez pas très loin de la vérité.

— Vraiment... ? Mais alors, vous avez encore tout à découvrir... !

Il les quitta tous deux des yeux un instant pour regarder Steven et Mickey qui s'approchaient prudemment.

— Enfin, vous verrez..., reprit-il. J'ai été content de faire votre connaissance, monsieur Jaragoyhen... Je vous souhaite une bonne soirée, ainsi qu'à vos amis... Je te souhaite le bonsoir, mon garçon... Est-ce que vous vous intéressez aux taureaux, monsieur Jaragoyhen... ?

— Non, pas du tout.

— Ça ne fait rien... Ça n'a pas une grande importance...

Victor Sarramanga baissa son carreau et leur sourit tandis qu'Anton exécutait au ralenti une jolie boucle autour d'eux. Jim en profita pour remercier son visiteur d'avoir raccompagné Vito.

— Non, je vous en prie, monsieur Jaragoyhen... Ne me remerciez pas.

Ils passèrent la soirée à peser l'herbe, à la conditionner par petits paquets qu'ils rangeaient ensuite dans ces fameuses bourses à rayures vertes et bleues, subtilisées à l'école et que Strondberg tenait à récupérer au plus vite pour y replacer shorts et maillots qui, selon elle, commençaient à prendre la poussière. Ils avaient regardé Vito puis l'avaient prié de laisser tomber et déclaré qu'ils s'en sortiraient mieux sans son aide. Pour le moins, il n'avait pas la tête à ce qu'il faisait.

Il pensait à ce type qui arrivait du M.I.T. et s'offrait quelques vacances chez les Sarramanga. Il devait prendre son petit déjeuner avec Éthel sur la terrasse ou dans un coin agréable du salon puis l'entraîner dans la piscine. Le soir, ils devaient discuter ou jouer à quelque chose, puis il continuait de la baratiner sur le balcon, dans le jardin parfumé de glycines, au bord du court de tennis, près des écuries et jusque derrière la porte de sa chambre dont il pouvait tenir le siège aussi longtemps qu'il le souhaitait, si le pire ne s'était pas encore produit. Plus il y réfléchissait et plus la possibilité qu'elle se foutait carrément de lui grandissait dans son esprit. Alors les élastiques lui pétaient dans les doigts ou il se trompait dans ses pesées ou un paquet d'herbe s'éventrait sur ses genoux.

Quand ils furent prêts, il les aida quand même à charger le minibus, de l'herbe mais aussi de toutes ces planches qui devaient donner le change, accréditer la version des gentils surfers — Steven avait placé des fruits et des bouteilles de lait sur la banquette — à la recherche d'un hôtel convenable — ils s'étaient noué les cheveux tous les trois et rasés de près — de peur d'attraper des puces sur la plage — Mickey leur avait repassé des chemises. Juste avant leur départ, Jim lui cligna de l'œil et lui dit de ne pas s'en faire. Vito hocha la tête. Il ne parvenait pas à s'inquiéter pour eux. Son esprit tout entier était occupé à d'autres problèmes.

Il tourna en rond pendant une heure. Ensuite, il donna plusieurs coups de téléphone et en conclut qu'Éthel n'était pas en ville. Marion le retint un peu plus que les autres. Sans qu'il ne lui eût rien demandé et avec un plaisir évident, elle lui parla du type, de ses relations avec Éthel deux ans plus tôt. Vito s'était assis, avait tenu le combiné coincé contre son épaule et tordu quelques fourchettes en plaisantant avec Marion. Ensuite, il enfourcha la Vincent et fila chez Paul.

Les jumelles avaient été un sujet de discorde entre Paul et lui. Pour finir, Paul lui avait juré qu'il ne s'en servait plus. Mais lorsqu'il entra dans sa chambre, elles étaient installées sur leur pied et braquées par la fenêtre.

« Ta mère m'a dit que je pouvais monter... », lâcha Vito pendant que Paul se recroquevillait sur son lit et bredouillait quelques mots sur les étoiles.

Vito lui fit signe de ne pas se fatiguer. Il attrapa une chaise et se pencha sur les jumelles.

— Tu vois quelque chose... ? demanda Paul au bout d'un moment.

— Ouais, bien sûr que je vois quelque chose...

La chambre d'Éthel était vide. La fenêtre éclairée n'était

pas plus grande que l'ongle du pouce, mais l'on pouvait facilement distinguer les allées et venues d'éventuels occupants. Au début, Paul s'était vanté de la voir à poil, mais sans préciser qu'elle mesurait un centimètre.

Vito inspecta toutes les fenêtres de la maison.

— Tu connais ce type qui a débarqué chez elle ?

Il sentit le soupir de Paul contre sa nuque :

— Oui... C'était avant que tu n'arrives... Un des meilleurs élèves de l'école... Je sais pas, mais il a au moins vingt et un ou vingt-deux ans...

A présent, Vito fouillait le jardin avec méthode, déplaçait lentement les jumelles de droite à gauche. Le clair de lune et les projecteurs semés dans les fourrés se donnaient la main.

— Dis donc, au fait, mais qu'est-ce qui te prend... ? lâcha Paul en se réveillant. Je croyais que c'était une pratique dégueulasse... je croyais que ça te dégoûtait si je me souviens bien...

— Je suis pas en train de l'espionner, je suis en train de la chercher.

— Mais bien sûr, j'aurais dû m'en douter... !

Vito se tourna vers lui :

— Si tu t'étais montré à la hauteur, on n'en serait pas là... Est-ce que tu sais tout le temps que tu nous as fait perdre... ?!

— Ah ! On va pas recommencer...

— Non, on va pas recommencer...

Il reprit son observation.

— Vito, il faut que je te dise quelque chose... Un jour, je lui demanderai de m'épouser.

Ils se regardèrent.

— Je suis pas pressé, ajouta-t-il.

Vito serra les dents avant de lui demander s'il se fichait de lui, mais le fixant, il fut tout à coup persuadé que Paul ne plaisantait pas et qu'il le ferait.

— Eh bien, j'espère que t'es pas pressé. Vas-y, jette un coup d'œil...

Paul s'exécuta.

Vito feuilleta un magazine de sports — il avait laissé tomber ses haltères depuis quelque temps — pendant que Paul introduisait un peu d'herbe dans une cigarette puis s'asseyait sur le bord de la fenêtre.

— Pour moi, dit-il, ça n'a aucune importance...

Installé sur le lit, le dos au mur, Vito continua de tourner les pages.

— Tu es complètement cinglé.

— Peut-être. Mais je ne tiens pas les comptes. Ce qu'elle fabrique dans cette voiture et ce qu'elle fera peut-être avec toi, je m'en moque éperdument... Je suis pas jaloux.

— Bon Dieu, je crois que tu fumes un peu trop... Je crois que tout le monde fume un peu trop autour de moi, vous me rendez tous malade... !

— Je t'ai toujours dit la vérité au sujet d'Éthel... Je t'ai laissé faire, mais je t'ai jamais caché que je voulais tenter ma chance. Peut-être que ça prendra quelques années, j'en sais rien, mais je me tiens prêt, je peux pas t'expliquer, c'est quelque chose qui est ancré en moi...

Reprenant le magazine à la première page, Vito regarda Paul par en dessous. Paul était un type que l'herbe exaltait, mais Vito ne s'y trompa pas. Il reconnut la même certitude qui l'habitait pour ce qui concernait la conclusion de ses démêlés avec Éthel. Ils étaient l'un et l'autre à des kilomètres d'arriver à leurs fins mais ils y croyaient dur comme fer. Tout indiquait que Paul se berçait d'illusions, que quant à lui sa cote était tombée au plus bas, mais leur foi demeurait inébranlable. Vito crut un instant que l'on ne pouvait pas dénigrer un sentiment que l'on éprouvait soi-même.

Il referma le journal et se leva en soupirant :

— Bon, eh bien je te laisse... Ça sent le château de la Belle au Bois dormant, ici...

Le père de Paul le raccompagna en chaussons jusqu'à la porte, sourit à son Hillmann garée devant la maison et tapa sa pipe dans le creux de sa main. Pendant ce temps-là, Jim sillonnait la ville avec douze kilos d'herbe à bout de bras. Mme Sainte-Marie faisait du crochet pendant que Giovanna était à l'hôpital. Avec la meilleure volonté du monde, Vito ne pouvait avoir la même patience que Paul.

Le lendemain matin, Strondberg et lui prirent leur petit déjeuner en silence pour ne pas réveiller les autres qui avaient laissé un mot dans ce sens — « Sommes rentrés à l'aûbe. Merci » — ainsi qu'une poche pleine de croissants encore tièdes et attendrissants. Ils s'étaient levés tôt afin de passer par la clinique et embrasser Giovanna avant l'ouverture de l'école. Strondberg lui souriait tout le temps quand ils allaient voir Giovanna, ce qui était à la fois désagréable et dangereux car elle ne surveillait la route que d'un œil, pas forcément du meilleur, et tripotait les boutons de la radio à la recherche d'un peu de musique légère.

Giovanna dormait. Elle avait le front plissé, le teint pâle. Il y avait un énorme bouquet de fleurs près de sa fenêtre, mais l'infirmière ne savait rien sinon qu'il avait été livré tard dans la soirée et qu'aucun mot ne l'accompagnait. Ils croisèrent le Dr Santemilla dans le couloir, qui rebroussa chemin pour les conduire vers la sortie, une main sur l'épaule de Vito et hochant tristement la tête. Il s'arrêta devant le bureau de la comptabilité, évoqua certaines situations qui demandaient du courage, s'excusa puis les abandonna aux mains d'une femme à lunettes qui s'étonna d'un certain silence et remit à Vito une enveloppe pour son père en vue de régulariser au plus vite certain oubli.

Il coinça Éthel vers dix heures trente, à la fin d'un cours d'histoire contemporaine qui traitait de la guerre froide. Sous le coup d'une impulsion subite, il l'arracha au bras de Marion et la bouscula dans les toilettes des filles qu'un vrai miracle — peut-être une chance sur un milliard — avait rendues désertes. Il s'adossa à la porte en sachant qu'il ne pourrait tenir plus de quelques secondes, d'autant que Marion actionnait déjà la poignée et demandait d'un ton ferme ce qu'il se passait.

« Moi aussi, je veux savoir ce qui se passe… ! » fit-il sur un ton minéral. Elle serrait deux ou trois cahiers contre sa poitrine et semblait lutter contre une vive agitation intérieure. Elle n'était pas la seule. Devant son air désemparé, il hésitait entre l'envie de lui sauter à la gorge ou celle de la serrer dans ses bras. Les jours où il voyait sa mère le perturbaient nerveusement.

— Vito, il ne faut plus nous voir pour le moment… ! lâcha-t-elle d'une voix que l'émotion engloutissait. C'est trop dangereux… ! Je crois que mon père nous surveille…

Il la regardait en se mordant les lèvres. Est-ce qu'il devait la croire… ? Est-ce qu'elle était obligée de passer la soirée sur une banquette arrière pour les protéger… ? Marion et d'autres tambourinaient à la porte pendant qu'il la dévisageait. Il avait perçu un tel accent de sincérité dans ses paroles, sa mine était si tourmentée qu'il aurait pu en avaler davantage.

— Vito…, reprit-elle. Je sais que c'est difficile… Je veux que tu me fasses confiance. Ça ne m'amuse pas plus que toi… !

Il était incapable de lui répondre. Assailli de sentiments contradictoires, il avait à peine la force de résister aux pressions extérieures, à toute une armée de filles dont les vessies, et ce besoin de se mêler de ce qui ne les regardait pas, s'échauffaient. Il la laissa effleurer ses lèvres du bout des doigts en continuant de la fixer. Il avait l'impression de communiquer avec elle à un niveau jamais atteint, à des hauteurs qui rendaient toute phrase inutile, se souciaient de la vérité ou du mensonge comme d'une guigne. Lorsqu'elle battit des cils, il s'écarta pour lui céder le passage.

— C'est pour ton bien que je fais ça..., murmura-t-elle.

— Ne te rends pas malade.

Le lendemain, il fit capoter une tentative de réconciliation avec Vincent Delassane-Vitti, qui pourtant presque à sec, se disait prêt à organiser une soirée de replâtrage contre un renflouement de ses provisions personnelles et dès à présent lui tendait la main. Sans qu'il eût prémédité son geste, Vito s'en saisit et lui tordit les doigts, le regarda grimacer et l'envoya rouler par terre, dans la poussière du Couloir qu'un grand soleil illuminait cette fois.

Toujours prompt à se réjouir d'une situation qui tournait à l'aigre, Richard lui souffla à l'oreille d'écrabouiller la gueule de ce salaud mais la colère de Vito s'était concentrée sur quelques secondes et il n'en restait plus rien, d'autant qu'ils étaient supérieurs en nombre et que Vincent savait compter.

« Ben c'est pas cher payé pour la raclée qu'ils t'ont flanquée l'autre soir... », marmonna Richard en réintégrant la voiture de Stavros. Vito ne répondit pas. Certaines parties de son corps étaient encore douloureuses à la suite de l'incident évoqué, mais ce n'était pas son agresseur que Vito venait de bousculer, c'était le sourire d'imbécile qui prenait un verre en compagnie d'Éthel et de l'autre à la terrasse du Piazza, une heure plus tôt.

Il les laissa tomber quand ils se garèrent devant la plage et bondirent avec leur serviette à la main. Il craignait que la douceur de cette fin d'après-midi ne l'achève, que leur habituelle séance sur le sable ne l'empêche de poursuivre ses tentatives d'y voir un peu plus clair, il craignait qu'on ne se succède à son chevet pour lui demander ce qui n'allait pas et que la nouvelle de sa mauvaise humeur ne se répercute d'un groupe à l'autre aussi sûrement qu'une traînée de poudre.

Il rentra à pied jusque chez lui. Une bonne demi-heure de marche le long d'une route qui montait et au travers de l'air brûlant qui s'élevait du sol et dégringolait du ciel. Il lui semblait qu'il ne pouvait se tenir ni tout à fait debout ni s'allonger, et cette position intermédiaire devenait insupportable. Objectivement, tout concourait à lui démontrer qu'Éthel se payait sa tête. Elle n'avait pas changé d'un poil depuis qu'il la connaissait, passait d'un type à un autre sans sourciller, sans le moindre état d'âme, et s'il croyait qu'elle lui avait réservé un traitement de faveur, il n'avait qu'à ouvrir les yeux. Il n'y avait rien de plus simple. N'importe quel type savait à quoi s'en tenir. Entreprendre Éthel ou Marion supposait que l'on n'eût rien à perdre et que l'on n'attendît pas de gagner quelque chose. Il fallait se présenter les mains vides et accepter d'être éjecté en cours de route.

Rien ne permettait d'envisager une autre issue. Personne n'avait observé Éthel comme il l'avait observée durant tous ces mois. A chacun des pas qu'il mettait l'un devant l'autre, il aurait pu donner une preuve, fournir un détail précis qui auraient enfoncé Éthel, auraient dressé son portrait une bonne fois pour toutes. Il la voyait telle qu'elle était, sans l'ombre d'une ombre. Sans la moindre erreur possible. Alors comment se faisait-il qu'ayant toutes ces données en main, il refusait d'admettre l'évidence... ? D'où lui venait ce stupide entêtement à refuser de la considérer telle qu'elle était, à baisser les yeux devant la montagne de faits qu'il pouvait retenir contre elle... ? Est-ce qu'il avait ouvert son Troisième Œil, est-ce qu'un instant il avait été doué de pouvoirs si puissants qu'il avait pu sonder le fin fond de la nature d'Éthel et y avait pressenti l'insoupçonnable... ? Est-ce que dès lors il détenait un secret indicible, un joyau susceptible de lui faire avaler toutes les couleuvres, prendre toutes les vessies pour des lanternes... ?

Il cheminait le long de la route, un pied dans l'herbe, un pied sur l'asphalte. Tantôt il savait, tantôt il ne savait plus. D'où le sentiment de se trouver dans une posture inconfortable, d'être écartelé entre le scepticisme et la foi et de passer pour un imbécile.

Il fila directement au jardin et tâcha d'apaiser son esprit en manipulant des robinets, puis en actionnant des jets d'eau qui douchaient les feuillages et retombèrent sur son crâne et ses épaules. Il se mit à fumer comme une brique, ferma les yeux pour oublier que tout s'effondrait autour de lui, qu'un courant diabolique ravinait le sol autour de ses racines et emportait toutes ces choses auxquelles l'on pouvait se rattraper.

Il faillit s'endormir debout. Lorsqu'il les rouvrit, il aperçut son père, installé dans le fauteuil d'osier qu'il semblait avoir adopté malgré les clous.

— Je n'en reviens pas... ! déclara Jim en tapant du revers de la main sur une lettre. Un club de Newport me commande dix exemplaires de ma nouvelle planche... ! Et tu ne sais pas ce qu'ils me disent... ? Qu'ils n'ont même pas besoin de la voir, qu'ils cherchent à me joindre depuis des mois... ! Tiens, je t'ai amené une serviette...

Vito l'attrapa au vol et s'approcha en tenant la serviette contre sa figure.

— Ce n'est pas tous les jours que nous avons une bonne nouvelle, reprit Jim. Remarque, on ne va pas loin avec dix planches, mais c'est un bon début...

— Giovanna t'a toujours dit que tu aurais dû t'en occuper plus sérieusement...

— Bah, peut-être bien... Mais le temps a filé si vite... On

prend toujours du retard, dans la vie... On ne réalise pas tous ses projets, on ne s'occupe pas assez des gens qu'on aime et chaque jour qui finit se solde par une espèce d'échec, mais qu'est-ce qu'on peut y faire... ? On dit que la vie ne repasse pas les plats et ça tu peux en être sûr... ! On devrait ajouter qu'ils défilent à toute vitesse quand ils se présentent...

Vito enleva son tee-shirt et le tordit avec soin.

— Je suis content que tu te serves de la Vincent, poursuivit Jim. Je ne l'utilise pas trop en ce moment, on peut se débrouiller pour en profiter tous les deux...

Vito savait très bien que prêter la Vincent lui arrachait le cœur. Il dit :

— Tu fabriques les meilleures planches de toute la côte. Quand tu travaillais à Dana Point, tout le monde savait que la boîte tenait sur tes épaules... Je trouve qu'ils ont mis du temps à te contacter, tous ces crétins !

— Ce qu'il y a, c'est que c'est amusant d'en faire une. En faire dix, c'est déjà moins drôle...

— Mais c'est peut-être moins risqué qu'autre chose...

Jim changea de position en grimaçant un peu, permutant sa couronne d'épines d'une fesse à l'autre.

— Oui, je ne dis pas le contraire. Enfin, je touche du bois, mais tout a bien marché hier soir. On devrait en finir cette nuit, ou l'autre au plus tard... Tu sais, je ne pouvais pas me permettre d'attendre six mois pour régler ces problèmes d'argent. Je ne crois pas qu'ils soient sensibles à mes talents d'artisan, dans cette clinique. En fait, je n'ai pas l'impression que ce soit le surf qui excite le Dr Santemilla. Je vois même pas mal de différences entre le surf et la corrida, on ne cherche pas les mêmes sensations, à mon avis... D'un côté, tu as l'enclume... Et de l'autre...

Il souffla légèrement dans la paume de sa main ouverte, fit s'envoler quelque chose d'invisible :

— Tu vois ce que je veux dire... ?

Ils levèrent tous deux les yeux au ciel pour suivre un vol de bécasses qui remontaient vers les terres. Quand Vito s'en désintéressa, Jim regardait toujours en l'air.

— Ta mère pense que nous devrions nous rapprocher, toi et moi, vu les circonstances... Je lui ai répondu : « Giovanna, est-ce que tu insinues que mon fils et moi nous sommes éloignés l'un de l'autre... ? » Enfin bref, tu sais comment sont les femmes. Si tu ne leur dis pas que tu les aimes, elles ont vite fait de penser que le feu s'est éteint...

Son fauteuil grinça lorsqu'il se pencha en avant pour boire au robinet, et il grinça de nouveau lorsqu'il s'y réadossa avec le sourire lumineux d'un martyr. Il jeta un rapide coup d'œil à Vito, puis il ramena ses jambes sous lui, croisa ses mains sur son ventre et regarda ailleurs.

— Quand j'avais dix-huit ans, je n'aimais pas que mon père ou ma mère m'emmerdent avec ces histoires... Enfin, j'ai promis à Giovanna... d'ailleurs je ne sais même plus ce que je lui ai promis, je dis oui avant qu'elle n'ait terminé sa phrase... tu sais, quand je vais la voir, j'ai envie de partir en courant... j'ai vraiment du mal à affronter cette situation, je n'ai jamais rien connu de pareil... Alors il faut que tu saches qu'au point où j'en suis, si tu avais un problème ou si quelque chose n'allait pas, je ne serais sûrement pas en mesure de t'apporter un grand réconfort, mais j'essaierais, je ferais tout ce que je pourrais... Voilà... j'espère que tu as compris que tu choisirais mal ton moment pour te casser une jambe...

Jim avait à peine terminé sa phrase qu'il se leva aussitôt. Il s'enfonça les poings dans les reins en ajoutant :

— Je suis désolé de t'avoir parlé de ça... J'aurais aimé que ce soit évident, mais ta mère a souvent raison pour ce genre de choses N'empêche qu'elles ont des facilités, elles font ça naturellement... tandis que nous, comment on peut savoir par quel bout ça se prend... ?

Plus tard, ils rechargèrent le minibus pour la seconde fois. Après leur départ, Vito aida Strondberg à débarrasser, à faire la vaisselle, à la ranger, puis ils se lancèrent dans une partie de go qu'ils convinrent à l'avance d'abandonner au plus tard à onze heures. Vito avait rendez-vous et Strondberg était fatiguée. Mickey lui avait sans doute confié ses craintes car Vito la trouvait encore plus nerveuse que la veille et elle n'était même pas fichue de retirer les prisonniers du jeu, il devait lui demander ce qu'elle attendait, ou encore la prévenir que c'était son tour.

Quand il se leva, elle prit son sac et déclara qu'elle préférait dormir chez elle plutôt que de se ronger les sangs jusqu'à leur retour. Avant de monter dans sa voiture, elle leva les yeux et demanda si elle finirait par rencontrer des gens normaux, un de ces jours, fussent-ils moins beaux garçons. Elle mit la clé dans le contact, puis se tourna vers Vito et le serra dans ses bras une seconde, sans qu'il ait pu amorcer un geste, en lui disant : « Mon pauvre chéri... ! » Il ferma les yeux en priant pour qu'elle perdît la tête mais elle le lâcha aussitôt. Il ne traversait pas une période de grande réussite, ces derniers temps.

— Et moi je vous garantis que ça va pas s'arranger, ça en prend pas le chemin... ! grogna Richard.

— Oui, je suis de son avis, fit Stavros en remplissant les verres. Quand je suis pas invité quelque part, j'ai pas besoin qu'on me fasse un dessin...

— Pourquoi, tu avais tellement envie d'y aller... ? demanda Arlette.

— Le problème est pas de savoir si on a envie d'y aller.

— Ouais, je considère ça comme une insulte, ajouta Richard.

— Bon Dieu, n'exagère pas..., fit Paul.

— Toi, on te cracherait dessus, tu demanderais si il pleut.

— Sauf que j'en fais pas une maladie... Moi je suis pas là à me tenir la joue en pensant qu'on m'a giflé. Qu'est-ce que tu crois ? Ils donneraient cher pour voir ta tête en ce moment, si jamais tu as raison...

— Ça paraît pourtant clair..., insista Stavros.

— Laisse. Il le fait exprès..., dit Richard.

— Ce que je veux dire, c'est que ça vient peut-être de son père... C'est pas le genre à lui laisser les clés de la maison et à s'en aller faire un tour. Et s'il a mis son nez dans les invitations, ça vous étonne qu'il nous ait pas invités... ?

— Putain... ! Toi t'as le chic pour couper les cheveux en quatre... ! grinça Richard.

— Peut-être bien, tu me l'as déjà dit... Mais d'accord, admettons que tu aies raison : on ne veut pas de nous à cette soirée, on a décidé de nous tenir à l'écart pour nous emmerder. Très bien. Alors qu'est-ce qu'on fait, on va grimper aux grilles et on entre en force... ? !

— Hé, mais t'as mangé du cheval, aujourd'hui... ! Tu vois que t'as de bonnes idées, quand tu veux ! J'aimerais que tu t'énerves un peu plus souvent, ça fait plaisir à voir...

— Eh bien, je te conseille d'aller jouer l'imbécile devant la porte des Sarramanga... Tu viendras me raconter ça, je suis impatient de t'entendre... !

— Pourquoi ? Tu te dégonflerais... ?

Paul s'adressa à Vito qui était assis par terre, dans un coin de la chambre, sous une affiche des Kinks dédicacée à Stavros. Il était en train d'examiner le fond de son verre avec la plus grande attention.

— Merde ! Explique-lui, toi...

— Que je lui explique quoi... ?

Le lendemain matin, il y eut un gros orage. Par la fenêtre de la cuisine, Vito aperçut le minibus dans la cour et entendit les ronflements de Mickey dans le salon. La pluie était si violente qu'il lui fallut un moment pour se décider. Il pensa à la Vincent puis renonça.

Il dévala le chemin jusqu'à la route, attrapa son bus de justesse.

La pluie cessa vers midi. Il finit par se résoudre à l'idée qu'il ne verrait pas Éthel, aujourd'hui, et perdit alors tout espoir qu'elle réparât son oubli ou lui fournît une explication valable. Quelques minutes plus tard, le ciel vibrait d'un bleu intense et l'air sentait si bon, le paysage avait un tel relief que tout semblait neuf, d'une pureté presque inquiétante. Durant toute la matinée, Paul était revenu à la charge, s'inquiétant de ce que Vito allait décider.

— Hé, redescends sur terre... ! Tu ne vas quand même pas te laisser influencer par Richard... ?!

— Tu fais ce que tu veux. Je t'ai jamais forcé à me suivre.

— Non, mais blague à part... Est-ce que t'es sérieux... ?

— Je t'ai déjà dit que j'avais encore rien décidé.

— Mais y'a rien à décider ! Tu crois qu'on peut se permettre d'aller foutre la merde chez Victor Sarramanga, est-ce que tu rêves... ?!

— Écoute-moi : tu me fatigues.

Vito passa l'après-midi à faire de la couture. Il restait moins d'une quinzaine de jours avant la représentation mais Giovanna leur avait joué un mauvais tour et de nombreux costumes n'étaient pas terminés. Ed surveillait la bonne marche des travaux en évoquant le retour de Mme Jaragoyhen pour l'heure H. Penché sur son ouvrage, collé aux basques de Vito, Paul évoquait la triste chair à pâté en quoi Anton aurait plaisir à les réduire.

En fin d'après-midi, à la terrasse du Bethel, Vito demeura silencieux et refusa de trancher entre les partisans d'une action d'éclat et ceux qui prêchaient la prudence — Arlette soutenait Paul de peur que Moxo ne s'en aille attraper un mauvais coup et ne récolte en prime un séjour dans la remise. « On n'y est pas encore... On verra ça... », leur répondait-il quand ses troupes s'impatientaient. Il avait encore quatre ou cinq heures de réflexion devant lui. C'était à peine si l'horizon rosissait.

Stavros le déposa en bas de chez lui. De bon matin, juste avant l'orage, et histoire de le mettre en forme avant son départ pour l'école, M. Manakenis avait assommé son fils d'un coup de raquette au cours d'une partie de jokari. Stavros avait l'œil droit gonflé et fermé mais il assura à Vito qu'il était partant pour escalader les grilles. Encore une fois, Vito ne répondit rien mais se dit qu'il y avait du sang dans l'air. Ils se donnèrent rendez-vous à dix heures.

Comme il s'engageait entre les deux rangées de pommiers, il croisa Strondberg qui donna un grand coup de volant pour l'éviter et freina à mort. Elle baissa son carreau et déclara qu'elle ne remettrait les pieds dans cette maison que lorsqu'ils auraient fini leurs imbécillités. Elle était en beauté, revenait visiblement de chez le coiffeur et portait une petite robe qui lui comprimait les seins et les jetait à la figure de Vito. « Tu comprends, soupira-t-elle, je ne vis plus avec cette histoire, je suis folle d'inquiétude... ! Mais ce n'est pas terminé, ils y retournent ce soir, et pour la troisième fois... ! » Elle battit des cils en secouant la tête, puis lui tendit une boîte qu'elle venait d'attraper sur le siège. « Je vous avais apporté des choux à la crème, soupira-t-elle de nouveau. Prends-les. Ils m'ont coupé l'appétit... »

Quoi qu'il en soit, ils n'y allaient pas de gaieté de cœur. Mickey avala rageusement deux choux en une seule bouchée, déclara qu'elle avait un sale caractère, puis il expliqua à Vito qu'il y avait de quoi se les mordre car il s'en était fallu d'un cheveu que toute l'affaire ne soit conclue la veille. « Alors le type appelle la fille et lui dit : " Chérie, où as-tu mis l'argent que j'avais placé au coffre... ? " et l'autre qui lui répond : " Chéri, mais je m'en suis servi pour faire des courses avec ma mère... ! " J'arrive encore pas à le croire... ! » Jim et Steven hochèrent la tête en silence.

En attendant, Steven entreprit une petite séance de repassage sur *Les variations Goldberg* de Glenn Gould que Giovanna lui avait offertes pour la seconde fois — un enregistrement qu'il transportait toujours avec lui et qui souffrait de son manque de domicile fixe. Il cherchait à se faire pardonner une regrettable étourderie que Mickey n'avait pas appréciée et s'appliquait à redonner aux petits sacs, qu'ils avaient empruntés dans la réserve de l'école, l'apparence du neuf. D'autant que c'était lui qui avait eu cette idée, qui les avait subtilisés un soir que Strondberg les avait envoyés chercher quelques tables à l'école pour travailler sur les costumes. Maintenant, on lui reprochait d'avoir utilisé ces sacs, et surtout de ne pas en avoir récupéré quelques-uns lors de certaines transactions. Il exécutait son ouvrage avec un sourire grimaçant, y apportait un soin exagéré, et Mickey, l'ayant traité de crétin, tentait de discuter avec celui-ci des différences entre le Chickering et le Steinway CD 318, des articles du Dr Herbert von Hochmeister ou du toucher gouldien dans Brahms qui lui déclenchait carrément de petites érections.

Mais Mickey ne lui répondait pas. Il tournait en rond dans le salon, insensible à Bach et à Steven. Il s'arrêtait devant les fenêtres et marmonnait des choses que ni Vito ni Steven ne pouvaient comprendre.

Quant à Jim, il avait filé. Il avait embarqué sa combinaison et sa planche, prévenu qu'il ne rentrerait pas tard. Il n'avait pas touché son matériel depuis que Giovanna était entrée à la clinique et voilà que ça le reprenait tout d'un coup. Il s'était éclipsé en vitesse, sans regarder Vito. Mais ce n'était pas lui qui allait empêcher son père d'aller surfer la nuit. Et il n'irait rien raconter à Giovanna.

Un peu avant dix heures, ils se retrouvèrent tous les quatre autour de la table et convinrent que demain, au lever du jour, une page serait tournée. Levant leurs verres, Jim et Steven finirent par arracher un sourire à Mickey qui déclara qu'il devait être à moitié dingue pour s'embarquer avec une telle épuipe. A quoi Jim lui répondit, en secouant sa tignasse encore humide, qu'il les engageait sur-le-champ mais qu'il leur accordait deux ou trois jours de vacances avant que la Jim Jaragoyhen Surfboard Inc. n'ouvrît ses portes. Dans la foulée, on confia à Vito le soin de rapporter les sacs à l'école dès la première heure, d'y replacer les adorables tenues aux petites bandes vertes et bleues et de faire l'imbécile au cas où Strondberg s'apercevrait qu'il en manquait deux ou trois.

Vito avait eu toute la soirée pour réfléchir mais il n'avait toujours pas pris la moindre décision. Il resta un moment à observer les trois autres, puis il se leva en disant : « *The readiness is all... !* »

— Hamlet, acte cinq, scène deux..., répliqua Mickey.

Ils se garèrent dans un virage, sur les hauteurs. D'où ils se tenaient, aucun arbre ne venait leur découper le ciel, aucune branche ne leur filtrait la clarté lunaire et ils étaient installés dans la décapotable comme des astronautes dans un coffret à bijoux. Par contre, une rangée de grands sapins, de taillis touffus les séparaient de la grille d'entrée des Sarramanga. Ils y voyaient alors qu'on ne pouvait les voir, se dressaient sur leurs sièges à chaque fois qu'une voiture pénétrait dans le parc et tenaient le compte des invités qu'Anton saluait au passage. S'ils étaient trop loin, s'il faisait trop sombre pour qu'ils puissent distinguer le moindre visage, ils n'avaient aucune peine à identifier les occupants de chaque véhicule, ils auraient pu les nommer les yeux fermés.

« Ben mon vieux, c'est pas de l'amour, c'est de la rage... ! conclut Richard en finissant de rouler un peu d'herbe. Elle vient de te balancer un grand coup de pied au cul, j'ai l'impression... ! »

Vito le considéra avec un sourire fielleux puis avala une longue gorgée de Johnny Walker. Depuis le début, les cinq autres se demandaient comment il allait réagir à mesure que le temps passait et que les invités franchissaient la grille les uns après les autres, mais il ne laissait rien paraître de ses intentions. Il ne savait pas lui-même ce qui allait en sortir. Cela étant, il éprouvait un réel plaisir à les tenir en haleine et davantage encore à la nature de son indécision. Car ce n'était pas de ces atermoiements qui vous rendaient malade, mais bien plutôt un sentiment de liberté totale, de non-implication, de flottaison entre deux eaux mortes dont on n'envisageait pas la fin. Il savait qu'il était prêt. Mais à quoi ? Agir ou ne pas agir ? La question ne se posait pas encore. Il observa Paul qui venait de sauter sur le joint avec le front plissé, Stavros qui tâtait son œil et tâchait de s'habituer à une vision monoculaire, Richard qui réfléchissait à un moyen de jeter l'huile sur le feu, Moxo et Arlette qui communiquaient par de simples coups d'œil. Puis il regarda la maison des Sarramanga et avala une nouvelle gorgée.

Richard arriva le premier sur ses talons, avant qu'il n'ait atteint la route. Beaucoup de choses les séparaient tous les deux, mais Richard était quelqu'un qui en voulait, on ne pouvait pas lui contester ça, et il n'avait pas froid aux yeux, même s'il s'arrangeait pour ne pas trop en prendre.

Vito ne se dirigea pas vers l'entrée. Il lui tourna le dos et commença à longer le parc au moment où Stavros les rejoignait en grimaçant car il s'était un peu tordu la cheville. Vito lui cligna de l'œil.

— C'est pour te foutre de moi ?

— Non, répondit Vito.

Après une courbe, ils sortirent de l'abri des buissons.

— C'est une violation de propriété privée..., gémit Paul.

— Et alors ? Ils vont pas nous manger..., répliqua Richard.

Pendant qu'ils discutaient, Vito levait les yeux pour examiner les grilles. Il se demandait si Stavros n'allait pas rester embroché sur les piques ou s'il n'allait pas tout simplement dégringoler de l'autre côté, ce qui ne manquerait pas de poser un problème dans l'un ou l'autre cas. Mais il avait entendu la remarque de Paul.

— Moxo, dit-il. Je préférerais que vous restiez là, Arlette et toi.

— Ben merde, alors ! Et pourquoi ça... ?

— Si tu te fais pincer chez Victor Sarramanga, ton père te tuera...

— Ça c'est sûr... ! opina Stavros. Sarramanga pourrait lever une armée dans les Malayones...

Moxo baissa les yeux en déclarant qu'il s'en fichait, qu'il en avait vu d'autres, mais Arlette s'accrocha à son bras.

— Et on peut savoir ce qu'on va fabriquer de l'autre côté... ? demanda Paul.

Vito lui sourit :

— J'en sais rien. On va jeter un coup d'œil..

— On te racontera si t'as besoin de temps pour réfléchir...

— Richard, laisse-le tranquille, dit Vito.

Il n'en voulait pas à Paul de traîner les pieds. C'était une opération sur laquelle il ne parvenait pas à se concentrer lui-même, dont il ne discernait ni l'intérêt ni les buts. Il ne sentait aucune détermination en lui, pas l'ombre d'une poussée d'adrénaline et Dieu sait qu'ils avaient fait des coups ensemble, que leur entreprise la plus ordinaire l'avait trouvé dans d'autres dispositions. Il empoigna les grilles avec un air absent, avec d'étranges et calmes images à l'esprit. Il voyait Giovanna assise dans son lit, radieuse, lui adressant un sourire satisfait. Ou Jim, à côté de la Vincent, agitant le bras dans sa direction.

Il atterrit bientôt de l'autre côté, nullement essoufflé, à peine surpris d'avoir franchi les piques avec lesquelles Richard était en train de s'expliquer et d'avoir exécuté la manœuvre sans s'être consulté lui-même ou donné le départ pour quoi que ce soit. En fait d'eaux mortes, il crut déceler un léger courant qui l'emportait, engendré par l'attraction des liquides pour les terres les plus basses et le remplissage des vides.

— Alors quoi ?! T'as oublié quelque chose... ?

Richard était en forme, il avait le regard mauvais. Vito avala une gorgée puis il tendit la bouteille que Moxo venait de lui passer à travers les grilles. Stavros lâcha un rire idiot en sondant d'un doigt l'accroc qu'il n'avait pu éviter à son tee-shirt.

— Vous gênez pas. Vous devriez allumer un feu... ! grogna Paul, dissimulé derrière un arbre.

— Commence pas à nous faire chier..., soupira Richard.

Ils se faufilèrent en direction de la maison, d'arbre en arbre, de buisson en buisson, de haie en haie, d'ombre en ombre. Ils se rassemblèrent près des écuries, derrière des cyprès plantés en arc de cercle, à une cinquantaine de mètres de la porte grande ouverte des Sarramanga. Ils étaient du côté où l'on avait garé les voitures, où les invités ne venaient pas. Ceux qui s'égaillaient au-dehors discutaient au bord de la fontaine ou se promenaient dans le jardin, se reposaient sur les bancs de pierre.

« Ben tu parles d'une bande d'hypocrites... ! ricana

Richard après une minute d'observation. Non mais regardez-moi les gueules qu'ils se payent... ! » Le fait est que l'ambiance était plutôt sage. Les murs ne tremblaient pas sous les accords de Heart of Gold. Victor Sarramanga lui-même aurait pu danser sur une guimauve pareille et Stavros pariait qu'il était en train de s'y employer. Ils voyaient des types en livrée descendre les marches du perron avec des plateaux garnis de verres, de petits amuse-gueules, en un va-et-vient souple et régulier, réglé comme une horloge. Ils voyaient des gens qu'ils connaissaient, qu'ils avaient enjambés lorsqu'ils se roulaient par terre au cours de soirées plus habituelles et qui, ce soir-là, jouaient les petits anges, s'inquiétaient de trouver un cendrier pour écraser leur cigarette, s'asseyaient bien droit, avaient écarté certaines tenues trop voyantes et parlaient presque à voix basse, évoluaient dans un éther précieux.

« Mais où il va... ? Mais qu'est-ce qu'il FAIT... ?! » couina Paul d'une voix étouffée.

Richard avait rampé jusqu'aux voitures et venait d'entrebâiller la portière de la nouvelle Triumph de Denis Destignac qui cherchait à régler ses problèmes en s'offrant un modèle plus rare — une TR3A qui semblait lui réussir, entre parenthèses, éveillait chez les filles plus de commisération, plus d'indulgence eu égard à son cas. Il fit signe à Paul de la boucler, disparut à demi dans l'ouverture, puis les rejoignit bientôt avec une bouteille de gin aux trois quarts pleine.

— Bon Dieu, j'ai cru que tu allais te mettre à dévaliser toutes ces bagnoles... ! se rassura Paul.

— J'en ai justement l'intention !

— Ah la la, c'est un cauchemar... !

— Du calme. Je t'offre un verre.

— Tu sais très bien que je peux pas boire quand j'ai fumé. D'ailleurs, je n'aurais pas dû fumer, je me sens angoissé, tout d'un coup...

Ils occupaient une position relativement sûre. Peu intéressante, d'un point de vue stratégique, mais ils purent continuer à observer leurs camarades, à se monter la tête en silence tandis que Paul prenait de grandes inspirations, sans courir de risques. Au bout d'un moment, Vito se demanda si c'était l'alcool qui le rendait nerveux. Ou ce navrant spectacle. Ou les premiers signes de l'ankylose. Ou les grimaces de Paul. Ou Stavros qui ne disait rien. Sinon quoi ?

Richard lui avait glissé qu'il n'aurait qu'à le prévenir lorsqu'il aurait décidé quelque chose et il avait déjà exécuté trois aller et retour, entassait son butin sur un tee-shirt qu'il avait étalé à côté d'eux. Paul respirait de plus en plus vite. Mais il évoquait à présent la fatalité, les ressorts de la loyauté, l'horreur d'un irrésistible engrenage et couvait presque les méfaits de Richard d'un sourire affectueux. Paul était d'une nature cyclothymique.

Est-ce qu'Éthel souffrait d'un mal aussi navrant ? Est-ce qu'en descendant les marches du perron, serrée contre ce type qui fréquentait les grandes écoles et lui soufflait dans le cou, elle se souvenait des promesses qu'elle avait faites à Vito, des regards qu'ils avaient échangés, du quart d'heure qu'il avait passé entre ses jambes, sans d'ailleurs y trouver son compte ?

— C'est ce que tu voulais voir... ? murmura Stavros.

— Alors maintenant que tu l'as vu, je propose qu'on file en vitesse... ! fit Paul.

— Qu'est-ce qui se passe ? demanda Richard.

Vito ramassa quelques graviers sur le sol, les roula dans sa main comme des dés :

— Faut que je lui parle.

— Y'a aucun problème..., répondit Paul.

— Ouais, ça paraît difficile, enchérit Stavros.

— Ben qu'est-ce qui se passe... ? répéta Richard.

Vito refusa de discuter. Il leur dit qu'il ne forçait

personne. Il se leva et retrouva un poste d'observation en peu plus loin.

Stavros s'accroupit à côté de lui.

— Faudrait pouvoir les attirer par ici...

— Et ça peut pas attendre demain... ? soupira Paul.

Richard boutonna sa chemise, déposa son tee-shirt transformé en baluchon à leurs pieds.

— Ben si c'est que ça, je vais aller lui dire que tu veux lui parler...

Vito le fixa un instant.

— Je serai près des écuries...

— Je lui fais la commission.

Richard disparut entre les voitures. Ils suivirent sa progression à terrain découvert, si visible que personne ne parut le remarquer, jusqu'à la haie qui bordait la façade et à travers laquelle il se faufila pour remonter vers l'entrée.

« Bon Dieu ! Il me tue... ! » déclara Paul.

Vito ouvrit la main avec difficulté et se débarrassa des graviers qui s'étaient enfoncés dans sa paume. De l'orage de la matinée, il subsistait un peu de fraîcheur et c'était une chance car les grosses chaleurs des jours précédents auraient poussé tout le monde dehors. Ils n'étaient pas trop nombreux, dans le jardin, erraient en petits groupes ou par couples, discutaient calmement ou se dévoraient la figure, se frottaient dans l'ombre. Éthel et l'autre se tenaient en bas du perron, à une dizaine de mètres de Richard qui, de sa haie, devait guetter le moment propice. Vito les regardait mais ne ressentait rien. Il était à présent si tendu qu'aucune émotion ne filtrait vers son cerveau.

— Écoute-moi, Vito, tout ça va mal se terminer. Tu es pas en état de lui parler, reconnais-le... et puis même, qu'est-ce que tu vas lui dire... ? Qu'est-ce qu'il y a à dire... ?

Vito avait les mâchoires si serrées qu'il ne répondit pas, mais il se tourna lentement vers Paul en posant un doigt sur sa bouche. Puis il se remit à examiner la manière dont l'autre embrassait, la façon qu'il avait de se pencher sur elle en se caressant la nuque. Il scrutait le moindre détail, avait noté comment ils réglaient leur respiration.

— Je comprends pas qu'on puisse rouler une pelle pendant cent sept ans..., décréta Stavros. C'est peut-être parce que j'ai porté un appareil quand j'étais petit et que j'ai pu constater toutes les saloperies qui traînaient dans la bouche, c'est peut-être pour ça...

— Ah, Stavros ! Mais tu es dégueulasse... ! grimaça Paul.

— Je suis pas dégueulasse... ! Est-ce que tu sais qu'il est carrément impossible de bien se laver les dents, qu'il te reste toujours des tonnes de microbes dans la bouche... ? Tandis qu'une fille qui se lave bien le cul, t'as même pas besoin de t'essuyer les lèvres...

— Tu veux dire le *trou* du cul... ?

— A la rigueur... Enfin moi, je te parle de la chatte...

— Oui... je suis pas très convaincu... Et les sécrétions, qu'est-ce que t'en fais... ?

— C'est rien, les sécrétions.

— Et les pertes blanches, c'est rien peut-être... ?

— Écoute. Imagine que tu manges une tranche de saucisson et qu'un bout de viande te reste coincé entre les dents. Et que tu t'en aperçois pas et que tu gardes ce truc pendant un jour, deux jours, trois jours, une semaine...

— Ah arrête ! Tu m'écœures... !

— Et moi, personnellement, je lèche pas une fille qui se lave pas tous les jours. Qui se lave pas le cul, je précise...

— Mmm... peut-être qu'à choisir, vaut mieux être gynécologue que dentiste...

L'attente était longue pour tout le monde, mais contrairement à ses camarades, l'attention de Vito ne faiblissait pas. Et lui n'avait pas fumé. Et les quelques gorgées d'alcool qu'il avait bues, loin de le détendre, de l'incliner à des conversations plaisantes, le renfermaient ce soir-là. Ce pur et naturel duvet d'insouciance qui avait enveloppé Paul et Stavros ne l'avait même pas effleuré. Si les deux autres flottaient à quelques centimètres du sol, lui, Vito, par l'augmentation de son propre poids et l'incroyable dureté de ses os, s'y enfonçait comme dans du beurre.

Il n'entendait plus la musique mais un grincement venu de l'intérieur de son crâne, émail contre émail. Il n'était pas en colère mais prisonnier d'anneaux d'acier brûlant qui encerclaient tout son corps. Il ne voyait rien d'autre, sinon qu'à un moment Éthel se retrouva seule et finit par se pencher vers la haie.

Il se releva d'un bond, frappa sur la tête de ses deux compagnons qui échangeaient certaines informations sur l'art de se mettre une fausse barbe, et se replia vers les écuries, à l'abri des cyprès.

— Commence par nous excuser auprès d'elle..., conseilla Paul. Rappelle-toi qu'on n'est pas censé être ici et que...

— **Maintenant, tu la boucles...** ! le coupa Vito.

A ces mots, tout parut se figer, tout s'arrêta et l'on ne perçut plus, pour des oreilles attentives, que le pétillement des pas d'Éthel qui se dirigeait vers eux.

Aussitôt qu'elle passa à sa portée, Vito l'empoigna solidement par les cheveux. Elle en trébucha mais il la tenait bon. Elle poussa également un gémissement mais il n'en conçut aucun trouble.

— Hé la ! Doucement... ! fit Paul.

— **Ta gueule...** !!

Comme elle commençait à sérieusement se débattre et qu'il craignait qu'elle ne se disposât à hurler, il la flanqua par terre, la releva, la secoua dans tous les sens, la gifla pour lui couper le souffle et fut agréablement surpris du résultat.

Il profita qu'elle en voyait trente-six chandelles, tout en le dévisageant d'un regard mi-furieux mi-incrédule, pour sentir le vent. Livré à lui-même, il n'aurait probablement su que faire à présent car aucun plan n'était tracé, aucune intention délibérée ne lui éclairait la voie. Mais il suffit qu'un instant la bousculade cessât, qu'il se mît à l'écoute d'un glouglou céleste, pour qu'à nouveau le courant l'emportât, pour qu'il se trouvât guidé de nouveau, embarqué sur un tapis roulant au mouvement délicieux qui, cette fois, le conduisait tout droit vers les portes de la grange.

Il s'y dirigea, agrippant toujours Éthel par les cheveux et l'arrachant au sol d'une secousse à faire jurer une mule. Il ne savait pas où il allait, mais il y allait. Dans l'état où il était, il ne se rendait même pas compte que les molles gesticulations d'Éthel ne réclamaient pas une telle brutalité de sa part, que s'il dut la relever à deux reprises, ce n'était pas parce qu'elle ne voulait rien entendre mais simplement parce qu'il lui sonnait un peu trop les cloches. Au point que lorsqu'ils furent arrivés à la porte, il se retrouva avec Paul pendu à son bras, avec Paul lui grognant aux oreilles.

Vito se demanda depuis combien de temps il le traînait ainsi, depuis combien de temps Paul lui beuglait toutes ces paroles à la figure. Il s'en débarrassa sur-le-champ, d'un bon coup de genou dans le ventre. Richard, qui arrivait sur ce, déclara que ce genre d'histoire lui pendait au nez depuis longtemps et qu'il ne fallait pas le plaindre.

« Tu veux un coup de main… ? » lança-t-il à Vito qui avait déjà bousculé Éthel à l'intérieur de la grange. Malgré le peu de temps et le peu de lumière dont il disposait pour étudier la physionomie de Richard, Vito saisit fort bien le sens de la question. Il était pressé mais il attendit que Richard regarde ailleurs, message reçu.

« Vous me prévenez si quelqu'un s'amène… »

Lorsqu'il eut refermé la porte dans son dos, il resta un instant sans bouger afin de s'habituer à la pénombre. Par chance, de hautes fenêtres taillées en demi-lune et disposées tout autour du bâtiment dispensaient un relatif et chiche éclairage dont on pouvait se contenter si l'on n'était pas là pour trier des lentilles. C'était une grange comme il n'en avait jamais vu, au sol de terre battue mais ayant l'apparence de sable fin, presque blanc et si propre qu'on l'aurait dit entretenu au plumeau. En dehors d'Éthel, allongée sur le dos et reculant doucement sur ses coudes avec l'air de prendre l'affaire au sérieux et de souffrir de petites ecchymoses, la salle était à peu près vide si ce n'était une impressionnante collection d'habits de lumière suspendus aux murs, derrière de larges vitrines au fond capitonné dont les reflets se décomposaient comme au travers de prismes.

Cela ressemblait à des diamants, mais ce n'était pas des diamants, c'était la seule chose dont il était sûr. Quant au reste, il n'était pas un spécialiste. Les perles qu'il arrachait au cou d'Éthel et qui sautaient dans toutes les directions, étaient-ce de vraies ou de fausses ? Son ignorance s'étendait aussi bien à d'autres domaines, il ne prétendait pas le contraire. Lui déchirant son chemisier, aurait-il été fichu d'y reconnaître une soie véritable ? Troussant sa jupe, aurait-il été capable de donner un nom au noble tissu qu'il tiraillait comme de la serpillière ? Passons sur ses bas puisqu'il lui laissa ses bas, mais parlons un peu de la dentelle ornant les sous-vêtements haut de gamme qu'il s'acharnait à réduire en pièces, qu'est-ce qu'il y connaissait à la dentelle ? Pouvait-il imaginer que celles-ci étaient brodées à la main ou tout comme, qu'un slip comme celui qu'il détruisait avait failli être exposé au MOMA et enchantait Paloma Picasso ?

Enfin bref, pendant ce temps, Éthel s'était démenée, avait serré les jambes. Elle lui disait : « Vito, ne fais pas ça... ! » ou « Vito, tu es fou... ! », « Vito, mon père va arriver... ! », « Vito, tu me fais mal... », et Vito ceci, et Vito cela. Quand elle s'énervait trop, il lui balançait sa main en pleine figure ou la plaquait au sol en l'écrasant de tout son poids. Il ne comprenait pas très bien pourquoi elle le prenait ainsi, ni ce qu'ils fabriquaient au juste tous les deux, s'ils étaient en train de se battre ou s'ils se pliaient à l'ardeur des sentiments qu'ils éprouvaient l'un pour l'autre. A un moment donné, elle roula sur lui pendant qu'il était ennuyé avec les boutons de son pantalon. Il en profita pour la mordre dans le cou et il lui empoigna les fesses à pleines mains, les écarta comme s'il voulait fendre un gros fruit et lui plongea les doigts entre les jambes avant qu'elle n'eût le temps de faire ouf.

Elle ruait, se débattait, se tortillait comme une anguille, mais il dominait la situation. Ils luttaient presque en silence car il ne disait rien, ne lui répondait pas, et Éthel se contentait de cris étouffés, de grognements dans un registre bas, leur épargnant de ces sinistres hurlements qui auraient ameuté le voisinage.

Lorsqu'il eut les fesses à l'air, il serra les genoux et les enfonça de tout son poids entre les cuisses d'Éthel pour les décoller l'une de l'autre. Un acte sans pitié, tout en force, irrésistible, sur lequel il est inutile de revenir. D'ailleurs Éthel s'ouvrit en deux, telle une souche fendue par un coin.

Il appuya son front contre sa poitrine pour se protéger le visage. Ses cheveux, elle pouvait les lui arracher tant qu'elle voulait, il n'était pas trop sensible du cuir chevelu, et par chance, elle ne s'en prenait pas à ses oreilles. Il ne lui restait plus qu'à enrouler un bras autour de sa taille. Alors il la tira contre lui. Il avait abandonné ses haltères et ses élastiques depuis un bon moment mais il ne regretta pas les souffrances qu'il s'était infligées en hiver et au printemps. Il découvrit la pleine puissance de son bras en s'étonnant de la facilité avec laquelle il venait de la plaquer contre son ventre. Une seconde, il sourit intérieurement en songeant au plus drôle de l'histoire : n'était-ce pas Éthel qui, ayant plaisanté sur la taille de ses bras, l'avait poussé à suivre l'entraînement du *Joe Weider System of Bodybuilding*... ? Est-ce qu'à présent qu'il lui avait colmaté la fente en la soudant contre lui, elle trouvait encore à chipoter sur la taille de ses muscles ? Est-ce qu'avant qu'il ne passât aux choses sérieuses elle voulait vérifier qu'elle ne pouvait plus s'échapper, que ce bras noué autour de ses hanches ne lui céderait pas un millimètre ou est-ce qu'elle avait compris... ?

Enfiler Éthel compta parmi les quelques rares et grands bonheurs de son existence, au même titre qu'une descente du Colorado avec son grand-père, la nuit de Noël 1965, son premier baiser (Laguna Beach, 3 juin 1967, 12 h 35, Heisler Park, toilettes des dames) ou cette aube du 21 juillet 1969 (Jim avait installé le téléviseur sur la terrasse et ils avaient organisé une fête à tout casser, avaient tous sauté en l'air et failli se retrouver un étage au-dessous quand Armstrong était sorti de la capsule — la plus fameuse fiesta de sa vie, qui se termina d'ailleurs dans les bouillons du Pacifique, en compagnie de Steven et d'une fille aux seins nus alors que celui-ci enclenchait malencontreusement la marche arrière et les envoyait se rafraîchir dans la baie de Richardson). Il avait imaginé quelque chose d'un peu plus tendre, dans un cadre plus approprié, sur un terrain plus mou à défaut de matelas, de coussins ou de peau d'animal. Il avait espéré qu'ils auraient tout le temps devant eux, qu'ils partiraient d'un simple baiser et graviraient toutes les marches une par une, que ce qu'il était en train de lui faire ne viendrait qu'à la fin, une fois qu'ils auraient exploré toutes les caresses imaginables et qu'ils ne pourraient plus se tenir debout sans se casser la gueule.

Il était loin du compte. Mais il ne se plaignait pas, malgré tout. Si, en baisant Éthel, il n'atteignait pas des sommets de volupté, il retrouvait une sorte de paix intérieure, de respiration. En la limant, il avait l'impression de remettre un peu d'ordre dans le chaos où il était plongé, de remonter vers la surface à mesure qu'il l'embrochait. Il aurait aimé la tenir au courant de ses progrès, lui expliquer qu'en dépit des apparences, il obéissait à une volonté qui les dépassait tous les deux, qu'il n'aimait pas plus qu'elle d'avoir à la forcer, de l'écraser afin qu'elle se tienne tranquille, mais il voyait bien qu'elle n'était pas d'humeur à l'écouter, qu'elle préférait lui montrer son sale caractère. Elle cherchait à le mordre, à le griffer, n'essayait pas un instant de se détendre. S'il tentait de se renseigner sur la tête qu'elle faisait quand il y était à fond, qu'il lui passait le message en roulant un peu des hanches, elle ouvrait certes de grands yeux. Dans lesquels il avait renoncé à trouver le moindre encouragement à poursuivre, la moindre trace de plaisir, car autant chercher la rosée dans un océan de rage.

Dans ces conditions, il n'y avait pas trop à se casser la tête. Même s'il ne songeait à nier le délirant et sombre bonheur qu'il avait éprouvé au moment de la pénétration, la séance en elle-même n'allait pas lui laisser un souvenir impérissable. Il n'y avait rien à rattraper.

— Oh non ! Tu l'as fait… ?!

Elle avait tout compris. Mais comme il ne bougeait plus, ce n'était pas difficile à comprendre. Elle lui reposa la question, s'accrocha à lui maintenant qu'il se retirait. Il dut lui saisir les poignets pour l'obliger à lâcher prise

Il se tourna pour remonter son pantalon.

— Tu sais ce que ça peut te coûter… ?

— Oui, je sais…

Il lui jeta un regard avant de se diriger vers la sortie. Il n'y avait plus simplement de la colère sur le visage d'Éthel, mais quoi que ce fût, il était un peu trop tard.

— Tu n'avais pas besoin de me l'arracher, je te l'aurais donné…, lança-t-elle dans son dos.

Il remarqua qu'elle reprenait ses esprits avec une rapidité étonnante. Qu'elle ne s'inquiétait déjà plus de savoir s'il lui avait balancé la purée et cherchait n'importe quoi pour l'atteindre. Elle allait bientôt lui annoncer qu'elle rêvait de lui tous les soirs au train où elle allait, lui jurer qu'elle se serait jetée à son cou sans cette fichue pilule, lui jurer qu'elle avait agi pour leur bien, qu'elle voulait le protéger des soupçons de son père, ou bien encore se rouler à ses pieds avant qu'il n'ait franchi la porte. C'était quand même une sacrée comédienne. Il ne savait pas encore si c'était une bonne baiseuse.

Il attendait d'être éclairé sur le sujet, tout en gagnant la sortie, lorsque la lumière jaillit dans la grange. Il en resta cloué sur place. Il reconnut la voix d'Anton qui venait du fond et lui ordonnait de rester tranquille. Puis la porte s'ouvrit devant lui et Victor Sarramanga lui fit face.

Vito poussa un gémissement silencieux. L'autre ne dit rien mais glissa un coup d'œil par-dessus l'épaule du garçon et devint blanc comme un mort. Vito n'était pas vaillant lui non plus, il était même si perturbé de voir à quel point Victor Sarramanga avait blêmi qu'il essaya de le quitter du regard et en fut incapable. Il s'avisa alors que les yeux de celui-ci n'étaient pas d'un beau bleu, comme il l'avait toujours cru, mais d'un gris inquiétant, tirant sur l'orage. A mesure qu'ils se plissaient, leur éclat s'amplifiait et l'on pouvait commencer à se boucher les oreilles.

Vito entendit un bruit sec, cependant assez éloigné d'un coup de tonnerre. Il aperçut l'espèce de canne souple que le père d'Éthel tenait à la main et avec laquelle il venait de se fouetter la jambe. Pas un instant, il ne s'imagina que Victor Sarramanga allait se flageller devant lui pour une raison obscure, même s'il fréquentait assidûment la messe du dimanche. Mais son esprit ne fonctionnait pas très vite.

Lorsqu'il s'illumina, Victor Sarramanga avait déjà levé sa canne par-dessus son autre épaule et il frappa Vito à la volée.

Il pensa qu'on venait de le tuer. Il se releva avec peine, effrayé par la mort, persuadé qu'il devait se remettre sur ses pieds pour y échapper. Il plaqua sa main sur le côté de sa tête, tituba un instant, puis se demanda ce qui lui était arrivé.

Il se tourna vers Anton qui venait de l'attraper. Une fois de plus, il pensa à la mort et se releva d'un bond. Et Anton se ravança vers lui.

— Ça suffit... ! marmonna Victor Sarramanga. Qu'il rentre chez lui... !

Anton traduisit librement ces paroles. Il empoigna Vito et lui fit louper la porte, le précipitant contre un mur qui l'accueillit de pied ferme. Il rectifia son tir, et, s'accordant un second essai, propulsa Vito à travers l'ouverture d'un solide coup de pied dans les reins.

Vito roula sur le sol mais se redressa aussitôt, comme soulevé par des élastiques, le corps aussi brûlant que s'il avait couru au milieu des flammes.

— Je te donne trois secondes pour disparaître... ! lui lança Anton, encadré dans le chambranle.

Vito crut une seconde qu'il était coincé, qu'il allait devoir se battre pour défendre sa vie. Il jeta un coup d'œil autour de lui et s'aperçut que le chemin vers la sortie était libre.

— Bon Dieu ! Où vous étiez passés... ?!

— Où on était passé ? T'en as de bonnes... ! bredouilla Stavros en grimaçant.

Vito lui coula un regard sombre.

— Tu as peut-être peur que je salisse ta banquette... !

— Mais non... Tu rigoles... !

— Ne crains rien, je la nettoierai...

— Mais non, c'est rien...

— Alors si c'est rien, pourquoi tu prends cet air de con pour me regarder... ?

Vito sentait la chose qui poissait dans sa paume,

entre ses doigts et dans son cou. C'était bien d'avoir une décapotable. L'air était agréable.

— Vous m'avez laissé dans la merde... Vous vous êtes tirés comme des lapins...!

— On pouvait rien faire, je te dis. On leur a filé entre les jambes...

— Faudrait les prévenir qu'ils peuvent s'arrêter de courir...

— On s'est donné rendez-vous sur la plage.

— En attendant tu me ramènes chez moi. Je vous ai assez vus...

Il se souvenait de certaines séances, sur le fauteuil du dentiste. Sauf qu'il avait la moitié du crâne paralysée, d'un pôle à l'autre, et une brûlure à la hauteur du tropique du Cancer.

— Fais voir... Tu veux un mouchoir... ?

— T'as rien de plus petit... ?

Stavros se rangea sur le bas-côté. Il descendit, ouvrit la malle et rapporta une serviette de bain.

— T'as rien de plus gros... ?

— Écoute, j'aurais bien voulu te voir à notre place... Je suis désolé de ce qui t'est arrivé...

Il paraissait sincère. Pour finir, il proposa à Vito un tee-shirt blanc, qu'il jura n'avoir porté que quelques heures.

— Ça dépend ce que tu as fait avec.

Stavros avait un sourire qui plaisait aux filles et que Vito aimait bien. Qu'il n'appréciait pas démesurément, à cet instant précis, mais qui suffisait.

— Ça saigne à mort, on dirait... Fais voir...

Depuis le moment où il avait battu en retraite, Vito avait gardé sa main plaquée sur le côté de sa tête. Lorsqu'il était petit et qu'il se coupait ou s'égratignait à un endroit accessible, il collait sa bouche dessus de manière que son sang retourne d'où il venait. Maintenant qu'il avait grandi, il essayait simplement de le retenir. Il hésita une seconde, puis retira sa main avec précaution.

— **Ah, dis donc... !**

— Quoi ? Qu'est-ce qu'il y a... ??

— **Ah la vache !! Quelle horreur... !!**

— Bon Dieu, qu'est-ce que j'ai... ?

— **Putain ! Mais il te manque la moitié d'une oreille... !!**

Il refusa d'aller à l'hôpital. Il avait une trouille bleue de l'hôpital. Il écrasa le tee-shirt sur sa blessure et déclara à Stavros que Jim et les deux autres étaient là et qu'ils allaient s'occuper de lui, tout ce qu'il lui demandait c'était de foncer en vitesse.

Alors que Stavros s'élançait dans la nuit comme un bolide, il pria de toutes ses forces pour que son père ne soit pas encore parti. Il renversa la tête en arrière et essaya de se souvenir si Steven lui avait dit vers onze heures ou vers minuit. Si c'était minuit, il avait encore une chance de les trouver à la maison. Il imagina son père le serrant contre lui, Steven lui préparant un verre, Mickey déballant la pharmacie. Il faillit sentir une larme lui couler des yeux.

Ému par ces images, à demi bercé par les tendres sinuosités de la route qui s'élevait en direction des collines de Pixataguen, il se détendit un peu. Il se rendit compte que les choses auraient pu se terminer beaucoup plus mal. Sans l'intervention de Victor Sarramanga, l'autre l'aurait démoli, il n'en doutait pas une seconde. Il venait de perdre un morceau d'oreille dans cette histoire, mais après ce qui s'était passé, il admettait qu'il n'avait pas payé le prix fort et que peut-être, à la place du père d'Éthel, il se serait énervé davantage. Il décelait même une certaine grandeur, un accent de mansuétude dans les paroles de Victor Sarramanga. En chassant Vito, mais en l'invitant à rentrer chez lui, il avait atténué son propos, lui avait indiqué le chemin à suivre et désigné le seul endroit où il convenait d'aller. Vito avait presque senti que, pour un peu, il l'aurait fait raccompagner.

Il regrettait déjà l'absence de Giovanna, la couleur particulière qu'elle donnait à la maison et la manière dont elle aurait tourné autour de lui, en posant les questions et en donnant les réponses. En le renvoyant chez lui, Victor Sarramanga ne le jetait pas à la mer mais lui fournissait un canot, une boussole et des vivres. Peut-être qu'il connaissait sa fille.

Lorsque Stavros sortit de la route pour attaquer la montée qui le mènerait devant sa porte, Vito affrontait la douleur que lui causait la perte de son demi-pavillon droit avec une grimace extatique. Aussi bien, il avait l'impression que des gerbes de lumière, des lueurs dorées jaillissaient d'en haut du chemin, retombaient en fontaine sur la cime des pommiers.

Stavros manqua de l'envoyer dans le pare-brise en bloquant soudain les freins.

« Dis donc... Qu'est-ce que c'est que ça... ? » marmonna-t-il.

Vito n'en avait pas la moindre idée. Dieu sait quel genre d'extravagance ils étaient allés inventer pour son retour. Ils étaient capables de tout. Pour le mariage de Jim et Giovanna, ils avaient lancé un feu d'artifice du Golden Gate.

« Ça te paraît pas bizarre.. ? » insista Stavros.

Il fixa Vito, puis ouvrit sa portière.

— Bon Dieu ! Mais où tu vas... ?!

— Je vais voir... !

Vito descendit à son tour, claqua rageusement la sienne. Dans l'état où il se trouvait, le corps en miettes et flanqué d'une hémorragie, il aurait aimé qu'on le déposât au plus vite, qu'on lui épargnât cette ultime et stupide épreuve. Ces cent derniers mètres étaient les plus pénibles, une voiture les grimpait avec peine. D'ordinaire — à moins qu'il ne rentrât d'une soirée magistrale —, il les franchissait d'un bond, n'hésitait pas à revenir en arrière s'il avait oublié de prendre le courrier ou s'il décidait de couper par-derrière parce qu'il avait entendu sa mère dans le jardin et qu'il voulait manger des *crespelle alla crema pasticcera* tout d'un coup. Il regarda le chemin avec le sentiment d'avoir vingt ans de plus dans chaque jambe, héla Stavros sans trop de conviction, puis il se mit en marche.

Stavros était tapi comme un Indien au milieu des buissons. Il se retourna à l'approche de Vito qui agonisait au milieu du chemin et lui demandait ce qu'il fabriquait, s'élança vers celui-ci, l'attrapa par un bras et aplatit ce pauvre vieux dans les fourrés avec l'air d'un type qui vient de voir le diable en personne.

« Iiiooreuuuhh… ! » s'étrangla Vito en jetant un œil dans la cour de sa maison.

Stavros lui glissa un bras sur les épaules. Essaya de le regarder par en dessous.

Vito le repoussa, s'étrangla une fois encore à la vue des voitures de police. Les lueurs des gyrophares dansaient dans tous les sens, balayaient les façades, transperçaient le feuillage des pommiers que l'air agitait comme des crécelles par-dessus leurs têtes.

Il se cramponna à des poignées d'herbe sèche, se sentait prêt à poignarder Stavros dans le dos si celui-ci parvenait à l'arracher de là.

Il y avait du monde dans la cour, des gens qui la sillonnaient de part en part, qui ouvraient les portes, qui retournaient les pots de fleurs, grimpaient sur les bancs, fumaient des cigarettes, pissaient dans un coin, il y avait même un type sur le toit, un autre qui secouait la cheminée, une femme qui haussait les épaules, des gens qui s'interpellaient, des gens qui ne disaient rien, il y avait un policier qui bâillait devant la porte avec un chien noir à ses pieds et des lampes électriques flottant dans le jardin.

Vito glissa le tee-shirt de son oreille à sa bouche pour le mordre.

« Restons pas ici... ! » murmura Stavros.

A force de s'agripper aux brins d'herbe, Vito s'affaissait vers le sol. Quand il s'y retrouva étendu de tout son long, le menton à demi enfoui dans la terre sèche et qu'il se sentit bien accroché au monde, il rouvrit les yeux.

« Vito, je t'en prie... Tirons-nous... ! » gémit l'autre en essayant de l'embarquer.

Vito était aux commandes d'un engin énorme, gigantesque, qui dérivait dans la nuit. Aucune force ne pouvait priver un tel vaisseau de son pilote. Il se raidissait tant pour échapper aux manœuvres de Stavros que celui-ci ne le remuait pas plus qu'un tronc d'arbre.

Jusqu'au moment où il vit apparaître son père, suivi de Mickey et Steven, la tête basse, les mains dans le dos, en plus lumineux que les autres, dans des tenues plus joyeuses et traversant la cour d'un pas plus souple avant de grimper dans le fourgon.

« Viens, Vito... Tu vas passer la nuit chez moi... »

Troisième tercio

Vito tenait de sa mère certains exercices de respiration dont il a décidé de nous faire profiter, Bob et moi. La fin de la matinée semblait être l'heure la plus propice, non pas pour des raisons d'ordre médical ou cosmique, mais plus simplement parce que c'était le moment où Lisa suivait ses cours et qu'Éthel choisissait pour écumer les magasins de la ville. D'après lui, mes coliques et les angoisses de Bob procédaient d'une ventilation déficiente qu'il convenait de corriger au moyen de techniques particulières. Pour le bon déroulement de ces pratiques, qui requéraient un minimum de concentration et de calme, la présence de la mère comme de la fille n'était pas souhaitée.

— Ça n'empêchera pas toutes les méchancetés que je pourrai lire sur mon compte... ! avait soupiré Bob.

— Non, ça ne les empêchera pas.

Mona était invitée à ne nous déranger sous aucun prétexte. A répondre qu'on n'était pas là.

Au bout de quelques jours, je ne savais pas ce qu'il en était des angoisses de Bob, ni n'avais eu l'occasion de vérifier mes progrès en matière de contrôle abdominal, mais lui et moi nous présentions chaque matin sur la terrasse et nous préparions à au moins goûter une bonne heure de tranquillité.

Nous installions trois parasols, trois serviettes de bain, préparions trois cocktails que nous placions au réfrigérateur pour la fin de l'exercice et nous mettions en place. Nous prenions cela très au sérieux. Nous avions tellement besoin de respirer tous les trois. Bob avait ses problèmes de création, ses terreurs de mort imminente. Vito digérait le Grand Bal des Sotos et ses relations avec ma mère n'étaient pas brillantes. Quant à moi, j'avais pratiquement perdu ma petite amie, ne m'étais pas réconcilié avec Vincent — ce qui retenait Marion hors de ma portée — et étais sur le point de m'attirer d'autres complications.

Vito était également au fait de certains massages, tels que ceux qu'il m'avait administrés après que nous ayons battu en retraite l'autre soir, mais bien qu'il m'ait proposé d'en bénéficier si je le jugeais utile, je préférais éviter ce genre de contact, ne pas trop approfondir de rapports dont la simple existence portait déjà le germe d'ennuis futurs, je préférais que nous en restions au stade théorique, qu'il m'explique comment me servir de mes narines plutôt que de s'habituer à me caresser le ventre. Bob, par contre, ne se gênait pas. Il avait remarqué que si Vito l'empoignait par les trapèzes et s'employait patiemment à lui détendre les muscles de la nuque, il en tirait plus de réconfort que de balancer sa machine à écrire par la fenêtre. De même qu'en un tour de main, Vito pouvait lui faire avaler certains propos désobligeants qu'on tenait sur ses livres et ses talents d'écrivain. Il était de plus en plus fréquent de le voir tourner dans la maison ou se précipiter au jardin pour obtenir une séance de remise en train, en complément de nos sessions de la matinée. Il ne comprenait rien à ce qui se passait autour de lui, ou feignait de ne rien comprendre. Quand je disais non, que nous n'allions pas faire de balade en moto tous les trois comme l'autre jour, il me suivait des yeux tandis que je m'éloignais et me poursuivait de ses « Ben, pourquoi... ? » de ses « Ben alors, Mani... *Ben pourquoi pas...* ? ! »

J'avais réfléchi à la question. Puisqu'il s'avérait que j'allais finir par plutôt bien m'entendre avec Vito, et ce malgré les emmerdements que j'allais en récolter, j'avais examiné le problème sous un autre angle. Je m'étais demandé quelle place je comptais lui réserver dans ma vie et, très vite, j'en étais arrivé à la conclusion que j'allais bientôt me trouver, disons, dans la situation d'un type qui vient de s'offrir un tableau et s'aperçoit qu'il n'y a plus d'endroit au mur pour l'accrocher. Est-ce que j'avais besoin d'un père ? Non, certainement pas. Est-ce que j'avais besoin d'un ami ? Peut-être. Mais jamais Vito ne pourrait tenir ce rôle. Nous n'avions ni les mêmes préoccupations ni les mêmes envies, il avait épousé ma mère et je n'avais pas le même emploi du temps. Alors quoi... ? Alors pour moi la situation devenait différente. Car désormais, si je prenais garde de ne pas trop m'éterniser avec lui, ce ne serait plus par soumission à des pressions extérieures mais par bon sens, pour la même raison qu'aucune personne sensée n'irait se jeter contre un mur ou s'engager dans une voie sans issue.

J'étais assez content de moi. Ayant examiné la question avec le recul nécessaire, je me permettais d'ailleurs quelques accrocs dans l'attitude que je m'étais fixée et profitant que ma mère commençait à dérailler, je ne craignais plus de passer un moment en sa compagnie, de me pencher sur sa moto pendant qu'il y était penché lui-même, d'aller voir ce qu'il fabriquait dans le jardin, de m'intéresser à ses lectures ou encore de le rejoindre à la piscine, de m'initier au go ou regarder un film avec lui. Je savais où j'allais, désormais. Je ne risquais plus de me réveiller un matin avec un problème insoluble sur les bras. J'avais ôté à temps mon doigt d'un terrible engrenage et, fort de cette réussite, je m'épargnais d'avoir à prendre certaines précautions contre un danger qui n'existait plus. Je me débrouillais juste pour que nos tête-à-tête ne soient pas trop visibles dans la mesure du possible et m'arrangeais pour ne pas le rencontrer dans la rue.

Les balades en moto, après lesquelles Bob pleurnichait, étaient précisément ce qu'il fallait éviter. Je n'avais pas envie d'aller expliquer à mon grand-père que je me promenais avec un type qui n'était rien pour moi, qui ne serait jamais ni mon ami ni mon père parce que je n'en avais pas besoin et qu'en conséquence il ne pouvait y avoir de cheveux dans la soupe d'un chauve, s'il me suivait bien.

Je me méfiais aussi d'Éthel. Je n'allais pas raconter ma vie à Lisa, mais je surveillais Éthel d'assez près depuis qu'elle avait traîné Vito au Grand Bal des Sotos. Vito n'avait pas jugé utile de me tenir au courant de certaine explication, si jamais elle avait eu lieu et, aussi bien, il se comportait avec elle comme si rien de grave ne s'était passé, du moins était-ce l'impression qu'il donnait lorsqu'on les voyait ensemble. Mais quant à ma mère, j'avais une assez bonne expérience de ses humeurs. Je croisais parfois son regard lorsqu'elle me surprenait avec lui et à la manière dont elle me dévisageait, même si elle ne m'accordait qu'un simple coup d'œil, je pouvais affirmer sans me tromper qu'entre elle et Vito, les amours étaient à la baisse. Je m'étais quelquefois demandé si je ne devinais pas avant elle le moment où ses aventures s'essoufflaient. Un soir que je me trouvais bloqué à ses côtés dans les embouteillages, elle a poussé un soupir étrange qui m'en a dit long. J'ai essayé d'en parler un peu avec elle. Au lieu de s'adresser à moi, elle se regardait dans le rétroviseur :

— A cette époque, j'étais follement amoureuse de lui, il n'a jamais su à quel point... Mais aujourd'hui, mon chéri, je ne sais pas comment dire... j'ai l'impression d'avoir eu les yeux plus gros que le ventre...

Elle m'appelait « mon chéri » parce que nous nous étions croisés en ville et que n'ayant rien de particulier à faire — je venais de louper un vague rendez-vous que j'avais donné —, j'étais resté avec elle et l'avais suivie à droite et à gauche sans même y prendre garde. Comme cela n'arrivait pas souvent, elle aimait bien sortir avec moi, m'installer dans un fauteuil pour me demander mon avis et défiler devant moi dans toutes les tenues imaginables. Nous pouvions alors aborder certains sujets tous les deux. Durant un court moment, je la sentais plus proche de moi que de n'importe qui d'autre.

Elle a enfoncé le klaxon une seconde, puis elle a haussé les épaules :

— Tu sais, je m'imaginais que je ne parvenais pas à me fixer parce que je pensais toujours à lui... Il y a certaines choses dans la vie que l'on doit vérifier coûte que coûte...

— Tu veux dire que tu l'as épousé un peu vite... ?

— Je ne sais pas... Le problème n'est pas là...

Elle a tendu le cou pour voir ce qu'ils fabriquaient devant.

— Nous avons pensé que c'était indispensable, nous l'avons voulu tous les deux... Mais tu sais, je ne me suis pas forcée. J'ai attendu ce moment pendant vingt ans, plus ou moins consciemment... Vingt ans, est-ce que tu te rends compte... ? D'ailleurs, je pense qu'il ne faut pas aller chercher plus loin... L'attente peut nourrir un rêve au point de le rendre monstrueux... Placer les choses si haut qu'on ne peut plus les atteindre... Enfin, nous verrons bien...

Pour moi, c'était clair.

Stavros Manakenis, le père de Chantal et d'Olivia, avait été l'amant de ma mère pendant un moment. Je ne savais pas si Vito était au courant mais deux jours après la conversation que j'avais eue avec Éthel, il a refusé d'aller dîner chez eux, déclarant que ces gens le fatiguaient. D'ordinaire, il évitait ce genre de réaction s'il ne voulait pas que ça tourne mal. Sinon Éthel commençait par lui expliquer qu'ils avaient certaines obligations, qu'ils ne vivaient pas sur une île déserte et qu'elle n'avait pas l'intention de rester cloîtrée entre ces murs. Le ton montait à mesure que d'autres réflexions lui passaient par la tête. Et s'il avait le malheur d'insinuer qu'elle n'avait pas besoin de lui, il comprenait très vite qu'il avait commis une erreur. Ce soir-là, quand je l'ai entendu décliner l'invitation des Manakenis, j'ai aussitôt tourné la tête vers Éthel. Elle a dit qu'il trouverait certainement de quoi manger à la cuisine, qu'il y avait du poulet froid.

— Oui, je sais. Je ne suis pas aveugle... ! m'a-t-il répondu après que je lui ai donné mon avis.

Comme il le prenait sur ce ton, je suis sorti moi aussi. Je suis allé boire un verre au Blue Note. Juste avant de repartir, j'ai échangé quelques mots avec Vincent, les premiers depuis que je lui avais fracassé le crâne.

— Dis-moi, mais qu'est-ce qu'elle a, cette fille... ? Qu'est-ce qu'elle veut au juste... ?!

— Vincent, je voudrais que tu acceptes mes excuses...

— Je te parle pas de ça... Dis-moi, c'est toi qui l'as rendue comme ça... ?

— Non, je ne crois pas... Vincent, est-ce qu'on pourrait se voir, un de ces jours ?

— J'en sais rien. Je vais y réfléchir...

J'accomplissais de tels efforts pour obtenir son pardon que j'en avais les mains qui tremblaient et me consolais en pensant que si je parvenais à m'envoyer sa mère, je ne l'aurais pas volé.

Lorsque je suis rentré, j'ai vu Moxo se plier en deux et filer comme une ombre. J'ai prévenu Vito que mon grand-père le démolirait s'il le surprenait dans les parages.

« Démolir Moxo... ? » a-t-il répété avec un large sourire. Il a levé son verre dans la direction où l'autre avait fui.

— Alors... ? Rien d'intéressant en ville ?

— Et s'il lui arrivait quelque chose, Arlette t'arrachera les yeux...

— Là, tu as raison... Mais de tous les gens que je connaissais à l'époque, Moxo est le seul qui vaille qu'on prenne des risques. Et crois-moi, je tiens à mes yeux...

— Et il m'a prétendu qu'il ne savait rien sur toi, qu'il n'était au courant de rien !

— Il a dû te dire que ce n'était pas ses oignons.

Je me suis assis à côté de lui, sur les marches, avec une impression de vide.

— Mais il y avait qui, exactement... ?

— Je croyais que ces histoires t'ennuyaient... Eh bien, il y avait ton père, Richard Valero, Stavros Manakenis, Arlette et Moxo. Tu vois ça d'ici... ? Maintenant, si tu veux avoir la liste de tous les gens que nous connaissions, tu n'as qu'à ouvrir le carnet d'adresses de ta mère. Le père de ton ami Vincent est l'un des seuls que je n'ai pas retrouvés. Je crois que Marion l'a expédié en Terre de Feu.

— Non. En Alaska.

— Très bien. Qu'il y reste. Tu sais, je ne suis pas là pour régler des comptes...

— Alors, bon Dieu, mais qu'est-ce que tu cherches... ?!

Il a secoué la tête en souriant.

— Mais je te l'ai déjà dit, il me semble...

— Alors je n'ai pas dû t'écouter...

— Mais si tu m'as écouté. Tu as cru que je n'étais pas sérieux mais c'est pourtant la vérité... Remarque, ça ne m'est pas venu comme ça et je t'avoue que ça ne m'a pas effleuré pendant de longues années. Tu sais, tu ne te réveilles pas un beau matin, tout illuminé, en te disant : « Ça y est ! J'ai enfin trouvé la Voie ! » Non, ça ne se passe pas comme ça... Je crois que j'ai commencé à y penser lorsque j'avais trente ans. Maintenant, j'en ai quarante et les choses deviennent un peu plus claires... Non, attends ! Je ne suis pas en train de te dire que je suis plus intelligent aujourd'hui qu'hier... Ce sont nos sujets d'intérêt qui changent et ça prend du temps de glisser de l'un à l'autre... Écoute, durant les quelques jours qui ont précédé sa mort, ma mère était obsédée par l'idée qu'elle devait expier une peine qu'elle avait causée à mon père. Je ne crois pas qu'elle se rendait compte qu'elle aurait mérité cent fois son pardon, d'autant que mon père n'était pas un saint, mais bref, elle était persuadée qu'elle n'avait pas obtenu son rachat... Elle s'est pendue à moi jusqu'à la fin, sans cesser de me tenir ce discours et j'en étais vraiment navré pour elle, je n'arrivais pas à imaginer qu'on puisse s'emmerder avec des histoires pareilles... Il y a de nombreuses questions sur lesquelles j'ai l'impression d'être passé du rire aux larmes, ou vice versa en l'espace de ces vingt années... Entre parenthèses, je me suis toujours demandé si une parole de mon père aurait suffi à l'apaiser... Mais ça, je ne le saurais jamais, car elle est morte sans l'avoir revu. Il a eu un empêchement, à l'époque, il a été retenu ailleurs...

Je n'étais pas réellement satisfait. J'espérais quelque chose de plus solide. Il s'est penché vers moi pour me regarder sous le nez, sans doute parce que mon air l'amusait.

— Ça ne te suffit pas, n'est-ce pas... ? Très bien, alors je vais te confier une information que tu vas mal interpréter...

— On verra bien, dis toujours...

— Je suis le père de Lisa.

J'ai regardé droit devant, puis un peu en haut, puis un peu à gauche, de manière à l'oublier une minute. Voyant que je ne disais rien, il a ajouté :

— Si tu en déduis que je suis là pour faire le malin, tu te trompes. Je ne suis pas venu pour revendiquer quoi que ce soit, ni pour me soulager d'un retard d'affection ni pour aucune raison de ce genre. D'abord je ne lui plais pas et je n'ai pas l'intention de lui en parler. Je suis là parce qu'il ne m'est rien arrivé de plus important dans la vie que de rencontrer ta mère et je t'accorde qu'il n'y a pas de quoi tomber à genoux pour baiser les pieds du Seigneur. Mais c'est comme ça. Je ne sais pas s'il y a encore quelque chose à sauver, mais j'aurais essayé. Au fond, il ne s'agit pas tant de réparer que de terminer un ouvrage... C'est difficile de dire exactement pourquoi l'on se remet à la tâche. Tu sais, le vent souffle et il se fiche pas mal que tu essayes d'attraper la barre.

J'ai éprouvé une telle difficulté à me tourner vers lui, à lever les yeux vers son visage, que j'ai pensé qu'il m'avait empoisonné.

— Mani, réfléchis un peu... Qu'est-ce que ça a de si extraordinaire... ? Et puis ça n'a aucune signification... J'aurais aussi bien pu être le tien et ça aurait changé quoi... ? Tu me sauterais au cou pour un incident contraceptif... ?

Je lui ai dit :

— Je vais aller me baigner, si tu permets...

J'ai fini par admettre qu'il avait raison. J'en ai conçu un sentiment de solitude un peu plus aigu mais je n'en suis pas mort. L'école était fermée depuis une semaine mais elle venait de rouvrir ses portes en catastrophe à la suite de certains résultats obtenus aux examens par un trop grand nombre. Un trop grand nombre de représentants des familles les plus influentes de la ville, s'entend. Malheureusement, je participais cette fois à la cuisante hécatombe, en tant que victime, au même titre que Vincent, Jessica, les sœurs Manakenis et la plupart des vrais habitués du Blue Note. Tous les efforts du directeur de l'école pour relever les notes de quelques points n'étaient même pas suffisants. La seule chose qu'il avait pu obtenir, et selon lui en remuant le ciel et la terre, était que nous repassions les épreuves. Nous avions une quinzaine de jours pour nous y préparer. A cette fin, on avait requis une poignée de professeurs payés à prix d'or et le directeur nous a suppliés de profiter de l'aide qu'ils pouvaient nous apporter, au moins une heure ou deux par jour. Il s'excusait par avance auprès de nos parents pour les billets d'avion, les réservations d'hôtels et la coupe sombre qu'il effectuait dans le précieux tissu de nos vacances, mais essaierait de repousser d'autant le jour de la rentrée. Puis, s'essuyant le front, il a promis que de ce pas il allait œuvrer pour que nous puissions faire l'impasse sur certains sujets.

Olivia et Chantal ont redonné une fête séance tenante pour saluer la lugubre nouvelle. Nous devions tous être vêtus de noir et nous soûler la gueule d'une manière ou d'une autre. J'estimais qu'au bout du compte, l'ajournement de nos départs pour les îles ou Dieu sait quoi n'était pas une si mauvaise chose. Cela me laissait du temps pour éclaircir la situation avec Jessica et, sans vouloir me montrer trop gourmand, forcer Vincent à reconnaître que notre vieille amitié n'était pas morte. Au prix d'un emploi du temps ultra-léger, nous allions éviter d'être pulvérisés aux quatre coins de la planète et consacrer plus d'heures à nos affaires que durant les autres jours de l'année. Pour commencer, la soirée chez les jumelles s'est terminée le lendemain, aux environs de trois heures de l'après-midi. Dans leur maison d'amis, les tentures étaient tirées, les volets étaient clos, mais nous avons dû sortir car leur père était tombé de la falaise et nous appelait au secours — les pompiers nous ont dit que c'était un miracle, qu'il serait mort s'il ne s'était accroché à une simple touffe d'herbe.

L'annonce de mon échec n'a pas eu d'effet sur ma mère. Elle m'a assuré que j'allais me rattraper à la faveur de cette seconde tentative que l'on nous accordait et m'a tendu un numéro de *Vogue* où l'on présentait d'amusants maillots pour l'été.

J'en ai informé mon grand-père le lendemain, après la mort du cinquième taureau, et juste avant que Manzanares n'entre en piste. C'était le matador idéal pour glisser une mauvaise nouvelle dans l'oreille de mon grand-père, un type qui n'avait pas toujours les faveurs du public mais que les professionnels tenaient pour le meilleur. Je me suis manifesté à la suite d'une série de naturelles délicieuses, très classiques, en ajoutant aussitôt que je travaillais déjà d'arrache-pied et que l'on ne devait pas s'inquiéter de mes prochains résultats. Une parfaite estocade m'a valu un somptueux dîner en ville, une poignée de cigares et quelques conseils sur l'art d'évaluer une situation en faisant abstraction de toute verroterie sentimentale.

Sur ce point, je lui ai confié que j'avais réalisé des progrès décisifs. Dans l'après-midi, avant de le retrouver, j'avais mis au point une histoire pour le cas où il me demanderait ce que j'avais fabriqué l'autre soir et si j'avais une explication sur la manière dont Vito avait bien pu s'éclipser. Mais il semblait avoir oublié l'incident. J'ai donc ravalé mon air innocent, puis ruminé ma surprise en installant mes fesses sur le petit coussin de la Croix-Rouge. Le premier taureau était un animal compliqué, ce qui n'a pas éclairci mes pensées.

A table, nous n'avons abordé aucun sujet brûlant, ce que je craignais un peu mais que j'ai fini par trouver plus inquiétant encore. C'était la première fois qu'il ne faisait pas allusion à Vito au cours d'une conversation avec moi. Sinon, il s'est comporté de façon agréable, m'a semblé particulièrement détendu. Les musiciens lui ont joué de vieux airs andalous et tandis qu'on nous servait des pêches pochées au caramel, il a dit que je ne devais plus m'inquiéter à présent. Je ne savais pas de quoi il me parlait au juste, mais j'ai souri pour lui montrer qu'il n'y avait pas de danger. J'allais avoir dix-huit ans dans deux mois et venais de prendre de fermes résolutions : m'installer dans le canot de sauvetage et regarder sombrer le navire qui allait tous les engloutir. Après la révélation de Vito, qui n'était malgré tout qu'une simple goutte d'eau, j'avais décidé d'abandonner la nef des fous et de ne plus contrarier personne. J'ai gardé mon sourire pendant un bon moment, sans vraiment l'écouter, cependant qu'armé d'une serviette il me décrivait les différents mouvements du poignet depuis Belmonte. Je ne lui ai de nouveau prêté l'oreille qu'à l'instant où il se penchait vers moi, le visage illuminé :

— ... car je suis convaincu d'une chose, me soufflait-il. Chaque matador rencontre un jour le *parfait* taureau, celui pour lequel il s'est toujours préparé... Et même si les circonstances retardent l'événement, il arrive un moment où plus rien ne peut empêcher leur chemin de se rejoindre...

Il avait débité tous ces mots d'un seul trait, sans une hésitation, sans la moindre grimace. Pour lui prouver que j'étais en forme moi aussi, je lui ai répondu :

— Encore heureux, les pauvres... !

Un matin, au lieu de prendre sa place et d'adopter la position du lotus à nos côtés, Bob s'est laissé glisser le long du mur avec un soupir d'agonisant. Quand il a remarqué que nous nous interrogions sur son sort, il m'a lancé le numéro de *Vogue* que j'avais feuilleté en compagnie d'Éthel.

— T'as vu ça... ? a-t-il geint comme s'il venait de s'ôter le pansement d'une plaie.

— Ne te laisse pas faire. Lisa ne peut pas t'obliger à changer de maillot de bain...

Les yeux mi-clos, secouant la tête, il a agité une main dans ma direction :

— Regarde la page des livres... Regarde ce que j'ai souligné... !

Vito et moi avons échangé un coup d'œil.

Il y avait une page entière consacrée au dernier livre de Bob. L'article était intitulé : « ROBERT VANGRAW OU

L'INSOUTENABLE LÉGÈRETÉ DE L'AIR. » Ça commençait mal. J'ai lu tout haut la partie qu'il avait encadrée de rouge : « *Il est grand temps de choisir entre Vangraw et Faulkner. Comme il faut choisir entre le beau et le laid, le durable et l'éphémère, le dur et le friable...* »

Vito m'a enlevé le magazine des mains, si bien que je n'ai pu poursuivre. Il s'est avancé vers Bob et s'est accroupi devant lui :

— Écoute, c'est du niveau de la maternelle... Tu attends quelque chose d'un petit garçon qui a peur qu'on lui prenne Faulkner... ? Dis-moi, Bob, quel est l'âge mental d'un type qui écrit qu'il faut choisir entre le beau et le laid... ? Est-ce que tu pourrais prononcer une telle imbécillité sans éclater de rire... ?

Nous avions fini par comprendre que Bob souffrait *réellement* de ces choses. Nous avions essayé de le secouer, sans trop de résultat. A présent, Vito tentait la manière douce. Bob a levé les yeux et l'a fixé d'un œil brillant :

— N'empêche qu'ensuite il m'assassine ! Vito, si je devais faire de l'ombre à Faulkner, je m'arrêterais d'écrire... !

— Je vais te dire une chose. A ta place, j'aimerais mieux que le petit bonhomme continue de me taper dessus plutôt qu'il ne me serre dans ses bras. Je serais même rassuré de ne pas lui plaire... Essaye d'imaginer que tout d'un coup, ce gars-là se mette à t'encenser, que tu te retrouves sur la même longueur d'onde, essaye d'imaginer qu'avec cette partie de toi que tu lui offres, il se mette à jouir, peut-être même à éprouver de la fraternité pour toi, qu'il te considère comme quelqu'un de sa famille... Quelle tête tu ferais, dis-moi... ? Est-ce que tu as envie d'être embrassé par un type aussi bête, qui se prend pour le gardien du Temple alors qu'il est simplement assis devant les pissotières... ? Bob, chaque fois que ce genre de gars te tombe dessus, tu devrais le remercier... Ils se conduisent comme des petits chefs de guerre, tentent de s'emparer à n'importe quel prix des miettes d'un pouvoir qu'ils ne sont pas près d'obtenir par leur propre valeur. Choisir entre le beau et le laid... ? Le pauvre a encore beaucoup à apprendre, la vie lui réserve encore quelques surprises de taille. La première, c'est quand il s'apercevra que cette couronne qu'il s'est enfoncée sur la tête est complètement de travers...

Bob a pris une profonde inspiration. Nous étions penchés sur lui et tâchions de négocier la reprise de nos exercices matinaux quand Éthel est rentrée à l'improviste et nous a gratifiés d'un sombre haussement d'épaules. Le temps des réflexions était dépassé.

Je crois que je comprenais ma mère. Je n'aurais pas su expliquer pourquoi, d'autant que Vito était le seul type intéressant qu'elle nous avait ramené, mais je commençais seulement à prendre conscience de la vie qu'elle avait eue durant toutes ces années et je me demandais si elle n'était pas à bout de forces, si toutes ses aventures ne l'avaient pas abîmée pour finir.

Par moments, et c'était sans doute la première fois qu'une telle idée m'effleurait à propos d'Éthel, j'avais l'impression qu'elle était triste. Je savais qu'elle pouvait éprouver des bonheurs plus ou moins grands, entrer dans des colères plus ou moins terribles, montrer la plus parfaite indifférence ou décliner tous les degrés de l'ennui, mais je n'avais jamais eu l'occasion d'ajouter la tristesse au catalogue. Elle filait un mauvais coton depuis le Bal des Sotos. A première vue, j'avais pensé que Vito et moi — enfin Vito davantage que moi — étions ceux qui avions dérouillé au cours de cette petite fête. Or, et indépendamment du fait que nous nous en étions vite et plutôt bien remis, je découvrais que c'était ma mère qui accusait le coup. Parfois, au beau milieu d'une conversation, je la voyais perdre le fil de ce qu'on disait, chose qui n'était guère dans ses habitudes ou bien alors elle pensait à je ne sais quoi et son air s'assombrissait puis devenait presque malheureux. Je l'observais avec plus d'attention depuis quelques jours, et j'aurais bien voulu qu'on me dise si c'était parce qu'on avait pendu Vito par les pieds qu'elle broyait du noir ou si c'était parce qu'elle avait atteint ses buts. Elle l'avait retrouvé, épousé, elle avait bravé son père et franchi avec Vito les portes du Grand Bal. Peut-être que ce qui était arrivé ensuite ne comptait pas beaucoup. Peut-être que tous ces efforts l'avaient épuisée, qu'une fois sa besogne accomplie plus rien ne fonctionnait en elle. Comment savoir ? La seule chose dont j'étais sûr était qu'elle ne tiendrait plus très longtemps.

La mère de Jessica avait des problèmes d'une autre nature, mais elle aussi n'en pouvait plus. Jessica voulait que Vincent et moi trouvions deux ou trois types qui se chargeraient de cueillir son père à la sortie de son bureau. Elle a insisté pour que nous nous approchions de la fenêtre et jetions un coup d'œil sur la pauvre femme qui sommeillait dans le jardin, le visage enflé. J'ai dit que je pouvais m'en occuper. Sur ce, Vincent a empoigné le téléphone. Je lui ai laissé prendre les choses en main. Je regardais Jessica en ayant en tête certaines réflexions que je m'étais faites au sujet d'Éthel et me les appliquant, je m'interrogeais sur l'utilité de mes efforts pour la reconquérir. Dans cette entreprise, je risquais de me couper de Vincent pour de bon, et pour atteindre un but qui pouvait très bien ne pas en valoir la peine. J'appréciais l'éclat mystérieux du sourire qu'elle me décochait pendant que l'autre complotait au bout du fil, mais je convenais que cette fille n'était pas près de me satisfaire sur le plan sexuel — elle attendait toujours le feu vert des gynécos — et qu'à moins de communiquer par signaux télépathiques, nous ne progresserions pas sur le chemin d'une compréhension mutuelle. Elle avait sans doute eu raison, à l'époque, de se plaindre à ce sujet.

Depuis, j'avais mené quelques expériences qui m'avaient ouvert les yeux sur la complexité de certains échanges. Jusqu'à quel point pouvait-on communiquer avec une autre personne ? Quelles qu'aient été les incertitudes, la taille des obstacles à franchir, j'avais plus de chances de baiser Marion que d'avoir un seul et véritable échange avec Jessica. Ou n'importe qui d'autre. Il n'y avait qu'avec Vito que je ressentais d'incompréhensibles et fulgurants éclairs de transmission. Sauf que de lui, je ne savais pas quoi faire.

— Je voudrais vous remercier tous les deux, a-t-elle dit.

J'ai bien compris qu'elle m'en offrait plus que ma part, mais je l'ai ramenée dans le droit chemin :

— Jamais de la vie ! C'est Vincent et lui seul qu'il faut remercier... !

Vincent m'a proposé une cigarette. Il me l'a même allumée.

Plus tard, après notre seule heure de cours de la journée, je lui ai proposé de le reconduire chez lui, en évitant de regarder du côté de Jessica qui restait plantée en haut des marches. Je l'ai pris derrière moi par cette chaude fin d'après-midi, tranquille et colorée, je me suis tourné plusieurs fois vers lui avec le sourire et nous sommes arrivés juste à temps pour conduire Marion à l'aéroport. Elle nous a examinés tous les deux, puis elle a embrassé Vincent et m'a embrassé en nous disant que nous avions mis du temps à nous décider. Je le trouvais, moi aussi. Vincent a dit à sa mère de nous oublier avec cette histoire. Si je n'avais pas craint de remettre notre amitié en question, je lui aurais de nouveau sauté dessus pour avoir parlé sur ce ton à une femme aussi jolie, aussi désirable, et dont la proximité me rendait fou.

Au moment de partir, Jessica a téléphoné. Vincent a embarqué l'appareil et s'est installé sur le divan. Marion a tendu son bras pour lui présenter sa montre, mais il n'a pas tout envoyé promener, n'a pas bondi à la seconde. J'ai baissé les yeux et, d'une voix faible, j'ai déclaré à Marion qu'elle choisirait sans doute une autre solution mais qu'il fallait tenir compte des embouteillages et que ça ne m'ennuierait pas du tout de l'accompagner, enfin que c'était de bon cœur. Elle a hésité une seconde cependant que Vincent, qu'à l'instant j'aurais serré sur ma poitrine, hochait frénétiquement la tête, nous faisait signe d'y aller avec de grands gestes.

Je suis sorti dans le soleil couchant avec les jambes coupées. Elle portait une petite jupe d'été, dont l'ampleur lui permettait d'enfourcher ma selle comme de passer une lettre à la poste et d'éviter tout froissement disgracieux en s'asseyant dessus. J'en ai eu du mal à retrouver mes clés. En fixant son petit bagage à l'arrière, je me suis enfoncé un poignard dans le ventre rien qu'en observant la peau de son dos qu'une profonde échancrure en V, des épaules jusqu'en bas des reins, offrait à la douce lumière du ciel.

En refermant ses bras autour de ma taille, elle m'a demandé de ne pas aller trop vite. J'ai donc roulé lentement, mais, pour moi, les événements s'enchaînaient à une vitesse foudroyante. Le matin même, je ne me doutais pas que Vincent se déciderait à m'adresser la parole. Qu'au soir, je puisse incliner la tête et découvrir les mains de Marion croisées sur mon ventre, me semblait tenir du prodige. Ur policier m'a demandé si je savais ce qu'allait me coûtei d'avoir grillé un feu rouge. Lui présentant mes papiers, je lui ai demandé s'il savait ce que ça allait lui coûter, *à lui*. Il a stoppé la file de voitures pour que nous puissions déboîter sans plus nous soucier de quoi que ce soit. J'ai songé à la kidnapper tout le long du chemin. Je connaissais des cabanes perdues au fond des Malayones. Je l'imaginais attachée aux quatre coins d'un lit sombre, collée aux draps par mon sperme, endolorie par nos séances et moi lui déliant un poignet pour lui permettre de fumer une cigarette, et moi profitant de cet instant de repos pour la nettoyer à l'aide d'une petite éponge naturelle imbibée de lait tiède. Elle s'est raidie, a poussé un cri voluptueux tandis que je lui lavais les seins :

« Mani... ! Mais tu as failli renverser ce vieil homme... ! »

J'ai ouvert les yeux car nous étions arrivés. Elle rentrait le lendemain mais j'ai senti mon cœur se serrer comme si elle partait pour un long voyage. Elle m'a saisi par le menton et m'a prévenu qu'à son retour, elle voulait nous retrouver, Vincent et moi, dans d'aussi bonnes dispositions l'un envers l'autre. Je lui ai répondu qu'elle pouvait en être sûre, dussé-je — mais j'ai gardé cette pensée à part moi — m'enchaîner à ce connard et lui donner mon sang pour le maintenir en vie.

Elle avait à peine disparu qu'avec précaution j'ai tourné la tête vers mon siège arrière. Je n'avais pas l'habitude de forcer le trait avec ma moto, mais j'ai déboutonné ma chemise, l'ai ôtée, et après en avoir recouvert l'endroit où elle avait posé ses fesses, je suis parti torse nu, les cheveux au vent, les mâchoires serrées, les yeux plissés malgré mes lunettes de soleil. Je me suis arrêté aussitôt que j'ai pu, sur la route qui longeait l'océan, quoique à l'abri de l'air marin, dans une dépression sans genêts, sans pins et sans eucalyptus, quasi vierge de parfums et close par le silence du jour finissant.

Une réelle émotion m'envahissait. J'ai saisi ma chemise du bout des doigts et l'ai soulevée avec une infinie délicatesse. Je me suis flanqué la tête dessous.

Elle était encore là. Malgré les dix bonnes minutes qui s'étaient écoulées, malgré ma propre odeur, malgré l'odeur de cuir de la selle, malgré qu'elle était femme à soigner son hygiène intime. Je crois qu'un gémissement de pure mélancolie m'a échappé à cet instant.

J'ai posé ma joue juste à côté, les narines en plein dessus et l'esprit cent fois plus illuminé que par un rail de cocaïne. J'ai entouré la selle de mes bras et me suis égaillé au milieu d'un champ de molécules cuisinées par le diable et les plus vicieuses créatures de l'enfer. Mes facultés de perception s'aiguisaient au point que je n'aurais guère été plus avancé si elle avait planté ses genoux de part et d'autre de mon visage, la fente si près de mon nez que j'en aurais louché.

J'ai commencé par sortir un petit bout de langue timide et hésitant. Parfois, j'avais l'impression que Marion était la chose la plus importante de ma vie et je faisais également un rêve au cours duquel le monde se dissolvait, où mes mains traversaient les gens et les choses, où elle était tout ce que je pouvais toucher — en général, je tombais à ses genoux, enserrais ses jambes, posais mon front contre sa toison, puis ma tête tout entière finissait par disparaître à l'intérieur de son vagin et tout rentrait dans l'ordre. De la même manière que j'aurais attrapé l'avion qui l'emportait pour le suçoter religieusement, je me suis mis à lécher ma selle — une Veltliner Sanwalk, autant dire une pièce de musée, une peau d'une douceur exceptionnelle —, tout d'abord avec lenteur et application, puis avec la frénésie d'un enragé sexuel.

Quand j'ai retrouvé Vincent, nous avons parlé de Jessica. A différentes reprises, il m'a considéré avec un air étonné tandis que je lui livrais certaines informations sur le compte de ma quasi ex-petite amie. J'étais encore sous le coup de ma besogne et me débarrassais de toutes ces données sans le moindre regret, peut-être même avec une facilité et un sombre plaisir qui en disaient long sur mon état d'esprit. J'espérais qu'il allait me l'arracher et s'enfuir avec elle. J'espérais sombrer dans le chagrin pour n'avoir plus qu'une seule chose en tête, pour que ma vie ne dépende plus que d'une seule personne, en fait de la seule créature qui soit vivante au monde, celle qui n'était pas un rêve et que je pouvais toucher.

Il m'a demandé :

— Même avec un préservatif... ?

— Oui. Ça veut dire jamais. Il paraît que ça la brûle, mais j'ai jamais vérifié. Enfin, je n'ai pas trop insisté non plus...

Il s'est frotté le menton.

— Mmm... Et si elle nous bluffait, si c'était juste un blocage... ? Il y a de drôles de numéros, tu sais...

Je lui ai dit que je n'écartais aucune hypothèse.

— D'ailleurs, ai-je ajouté, tu as remarqué comme elle est sensible à ce problème de communication... ? On a l'impression que c'est tout ce qui l'intéresse. Alors que personne ne comprend personne, de toute façon. Elle joue à quoi ?

— Merde, on a tous des problèmes de famille...

— Et si ça devait nous brûler, on serait déjà réduits en cendres.

— Exactement.

Par acquit de conscience, et avant que nous ne partions chez Olivia et Chantal qui avaient réquisitionné le bateau de leur père, je suis monté à l'étage et ai discrètement bifurqué vers la chambre de Marion. A l'occasion de cette manœuvre, la chance ne m'avait jamais souri mais à cet égard, je prouvais que j'avais de la suite dans les idées et étais un type persévérant. Je n'avais jamais mis la main sur quoi que ce soit d'intéressant au cours de ces visites, mais je n'en avais jamais conçu le moindre désir d'abandonner et mon entrain demeurait intact. Marion ne laissait rien traîner. A mon avis, elle lavait ses culottes au fur et à mesure, sinon je n'y comprenais rien. Quoi qu'il en soit, la seule idée qu'un miracle puisse arriver, qu'un événement quelconque la détourne de sa déplorable habitude, me soulevait du sol, m'arrachait de courtes prières. Je souriais par avance à la tête que je pourrais faire quand un tel poids me tomberait dessus. Si même j'allais pouvoir me baisser ou tendre un bras pour m'emparer de la chose. Si je n'allais pas, moi aussi, me le coudre sur la poitrine, ou le monter en broche, ou me l'avaler tout cru ou le porter en chapeau.

D'un simple coup d'œil, j'ai compris que ce ne serait pas pour cette fois. C'était égal. J'ai salué sa chambre d'un sourire amical, d'une âme sans rancune. J'ai répondu à Vincent que j'arrivais.

Chantal Manakenis ressemblait à sa mère : elle n'aimait pas le sexe — quoique dotée comme l'autre d'un physique agréable — mais adorait qu'on lui tourne autour. C'était elle qui organisait toutes ces soirées, qui tirait les rideaux et vous initiait à Mozart. Elle n'aimait pas le sexe mais adorait en parler, ne supportait pas qu'on la touche mais pouvait tenir le langage le plus grossier qu'on pût imaginer. Elle était également la meilleure amie de Jessica. Ce qui pouvait vous valoir certaines réflexions telles que :

— T'es pas assez bon pour la baiser… Tu devrais te renseigner sur les zones érogènes, tu devrais t'acheter quelques livres sur la question… simplement pour avoir les bases.

Je ne lui ai rien répondu parce que je ne voulais pas que Vincent finisse par comprendre que Jessica était un coup impossible. Je me suis contenté de me pincer le bout du nez en la regardant tandis que Vincent essayait de la pousser à en dire davantage, à préciser le déroulement de la manœuvre.

— Il ne suffit pas de baisser ton pantalon, il faut utiliser ta cervelle…, a-t-elle répliqué.

Stavros Manakenis possédait un appontement privé, couvert d'une bâche à rayures qu'il changeait tous les printemps et qui était d'un mauvais goût assez rare, festonnée de galon doré. Il y amarrait une vedette dont la seule utilité consistait à effectuer des rotations entre la plage et son bateau, ancré à quelques encablures, lorsque lui ou ses filles invitaient du monde à bord. C'était un bateau qui ne bougeait pas beaucoup, quoique soigneusement équipé pour la haute mer. En fait, l'équipage était plutôt habitué à briquer le pont et à remettre de l'ordre après les festivités qu'à s'occuper de navigation. Nous n'étions plus qu'une poignée à attendre le retour de la vedette qui rugissait dans la baie, le nez dressé en l'air avec son petit drapeau.

Olivia revenait en quatrième vitesse. Elle avait l'air catastrophée. J'étais si peu intéressé par ce qui lui arrivait que je n'ai pas saisi un mot de la discussion qu'elle a entamée avec sa sœur. Je n'aimais pas beaucoup les promenades en bateau, mais l'idée que celui-ci était ancré, pour ne pas dire qu'il avait pris racine, m'abattait. Et puis il était bien trop illuminé, bien trop blanc, bien trop gros pour mon goût personnel. Chaque fois que je me préparais à y monter, j'avais un moment d'absence et loupais certaines conversations. J'étais toujours sidéré de découvrir que je n'avais rien de mieux à faire.

Chantal m'a demandé si je pouvais la ramener à la maison. Je n'avais pas très envie de lui être agréable mais ma moto était garée juste là et je sentais qu'à mesure que les secondes s'écoulaient ma position devenait plus critique. Elle a voulu savoir si elle devait appeler un taxi.

Nous sommes entrés par le jardin. En parlant de sa sœur, Chantal a dit que la nymphomanie avait des effets secondaires et qu'on ne pouvait plus compter sur elle. Nous avons longé la piscine, sommes passés par la maison d'amis afin de ramasser un peu d'herbe pour les attardés mentaux. « Tu comprends, il n'y en a que pour ses fesses... », m'expliquait-elle tandis que nous marchions vers la maison. Chantal avait un faible pour la cocaïne. Vincent l'avait baisée une fois, pour un demi-gramme, à la faveur d'une conjoncture difficile. Qu'Olivia ait pu oublier de lui prendre sa potion la mettait hors d'elle. « Et si moi j'oubliais d'inviter des types à une soirée, alors qu'est-ce que j'entendrais, tu imagines... ! » Lorsqu'il était de bonne humeur, Stavros Manakenis attrapait ses deux filles, parvenait à les garder quelques secondes sur ses genoux et prenait l'assemblée à témoin qu'il était le père de deux petits anges. Et il riait en les regardant s'envoler, l'une reniflant et l'autre se réfugiant debout contre un angle de la table. Dans l'ensemble, nous avions des parents formidables. Nous n'en parlions plus beaucoup, ayant fait le tour de la question. Mais je me souvenais de discussions que nous avions eues et d'une remarque de Chantal en particulier, à propos des « gosses de riches ». Elle avait mis tout le monde mal à l'aise en déclarant qu'à son avis nous étions plutôt des gosses de cons et que l'argent de nos parents n'était pas ce dont nous devrions rougir, si d'ailleurs quelqu'un avait envie de rougir de quoi que ce soit. Enfin bref, j'avais toujours pensé que Chantal avait du caractère, qu'elle n'était pas fille à se laisser démonter facilement.

Il n'empêche que de nous deux, c'est moi qui ai pris la chose avec philosophie. Ce n'est pas moi qui me suis tourné vers elle en annonçant que je n'en croyais pas mes yeux, en lui demandant si elle avait vu ça. Je n'ai rien dit. Je suis resté planté derrière elle, à examiner le travail. Il n'y avait pas le moindre reflet sur la vitre de la baie, si bien que malgré la pénombre, nous ne perdions rien du spectacle. Et puis ma mère avait été un peu bousculée par son mariage et les soucis qui en avaient découlé, elle n'avait pu profiter de la plage comme les autres années. En conséquence, elle avait une peau plus blanche que d'habitude, je crois que nous l'aurions vue dans le noir le plus complet.

Stavros Manakenis était allongé sous elle. Par chance, le canapé était face à nous et ils étaient dans une phase assez calme. Peut-être que dans moins de cinq minutes, ils allaient basculer sur le tapis et disparaître sous la table, ou ramper à l'abri de l'une de ces sculptures modernes qui encombraient le salon ? Qui sait ce que nous aurions découvert si nous étions arrivés un peu plus tard, si nous aurions été fichus de dire à qui était ce bras, ou cette jambe, ou ce qui se passait *au juste*... ? Enfin là, il n'y avait pas d'erreur possible. Chantal m'a de nouveau jeté un coup d'œil en prenant un air médusé, et peut-être dans l'espoir que j'allais la pincer ou y changer quelque chose. Mais c'était ainsi. Que cela nous plaise ou non, ma mère était bel et bien en train de sucer Stavros Manakenis. Cela me gênait d'autant plus, connaissant le peu d'inclination de Chantal pour ces choses. Elle ne devait pas apprécier de surprendre son père en train de lécher Éthel Sarramanga. J'ai pensé que nous ferions mieux de nous en aller mais elle ne bougeait pas. J'en ai profité pour me demander ce que j'éprouvais réellement. Chantal s'est accrochée à mon bras pendant que je fixais la main de Stavros Manakenis glissée dans le porte-jarretelles de ma mère. Éthel avait une peau très douce. C'était une femme qui s'entretenait avec beaucoup d'application, dont le corps était admirable. Je ne disais pas cela parce que j'étais son fils. Elle n'était pas la première femme nue que je voyais, fût-elle en porte-jarretelles et à quatre pattes. Je savais à quoi ressemblaient les courbes d'une jolie paire de fesses, la fermeté d'une poitrine que la pesanteur ne transformait pas en vulgaires sacoches.

C'était la deuxième fois que je pouvais apprécier les talents de ma mère pour ce genre d'exercice. Je ne savais pas si j'allais finir par m'y habituer, comme j'avais fini par m'habituer à toutes ses aventures. Sur ce sujet, mon esprit demeurait assez confus, adoptait des positions contradictoires selon mon humeur du moment. Or, en cet instant précis, me revenait certain événement de la soirée et plus je voyais ma mère s'activer, plus mes pensées se tournaient vers Marion dont l'attitude m'avait empli d'espoir quelques heures plus tôt. A ma connaissance, je ne refoulais pas une sombre envie de baiser ma mère, mais ce que je voyais m'excitait, maman ou pas. J'ai pris une profonde et discrète inspiration, les yeux mi-clos. Mon cœur s'est envolé vers Londres, sur-le-champ, a traversé le hall du Halcyon, grimpé l'escalier et s'est glissé sous la porte de la chambre, hissé sur le lit en s'accrochant aux draps du creux desquels elle s'agitait en rêvant à moi. Je me suis imaginé qu'à la faveur d'une telle nuit, rien n'était impossible. Qu'une simple pierre, qu'un pauvre bout de bois ne pouvait y être insensible. Que le monde était ensorcelé. D'ailleurs, à mesure que nos parents s'empiffraient, il me semblait entendre les pénibles déglutitions de ma compagne d'infortune, le gazon grésiller à ses pieds. J'aurais aimé lui dire qu'il n'y avait rien là que de parfaitement compréhensible, que même une bonne sœur n'aurait pas coupé à son trouble, mais je me méfiais d'un trop long discours, en de telles circonstances. Je me suis donc penché avec sobriété sur son oreille et ne lui ai glissé qu'un mot :

— Et si on faisait la même chose, qu'en dis-tu... ?

J'ai pris son coude dans l'estomac.

— Et puis quoi, encore... Tu te sens bien... ?!

Je suis rentré plus tôt que prévu à la maison. Après une discussion éprouvante avec Jessica qui m'était tombée dessus à peine avais-je posé un pied à bord. J'avais admis que je ne savais plus très bien où j'en étais *depuis qu'elle s'était intéressée à Vincent*. Je lui avais dit qu'elle aurait pu y réfléchir *avant* et j'avais filé avant de m'embarquer de nouveau dans une histoire dont je ne voyais pas la fin.

Vito était installé sur la terrasse en compagnie de Richard Valero. Dès qu'il m'a aperçu, Valero s'est éjecté de son siège comme si je l'avais pris en faute. Il était à la botte de mon grand-père et nous facilitait la vie, mais pas plus Éthel que Lisa ou moi ne l'aurions prié de prendre un siège. Nous ne l'aimions pas. Chaque fois qu'il pouvait vérifier le peu de sympathie que nous nourrissions à son égard, il y répondait par un sourire satisfait que nous nous efforcions d'ignorer. C'était un type massif, qui rayonnait d'une brutalité maligne et qui semblait calculer ses moindres gestes, les moindres mots qu'il prononçait, toutes ces opérations n'ayant pour but que son intérêt personnel, tout n'étant pesé et réfléchi que dans une seule optique : qu'est-ce qui valait la peine et qu'est-ce qui était bon pour Richard Valero ?

— Il a toujours été comme ça. Il a toujours pensé qu'il était son seul et meilleur allié...

— N'importe qui peut avoir un éclair de lucidité.

— Sauf qu'il n'y a pas qu'une seule vérité, dans la vie, et que la sienne n'ouvre pas de grands horizons. Je ne sais pas, peut-être que ça prend du temps de s'apercevoir qu'il y a des gens autour de soi... mais ça aide à se sentir moins seul... Tu as vu ça... ? Elle m'a encore faussé compagnie... !

— Et ça te fait rire ?

— Pourquoi ? Tu voudrais que je m'arrache les cheveux ?

J'ai souri :

— Tu n'as pas encore commencé... ?

— Qui sait ? Je vais peut-être finir par m'y mettre...

Comme il faisait encore très chaud, nous avons sauté dans la piscine. Nous avons chahuté un moment — Vito n'aimait pas qu'on l'entraîne là où il n'avait pas pied — puis nous nous sommes accrochés au bord et je lui ai demandé ce que Valero lui voulait.

— Toujours la même chose... Il aimerait que je suive son conseil. Il semblerait que Stavros et lui soient prêts à m'aider si je décidais de partir en voyage... Sinon, il m'a prévenu qu'au cas où les choses tourneraient mal, il se trouverait dans l'autre camp.

— On peut dire que tu savais choisir tes copains...

— A l'époque, je pensais surtout à ta mère. Je ne me suis pas coupé en quatre pour eux, nous n'avons prêté aucun serment.

Je suis sorti de l'eau. Je lui ai lancé une serviette et tout en me frictionnant la tête, je lui ai demandé ce que par hasard il ferait si ça n'allait plus avec Éthel, j'ai précisé, « au cas où ça n'irait plus du tout... ». Il ne m'a pas répondu tout de suite. J'ai eu le temps de me sécher les oreilles avec soin, puis de me frotter encore la tête.

— Qu'est-ce que tu ferais, à ma place... ?

J'ai haussé les épaules en riant, je lui ai dit que je n'avais pas l'esprit assez tordu pour me fourrer dans une situation pareille. Et j'ai ajouté que je ne savais pas pourquoi je lui posais cette question, que peut-être il n'y avait même pas songé.

— Ne crois pas ça. J'y réfléchis tous les jours...

— Ah... J'imagine que ça ne doit pas être simple...

Je me suis assis et penché pour examiner mes pieds, comme si je m'inquiétais de la taille de mes ongles et n'arrivais pas à me décider.

— Essaye de nous étonner..., ai-je dit en fixant mes orteils. La plupart des imbéciles qu'elle nous a amenés ont simplement bouclé leurs valises...

— Et les autres... ?

— Elle a pris les devants une ou deux fois. Elle disparaît dans un taxi, les types tournent en rond encore un jour ou deux puis ils débarrassent le plancher...

Je l'ai regardé. Il cramponnait les deux bouts de la serviette qu'il avait passée autour de son cou et contemplait la piscine d'un œil vague.

— Le problème avec ta mère, c'est qu'elle est toujours persuadée de contrôler la situation. Tu peux lui expliquer qu'il ne suffit pas de relever son col pour se jeter dans un ouragan, elle ne t'entendra pas. Et elle ne s'avoue jamais vaincue. Tu sais, elle est d'une force inimaginable... Peut-être qu'un jour elle va chevaucher une tornade ou éteindre un volcan, ce n'est pas impossible. Mais je ne crois pas qu'elle réalisera un miracle, en ce qui nous concerne. C'est un peu tard, mais elle vient de comprendre que c'était une partie que l'on jouait à plusieurs. Alors qu'elle est habituée à tenir toutes les cartes et à prendre la main quand ça lui plaît… Elle pense peut-être que ça limiterait les dégâts si je me levais de la table… Je ne sais pas ce qu'elle fabrique en ce moment mais imagine qu'elle s'envoie en l'air… je devrais sans doute y voir une délicate attention à mon égard, n'est-ce pas… ? Est-ce que tu as remarqué que chaque fois qu'une femme se mêle de t'éviter une tuile, elle te balance son coude en plein dans l'œil… ?

Au cours des deux jours qui ont suivi, Vito ne m'a pratiquement pas adressé la parole, ni à moi ni à qui que ce soit d'autre. Bob et moi avons été privés de nos séances matinales. Quand j'ai demandé à Vito ce qu'il en était, il m'a juste répondu que nous pouvions nous débrouiller tout seuls, qu'il n'allait pas nous tenir la main pendant cent sept ans. Il ne semblait pas énervé, n'avait pas employé un ton désagréable. Il donnait l'impression de quelqu'un de très occupé, d'assez sûr de lui pour ne pas céder à la précipitation mais qui refuse de se laisser divertir et de perdre un temps précieux. Cela dit, il ne faisait rien de précis, ne se consacrait à aucune tâche visible. Il ne restait pas assis à méditer, à bayer aux corneilles, à égrener un chapelet entre ses mains, il allait et venait d'un pas rapide, s'attelait à de petits travaux qu'il réglait sans traîner, déjeunait debout pour gagner du temps ou bondissait sur sa moto et démarrait dans un hurlement que l'on continuait à entendre alors qu'il était déjà au milieu de la forêt, ou bien il prenait des douches, parcourait le *Tao-tê king*, pratiquait certains exercices de musculation et d'endurance, s'amusait avec ses robinets, observait Éthel du coin de l'œil et tripotait sa moitié d'oreille avec insistance.

Quant à ma mère, et contrairement à ce qui lui arrivait en général quand elle s'embarquait dans une nouvelle liaison, ses étreintes avec Stavros ne l'embellissaient pas. Peut-être lui manquait-il l'attrait de la nouveauté, peut-être l'autre s'y prenait-il comme un manche malgré qu'il n'avait pas, cette fois, à escalader les murs et à souffrir d'une chute ou de diverses égratignures. Peut-être était-ce l'abominable chaleur qui régnait, les quelques délirants degrés supplémentaires qui embrasaient la région depuis que Vito s'était fait éborgner. Elle se levait tard. Mona lui montait son petit déjeuner dans la chambre. Je voyais bien qu'elle employait toute son énergie à donner le change, à nous montrer qu'elle n'avait aucun souci, que rien ne la préoccupait. C'était assez pitoyable. Même Bob, qui ne s'apercevait pas que Lisa partait pour ses cours les mains dans les poches et le sourire aux lèvres, m'interrogeait sur ce qui n'allait pas avec Éthel. Il lui avait même proposé certain massage, lui avait vanté les bienfaits de ces choses que lui avait enseignées Vito, mais elle l'avait aussitôt envoyé promener.

J'avais sauté sur l'occasion pour lui dire que nous n'avions pas à supporter ses aigreurs. Que je ne savais pas si elle se souvenait des conneries qu'elle m'avait déclarées au téléphone quelques mois plus tôt, comme quoi tout allait changer, comme quoi elle avait enfin retrouvé l'homme de sa vie. Je lui avais même lancé qu'à mon avis, et qu'elle ne s'avise pas de jouer à l'innocente, c'était elle qui foutait la merde. Je lui avais dit qu'elle pouvait coucher avec qui elle voulait à condition de nous épargner ses états d'âme et ses discours débiles. J'étais furieux. J'avais arraché mes lunettes de soleil et plissais des yeux en grimaçant.

— Bon Dieu ! Mais tu fais tout ce que tu veux… ! Tu n'en

as rien à foutre de bousculer les autres sur ton passage. Tu baises avec ce con et ça ne te suffit pas... ?!

Elle m'avait giflé mais je n'avais rien senti, j'avais continué de la foudroyer du regard et elle avait fini par baisser les yeux. Je savais que nous étions tout près de l'effondrement final. J'avais employé des mots qui s'adaptaient à la situation et sa gifle n'était qu'une poussière traînant dans l'univers. Nous aurions pu nous battre et nous rouler sur le sol car nous étions déjà emportés par les rapides et entendions les grondements de la chute. J'avais alors eu droit à la sombre bouffée de rage, scintillante et froide :

— Pauvre imbécile... ! Tu ne vois pas que c'est lui qui est en train de nous baiser, tous autant que nous sommes... ! Tu imagines sans doute que c'est pour mes beaux yeux qu'il est là... ? Tu penses que c'est moi qui l'intéresse, ou même Lisa, ou même toi... ? Ouvre donc un peu les yeux puisque tu es si malin... !

Je crois qu'elle s'était retenue de m'envoyer son sac dans la figure. Je l'avais suivie des yeux tandis qu'elle filait vers le garage, puis sortait en trombe au volant de sa voiture. J'avais pensé qu'elle était aussi grossière que moi quand elle s'y mettait. Et que si Vito cherchait à baiser une famille de cinglés pareils, c'était le moins qu'il pouvait faire.

Le deuxième soir, vers neuf heures, Vito est venu me trouver dans ma chambre pour me demander si je sortais. C'était sans doute la première fois qu'il s'inquiétait de savoir si j'avais des projets pour la soirée. C'était également la première fois qu'il m'adressait la parole depuis deux jours. J'ai senti que ce n'était pas le moment d'aller traîner chez Pierre ou chez Paul, qu'il y avait quelque chose dans l'air.

Il ne m'a pas semblé trop ennuyé que je reste là. Il m'a tout de même déclaré que Bob et Lisa devaient se rejoindre à un concert d'Elton John et il m'a glissé, à tout hasard, un billet dans la poche. J'ai voulu savoir s'il n'y avait pas Dire

Straits en première partie et il m'a répondu que c'était juste un ticket que Bob lui avait donné, qu'il y repensait comme ça.

Je n'avais pas vu ma mère de toute la journée. La veille au soir, après la petite explication que nous avions eue, elle n'avait pas réapparu à l'heure du dîner. J'avais posé les yeux sur Vito au moment de filer et je m'étais dit que quoi qu'Éthel pouvait penser, ce ne devait pas être drôle de rester seul, à imaginer sa femme dans les bras d'un autre. Au fond, et malgré ce qu'ils croyaient, j'avais l'impression qu'ils ne se connaissaient pas aussi bien que ça, tous les deux.

Enfin bref, je ne savais pas qu'Éthel était à la maison et lorsque je suis descendu, j'ai été surpris d'entendre sa voix dans le couloir. Mais je ne me suis pas approché de leur chambre. Du salon, j'ai appelé Jessica pour la prévenir que je n'étais pas libre et que nous discuterions une autre fois. Elle ne l'a pas pris mal. Elle m'a annoncé qu'elle avait même deux raisons de se réjouir. La première était qu'elle avait obtenu pour son père la même chambre d'hôpital que celle où séjournait sa mère quand il y allait un peu trop fort. La seconde — et elle m'a demandé de m'asseoir — était qu'elle avait enfin trouvé le seul gynéco un peu futé à des kilomètres à la ronde et qu'elle serait bientôt guérie. Je suis resté debout mais je lui ai répondu que ça me coupait les jambes.

— Mani, tu comprends qu'il faut que nous parlions...

— Bien sûr... En attendant, je suis content pour vous deux.

— Mani, je ne sais plus où j'en suis, tu sais..

— Peut-être que ce n'est pas indispensable.

— Je te remercie...

— Arrête... je ne dis pas ça pour toi spécialement. Mais qu'on sache ou non où on en est, qu'est-ce que ça change... ? Ce n'est pas le gouvernail qu'il faut chercher au milieu de la tempête, c'est un gilet de sauvetage et des rations de secours.

— Mani, est-ce que tu te sens bien... ?

Je me sentais parfaitement bien. J'avais une vision très précise de toutes les complications que Jessica représentait et ce n'était pas du tout ce dont j'avais besoin. Je devais lâcher du lest si je voulais m'envoler. J'avais le sentiment très net que je devais préserver mes forces, que tendre une main vers Jessica pouvait me clouer au sol. Cela ne signifiait pas que je ne tenais plus à elle. Cela signifiait que le monde m'avait effleuré jusque-là et qu'il m'écrasait tout d'un coup. Je ne savais pas pourquoi je découvrais soudain que l'on pouvait être déchiré comme ce vulgaire ticket que j'étais en train de réduire en miettes, mais c'était comme ça. On ne pouvait pas toujours tout balayer devant soi. On avait beau s'appeler Manuel Innu Sarramanga, on ne passait pas longtemps au travers des murs.

Je les entendais vaguement parler, à l'étage. De temps en temps, la voix d'Éthel s'élevait un peu mais elle ne criait pas. Avec ses deux premiers maris, elle avait eu des conversations bien plus bruyantes, surtout avec l'Espagnol, au point qu'on aurait dit qu'ils s'égorgeaient mutuellement. Avec Paul, ils étaient plutôt du genre à casser des choses, à claquer des portes si fermement qu'il fallait souvent les changer et colmater certaines fissures le long du chambranle. Quoi qu'il en soit, je me doutais bien que ce serait différent avec Vito. Durant un instant, j'ai fermé les yeux pour me concentrer mais je ne comprenais pas un traître mot à ce qu'ils se racontaient.

J'espérais que tout n'allait pas se passer là-haut. Je me suis approché de la baie et j'ai regardé les lumières qui brillaient dans la maison de mon grand-père. J'étais persuadé qu'il était au courant de leur dispute et qu'il était assis devant une fenêtre et me souriait, les mains croisées sur le ventre. « Eh bien, mon garçon, nous y voilà..., me disait-il. Nous n'en sommes pas surpris, ni toi ni moi... Et tu l'aurais vu lorsqu'il avait ton âge... il fonçait la tête la première, il avait une compréhension naturelle de ces choses... Mais qu'est-ce qu'une femme peut bien entendre à ça... ? » Au moment où j'appuyais mon front contre la vitre, je me suis aperçu qu'il y avait un taxi garé dans l'allée. Je suis sorti et j'ai demandé au chauffeur ce qu'il fabriquait. Il m'a répondu qu'il attendait mais que ça lui était égal du moment que son compteur tournait.

Je ne l'ai pas questionné davantage parce que Bob est arrivé sur ces entrefaites :

— Lisa n'est pas là ?

J'ai secoué la tête. Nous sommes rentrés à l'intérieur. Bob avait l'air de quelqu'un qui ne sait pas s'il va rire ou pleurer. Il s'est effondré dans un fauteuil.

— Bon Dieu ! Sers-moi un verre...

Je me suis penché par-dessus le bar et m'en suis offert un par la même occasion. Je lui ai tendu le sien. Je ne connaissais pas encore les détails mais je n'étais pas étonné de vérifier que le vaisseau craquait de partout à la fois.

— Écoute, Mani, je sais que c'est ta sœur... Mais cette salope dépasse les bornes... !

Sans que je puisse l'en empêcher, un sourire m'est venu aux lèvres. Je n'avais qu'à monter à l'étage et j'aurais entendu la même chose à propos de ma mère.

Il a levé les yeux sur moi :

— Tu sais, je ne crois pas que je vais en supporter davantage...

— Je commençais à m'habituer à toi...

— Tu es gentil, Mani... Mais à travers moi, c'est toute mon œuvre qu'elle ridiculise... Est-ce que tu m'as entendu dire que c'était drôle de vivre avec un écrivain ? Est-ce que je lui ai promis que je pourrais m'occuper d'elle tous les jours... ? Mani, je regrette de parler aussi crûment mais je veux que tu comprennes une chose : il est plus difficile d'écrire trois lignes que de tirer un coup.

Je suis allé lui chercher quelques olives. Puis ensemble, nous avons fixé le plafond une seconde car un bref et vigoureux échange venait d'éclater au-dessus de nos têtes.

Bob a soupiré en rabattant l'air de sa main :

— Ne le prends pas mal, mais il y a de drôles de numéros dans cette famille... Mais qu'est-ce qu'elles ont, tu veux me le dire... ?

Il a secoué longuement la tête avant d'ajouter :

— Je me demande comment tu te débrouilles quand tu te retrouves seul avec elles. Moi, elles me rendraient cinglé...

J'ai vidé mon verre d'une simple gorgée et aussitôt cherché la bouteille des yeux.

— Je pourrais peut-être profiter de ce taxi..., a-t-il gémi. Au fond, je n'ai que mon manuscrit à emporter, c'est la seule chose qui compte... Je pourrais faire prendre le reste un peu plus tard... Tu crois qu'il a laissé tourner le compteur ?

A la vérité, nous ne percevions pas de réels éclats de voix, mais tout de même, le ton avait monté. J'espérais que Vito tiendrait bon. Je craignais une nouvelle invention de la part d'Éthel et je croisais les doigts pour ne pas voir les affaires de Vito s'envoler par la fenêtre. Les autres avaient eu le temps de boucler leurs valises, mais lui, s'il résistait... ? Elle pouvait jeter quelques robes dans un sac et filer vers un hôtel de la côte en attendant qu'il déguerpisse, mais si cette fois les choses n'étaient pas aussi simples... ? Pour qui était ce taxi ? Qui l'avait commandé ? Les taxis, en général, c'était moi qui les appelais. Je priais même le chauffeur de nous envoyer la note, que celui qui y grimpait m'ait franchement déplu ou non.

— Mani, mon vieux... depuis quand tu mets des glaçons dans un pur malt... ?!

Bob voulait manger quelque chose avant de partir. Je ne le

sentais pas tout à fait prêt pour le grand saut mais il s'est planté devant le réfrigérateur en me jurant que j'allais lui manquer.

Puis il s'est installé dans un fauteuil, en face de moi, après avoir déposé toutes sortes d'aliments sur la table basse. Certains produits comme des Knödels, des Kalbsbratwursts, de l'Engadine, du Pecorino, des sauces anglaises, du pastrami, étaient commandés exprès pour lui. Il a enlevé ses chaussures, a vrillé ses pieds nus dans les poils du tapis.

— C'est la guerre..., a-t-il murmuré tout en mastiquant sa première bouchée. Je crois qu'elles nous ont déclaré la guerre, ni plus ni moins...

Je me levais pour débarrasser les plats à mesure qu'il y avait touché. Je ne savais pas très bien ce que je faisais car mon intention n'était pas de le jeter dehors — je lui trouvais même certaines qualités depuis que le départ de Vito devenait possible —, mais d'un autre côté j'avais l'impression que sa présence, à l'heure où se jouait un coup décisif, ne s'avérait pas indispensable.

— ... Seulement tu la connais... Dès que j'aurais tourné les talons, elle va se lancer à ma recherche... Et je suis un homme public, il n'existe aucun havre de paix pour moi, mon agent sait toujours où me joindre...

J'ai dressé l'oreille en entendant des tiroirs qu'on ouvrait. D'où je me tenais, je pouvais voir les dernières marches de l'escalier d'où sortirait bientôt quelque chose. Je me suis resservi un verre, agacé de me sentir aussi nerveux. Je m'en voulais à mort de prendre cette histoire tellement à cœur. Je découvrais à quel point j'étais vulnérable, la place que Vito occupait dans ma vie, sa *réelle* importance, débarrassée des mots dont je m'étais gargarisé, des limites où je l'avais enfermée. Je découvrais à quel point je m'étais foutu de moi et ça ne me plaisait pas du tout. J'en avais l'estomac qui commençait à remuer, le ventre un peu bizarre. Je n'arrivais pas à croire que je m'étais fichu dans une situation pareille.

— Pense à une chose : chaque flèche que l'on décoche contre moi finit toujours par m'atteindre ! Je reçois des lettres d'injures du Groenland, on me crucifie dans des revues publiées à l'autre bout du monde et je peux les lire dans mon lit, n'oublie jamais ça... ! C'est pire que si j'étais cloué sur la place du village !

Quant à moi, j'étais stupéfait de constater que l'on pouvait se trahir soi-même, ça me rendait malade. De sombres abîmes s'ouvraient à présent devant moi, des perspectives ténébreuses, de sales coups à l'aube de ma majorité. Au sol que j'estimais pourtant rugueux et dur, semé de ronces et d'épines et sur lequel mieux valait ne pas s'étaler, s'ajoutaient désormais les sables mouvants. J'ai préféré m'asseoir.

— Tu veux mon avis... ? Écoute, l'autre soir j'étais tranquillement dans mon bain. J'allume la télé et je tombe juste sur ce type qui est en train de parler de moi. Il en postillonnait en prononçant mon nom, transpirait comme un vrai cochon en vomissant sur mon travail. C'était un type gras, à lunettes, avec une espèce de barbe clairsemée, un type mou, avec de vrais seins de femme. Je l'écoutais dire que ce que j'écrivais était comme une espèce de bouillie que j'enfonçais dans la gorge d'une poignée de débiles mentaux à peine sortis de l'adolescence. Je l'ai regardé pendant un moment, je l'ai observé pendant qu'il prenait un vif plaisir à me démolir, et j'ai compris une chose... Je me suis dit voilà un type qui ne fout rien de sa vie et qui malgré tout est plus heureux que moi. Débrouille-toi avec ça.

Je me suis levé d'un bond tandis qu'on dévalait l'escalier. Vito est apparu avec deux sacs. Il a traversé le hall et les a posés devant la porte. J'ai eu l'impression que je m'y attendais un peu. Je me suis demandé si j'allais l'embrasser ou lui serrer la main.

Je l'ai entendu dire au chauffeur de taxi qu'il y avait des bagages à charger. Puis Éthel est arrivée et elle s'est plantée devant moi. Elle semblait dans une situation embarrassante, respirait vite. Elle a fouillé dans son sac pour prendre une cigarette. Je n'arrivais pas à comprendre ce qu'elle essayait de m'expliquer en me fixant dans les yeux. Elle et moi étions bien trop tendus pour que nous puissions nous communiquer quoi que ce soit.

Je l'ai tout de même prévenue qu'elle allait allumer sa cigarette à l'envers. Elle l'a jetée par terre. J'avais vu qu'elle tenait son sac à main, mais je l'ai soudain remarqué. Puis elle m'a caressé la joue. Et ensuite, elle m'a embrassé.

— Je te téléphone..., m'a-t-elle soufflé à l'oreille.

— Oui... D'accord..., ai-je articulé avec peine.

Elle m'a encore serré dans ses bras.

— Tout va bien, Mani... Nous reparlerons de tout ça, mon chéri...

— Oui... Appelle-moi...

Je l'ai accompagnée jusqu'au taxi. Bob et Vito sont restés sur la terrasse. Comme je reprenais un peu mes esprits, je lui ai souri et je lui ai dit qu'elle ne changerait jamais. Je me suis penché à l'intérieur avant que le type ne démarre. Si j'avais dû la couvrir de baisers chaque fois qu'elle quittait la maison et partait à l'aventure, nos joues auraient ressemblé à du vieux cuir tanné. Mais cette fois, nous n'avons pas hésité. Tandis que j'étais dans ses cheveux, près de son oreille, je ne lui ai pas souhaité un bon voyage. Je n'étais pas ému par son départ, dont les précédents m'avaient anesthésié, mais j'avais envie de lui exprimer certains sentiments qui m'envahissaient. Je n'ai pas ouvert la bouche mais il s'en est fallu d'un rien pour que je lui murmure qu'elle s'était bien battue et qu'elle avait fait ce qu'elle pouvait. C'était comme si quelqu'un d'autre avait pensé à ma place, m'imposait des réflexions qui ne m'avaient jamais effleuré.

— Tu expliqueras la situation à Lisa... A bientôt, mon chéri...

J'ai plié le bras pour lui adresser un signe car elle regardait à travers la vitre arrière, puis je me suis tourné vers les deux autres et nous sommes rentrés, les mains enfoncées dans nos poches, sauf Bob qui en avait une sur l'épaule de Vito.

Une fois à l'intérieur, nous nous sommes retrouvés au milieu du salon, puis avons levé les yeux les uns sur les autres. Au bout d'un moment, Bob s'est mis à sourire.

Il a fredonné :

While going the road to sweet Athy,
Hurroo ! Hurroo !...

Mais voyant que nous ne le suivions pas, il s'est interrompu.

Le lendemain matin, à l'heure du petit déjeuner, Lisa nous a déclaré qu'elle n'appréciait pas du tout cette nouvelle situation. Ses problèmes avec Bob l'aveuglaient sans doute, elle qui n'y voyait déjà pas grand-chose en temps normal. Ma tasse de café à la main, j'observais la manière dont elle s'y prenait pour se mettre réellement en colère, je remarquais chaque petit feu qu'elle allumait autour d'elle afin de jaillir du brasier. A mesure que la discussion tournait à l'aigre, son teint blêmissait, ses tatouages se fripaient entre ses mains et elle secouait la tête. Il n'y avait pas moyen de la raisonner. Bob avait péniblement essuyé ses premiers assauts et à présent, elle nous fourrait tous les trois dans le même sac.

Elle a demandé si nous nous étions regardés. Elle a prétendu que lorsque des types étaient ensemble, ils régressaient, étaient juste bons à se pousser du coude. Mais j'ai bu mon café et je me suis levé car je n'étais pas obligé d'écouter ses histoires.

Je ne m'inquiétais pas trop pour Vito. J'estimais que s'il avait été capable d'imposer son point de vue à Éthel, ce n'était pas Lisa qui allait l'effrayer. Je comptais attendre quelques jours avant de parler avec lui. Je ne savais pas de quoi au juste. J'y ai réfléchi sur la route et jusque devant les portes de l'école, sans rien en tirer de précis. Mais ce n'était pas grave, je trouverais bien. Il n'y avait pas d'urgence. Pour le moment, tout se passait bien. L'absence d'Éthel n'était qu'une petite perturbation chronique, une ondée qui séchait dans la minute et qu'on oubliait aussitôt. J'avais simplement oublié de lui demander de se calmer un peu et de ne nous ramener aucun nouvel élu à la maison. Si c'était possible.

A la fin du cours, je suis allé manger avec Jessica. Je voulais que nous emmenions Vincent avec nous mais elle m'avait entraîné sans ménagement. J'étais coincé, mais alors que nous nous installions — et elle avait demandé une table tranquille et comptait m'enchaîner à mon siège —, mon grand-père était arrivé et j'avais bondi pour l'inviter à notre table.

Il connaissait Jessica. Il pensait que nous étions toujours ensemble et n'était pas insensible aux charmes d'une jolie fille, si bien qu'il s'est montré d'une compagnie très agréable, n'a pas failli à la conversation et m'a ainsi épargné un pénible face-à-face. Bien entendu, elle a refusé de m'accorder un regard tout au long du repas, puis elle a filé avant qu'on nous serve le dessert, un sublime pain perdu accompagné de confiture d'orange et d'une boule de glace aux pruneaux qu'elle adorait d'habitude. Nous nous sommes partagé son assiette, mon grand-père et moi.

Je lui ai laissé régler l'addition. Je lui ai fait remarquer qu'il avait un peu de confiture au coin de la bouche. Refermant sa main sur sa serviette, il s'est penché vers moi et m'a glissé que j'avais moi-même quelques grains de sucre sur la lèvre. Nous avons ri. Puis il a ajouté .

— A propos, mon garçon... Pourrais-tu t'arranger pour t'absenter de la maison, cet après-midi... ?

J'ai ramené mes jambes sous mon siège.

— Pourquoi ça... ?

Ses yeux ont souri. Son chapeau a éventé son visage.

— Depuis quand dois-je te fournir des explications... ?

« Bonne question... ! » ai-je pensé en baissant les yeux.

— Eh bien... j'ai l'intention de rendre visite à notre ami..., a-t-il poursuivi. J'ai peur qu'il ne se sente un peu seul à présent...

— Bon sang, mais tu ne m'as même pas donné le temps de te prévenir... !

— Ne t'inquiète pas... C'est sans importance...

Il était environ deux heures, ce qui ne me laissait pas beaucoup de temps. Aussitôt qu'il m'a quitté, après m'avoir distraitement pincé la joue, j'ai enfourché ma moto et j'ai démarré en trombe. A ce moment, et par cette chaleur délirante, la ville semblait abandonnée, silencieuse comme une cité engloutie et blanche comme un os rongé par le soleil. Mais j'ai cogné aux portes des magasins, j'ai arraché des gens de leur sieste, je les ai menacés de perdre la clientèle des Sarramanga séance tenante s'ils ne se remuaient pas en vitesse, je leur ai dit de se débrouiller comme ils voulaient. Ensuite, j'ai sillonné les hauteurs, les quartiers résidentiels. Je me suis enfermé dans une cabine téléphonique au bord de l'océan, l'une des dernières qui fonctionnaient avec des pièces. Par chance, elle n'avait pas été fracturée depuis quelques jours. Je m'en suis occupé, je l'ai forcée à l'aide d'un tournevis et d'une clé que m'avait offerts le concessionnaire Harley-Davidson. J'ai ainsi pu appeler un peu partout, laisser des messages, rameuter tous ceux qui n'étaient pas chez eux.

Lorsque ma mère prenait des vacances, Mona s'installait dans la cuisine et regardait les feuilletons du début de l'après-midi en somnolant une heure ou deux. Je lui ai dit que je ne voulais rien entendre, qu'il fallait rouler les tapis et pousser les meubles sur-le-champ et qu'il ferait beau voir que je ne puisse pas improviser une fête quand j'en avais envie, même si j'oubliais de la prévenir.

Bob a trouvé que c'était une bonne idée. Selon lui, un écrivain digne de ce nom devait pouvoir consacrer la même énergie à s'amuser qu'à s'ouvrir les entrailles. Il accomplissait d'étonnants progrès depuis que Vito lui avait fourni certains conseils. Quant à celui-ci, qui était en train de déménager la chambre pour s'installer dans une pièce du bas, il ne voyait pas qu'on ait enterré quiconque et ne se disposait pas à allumer des cierges dans la maison.

Je suis monté au grenier, armé de puissantes jumelles. Je me suis mis à ruisseler par tous les pores de ma peau, conscient que la chaleur n'était pas la seule responsable. J'ai braqué mes instruments au loin, sur la route qui montait de la ville et j'ai attendu.

Tout d'abord, j'ai aperçu la camionnette du traiteur, au travers d'un écran visqueux qui ondulait jusque sur l'horizon et flottait au-dessus des Malayones qui s'évaporaient vers le ciel. A table, mon grand-père nous avait confié son inquiétude. Chaque été, lui et les autres propriétaires devenaient nerveux à mesure que la température augmentait, mais il semblait cette fois que l'on battait tous les records. Aussi bien, à longueur de journée, on diffusait partout des conseils de prudence dont un léger vent se délectait, accueillait avec un trouble sourire Il se promenait dans le grenier, l'inondait d'un soupir brûlant parfumé à la résine et à l'herbe sèche, avec une pointe d'eucalyptus. J'ai laissé Mona se débrouiller avec les amuse-gueules.

De temps en temps, je regardais ce qui se passait chez

mon grand-père. Je ne me suis détendu que lorsque j'ai vu les premières voitures apparaître sur la route, trois d'un coup en file indienne, trois décapotables emplies au ras de la gueule et ce n'était que le début, j'avais soulevé une armée tout entière. J'ai filé sous la douche.

J'étais assez content de moi. Malgré qu'une bonne partie de l'école était en vacances, j'étais parvenu à réunir pas mal de monde, au débotté et en plein après-midi, ce qui n'était pas rien. Mon grand-père est arrivé beaucoup plus tard, alors que je commençais à espérer qu'il ne viendrait plus et me fatiguais de garder un œil au-dehors. J'étais également satisfait — une satisfaction assez sombre, mouvante, aux reflets incertains — de voir que Jessica s'était réfugiée auprès de Vincent à la suite de notre entrevue. Il me semblait que cette situation me fortifiait et qu'il était naturel que Bob, Vito et moi soyons logés à la même enseigne. Le désagrément que j'éprouvais à les regarder ensemble s'apparentait à la brûlure du piment sur la langue, douloureusement délectable. Cela me rendait un peu irritable, mais juste ce qu'il fallait, juste de quoi lutter contre la torpeur ambiante. Bob avait un peu bu et il était en train de me demander si j'avais une idée de la somme de souffrances qui allait s'abattre sur nous au fil des années, si j'avais pressenti que l'homme attirait les malheurs comme l'arbre attire la foudre, lorsque Victor Sarramanga nous a rendu visite. Je suis allé baisser le son mais je ne l'ai pas quitté des yeux cependant qu'Anton lui tenait la portière et qu'il descendait du véhicule.

J'ai mis tout le monde dehors. J'ai dit qu'il était temps de s'aérer, qu'il fallait rejoindre ceux qui étaient à la piscine et je n'ai autorisé aucun couple à rester en arrière, je n'ai pas eu l'air de plaisanter.

S'il venait voir Vito, mon grand-père ne s'était pas dérangé pour rien. Il pouvait écarter tous ces gens qui s'égaillaient devant la maison, lui souriaient et le saluaient au passage, s'enquéraient de sa santé ou lui serraient la main, et il aurait pu constater que Vito était bien là et il n'avait qu'à lui raconter tout ce qu'il voulait. J'ai jeté un coup d'œil à ce dernier avant de rejoindre mon grand-père, mais je n'ai pas eu l'impression qu'il réalisait de quel mauvais pas je l'avais tiré. Ou peut-être qu'un signe de reconnaissance lui aurait arraché la gorge.

Quoi qu'il en soit, je me suis avancé au milieu de tous mes amis, le verre à la main et le soleil dans les yeux, pour accueillir notre homme. J'avais toutes les peines du monde à cacher le plaisir qui m'envahissait, à ravaler le large sourire qui menaçait de tourner au rugissement de victoire.

— Désolé, mais j'avais oublié de te dire que...

J'ai reçu sa main en pleine figure. Chaque fois que mon grand-père m'avait frappé, ça n'avait jamais été le simple geste qui comptait. Il ne craignait pas de m'arracher la tête. Il devait estimer qu'une simple gifle ne suffisait pas et que je méritais davantage que l'humiliation. Je manquais à chaque fois de me retrouver par terre.

Lorsqu'il était réellement furieux après moi, il n'hésitait pas à recommencer. Mais cette fois, j'avais dû dépasser les bornes car ma tête est partie dans un sens puis dans un autre.

Le soir, j'avais encore une oreille qui sifflait. J'avais renoncé à me suicider mais je me sentais dans un état dépressif. Non content de m'être ridiculisé devant tout le monde, j'avais dû m'enfermer un bon moment dans les W.-C et m'abandonner à mes coliques. J'avais également pris conscience de l'imbécile que j'étais en imaginant que je pourrais me moquer de lui et passer au travers. Peut-être était-ce même pire que cela, dans la mesure où je n'avais même pas réalisé ce que je fabriquais... Je n'allais jamais m'en sortir. Je devais au moins avoir le courage de le reconnaître. J'avais tellement peur de lui qu'il n'y avait aucune issue. Je ne pouvais pas expliquer l'emprise qu'il exerçait sur moi, il m'avait sans doute empoigné quand j'étais encore dans le ventre de ma mère. Bob et Vito prétendaient qu'un tel pouvoir n'existait pas, que c'était dans ma tête, mais ils n'étaient pas à ma place.

Vito avait presque enfoncé ma porte quand j'avais refusé de lui ouvrir. Mes intestins allaient un peu mieux car il m'avait prodigué — je n'avais pas eu la force de protester très longtemps — ses fameux massages mais la séance avait été l'occasion de sévère mise au point, de part et d'autre.

— Écoute-moi bien, Mani, et je ne vais pas te le répéter : je suis assez grand pour régler mes affaires tout seul... ! ***Alors mêle-toi de ce qui te regarde... !***

— Je suis chez moi, ici... ! *Alors ne me fais pas chier... !*

Nous avions brodé sur ces thèmes jusqu'à la fin des opérations. Malgré tout, grâce à ses soins, je m'étais retrouvé sur pied plus vite que d'habitude et nous étions descendus prendre l'air — Bob nous avait pourvus d'éventails — au bord de la piscine. J'avais essayé de leur expliquer mon problème. Je n'étais pas plus avancé. Bob a continué de me parler, m'exhortant à réfléchir, à me persuader que j'étais plus fort que mon grand-père et que je pouvais n'en faire qu'une bouchée. Il me précisait que cette technique lui avait coûté une fortune et qu'il était heureux de me l'offrir.

La nuit tombait. Vito était silencieux depuis un moment. Il se balançait sur sa chaise avec un air sombre. Il avait cessé de s'éventer.

Il s'est levé tout d'un coup.

— Viens ! Suis-moi ! m'a-t-il lancé.

— Qu'est-ce qu'il y a ?

— Suis-moi ! a-t-il répété.

Il a enfourché sa moto.

— Monte !

— Écoute, j'aimerais bien...

— **Monte !!**

Je n'arrivais pas à résister à mon grand-père. Au point où j'en étais, je ne voyais pas ce que j'aurais pu chercher à prouver. Je me suis donc exécuté.

— Hé ! Où vous allez... ? **Pourquoi vous m'emmenez pas... ?!!** a crié Bob sur un ton implorant.

Je n'en savais rien et Vito ne lui a pas répondu. La Black Shadow a bondi en avant. Il était gentil, mais je doutais qu'une promenade puisse me changer les idées.

Lorsque j'ai compris où nous allions, il roulait trop vite pour que je tente de sauter en marche, et pourtant je l'ai fait.

Malheureusement, je ne m'étais pas cassé une jambe. J'avais roulé dans l'herbe sèche, sur le bas-côté, et n'étais qu'un peu sonné. Il est revenu vers moi. Il m'a attrapé par ma chemise et m'a forcé à remonter en selle. Il a profité que je n'avais pas repris mes esprits.

Mais c'était pire que de la folie furieuse. J'ai dégagé mon bras, tandis qu'il me poussait sur les marches du perron. J'ai voulu filer mais il m'a empoigné une fois encore.

— Où est-ce que tu veux aller... ? Tu ne vois pas que c'est un grand jour pour toi... ?! m'a-t-il sifflé au visage.

— **Mais tu es complètement cinglé... !**

— Et alors... ?!

Il m'a presque soulevé pour me planter devant la porte. Il n'a même pas frappé, il nous a précipités à l'intérieur. Nous nous sommes arrêtés au milieu du hall. Il ne voulait pas me lâcher le bras, mais il a essayé de me calmer :

— Tu vois, nous ne sommes pas encore morts...

— **Mais qu'est-ce que tu veux... ?!**

— Moi, je ne veux rien. Toi, tu veux quelque chose...

— **Je ne veux rien du tout !**

— Comment... Tu ne veux pas te pencher par-dessus son bureau et le gifler comme il t'a giflé... ?! Tu vas voir, ce n'est pas difficile... Je reste avec toi.

J'en ai eu un spasme à l'estomac. Je l'ai fixé sans réussir à formuler le moindre son.

— Réfléchis... Quoi qu'il arrive, ce ne sera pas si terrible comparé à ce que tu vas y gagner...

J'ai regardé autour de moi. Je ne comprenais pas comment nous pouvions être encore là à discuter. Je ne parvenais pas à croire que rien ne se passait, que de telles paroles étaient prononcées sous ce toit sans que les plafonds ne nous tombent sur la tête.

— Allons-nous-en... ! ai-je gémi.

Il m'a obligé à relever la tête.

— Regarde-moi bien, Mani..., a-t-il grincé. Ou tu viens sur tes jambes, ou je te traîne devant lui. C'est le seul choix qui se présente...

Il ne plaisantait pas du tout.

— Et si je me contentais de lui renverser son bureau sur les genoux... ? ai-je proposé.

Il n'a rien répondu mais je me suis aperçu que je n'avais pas ouvert la bouche. Toutefois, en me traversant l'esprit, cette pensée a produit une lueur vacillante dans les ténèbres : peut-être qu'avec une épée dans les reins, j'étais capable d'accomplir ce genre de chose. En fait, je crois que j'aurais donné tout ce que je possédais contre cette petite seconde de courage.

— Alors, qu'est-ce que tu décides... ?

Je me suis tourné vers le salon. Il m'a lâché le bras au moment où nous y pénétrions et j'ai remarqué que je pouvais marcher tout seul. Cela dit, j'y consacrais une telle énergie que je risquais d'en manquer par la suite. Je me souvenais que cette pièce me paraissait immense lorsque j'étais enfant. J'étais alors loin du compte.

Je suis resté une seconde immobile devant la porte de son bureau. Bizarrement, plus le danger s'approchait, plus ma peur se concentrait et, du même coup, cessait de m'envahir. Elle avait quitté mon esprit, avait abandonné mes bras et mes jambes pour se réfugier dans mon ventre. Dès lors, je pouvais presque la mesurer, je voyais très bien la différence entre s'empoisonner ou se plonger un couteau dans les entrailles : on ne cherchait plus la racine du mal. Enfin bref, j'ai senti que Vito s'impatientait et qu'il se moquait bien de mes analyses. Il a grogné, « Alors ? Vas-y... ! », entre ses dents.

J'ai replié mon index en fixant le panneau décoré de grimaçantes moulures — des Sotos taillés dans la masse, luisants d'encaustique. Mais Vito a saisi ma main et l'a posée sur la poignée. Bob et lui m'avaient juré que cet instant serait comme une seconde naissance.

Je me suis mordu les lèvres jusqu'au sang, puis j'ai ouvert brutalement la porte et me suis avancé de deux pas à l'intérieur.

« **Ah, quelle connerie...** !! » ai-je lâché, le souffle court, les jambes de nouveau molles. Puis je ne sais pas ce qui m'a pris, j'ai bousculé Vito et j'ai voulu me précipiter vers sa chambre. Mais Arlette m'a brisé dans mon élan. Elle a roulé de grands yeux en amenant une main contre ses lèvres.

— Mon Dieu ! Vito... ! a-t-elle murmuré entre ses doigts. Mais qu'est-ce que tu fais là... ?!

— Il est avec moi..., ai-je soupiré.

M'ignorant, elle s'est avancée vers lui et il l'a serrée contre son épaule et ils ont plaisanté à propos de je ne sais quoi

— Où est-il ? ai-je demandé sans desserrer les mâchoires.

Une fois dans la grange, il m'a lâché. J'ai failli me jeter sur lui car j'étais comme un possédé au beau milieu d'une crise

La tension avait été trop forte. Vito m'avait empêché de fracasser le fauteuil de mon grand-père sur son bureau Pourtant, j'avais tout d'un coup senti que si je n'explosais pas, quelque chose en moi allait se détraquer pour de bon. Je voulais également arracher les rideaux, démolir son aquarium, saccager le lustre avec l'une de ses cannes que j'aurais toutes brisées ensuite, une par une, en cinq ou six morceaux. Mon regard avait balayé toutes ces choses pendant que Vito me saisissait à bras-le-corps. Je rugissais, je gémissais selon que j'écoutais ma colère ou que je voyais disparaître la seule chance qu'on m'avait donnée car j'étais certain d'une chose : plus jamais je ne retrouverais un tel courage. J'étais même allé plus loin que tout ce dont j'étais capable, j'avais pulvérisé mon score, osé ce qu'un homme n'ose pas deux fois dans sa vie. Et j'avais exécuté ce bond miraculeux pour rien, pour me trouver devant un fauteuil vide, j'avais accompli ce miracle pour m'entendre dire qu'il avait hésité, puis décidé d'aller faire un tour à son club.

Je crois que je me débattais tant que Vito avait fini par me mordre l'oreille, celle qui était entière, et qu'il me l'a tenue serrée entre ses dents, comme si j'étais un cheval emballé. Il m'avait traîné dehors cependant que des années de rage refoulée, de frustration, d'humiliation, de servitude, me remontaient à la gorge, m'étreignaient, m'étouffaient, me suppliaient de les laisser sortir. Si j'avais eu l'esprit tranquille, j'aurais sans doute été le premier étonné d'abriter un tel flot de rancœur, d'observer à quel point j'avais souffert de cette situation. J'avais boxé le mur de ma chambre. J'y avais laissé une empreinte que j'examinais par beau temps et que je considérais comme la marque de ma colère. Je ne savais pas que j'aurais pu facilement le réduire en poudre.

— Alors... Est-ce que ce n'est pas une meilleure idée... ? m'a lancé Vito, les bras grands ouverts et pivotant sur son axe.

J'étais trempé de sueur, respirais avec difficulté, titubais sur mes jambes, mais je commençais à distinguer le décor que j'avais sous les yeux. Puis Vito a ajouté :

— Autant viser un point sensible, tu ne crois pas... ?

La collection de mon grand-père s'étalait sur les quatre murs de la salle. Ses premières acquisitions remontaient bien avant ma naissance, il y avait même un habit de lumière qui avait appartenu à Lagartijo, un matador de l'autre siècle que l'on tenait pour l'un des plus grands. Tout petit, je me gardais bien de poser un doigt sur l'une de ces vitrines et je retenais mon souffle pour ne pas y déposer d'auréole. Et plus tard, Lisa et moi évitions de nous approcher de la grange d'une manière générale, et si nous avions des conneries à faire, nous ne franchissions jamais ce périmètre. M'amener dans un tel endroit, eu égard à l'état dans lequel je me trouvais, confinait à l'incendie criminel.

Pour ainsi dire, je n'avais rien bu dans l'après-midi. L'aurais-je fait, les événements qui avaient suivi se seraient chargés de me dessoûler en vitesse. J'étais ivre, malgré tout, à peine capable de marcher droit. J'ai attrapé l'une de ces vitrines et me suis mis à pousser des cris de rage car je ne parvenais pas à la décrocher alors qu'elle était simplement suspendue à un piton. Lorsque j'y suis enfin arrivé, j'ai failli basculer à la renverse, emporté par ma brutalité davantage que par le poids relatif du panneau que je brandissais au-dessus de ma tête. Puis revenant à la charge, je l'ai fracassé contre la vitrine suivante.

Je me suis aussitôt baissé et j'ai ramassé une épée pour démolir d'autres vitrines. Le résultat était plus rapide mais je n'ai pas tardé à reprendre ma technique initiale, beaucoup plus physique, beaucoup plus riche d'un point de vue émotionnel. Lorsque deux vitrines se pulvérisaient l'une contre l'autre, le choc se propageait le long de mes *deux* bras, l'explosion était doublement forte et la pluie de verre brisé que je recevais sur la tête était une vraie bénédiction.

A mi-chemin, mes forces m'ont abandonné. J'ai dû reposer le panneau que je ne pouvais plus soulever à bout de bras Je l'ai simplement exécuté en passant mon pied au travers. Puis je me suis tourné vers Vito.

« Parfait... ! » a-t-il dit en écrasant sa cigarette.

Dehors, nous sommes de nouveau tombés sur Arlette qui avait sans doute surveillé les environs et qui ne s'est laissée aller à aucun commentaire concernant ma besogne. Mais elle avait un air sombre que Vito a feint d'ignorer. « Ne sens-tu pas comme un mauvais souvenir qui vient de s'envoler... ? » lui a-t-il demandé en passant un bras sur mon épaule.

Elle a piqué du nez.

— Je sens plutôt les ennuis qui arrivent..., lui a-t-elle répondu.

Jessica et Vincent etaient à la maison. Elle voulait savoir comment j'allais après mon histoire de l'après-midi et j'ignorais ce qu'elle avait bien pu dire à Vincent mais il s'est approché et m'a confirmé — alors que nous nous connaissions parfaitement bien, lui et moi, de ce point de vue — qu'ils avaient passé le restant de la journée à penser à moi. Ils étaient là, m'ont-ils juré, pour me changer les idées. J'ai regardé Jessica pour la dissuader de jouer à ce petit jeu, mais elle s'est défilée comme une anguille. Je me suis demandé si son nouveau gynéco était un spécialiste des blocages en tout genre ou s'il donnait des cours de relations publiques.

Vito pensait que le moment était assez mal choisi car nous devrions avoir très vite une conversation tous les deux. Je lui ai dit que j'en étais conscient et que je ne rentrerais pas tard, mais que j'avais besoin de respirer.

En premier lieu, nous sommes allés boire un verre au Blue

Note. Je commençais à réaliser ce que j'avais fait et à en mesurer les conséquences dont l'ombre grandissait de façon vertigineuse. Au moins, je n'avais pas besoin de me torturer l'esprit pour connaître l'avenir. Les choses allaient se passer très très mal, ça je n'en doutais pas une seconde. Et paradoxalement, cette certitude ne me rendait pas trop nerveux. Devant l'ampleur de la catastrophe, les doux effets de la résignation s'emparaient déjà de moi.

Jessica se penchait au-dessus de la table pour m'observer d'un peu plus près et s'inquiétait de la tête que j'avais. Vincent soupirait, trouvait qu'elle exagérait et que j'avais l'air tout à fait normal. Une seconde, j'ai songé qu'il serait agréable de laisser Jessica me prendre dans ses bras, poser sa joue sur mon pauvre crâne en envoyant promener Vincent. Mais au fond, je ne savais pas très bien ce que je voulais, ni même si je désirais quoi que ce soit. Un type dans ma situation n'éprouvait plus que de vagues sentiments, n'avait plus aucun vœu à formuler. Dans l'instant qui suivait, je contemplais cet absurde et écœurant ménage à trois que nous avions instauré, sans même parvenir à quitter la table.

Ce soir-là, il n'y avait aucune fête chez les sœurs Manakenis. C'était une ambiance reposante, à peine plus d'une quinzaine de personnes éparpillées dans les fauteuils ou discutant de façon calme ou s'occupant du bar. On entendait un peu de musique, certains étaient installés devant la télé, d'autres riaient dans le jardin. J'avais été comme eux, je savais que pas un ne se souciait du jour qui se lèverait dans quelques heures, que pas un n'y décelait la moindre menace. J'avais envie de leur dire qu'ils devaient en profiter. Sur ce, je me disposais à jouir de mes derniers instants sans ennuyer quiconque, lorsque j'ai aperçu Stavros Manakenis derrière la baie. Je l'ai regardé grimacer avant de comprendre qu'il cherchait à me parler. Je suis allé voir ce qu'il voulait. Comme il y avait deux ou trois personnes dans les parages, il a posé un pied sur une chaise et a entrepris de renouer ses lacets.

— Écoutez, je ne comprends rien à ce que vous me dites..., ai-je déclaré.

Il a tordu sa bouche sur le côté :

— Tu es sourd, ou quoi ? J'ai dit : « Ta mèèère va bien ! »

— Oui, je sais qu'elle va bien.

— Enfin, elle vous embrasse. Elle pense à vous. Elle attend que ça se passe...

— Oui, je la connais.

— Bon. Et qu'est-ce que ça donne avec l'autre... ?

— Rien de spécial.

— *Bon Dieu ! Mais il le fait exprès... !*

Il s'est redressé et m'a lancé un regard furieux avant de tourner les talons, comme si c'était ma faute. Je m'étais pourtant retenu de l'accrocher au sujet de ma mère et je ne lui avais pas demandé tout ce qu'il avait renié dans la vie.

Il est revenu pour m'apporter un verre et s'assurer que cette conversation resterait entre nous. Lamentable. Comme nous n'avions rien d'autre à nous dire, nous avons jeté un œil sur la télévision, par la baie entrouverte. Ils passaient un clip de Leonard Cohen.

— Quand j'écoute ce type-là, ça me donne envie de dormir, a-t-il soupiré. Pas toi... ?

— Non. Quand je l'écoute, ça me donne envie d'être juif.

Il n'a pas traîné à mes côtés. J'ai levé le nez en l'air et, fermant les yeux, je me suis amusé à voir si je détectais quelque chose, s'il n'y avait que cette chaleur idiote, que cette obscurité silencieuse, s'il n'y avait aucun message pour moi. J'ai attendu un moment, puis ensuite j'ai su que mon grand-père était rentré et qu'il avait découvert que j'avais cédé à la mauvaise humeur. Le plus drôle était que ce genre d'expérience ne nécessitait aucune aptitude particulière.

Mais tout le monde n'avait pas un grand-père comme le mien.

Les manœuvres de Jessica, à l'heure où je traversais la plus grosse tempête de mon existence et me précipitais en son centre, ont reçu l'accueil qu'elles méritaient. D'autant que Vincent ne nous quittait pas des yeux dès qu'elle s'approchait de moi. Il s'est d'ailleurs levé au bout d'un moment et il est venu m'annoncer qu'il commençait à en avoir marre de mes airs de faux jeton, qu'il n'était pas aveugle. J'ai réfléchi une seconde, puis je lui ai dit qu'il se trompait, qu'il n'y avait plus rien entre elle et moi.

J'ai profité qu'elle revenait à la charge pour lui expliquer que Vincent n'appréciait pas beaucoup nos conciliabules. Elle m'a répondu : « Je me fiche complètement que ça lui plaise ou non... » J'ai reculé d'un pas mais elle en a avancé un et elle a ajouté en me regardant droit dans les yeux : « Et toi aussi tu t'en fiches... ! » J'ai dû admettre, à part moi, que c'était la vérité.

Chantal est venue me dire qu'au cas où nous songerions à nous battre, elle préférait que ça se passe dehors. Je lui ai demandé pourquoi elle supposait que nous allions en arriver là et elle m'a répondu qu'on m'entendait grincer des dents à des kilomètres à la ronde. Et qu'il faudrait me poudrer pour que je reprenne des couleurs.

Alors Jessica est arrivée et elle m'a dit qu'elle ne supporterait pas que nous nous conduisions comme des romanichels. Je lui ai demandé si elle savait ce que c'était qu'un romanichel.

Au milieu de ces histoires, je n'arrivais pas à me concentrer une seconde sur le seul problème qui m'intéressait et qui maintenait les autres à une température ridicule. J'allais peut-être m'abattre de tout mon long, dans les heures qui suivaient, et voilà qu'on me bousculait pour de stupides raisons. D'une certaine manière, ce que je considérais comme un véritable acharnement contre moi, m'étonnait.

Vincent m'a averti qu'il voyait clair dans mon jeu. Ne prends pas cet air malheureux avec moi. Avec moi, ça ne marche pas ! » Je lui ai répliqué que c'était de le regarder qui me rendait malheureux mais que j'allais m'en remettre. Puis je me suis penché vers lui et je lui ai glissé à l'oreille : « Je te jure que ce n'est pas le moment, alors vaut mieux que tu la fermes ! »

Je l'ai abandonné sur le bras de son fauteuil, souriant, me conseillant de ne plus tourner autour de Jessica. Je suis revenu lui demander où est-ce qu'il avait vu que c'était moi qui lui tournais autour. Il m'a fait signe de m'approcher pour me glisser : « Tu me fais pitié... ! »

J'ai dit à Jessica qu'elle devrait l'emmener. Elle m'a répondu que le problème n'était pas là. Elle m'a demandé pourquoi je refusais de la regarder dans les yeux et je lui ai dit de ne pas changer de conversation. « Mani, c'est toi qui changes de conversation... ! » Je l'ai avertie que les choses étaient en train de s'envenimer et qu'elle serait bien avisée de retourner auprès de lui. Elle ne l'a pas très bien pris. Elle m'a dit : « C'est ce que tu veux... ? » Je lui ai dit : « Oui ! »

Vincent est venu me voir. Il m'a demandé ce que je lui avais fait. Je lui ai flanqué mon poing dans la figure. Chantal m'a dit que je pourrais revenir quand je me serais calmé.

En sortant, j'ai éprouvé un vif sentiment de solitude. Je suis allé respirer un peu l'air de l'océan, puis j'ai pensé que Vito m'attendait et qu'effectivement nous devions nous concerter en vue de nos ennuis tout proches. Néanmoins, je n'étais pas très impatient d'entamer cette conversation, elle aurait lieu bien assez tôt. Et il n'était pas très tard. Et ces derniers instants de paix me semblaient si précieux. Et aurais-je pu songer une seconde à m'étendre sur un lit alors que toutes les fibres de mon corps étaient tendues, que les poils de mes bras grésillaient d'électricité, que mon esprit crépitait d'étincelles... ?

Je me suis promené un peu sur les hauteurs, en prenant de longs et tendres virages dans les allées qui desservaient les villas se partageant la côte. La fenêtre de Marion était allumée. Je suis passé et repassé de nombreuses fois devant sa maison, en coupant les gaz et le plus lentement du monde. Selon l'humeur, je gardais un œil fixé sur la fenêtre et au retour, je me forçais à baisser la tête. Ou bien, à l'occasion d'un autre passage, je feignais tout à coup de la découvrir et finissais debout, me tordais le cou en arrière pour ne pas la perdre de vue. Ou bien je l'espionnais en plissant des yeux, le menton penché sur le guidon. A un moment, j'ai effectué le trajet avec la bite à l'air, exposée sur la selle.

Puis j'ai garé ma moto et suis entré dans une cabine téléphonique. J'étais dans l'état d'esprit d'un type que l'on viendrait arrêter à l'aube et qui allait en prendre pour longtemps. Cette fois, j'ai trouvé un peu de monnaie dans ma poche, ainsi qu'un mouchoir dont je comptais me servir pour déguiser ma voix.

Je n'avais aucune expérience de ce genre de coup de fil, enfin c'est-à-dire que je n'en avais jamais donné. Mais Éthel en avait reçu si souvent — et elle me tendait l'écouteur pour avoir mon avis — que j'en avais une idée assez claire. En général, il commençait par lui demander si elle était à poil, sinon elle devrait se dépêcher de s'y mettre. J'avais, bien entendu, nourri d'autres espoirs en ce qui nous concernait, Marion et moi. Mais je n'avais pas rempli mon contrat avec Vincent et je n'avais plus beaucoup de temps à vivre.

Elle a répété :

— Allô... ? Allô... ?

Je me suis passé la langue sur les lèvres et je lui ai sorti :

— Commence par t'asseoir bien gentiment, et écarte les jambes...

— Pardon ?

— Fais ce que je te dis, tu vas aimer ça...

— Ah, c'est toi, Mani... Écoute, cesse de faire l'idiot, tu m'as fait peur... !

J'ai voulu lâcher le combiné mais je suis resté paralysé.

— Allô... ? Eh bien, réponds-moi, que se passe-t-il... ?

J'ai fini par appuyer mon front contre la vitre. Puis, dans un moment de découragement, je lui ai avoué que ça n'allait pas très bien. Elle m'a demandé où j'étais.

Une minute plus tard, je voyais s'ouvrir le portail électrique et allais ranger ma moto dans son jardin. J'ai eu un peu de mal à en descendre, eu égard au début de notre conversation et d'autant que je n'avais pas de très bonnes nouvelles à lui annoncer. Est-ce que sentant sa fin venir, un homme pouvait encore se livrer à un mensonge... ? Par omission... peut-être... je n'arrivais pas à en décider... Je me suis secoué en entendant un « plouff[1] » du côté de la piscine.

Je suis allé m'asseoir au bord, en évitant de trop fixer le petit tas de sous-vêtements abandonné et que le clair de lune sanctifiait d'une blancheur lumineuse. Elle s'est étonnée que je ne veuille pas plonger à mon tour, arguant de la diabolique — elle avait prononcé ce mot — température de l'air, mais ça ne me disait rien.

Je ne voulais même pas savoir si elle était nue. Mes débordements de tout à l'heure avaient laissé la place à un sentiment d'amertume. Je voulais éviter de remuer le couteau dans la plaie. J'ai laissé mon regard vaguer au-dessus de la piscine tandis qu'elle se faufilait à la surface, emplissait ma tête de petites éclaboussures humides que le silence évaporait. Puis elle a surgi à ma hauteur, croisant les bras sur le carrelage qui me tiédissait les fesses et elle m'a demandé si c'était le départ d'Éthel qui me préoccupait. Je lui ai fait signe que non. Je me suis mis à lui raconter la visite de mon grand-père et de quelle manière je m'étais vengé. Elle est restée silencieuse.

Je n'ai pas levé les yeux sur elle, quand elle est sortie. Lorsqu'elle m'a de nouveau adressé la parole, j'ai remarqué qu'elle avait enfilé un peignoir de bain, enroulé une serviette autour de sa tête et que ses sous-vêtements avaient disparu.

— Alors là, a-t-elle déclaré, je crois que tu es allé un peu trop loin...

C'était aussi mon avis.

Nous avons marché vers la maison. En chemin, elle a même estimé que c'était la dernière chose que j'aurais dû faire et que j'avais de bonnes raisons d'être inquiet. Elle était également impressionnée par ce que j'avais accompli, je l'ai très bien senti. J'en ai d'ailleurs conçu une légère consolation.

Malgré l'heure, mais comme nous n'avions dîné ni l'un ni l'autre, elle a proposé que nous nous offrions un petit repas dehors. Je n'avais pas plus envie de manger que de me baigner, mais je n'ai pas osé le lui dire.

Nous avons effectué deux ou trois voyages de la cuisine jusqu'au bord de la piscine. Nous avons installé nos couverts sur de grands matelas de mousse, à l'aplomb d'un gros ventilateur que Vincent avait commandé, à l'époque, en même temps que ses flippers et son baby-foot. A l'occasion de nos aller et retour, tandis que nous bavardions à propos des colères de Victor Sarramanga — Marion en avait vu plus que moi —, la ceinture de son peignoir est tombée par terre. Je l'ai ramassée et la lui ai tendue, mais elle l'a simplement fourrée dans sa poche en continuant de me raconter comment mon grand-père avait maté une grève à la scierie vers la fin des années cinquante. Nous avons inspecté le frigidaire de haut en bas, découvrant, au fur et à mesure, qu'un réel appétit nous gagnait. Je me suis accroupi vers les compartiments du bas pour lui donner le choix entre de la tarte au citron, des litchis au sirop ou des chocolats liégeois à zéro pour cent. J'ai cru comprendre qu'elle avait une préférence pour les litchis, que ceux-ci semblaient tout indiqués après le riz cantonais. J'ai réussi à les saisir. J'ai marché derrière elle, le front ridé, les yeux fixés sur l'ourlet de son peignoir ultra-court, cependant que nous emportions des chandelles et nos desserts vers le pool-house. Je n'arrivais pas à croire que son slip avait dansé à vingt centimètres de ma figure. J'avais encore la vision de ses dentelles imprimée dans mon esprit, la lueur du frigidaire s'infiltrant à travers les pans entrebâillés de son habit.

J'espérais que c'était un accident. Je me sentais un peu amoureux d'elle, vu les circonstances, et répugnais à jouer les innocents. Elle m'avait ouvert sa porte, j'avais pu, en partie, me confesser à elle et elle m'avait prêté une oreille amicale, continuait de m'offrir sa présence attentive, partageait son repas avec moi, se proposait même de téléphoner à Éthel ou à mon grand-père pour tenter d'arranger mes affaires. Elle m'apportait tout ce qu'il me fallait en attendant que l'heure de mon châtiment ne sonne, elle était un peu ma mère, un peu mon amie, et les derniers et fugitifs reflets de la beauté du monde. Ce n'était pas le moment de tout gâcher.

Je me suis passé la tête sous un robinet avant de prendre place sur nos matelas. Elle a libéré ses cheveux encore humides de la serviette et s'est penchée pour allumer les bougies tandis que je m'agenouillais devant elle et nous servais du vin, ruisselant d'eau et de sueur comme une fontaine miraculeuse.

Je n'avais pas faim, mais j'ai mangé. Je n'avais pas trop envie de parler non plus, mais dès que je terminais une bouchée, je relevais les yeux et me concentrais sur son visage en lui racontant n'importe quoi. Si j'avais remarqué que son peignoir bâillait à mort, je refusais de passer mon temps à le vérifier. Jusqu'au moment où elle m'a demandé si j'avais pitié d'elle. Je lui ai dit bien sûr. Elle a souri en déclarant que de toute façon, j'avais bien dû les voir plus de cent fois sur la plage. Elle m'a tendu son verre puis s'est débarrassée de son soutien-gorge en poussant un soupir de satisfaction. « Oh... ! eh bien, je me sens mieux, je te le garantis... ! »

Ça n'avait rien à voir avec la plage, bien que je n'aurais pas su expliquer pourquoi. Peut-être l'éclairage, le silence à la place du clapotis des vagues, la distance intersidérale qu'il y avait entre la lingerie intime et le maillot de bain. Aussi bien ai-je eu l'impression de les découvrir pour la première fois. Deux sphinx, ni plus ni moins, solides et souples comme des blancs d'œufs durs, moelleux comme de la colle de peau.

« Mani, sincèrement... Est-ce que tu trouves que j'ai grossi... ? »

Je lui ai dit que non. Elle avait largement ouvert son peignoir pour que je puisse en décider. Je lui ai répété que non, pas du tout. Elle a relâché son vêtement avec un sourire perplexe. Du bout de mes baguettes, j'ai taquiné les petits pois de mon riz cantonais.

A propos de la chaleur, elle m'a rapporté qu'aujourd'hui même, en plein après-midi et alors qu'elle attendait un taxi, un homme s'était évanoui devant elle. Je lui ai répondu que ça ne m'étonnait pas une seconde. Quant à moi, j'ai renversé mon vin.

C'était un verre à pied que je tenais délicatement entre le pouce et l'index. J'avais remarqué que lorsque je jetais le moindre coup d'œil où il ne fallait pas, un léger étourdissement me saisissait. Et cette fois, comme elle venait de récupérer un grain de riz tombé sur sa cuisse et s'inquiétait que le petit scélérat n'ait pas entraîné des frères ou des sœurs dans son escapade, ma tension a chuté. Pas au point de me faire lâcher mon verre, mais je l'ai vu basculer entre mes doigts et se tenir la tête en bas. J'en avais toutes les cuisses inondées.

J'ai prétendu que ce n'était rien, que ça ne me gênait pas du tout. Mais elle ne semblait pas m'entendre, m'assurait que je ne pouvais pas rester comme ça. Je me suis donc retrouvé en caleçon, à mon corps défendant. Je me suis occupé de réparer les dégâts insignifiants que j'avais causés au matelas, bien qu'elle m'invitait à ne pas me casser la tête. Je comptais ensuite m'affairer auprès de mon pantalon mais elle m'a coupé l'herbe sous le pied et s'est levée pour le rincer elle-même. Je l'ai attendue pour attaquer le dessert en fermant les yeux afin de m'exhorter à lui révéler comment se passaient les choses entre Vincent et moi. Je ne savais pas quel démon de franchise me tourmentait ainsi, quelle perversion de l'âme, non seulement m'empêchait, mais me convainquait de ne pas tenter ma chance. Peut-être avais-je le sentiment d'avoir déçu tout le monde, peut-être moi-même, et en éprouvais-je un peu de lassitude. Marion était sans doute ma dernière chance de ne pas sombrer tout à fait. Je devais lui dire la vérité. Je voulais emporter quelque chose de cet endroit. Une certaine opinion de moi-même plutôt que des jambes en coton.

J'ai ouvert les yeux au moment où elle revenait vers moi en roulant des hanches, plus belle et plus désirable que je ne l'avais jamais imaginé, sa poitrine braquée sur mon visage, ses deux longues jambes manœuvrant dans ma direction. « Eh bien voilà… c'est réparé ! » a-t-elle plaisanté en s'asseyant sur le bord du matelas. J'ai servi les litchis enrobés d'un bavardage inconsistant, suivi par une intéressante remarque sur les taches de vin. Ensuite, j'ai respiré un peu car nous avons ri en essayant de manger les litchis avec des baguettes. C'était amusant, d'autant que ceux-ci, je ne savais pas où elle les avait acheté mais se révélaient particulièrement insaisissables. Je me suis détendu. J'en ai presque oublié que Marion se tenait en face de moi, à demi nue, dans la clarté appétissante de quelques bougies quasi vivantes.

Quand soudain, l'inévitable s'est produit : l'un de mes litchis a giclé en l'air. Et mon rire s'est coincé dans ma gorge. J'ai failli lui jurer que je ne l'avais pas fait exprès, mais elle a pris la chose du bon côté. Elle a écarté les cuisses avec délicatesse et j'ai observé le machin rouler contre son entrejambe. J'ai pensé que c'était maintenant ou jamais que je devais lui parler.

Elle m'a regardé en souriant, a opiné doucement du chef comme si je venais de lui lancer un défi. Puis elle a murmuré que c'était pire qu'une petite savonnette, qu'elle espérait que j'allais en convenir, et sur ce, a repoussé une mèche de ses baguettes avant de les pointer au bon endroit.

J'étais assommé. J'étais à genoux mais je me suis avachi sur le côté, en plantant un poing sur le sol. Je voyais la dépression de sa fente contre laquelle le petit bidule semblait attiré par la force des choses, de quelque manière qu'elle s'y prenait. Je voyais la laque noire des baguettes, incrustée d'éclats de coquillages nacrés, glisser contre le fin sous-vêtement dont les bords écrasaient quelques poils qui frisottaient au travers de la dentelle. Elle laissait échapper de petits bruits de gorge comme si l'exercice l'amusait ou la chatouillait ou Dieu sait quoi.

« Mani..., a-t-elle fini par m'annoncer, j'ai bien peur que tu ne sois obligé de me venir en aide... ! »

Pour me signifier son abandon, elle m'a tendu les baguettes et s'est renversée en arrière, en appui sur les coudes. Le regard fixé entre ses jambes, j'ai su que je n'allais pas simplement effectuer le plus gros sacrifice de toute mon existence, mais celui qui représentait la somme de tous mes renoncements passés et à venir. Je me suis croisé les mains sur la tête :

— Marion..., ai-je grimacé. Il faut que je te dise quelque chose... Ça ne va pas fort, entre Vincent et moi... On s'est encore disputés...

Elle s'est redressée avec lenteur, sans cesser de me dévisager. J'espérais qu'elle n'allait pas me quitter trop vite, sinon elle risquait de m'arracher toute la peau. Durant cinq ou six secondes, je n'ai pas vu ce qu'elle fabriquait car je ne pouvais pas baisser les yeux. Puis elle s'est décidée à me dire ce qu'elle en pensait .

— Eh bien, a-t-elle soupiré en me caressant la joue, ... au moins, tu auras essayé...

Elle m'a souri. Après quoi, elle m'a glissé le litchi entre les lèvres. Et elle a ajouté :

— Je sais que Vincent n'est pas d'un caractère facile..

Je n'allais pas lui annoncer que son fils était le plus grand connard que j'avais rencontré. Je me suis contenté de sucer mon litchi. Il n'avait pas un goût bizarre. Il était même le plus délicieux litchi qui ait jamais poussé ici-bas.

Vito m'avait mis en garde contre la précipitation. Et je n'ai pas commis deux fois cette erreur. Pourtant, j'ai connu un instant de joie sans limites en me penchant sur elle. J'ai avalé mon litchi tout rond et je lui ai donné le plus doux baiser dont j'étais capable. De son côté, elle embrassait très bien, mais le danger est venu de ce qu'elle avait plongé les mains dans mon caleçon. Je me suis alors couché sur elle, et comme elle me livrait un passage en tiraillant sa dentelle, j'ai perdu la tête et je l'ai enfilée. D'ailleurs, je ne m'en suis presque pas aperçu, tellement c'était facile. J'ai simplement réalisé qu'une tiédeur inimaginable m'envahissait et que j'étais en train de le faire. Alors je me suis retiré sur la pointe des pieds et j'ai souri, à part moi, d'avoir retenu la leçon.

Pour maîtriser mon désir, je me suis servi de la joie que

j'éprouvais et qui, par chance, se révélait encore plus forte. Et Marion m'a aidé. Car au lieu de m'embarquer dans ces étreintes où l'on cassait tout, où l'on roulait dans tous les sens, où l'on baisait comme à une séance de lutte gréco-romaine pour finir tels des chiens enragés, elle ne m'a pas montré les dents mais tendu les lèvres.

Je crois que nous avons souri jusqu'au bout. Je ne l'ai pas bousculée, je n'ai pas déchiré son slip qu'elle a fini par me tendre gentiment, je ne l'ai pas baisée debout en l'écrasant contre un mur, je ne l'ai pas étranglée, je ne l'ai pas mordue jusqu'au sang, je n'ai pas songé une seconde à lui prouver quoi que ce soit. De temps en temps, je relevais la tête d'entre ses jambes et je courais lui déposer quelques baisers sur les lèvres, tout en la pénétrant un peu. J'étais ravi. Je prenais le même plaisir à la branler qu'à lui caresser un bras, à lui sucer les seins qu'à plonger mes mains dans ses cheveux, à la limer qu'à respirer dans son cou les yeux fermés. Et j'avais l'impression qu'elle autant que moi. Nous ne poussions pas de cris féroces, mais chuchotions, murmurions, glissions l'un sur l'autre avec de petits rires. J'avais envie de fredonner pendant qu'elle me suçait, je caressais l'herbe du gazon pendant qu'elle me chevauchait, j'envoyais un regard mouillé vers le ciel étoilé tandis que je lui mangeais les fesses.

Nous nous sommes pas mal amusés. Nous tenions la grande forme. Nous étions tellement joyeux. Je souriais d'une oreille à l'autre en la regardant nouer un petit tablier de jardinier autour de ses reins, enfiler des gants, coiffer un chapeau de paille et saisir des sécateurs. Je suis arrivé à pas de loup dans son dos, cependant qu'elle s'inclinait au-dessus des rosiers, feignant d'être seule, tout entière à ses bouquets Je lui ai planté ma langue dans la nuque, lui ai léché toute la colonne vertébrale avant de m'agenouiller entre ses jambes dont l'une était repliée sur un tabouret d'osier. Nous avons eu aussi du mal à garder notre sérieux lorsque nous avons joué à la panne et qu'elle s'est penchée au-dessus de son moteur en me disant : « Écoutez, je ne comprends pas. C'est une voiture neuve... »

Dans la foulée, elle est allée chercher une blouse blanche pour se déguiser en infirmière. A ce moment-là, j'ai connu un instant d'angoisse car je lui ai balancé la purée, mais elle m'a redonné confiance et nous avons continué de nous amuser. J'ai mis une casquette et je me suis fait passer pour un plombier qui venait réparer la piscine. Plus tard, nous avons installé deux chaises l'une contre l'autre et nous nous sommes retrouvés dans un train, deux inconnus qui évitaient de se regarder mais avaient les mains baladeuses, jusqu'au moment où l'on a compris que la dame était aveugle et que le monsieur avait perdu ses lunettes. Et elle a aussi déniché une tenue de soubrette avec laquelle nous avons connu de longues minutes inoubliables, surtout lorsqu'elle prenait une petite voix effarouchée.

Je l'ai quittée un peu avant l'aube. Malgré tout ce qui nous était arrivé, je n'ai pas osé l'embrasser, je me suis juste permis de tenir sa main contre ma joue et n'ai pas réussi à prononcer un mot.

Il était quatre heures du matin. Le jour s'est levé quand j'ai débouché sur la route qui longeait la côte. Je suis descendu au bord de l'océan et me suis baigné. A présent, je ne craignais pas que son odeur disparaisse. Je n'ai pas hésité à me rouler dans les vagues, à me traîner sur le sable. Si j'avais eu de quoi me brosser les dents, un produit pour me rincer la bouche, je n'aurais pas hésité davantage car plus rien ne pourrait désormais me priver de son odeur, m'ôter le goût que j'avais sur la langue, entamer d'une once la plus belle aventure de ma vie. Je suis resté un moment à méditer sur le sable. Je me suis demandé combien de fois, au cours d'une existence, on pouvait tomber sur une femme douce et vicieuse, experte et drôle, imaginative et décidée... Et je ne parlais même pas de son physique. Ni des tendres, affectueux, admiratifs et estimables sentiments que j'éprouvais en posant les yeux sur son entrecuisse sans que ne me viennent aussitôt à l'esprit des orages concupiscents. Et je ne parlais même pas des différentes intonations de sa voix. Et pour en revenir à sa chatte, ce que je prétendais était vrai. On aurait dit un petit poussin rieur, selon l'éclairage.

Enfin bref, d'autres épreuves m'attendaient. J'étais conscient d'avoir épuisé une bonne partie de mes forces mais je me sentais armé de courage, au moins pour rentrer à la maison. Avant mon départ, Marion m'avait de nouveau mis en garde. « Vraiment... Méfie-toi de ton grand-père... ! » m'avait-elle conseillé, ce qui m'avait permis de lui glisser un clin d'œil. Puis j'étais revenu sur mes pas et lui avais rendu sa culotte. Mais elle avait haussé les épaules en souriant : « Eh bien, garde-la si tu y tiens... »

J'ai placé l'objet dans ma chemise, en me rhabillant, après que mon corps eut séché dans la tiédeur du matin et que les réverbères se furent éteints tout au long de la baie. Puis j'ai lancé l'Électra sur le chemin de terre qui remontait vers la route. Une fois en haut, j'ai craché dans le vide. Mais c'était peut-être un peu culotté de ma part.

Dans le dernier virage, juste avant d'arriver en vue de la maison, Vito a bondi des fourrés et m'a attrapé à bras-le-corps. Nous nous sommes étalés dans l'herbe pendant que ma moto se couchait sur le bitume et continuait sa course dans une gerbe d'étincelles.

J'allais le tuer mais il m'a saisi à la gorge en grognant : « Bon Dieu ! Mais où est-ce que tu étais... ? ! » Il n'avait pas l'air de plaisanter. Il m'a empoigné par un bras et, me forçant à m'aplatir sur le sol, il m'a fait signe de jeter un coup d'œil par-dessus la butte.

La voiture de mon grand-père était garée devant chez moi. Ainsi que celle de Richard Valero, celle de Stavros Manakenis, et la Jeep que Moxo conduisait d'ordinaire.

« Ton grand-père nous a rendu visite au milieu de la nuit. Mais comme il n'a pas eu de chance, il est revenu de bon matin. Ils sont là depuis une heure... Et moi aussi par la même occasion... Bon sang ! Mais qu'est-ce que tu as dans la tête... ? »

Le temps d'un éclair, je me suis revu sur le dos, les bras en croix, souriant avec béatitude tandis que je me livrais à ma troisième éjaculation, ses cheveux me balayant la poitrine comme un plumeau enchanté. Puis Vito m'a tendu une paire de jumelles, l'un des derniers vestiges du passage de Paul Sainte-Marie dans cette maison — il s'en servait pour nous tenir à l'œil, Lisa et moi, en particulier lorsqu'il nous amenait à la plage. Ainsi, de plus près, j'ai pu constater que mon grand-père avait une tête que je ne lui connaissais pas et qui n'avait rien de rassurante. Tandis que les autres discutaient à l'écart, qu'Anton, dans le potager, démolissait méthodiquement notre ingénieux système d'épandage, Victor Sarramanga se tenait immobile sur la terrasse, le regard fixe, les narines pincées. Il dégageait, malgré son habit blanc et la douce clarté matinale, une telle noirceur qu'un frisson m'a transpercé de la tête aux pieds.

J'en ai conclu que ce n'était pas le moment d'y aller.

— Oui, c'est aussi mon avis..., a déclaré Vito.

— Il va nous mettre en pièces..., ai-je soupiré. Qu'est-ce qu'on va faire... ?

— Eh bien, comme il est dit dans *L'Art de la guerre* : « Si vous êtes inférieur en nombre, soyez capable de battre en retraite. »

Je suis allé me pencher sur ma moto avec la mort dans

l'âme. Cela m'a causé un mal indéfinissable, et j'ai eu presque l'impression que j'avais moi-même dérapé sur le sol, que la peau de mes genoux et de mes coudes était déchirée jusqu'à l'os. Vito s'est fichu de moi, me lançant que je n'allais pas en mourir. Il avait sorti la Black Shadow de derrière les arbres et m'attendait au milieu de la route.

Nous avons décidé qu'il valait mieux nous tenir à l'écart de la ville pour le moment, car on nous aurait mis la main dessus en moins d'une minute. Nous avons même considéré l'éventualité de passer une nuit à la belle étoile, ce qui n'était pas très agréable mais restait dans nos moyens. Dans cette perspective, nous sommes allés acheter des sandwichs et quelques magazines, ainsi que des lampes et des piles.

Nous nous sommes arrêtés dans une station-service. J'ai demandé à la serveuse qui me connaissait de m'emballer les sandwichs dans du papier cadeau, sous prétexte que c'était une plaisanterie que je voulais faire à un anorexique que nous devions accompagner à la gare. Nous avons donc filé en direction de la ville, mais un peu plus loin, nous avons emprunté un chemin de traverse qui s'enfonçait dans les sous-bois. Puis nous avons rattrapé la nationale en amont et avons tourné le dos à la ville.

C'était une belle journée, qui s'annonçait aussi chaude que les autres mais nous offrait une matinée radieuse, presque fraîche en comparaison des heures qui viendraient. Victor Sarramanga était assez loin pour que notre fuite ne prenne pas un goût trop angoissant. Il allait sans doute se fatiguer à nous chercher en ville et nous étions conscients qu'en plus de la distance, il était bon que le temps s'insinue entre lui et nous. Malgré l'accueil qu'il m'avait réservé, Vito semblait à présent tout à fait détendu. Il avait quitté la route principale, nous avait conduits sur une voie plus modeste où nous ne rencontrions plus personne, puis il s'est engagé sur un chemin de terre qui s'élevait en pente raide et s'enfouissait sous des pommiers.

« C'est ici que nous habitions... », m'a-t-il annoncé en coupant les gaz.

Comme nous ne comptions pas jouer les campeurs durant cent sept ans, nous avons attaqué nos provisions sur-le-champ. Un sandwich à la main, nous avons visité les lieux en nous méfiant des toitures effondrées, des grands bouquets d'orties qui foisonnaient au milieu du salon, des clous rouillés qui hérissaient les chevrons vermoulus enchevêtrés en tous sens. Grâce à ses explications, j'arrivais à avoir une idée de l'ensemble et me suis émerveillé qu'une femme, sa mère en l'occurrence, ait pu mener à bien de tels travaux. Il regrettait surtout que je n'aie pas connu son jardin. D'après lui, elle en était, et à juste titre, particulièrement fière. Ce n'était plus, aujourd'hui, qu'une espèce de terrain vague qui mettait mon imagination à rude épreuve, quoiqu'il y régnât encore une harmonie invisible que je n'aurais pu expliquer. Je me suis assis sur un muret de pierre en partie éboulé pour terminer mon casse-croûte tandis que Vito se tenait immobile devant un vieux fauteuil d'osier déglingué et dont le cannage tombait en poussière. J'ai senti que ce n'était pas le moment d'en parler si je ne voulais pas avoir droit à toute l'histoire de la famille.

J'ai cru qu'il avait l'intention de passer la nuit ici, et pour ma part, je n'y voyais aucun inconvénient, en fait je m'en fichais pas mal. Mais il a prétendu que c'était trop risqué, que mon grand-père, lorsqu'il aurait compris que nous n'étions pas en ville, penserait d'abord à cet endroit.

Puis nous n'avons plus rien dit durant un long moment, cependant que le bleu du ciel se délayait dans la lumière et que le grésillement des insectes s'amplifiait et résonnait dans le silence qui nous entourait. J'ai fermé les yeux. J'ai glissé ma main à l'intérieur de ma chemise et j'ai égrené la dentelle entre mes doigts avec une ferveur monacale. Et mes traits s'en sont à coup sûr éblouis car Vito m'a demandé si ma nuit avait été aussi grandiose que ça.

Je lui ai souri :

— Disons que si je n'ai rien résolu avec mon grand-père, je me suis rattrapé autrement... !

— Comment ça, tu n'as rien résolu... ? Tu ne t'es pas dégonflé devant lui, il me semble. Qu'est-ce que tu veux de plus... ?

— Écoute, je ne sais pas ce que j'aurais fait si je m'étais *réellement* retrouvé devant lui...

— Moi je le sais. Mais je crains que ce ne soit pas suffisant.

Il avait raison, ce n'était pas suffisant. J'ai tout de même admis, à part moi, que je n'avais pas eu beaucoup l'occasion d'y réfléchir. Mais l'image de mon grand-père m'a effleuré dans l'instant et j'ai pu constater que rien n'avait changé à première vue. Que mon réflexe naturel était de rentrer la tête dans les épaules à sa seule évocation. Séduire une femme était une chose. Chasser les démons en était une autre. Je craignais que cette nuit avec Marion ne m'ait pas donné davantage confiance en moi.

Vito s'est promené dans les ruines de son ancienne maison. Je me suis endormi.

En fin d'après-midi, j'ai ouvert un œil sur le ciel embrasé et j'ai découvert un vieux chapeau de paille enfoncé sur ma tête. Je m'en suis aussitôt débarrassé avec une grimace de dégoût, noirci qu'il était de poussière, de crasse indéfinissable. « Ne repousse pas la main qui te protège, sauf si c'est la main du diable... », a plaisanté Vito en paraissant à l'entrée du jardin. Il revenait d'une promenade alentour et m'a informé que tout était tranquille et que je parlais en dormant.

— Ah oui... ? Et qu'est-ce que j'ai dit... ?

Il a fait demi-tour sans me répondre. Ce n'est qu'après que je me fus installé derrière lui et qu'il s'apprêtait à mettre le contact, qu'il a daigné m'éclaircir sur la question :

— Je n'arrive plus à me souvenir si nous avions parié quelque chose...

Je lui ai demandé à propos de quoi. Il a répondu :

— A propos de Marion... Est-ce que je ne t'avais pas dit que tu l'aurais... ?

Nous nous sommes arrêtés un instant en bas du chemin. Nous avons discuté une seconde puis avons jugé que finalement la situation n'exigeait pas de précautions démesurées et que nous serions aussi bien dans une chambre d'hôtel avec un petit déjeuner à la clé, qu'à nous rouler dans un lit de feuilles mortes, au milieu des Sotos et de toutes les autres saloperies de la forêt.

Vito connaissait un endroit tranquille au sud des Malayones, un motel aussi éloigné et discret que nécessaire. Nous nous sommes réjouis à l'idée d'avaler autre chose que de minables sandwichs, sans doute à demi avariés à l'heure où nous reprenions la route, soulevés par un vent brûlant. Alors que Vito accélérait, j'ai eu une pensée pour mon Electra Glide, abandonnée dans un fossé, et que je n'oserais plus jamais regarder en face lorsque toute cette histoire serait terminée. Et j'ai grimacé à l'idée qu'elle me voyait peut-être chevauchant une Vincent, comme le dernier des salauds.

Nous avons filé tout droit au milieu des Malayones. Vito roulait vite, aiguillonné par le fumet d'une omelette aux cèpes et d'un confit dont il m'avait vanté l'incomparable succulence. J'ai donc failli passer par-dessus bord, lorsqu'il a freiné.

Le temps que je retombe sur mon siège, il avait effectué un de ces demi-tours gémissants et parfumés au caoutchouc brûlé. Puis la Vincent a bondi et nous avons parcouru une centaine de mètres avant de bifurquer à angle droit dans un chemins de terre que l'ombre du sous-bois engloutissait.

« TU CROIS QU'ILS NOUS ONT VUS ??! » ai-je stupidement hurlé à son oreille. Après toutes les heures silencieuses que nous venions de traverser, nous entrions soudain dans un monde assourdissant. J'ai jeté un œil derrière nous et au-delà du geyser de feuilles et d'humus qui jaillissait sur notre passage, j'ai aperçu le reflet des chromes, l'éclat du pare-brise brillant comme un miroir. Un rose tendre, envoyé du ciel, transperçait la futaie et défilait à toute allure.

Ce n'était pas moi qui étais aux commandes. Sans rien me demander, Vito a quitté le chemin et nous avons plongé en pleine forêt. J'ai pensé que nous allions rapidement nous casser la gueule. Enfin, d'un autre côté, Valero pouvait descendre de sa voiture et fracasser sa casquette sur le sol en nous disant adieu. J'ai bientôt serré les dents, alors que nous attaquions une longue et rude déclivité, slalomions entre les sombres troncs d'arbres et nous élancions en avant. J'ai d'autant plus serré les dents lorsque j'ai réalisé que nous ne pourrions pas nous arrêter. En fait, la Vincent était en train de glisser sur un épais tapis d'aiguilles de pin ou autre — mais les aiguilles de pin étaient parfaites —, ce qui rendait sa conduite hasardeuse, et la vitesse que nous prenions n'était pas due à l'ardeur de Vito mais à un phénomène naturel bien connu des maladroits randonneurs trébuchant sur une pente à quarante-cinq degrés.

A l'occasion d'une branche morte, la Vincent est passée au-dessus de nos têtes, tel un cavalier noir, volant vers les nuées.

« Est-ce que ça va... ? »

J'ai répondu que ça allait, sans en être tout à fait sûr. On commençait à n'y plus voir grand-chose, car les frondaisons s'étaient refermées au-dessus de nous. Je me suis relevé lentement, en me débarrassant du plus gros et en vérifiant que la culotte de Marion ne m'avait pas abandonné durant la chute.

La Vincent avait terminé sa course contre le fût d'un grand douglas qui en tremblait encore. C'était à présent au tour de Vito d'expérimenter la douleur que causait la séparation, voire qui savait la perte d'un être cher. Mais moi, je ne lui ai pas dit qu'il n'allait pas en mourir, je n'avais pas le cœur à ça. J'étais en train de considérer, sans bien en distinguer le fond, le pétrin dans lequel nous nous étions fourrés.

Vito a quand même tenu à redresser la Vincent, chose qui ne m'était pas venue à l'esprit à propos de la mienne et qui m'a pincé le cœur, rétrospectivement. Il ne lui a rien dit, malgré tout, ne l'a gratifiée d'aucun geste amical. Il a ouvert les sacoches, m'a tendu les sandwichs et s'est chargé des jumelles, des lampes et des piles qu'il a fourrées dans un sac. « On a qu'à les prendre... », ai-je décidé, voyant qu'il hésitait au sujet des magazines.

Nous n'avons pas discuté pour savoir dans quelle direction nous devions nous diriger. Nous n'avions aucun but à atteindre et pas la moindre idée d'où nous nous trouvions, n'était-ce quelque part à l'intérieur d'une forêt où tout le monde se perdait — en dehors d'une poignée de troglodytes du cru —, qui s'étendait sur des kilomètres et des kilomètres, une forêt réputée pour être un vrai coupe-gorge, un repaire de cinglés, un haut lieu de sorcellerie, un fichu labyrinthe, un piège fabriqué par les juifs pour enlever les jeunes filles, une anomalie de la nature, un remake de *Délivrance,* le cauchemar des pompiers et encore bien d'autres choses que l'on résumait en prononçant le nom de MALAYONES.

Nous avons marché en silence, en suivant le long escarpement qui nous avait eus par surprise. Puis nous nous sommes assis pour mettre les piles dans les lampes et fumer une cigarette. La nuit n'était pas encore tombée, mais une simple pâleur à travers le feuillage était tout ce qui nous restait.

Nous nous sommes regardés. Vito a convenu que ce n'était pas brillant.

Nous avons encore marché. Nous avons dû allumer les lampes. J'ai demandé à Vito s'il ne pensait pas que nous tournions en rond et il m'a répondu que c'était ce qui lui semblait aussi. J'ai reconnu que ça n'avait guère d'importance.

Lorsque nous en avons eu assez, nous avons nettoyé un endroit, disposé quelques pierres et allumé un feu. Juste pour la lumière. Nous nous sommes un peu étendus, en appui sur les coudes, suffisamment à l'écart pour ne pas cuire davantage car il faisait encore très chaud.

J'ai dit .

— Je ne sais pas si c'est un bon calcul... Peut-être que ce matin, nous aurions dû essayer de lui parler.

— Lui parler... ? a ricané Vito.

— Eh bien, peut-être que plus on attend...

— On n'est pas en train d'attendre. On est en plein dedans.

D'où nous étions, le jeu consistait à envoyer quelques brindilles au milieu des flammes. Une touffe d'aiguilles de pin crépitait. Une poignée d'herbe sèche crépitait en sifflant. Autre chose pouvait fumer un instant puis s'embraser avec de petites étincelles.

— Mani, je connais un peu ton grand-père. Je sais ce qu'il veut de moi et je sais ce qu'il veut de toi. Tu ne t'en tireras pas avec des excuses. Ce n'est pas quelqu'un qu'on paye avec de la monnaie.

J'ai jeté je ne sais quoi au feu, qui a dansé comme un feu follet avec une lueur fluorescente.

— Je ne vais pas te raconter à quel point il a pesé sur mon

existence, a-t-il ajouté. Mais je vais te donner un bon conseil : sors-toi de ses griffes le plus vite possible. Avant qu'il soit trop tard. Et crois-moi, je ne plaisante pas. Et lui non plus, d'ailleurs...

J'ai renversé la tête en arrière :

— Oui, je sais...

— Tu es encore loin du compte.

Je me suis amusé à creuser une petite rigole avec mon talon. Puis je lui ai dit :

— Éthel prétend que tu n'es pas revenu simplement pour elle...

— Oui... Nous en avons parlé... Mais elle se trompe... Seulement il y a des choses que l'on accomplit de son plein gré. Et il y a les autres. Il arrive parfois que l'on soit attaché au bout d'une corde et l'on ne peut rien y faire...

Sur ces mots, il m'a proposé un sandwich. Ils étaient repoussants mais il a aussitôt planté ses dents dans le sien et en a arraché une bouchée. J'ai posé le mien à côté de moi. J'ai insisté :

— Mais qu'est-ce qu'il te veut, au juste... ?

— Ce qu'il veut de moi... ?

Il a souri en secouant la tête. Et il a répété : « Ce qu'il veut de moi... ? » A son tour, il a jeté une poignée d'échantillons dans les flammes. De légères papillotes incandescentes ont tourbillonné dans l'air. Il s'est tourné vers moi en plissant les yeux :

— Il oublie simplement une chose..., a-t-il repris à voix basse. Il y a une règle qu'on ne doit jamais transgresser. Et tu le sais aussi bien que moi : on ne combat pas un *toro* qui connaît la musique. S'il a connu la cape avant d'entrer dans l'arène...

Et il m'a offert son profil, en repoussant ses cheveux pour que je puisse bien voir sa moitié d'oreille.

— Oui... C'est lui qui m'a fait ça... Qu'est-ce qu'il y a ?

Ce n'est pas toi qui vas me dire que c'est moche, enfin j'espère...

J'ai eu envie de lui demander et comment, et pourquoi, et où ça, et avec quoi... mais je me suis contenté de l'imiter et j'ai empoigné mon sandwich. Une minute plus tard, il s'est levé pour alimenter notre feu de manière plus consistante. J'en ai profité pour plonger discrètement mon nez dans le petit linge de Marion. Oh ! cette incroyable vision d'un derrière s'abaissant vers ma figure... ! Oh ! ma subite émotion dans un moment pareil... !

Mais rien de comparable à ce que j'attendais ne s'est plaqué sur mon nez ni ma bouche. J'ai aussitôt reconnu la pression brutale d'une main, pas de celle que l'on s'apprête à enduire de salive. De même que j'ai senti une poitrine s'écraser dans mon dos, mais pas de seins, aucune douceur, aucun serpent ne glissant vers mon bas-ventre. J'ai tenté je ne sais quoi et dans la seconde, mon visage s'est enfoncé dans les feuilles, un genou s'est planté dans mes reins avant que je n'aie repris mon souffle.

Puis Anton s'est relevé. La violence de son contact m'avait tellement effrayé — j'avais eu l'impression qu'il allait m'écraser la tête, que son genou allait me briser la colonne vertébrale — que j'étais en train de reculer en rampant sur le dos lorsque j'ai aperçu mon grand-père. Mais ce n'était pas lui qui m'intéressait. Dans l'état où j'étais, il m'a fallu deux ou trois secondes pour me resituer et retrouver Vito.

Ils s'y étaient mis à trois pour le maîtriser. Richard Valero, Stavros Manakenis et Francis Motxoteguy. C'était presque touchant. Moxo regardait ses pieds, Stavros grimaçait en se massant un poignet et Richard pointait sur Vito son arme de service, visiblement sans le moindre état d'âme. Anton a dû estimer qu'il n'y avait pas assez de lumière car il a jeté du petit bois dans le feu et tout s'est agrandi.

Mon grand-père avait perdu son sourire. Je ne m'étais pas aperçu qu'il s'était approché de moi car tout allait si vite que je n'enregistrais pas la moitié des choses. Mais j'avais perdu le mien, moi aussi, et nous nous sommes dévisagés comme jamais auparavant. Autant dire que venant de ma part, et malgré la brièveté de l'échange, il y avait là de quoi surprendre. J'en ai été abasourdi. Mon esprit s'est à ce point intéressé au phénomène qu'il a laissé mon grand-père m'empoigner et me remettre sur mes jambes sans même s'en préoccuper, se coupant de mon corps amolli.

Puis je ne sais pas ce qui m'a pris, mais tous mes nerfs se sont tendus. J'ai saisi la main de mon grand-père et m'en suis libéré. De mieux en mieux. J'ai vociféré : « QU'EST-CE QUE VOUS ALLEZ LUI FAIRE... ??!! » Ce qui m'a permis de réaliser que personne n'avait encore ouvert la bouche. Enfin, bref, je n'ai pas eu de réponse. J'ai voulu m'avancer vers lui mais Victor Sarramanga m'a de nouveau attrapé par un bras. Il a serré fort, afin que je comprenne. J'ai surtout compris que je n'étais pas paralysé et que ce n'était pas sa poigne qui me faisait peur, mais la force avec laquelle je pourrais m'en débarrasser.

Mon grand-père m'a murmuré des mots que je n'ai pas entendus ou dont le sens ne m'est pas apparu. Nous avons rejoint les autres, comme par magie, alors que je devais penser à autre chose. Je ne suivais pas bien ce qui se passait. Je n'ai pas remarqué s'ils se sont parlé ou non, j'ai simplement regardé Vito qu'encadraient Richard et Stavros. J'ai échangé un coup d'œil avec lui. Ensuite, j'ai à peine tourné la tête et j'ai craché à la figure de Stavros. Et avant qu'il n'arrive quoi que ce soit, j'ai craché sur celle de Richard Valero. Je me suis retrouvé par terre. Anton m'a glissé à l'oreille que je ferais mieux de me tenir tranquille si je ne voulais pas aggraver mon cas. Il m'a demandé de ne pas l'obliger à être méchant avec moi, ce que nous regretterions tous les deux. Je l'avais déjà vu à l'œuvre. Et je le savais capable de casser un bras à sa propre mère — « *Je suis désolé, maman...* » — sur un signe de Victor Sarramanga.

Lorsqu'il m'a permis de me relever, mon grand-père a ramassé le slip de Marion du bout de sa canne et l'a pointée vers moi en gardant un air impénétrable. Je l'ai récupéré avec un geste plein de rage qui m'a valu, de la part d'Anton, un petit sifflement réprobateur.

Stavros était encore vert de rage quand Victor Sarramanga, par un message silencieux, les a priés de se tenir un peu à l'écart. Richard semblait avoir oublié l'incident mais le père des jumelles m'a décoché un regard mauvais avant de s'éloigner. Mon grand-père en a profité pour ôter sa veste, l'a pliée sur son bras.

Vito était toujours là. Il n'avait pas bougé. Il fixait mon grand-père avec beaucoup d'attention et semblait tout à fait conscient qu'Anton se tenait juste derrière lui. J'avais aussi le sentiment qu'il prenait la situation très au sérieux alors que je croyais rêver. Il flottait dans l'air quelque chose que je n'arrivais pas à appréhender, un climat de violence contenue qui me dépassait, qui m'enveloppait de son ombre. Je comprenais à présent que j'avais refusé d'ouvrir les yeux. Cette histoire entre Vito et mon grand-père, je ne lui avais guère donné de crédit, je ne pouvais rien imaginer d'aussi tordu. Lorsque j'y pensais, je finissais par en rire. Je croyais que la seule et unique chose qui intéressait Victor Sarramanga était de me tenir entre ses mains et qu'elle requérait toute son énergie. Je vivais dans un monde où ce genre de conflit existait, où bien d'autres horreurs étaient commises, mais je ne pensais pas que l'on puisse s'amuser à ça, d'autant que je le voyais jouer avec son fax et ses ordinateurs, interroger le monde grâce à des satellites.

J'en étais incapable de prononcer un mot. Je les regardais

tous les deux, mais je ne me demandais plus s'ils allaient éclater de rire.

Mon grand-père a lentement pointé sa canne contre la poitrine de Vito. C'était Richard, cette fois, qui alimentait le feu et s'occupait de la lumière.

Vito a dit :

— Il y a quelque chose qui ne va pas...

Mon grand-père a dégainé une épée de sa canne. Voilà qui était plus convenable.

Sans réfléchir, j'ai voulu m'interposer, me persuader que je pouvais réveiller tout le monde. Mon grand-père m'a stoppé net dans mon élan. Il m'a frappé avec le fourreau, sans m'accorder un regard. Mon bras est retombé le long de mon corps, paralysé. Il a ajouté : « Mon garçon, tu restes en dehors de ça... »

De la pointe de son épée, il a débarrassé le tee-shirt de Vito d'une ou deux feuilles qui semblaient le gêner. Puis voyant qu'il avait les choses en main, il s'est permis un instant de triomphe. Il a tourné le dos à Vito, par bravade, prenant les Sotos à témoin de son pouvoir. Il a même ramassé sa veste et la tenant par le col, l'a laissé traîner par terre avant de la serrer contre lui. Alors Vito a fait un pas en avant. Prévoyant le coup, Anton lui a bondi dans le dos. Mais Vito avait déjà lancé sa tête en arrière. J'ai entendu un bruit et j'ai vu une giclée de sang monter en l'air.

Anton tombait à la renverse quand Vito m'a touché du doigt. Nous avons démarré à fond de train. Vito a tendu la main pour accrocher notre sac et nous avons sauté dans l'ombre.

Nous avons couru durant quelques centaines de mètres sans nous arrêter. Puis Vito a sorti les lampes et nous sommes repartis. Nous sommes encore tombés, des branches nous ont encore cinglé la figure, mais nous avons pu foncer sans peur de rentrer dans un arbre ou de culbuter au fond d'un trou. Nous avons stoppé plusieurs fois pour tendre l'oreille, en bloquant nos respirations. Nous avions beau nous répéter qu'ils ne pouvaient pas nous suivre et le silence nous rassurer, nous ne nous accordions qu'une ou deux minutes de répit avant de nous remettre en route. Dès que le clair de lune transperçait la cime des arbres, nous accélérions pour replonger dans les ténèbres et ne ralentissions qu'au moment où la forêt se refermait sur nos têtes. Dès que l'un de nous songeait à abandonner, l'autre le secouait et lui redonnait courage.

Une côte un peu trop raide nous a réconciliés. Nous nous sommes effondrés à son sommet, avons roulé sur le sol en sifflant comme des locomotives. A mon avis, nous avions couru pendant des heures, mais il faisait toujours aussi sombre. J'ai cru que j'allais vomir après un tel effort. Au fond, c'était encore pire que si l'on m'avait passé une épée en travers du corps.

J'ai entendu un déclic. Lorsque j'ai ouvert un œil, j'ai vu le canon d'un fusil que l'on braquait sur ma figure. J'ai poussé un gémissement. Je ne distinguais rien de l'ombre qui se tenait derrière, malgré le pâlissement du ciel. Comme j'étais encore vivant, j'ai secoué Vito qui dormait à côté de moi.

« Hé ! Y'a quelqu'un... ! » ai-je glapi.

Le canon du fusil s'est déporté vers lui. Il s'est dressé sur un coude, les cheveux en bataille. Au lieu de dire quelque chose d'intelligent, il s'est composé une horrible grimace, les sourcils froncés, les lèvres tordues. Devant un tel spectacle, l'arme a hésité puis s'est lentement inclinée vers le sol.

L'ombre a craché par terre. « T'as pas tellement changé... », a grogné une voix.

Vito a braqué une lampe sur notre visiteur. C'était un

vieux type hirsute, coiffé d'un vague chapeau dont les bords ramollis ondulaient autour de sa tête. Il n'a pas aimé la lumière. Il a dit qu'on ne devait pas rester là.

— Alors quoi ? On va le suivre... ? ai-je demandé.

Vito s'était déjà levé et l'autre ne nous attendait pas.

— Lui, au moins, il sait où il va...

— Écoute, ce type travaille forcément pour mon grand-père.

— Oui, c'est le père de Moxo.

— Tu veux que je te dise où il va nous conduire... ?

— Je n'en suis pas aussi sûr que toi...

Vito avait confiance. Il ne pensait pas que l'autre irait nous jeter tout droit dans la gueule du loup. Il mettait en avant une sombre histoire d'hôpital qu'il avait épargnée au père de Moxo vingt ans plus tôt. Il l'avait ramassé sur la route, en pleine crise d'épilepsie et l'avait ramené chez lui. Je trouvais que c'était un peu léger. Et l'autre marchait vite, à une quinzaine de mètres devant nous, cependant que nous discutions. Il ne nous avait même pas dit où nous allions. J'ai expliqué à Vito que tous ces gens qui vivaient dans les Malayones étaient un peu spéciaux, au cas où il ne l'aurait pas remarqué. Et qu'ils n'étaient pas simplement dévoués à mon grand-père. Dans cette forêt, Victor Sarramanga était le maître absolu. Il n'y avait pas de commune mesure avec le pouvoir qu'il exerçait habituellement au-dehors. Ici, ce n'étaient pas simplement des politiciens, des juges, des banquiers ou la police qu'il avait à sa botte, mais des hommes et des femmes qui le craignaient et l'adoraient comme Dieu le Père. D'ailleurs, ils étaient tous à moitié cinglés.

Il m'a demandé de ne pas parler aussi fort.

Je lui ai répondu que bientôt nous ne parlerions peut-être plus du tout.

Nous nous sommes arrêtés à un moment où la lumière du

matin plongeait au travers des cimes et plantait de longs rayons obliques, d'un blanc bleuté vaporeux, sur un océan de fougères. Par rapport à l'endroit que nous avions quitté, à ceux que nous avions rencontrés, parcourus en long et en large, il n'y avait aucune différence. Alors je me suis avancé vers le père de Moxo et je lui ai dit :

— Je suis Mani Innu Sarramanga.

— Oui..., je sais qui tu es.

— Dis-moi, est-ce que tu m'as bien regardé ? Est-ce que tu t'imagines que tu peux me perdre dans cette forêt... ?!

Je lui demandais s'il m'avait bien regardé car il tenait son chapeau baissé sur les yeux. Quant à savoir s'il pouvait me perdre dans les Malayones, c'était une aimable plaisanterie. Mais il avait dû me voir lors des visites que mon grand-père et moi rendions dans les fermes et j'espérais qu'il en doutait un peu.

— Je suis pas venu pour ça..., m'a-t-il répondu.

Pour avoir une conversation avec un habitant des Malayones, il fallait des forceps.

— Alors pour quelle raison... ?

— Francis m'a dit ce qui se passait.

J'ai soudain été obligé de m'asseoir. Cela n'avait aucun rapport avec la réponse qu'il venait de me faire et que j'avais à peine entendue. J'avais simplement perdu tout à coup le moindre intérêt pour cet interrogatoire. Je me sentais épuisé et Vito s'en était fichu depuis le début, n'y avait pas prêté une seule oreille. Je ne savais plus pourquoi je me donnais du mal. Je ne savais même pas ce qui m'avait pris.

Le père de Moxo est passé devant moi et est allé dire à Vito que nous devions l'attendre ici.

« Merci pour la balade... ! lui ai-je lancé tandis qu'il s'éloignait. Ça valait le détour... !! »

Vito s'est levé, a regardé autour de lui, puis il a proposé que nous grimpions sur un tertre, un peu plus loin. Nous

nous sommes donc installés sur sa butte, sans rien y gagner de spécial.

— Écoute, Mani... Si tu veux, on ne l'attend pas... Tu as peut-être raison, après tout...

— Non, on va l'attendre. Je n'ai pas de meilleure idée pour l'instant...

Il a hoché la tête et s'est mis à rire :

— Et on ne sait même pas ce qu'il est allé fabriquer... !

— Comme on ne le lui a pas demandé, on ne risque pas de le savoir.

J'ai regardé ma montre. Il était six heures du matin. Il y avait encore de la brume flottant au ras du sol. La lumière s'était redressée, des petites miettes de ciel bleu cliquetaient dans les feuillages et la forêt sentait bon. Ce qui nous était arrivé quelques heures plus tôt semblait abandonné dans un autre monde.

— La prochaine fois, je ne partirai pas en courant..., a-t-il dit.

J'ai haussé les épaules :

— Qu'est-ce que tu aurais pu faire d'autre ?

— Non, ce n'est pas ça... Je veux parler de toi. Il vaudrait peut-être mieux que tu ne te trouves pas dans les parages, tu ne crois pas... ?

— Mais peut-être que ça vaudrait mieux pour toi...

Il a manipulé une jeune crosse de fougère, souple comme un élastique.

— Même s'il ne revenait pas, ça ne doit pas être très compliqué pour sortir d'ici...

— Tu peux être sûr du contraire.

— Ils sont en train de sillonner la forêt dans tous les sens. Tu finiras bien par tomber sur quelque chose... Tu la connais quand même un peu, cette forêt, oui ou non... ?

Je me suis laissé aller en arrière, sur le dos. Le sol n'était pas dur. On entendait quelques cris d'oiseaux, de temps en temps, ou un arbre qui grinçait, ou d'autres bruits rapides dans les fourrés.

— Il veut ta mort, n'est-ce pas... ? J'y ai souvent pensé, mais ça ne signifiait pas grand-chose... J'ai l'impression que c'était presque un sujet dont j'aurais pu discuter avec lui... Je ne sais pas, c'étaient des mots... Je croyais que c'étaient des mots pour lui aussi... une espèce d'image... Et puis dans cette forêt, subitement, tout devient réel... C'est le monde des Sotos, des feux follets et des elfes, et c'est là que tout devient clair, c'est là que tout arrive... !

— Tu serais gentil de ne pas m'enterrer trop vite...

J'ai légèrement redressé la tête pour le regarder tailler un bout de bois. Il s'en était fallu d'un cheveu qu'il soit mon père. C'était amusant d'y penser. Cet instant de calme, aussi, était drôle.

— N'empêche que ce n'est pas lui qui est allé te chercher...

— Eh bien... ça dépend de quel point de vue on se place. Je n'ai jamais eu le sentiment d'en avoir terminé avec lui... C'est difficile à expliquer, mais je crois que quelque chose nous a liés, tous les deux, une chose à laquelle nous ne pouvons nous soustraire, ni l'un ni l'autre. C'est plus courant qu'on ne l'imagine. Et ce n'est pas plus bizarre qu'un accident de voiture. Il y a des millions de gens sur les routes et puis il y a deux types qui s'avancent l'un vers l'autre, qui roulent depuis des heures et finissent par se rentrer dedans. Cela dit, à force de vous creuser la tête, pas un de vous n'a compris que les raisons de mon retour étaient beaucoup plus simples : je suis revenu pour elle, voilà tout. C'est vers elle que je suis allé, pas vers lui. Si j'avais un châtiment à recevoir, ce n'est pas celui de ton grand-père que je suis venu chercher, mais tu vois... parfois les choses ont tendance à s'embrouiller

Il a examiné son bâton, en a vérifié la pointe du bout des doigts.

— Pense à tout ce qui est inachevé..., a-t-il repris. A tout ce qui n'a pas été conclu, à tout ce qui n'a pas reçu de réponse... C'est rare que l'on puisse mener les choses à leur terme... Tu imagines Hamlet, au beau milieu de la pièce, qui s'empoisonne en mangeant un yaourt... ?

Je me suis tourné sur le côté, un bras replié pour y appuyer ma tête. J'ai tendu l'autre pour jeter un coup d'œil à ma montre et voir depuis combien de temps le père de Moxo était parti. J'avais encore un peu mal sous l'épaule, il n'y était pas allé de main morte. Je l'ai observé tranquillement pendant qu'il continuait de manier son couteau et j'ai fini par me demander ce qu'Éthel voulait de plus.

Au bout d'un moment, je me suis assis, les genoux serrés contre ma poitrine. J'avais l'impression d'avoir beaucoup à lui dire, mais ça ne venait pas. J'avais déjà remarqué qu'en temps normal, lorsqu'il ne disait rien, je ne me sentais pas obligé de la ramener. Je m'en étais aperçu à l'occasion de nos détours par le jardin, quand nous restions penchés au-dessus d'un filet d'eau ou regardions un réservoir s'emplir et ce qui se passait ensuite. Je me tenais à côté de lui et je ne disais plus rien. Je l'aidais à installer ses tuyaux, ouvrir des robinets, actionner des sas, mais les mots ne sortaient plus de ma bouche. Au fond, je trouvais ça très agréable. J'aimais partager son silence. Même si, la plupart du temps, je ne m'en apercevais même pas.

Il faisait bon. Il y avait d'ailleurs un vent léger, pas trop chaud, celui qu'on avait espéré durant toute la semaine et qui se réveillait enfin. J'ai fermé les yeux une seconde. Je savais qu'elle avait un peu pissé sur le matelas mais elle avait prétendu que c'était la transpiration. Ça m'avait excité, je m'étais frotté dans ses jambes et elle me regardait. Vito s'est rassis en repliant son couteau.

— Est-ce que Moxo t'a raconté les volées que lui flanquait son père... ? Je te prie de croire qu'il ne plaisantait pas...

J'ai lancé un caillou dans les fourrés. Je lui ai dit :

— Tu avais de drôles de copains... On peut dire que tu les as bien choisis.

— Il y a eu de bons moments, malgré tout... J'essaye de m'en souvenir...

— Parce que, eux aussi, ils ont l'air de t'en vouloir...

— Ce n'est pas ça... Mais c'est comme en thermodynamique : le désordre d'un système augmente quand il évolue vers un autre état de désordre... Ton grand-père leur a mis la main dessus et ils se sentent gênés vis-à-vis de moi... Ce n'est pas vraiment après moi qu'ils en ont...

— Tu me rassures.

Tout à coup, le père de Moxo a surgi entre nous. Un diable sortant d'une boîte, suant et grimaçant, effrayé par sa propre image.

— Ils sont en train de foutre le feu... ! a-t-il lâché.

Je me suis relevé d'un bond. J'ai regardé Vito puis j'ai dit :

— Non... C'est des conneries... !

— Ils sont en train de foutre le feu, je vous dis... ! a répété l'autre.

Je l'ai ignoré, je me suis encore adressé à Vito

— Non... Il ferait jamais ça... !

Vito a levé le nez en l'air. Moi aussi. On ne voyait rien. On n'entendait rien. On ne sentait rien. Mais il a hoché la tête :

— Si... *Il l'a fait... !* a-t-il murmuré.

J'ai voulu grimper à un arbre, mais j'étais trop énervé et me suis juste arraché la peau des bras en me hissant de quelques mètres. Et aurais-je grimpé jusqu'à la dernière branche que ça n'aurait servi à rien : je m'étais élancé sur un jeune sapin et les arbres qui nous entouraient étaient beaucoup plus hauts.

Le père de Moxo a craché par terre. Je n'ai pas su si c'était à mes pieds mais il a fixé le slip de Marion qui sortait un peu de ma chemise et il a marmonné : « On va bientôt le savoir, si je raconte des conneries... »

Nous avons couru avec le vent. Nous nous étions suffisamment reposés pour voler comme des flèches. La peur nous permettait d'escalader les côtes, de franchir tous les obstacles sans ralentir la cadence. Et ce n'était pas le père de Moxo qui nous retardait. Il filait en tête, sans se retourner. Moi, je me retournais, mais je ne voyais toujours rien.

Puis nous sommes tombés sur de vieux baraquements abandonnés. C'était l'ancienne scierie. J'en avais entendu parler mais ne m'étais jamais occupé de savoir où elle se trouvait. Le père de Moxo nous a expliqué que ça ne servait à rien d'aller plus loin, qu'on ne trouverait pas de meilleur endroit. Je l'écoutais à peine. Je scrutais la forêt. Et il n'y avait qu'un grand silence.

Nous nous trouvions dans un espace à peu près dégagé, clairsemé d'arbrisseaux ne dépassant guère un mètre et envahi d'herbe sèche. On pouvait enfin voir le ciel, se demander comment il pouvait être aussi bleu dans un moment pareil. L'autre nous a indiqué des cuves où nous serions à l'abri et aussitôt après il a tendu l'oreille. J'ai juré entre mes dents parce que je n'entendais rien.

— Ben, bah... Bonne chance..., a-t-il grogné.

— Merde alors ? Où vous allez... ?! ai-je rétorqué

Il m'a glissé un œil inamical :

— J'aime autant pas qu'on nous trouve ensemble...

J'ai regardé la direction dans laquelle il s'apprêtait à filer.

— Y'a rien par là..., a-t-il ajouté.

J'ai voulu lui demander s'il comptait se volatiliser ou s'il se foutait de ma gueule mais j'ai suivi son regard et j'ai vu une nuée d'oiseaux envahir le ciel. Vito m'a fait signe d'écouter.

On aurait dit un gigantesque troupeau dévalant dans le lointain. Puis la lumière a changé, a pris de l'épaisseur à mesure que le grondement enflait. « Tu sens... ? » m'a demandé Vito. En général, j'aimais bien l'odeur du feu de bois mais j'ai grimacé de dégoût. Et j'ai ajouté **« Mais regarde... ! Mais il est en train de se tirer... !! »** Vito m'a dit que je commençais à l'emmerder avec ce type.

Le ciel a jauni. Le vrombissement devenait si fort que je ne me nourrissais pas d'illusions. Je savais très bien que quelque chose allait surgir du bois d'une seconde à l'autre. Mais tant que je ne le voyais pas, je refusais d'y croire. Par prudence, nous avons reculé jusqu'aux cuves. Elles avaient été repoussées au centre de l'esplanade, culbutées les unes par-dessus les autres. Elles servaient autrefois à traiter les poteaux télégraphiques et puaient encore une espèce de goudron.

Nous avons grimpé sur le tas. Nous avons embarqué dans celle qui se trouvait encore à l'horizontale, échouée à environ deux mètres du sol sur des hauts-fonds de tôle rouillée qui semblaient vibrer au ronflement des Malayones.

« Ça va être chaud... », m'a confié Vito à l'instant où j'apercevais une lueur orangée dans le ciel qui s'opacifiait. Puis j'ai vu de longs enroulements de fumée jaunâtre filtrer lentement du sous-bois. J'ai empoigné le bastingage et je me suis mordu les lèvres pour ne pas dire que ce n'était pas vrai. En fait, c'était tellement vrai que j'ai pu sentir le souffle brûlant de l'incendie avant d'en distinguer les flammes.

J'étais mort de trouille. Soudain, on a cru que la forêt s'effondrait, comme si l'on défonçait une palissade. La fumée s'est soulevée et la dernière rangée d'arbres s'est embrasée en craquant et en sifflant dans un vacarme épouvantable.

Le vent nous a soulevé les cheveux en l'air. Et puis j'ai vu un animal, peut-être un lapin, un très gros lapin, transformé en boule de feu et qui a filé tout droit vers nous, au milieu des herbes qui s'allumaient sur son passage et crachaient des flammes derrière lui. Je me suis laissé glisser dans le fond de la cuve tandis qu'une pluie de cendres me passait au-dessus de la tête.

Vito m'a imité une minute plus tard, le visage changé en pomme cuite pour ce que j'ai pu en distinguer au travers des volutes adipeuses qui commençaient à visiter la cuve. Autour de nous, la forêt bondissait, se cassait en morceaux, poussait de longs sifflements, détonait, crachait dans tous les sens, s'envolait et s'effondrait en tourbillonnant dans les airs. Le ciel dansait au-dessus de nous, se voilait, s'illuminait, était balayé, déchiré, criblé de points noirs, d'étincelles, rayé de salissures, virait à l'ocre, au gris, au rouge, à l'orange, s'alourdissait comme de la crème. Un souffle brûlant s'exhalait autour de nous, palpitait, frémissait, nous arrosait d'un cuisant jet d'urine.

Nous avons aperçu des flammes par-dessus bord lorsque les bâtiments les plus proches se sont mis à brûler. Les parois de la cuve ont tiédi. Vito pleurait, je pleurais. Vito toussait et je toussais. Il a fini par sortir un mouchoir puis s'est penché pour me poser une main sur l'épaule. Je crois qu'il a crié que ça allait aller. Je ne me faisais aucun souci là-dessus. Nous étions à présent au beau milieu des flammes, je les entendais ronfler dans les cuves sur lesquelles nous étions posés, j'entendais les bâtiments s'effondrer, j'entendais le sombre hululement du feu qui s'étendait et remontait vers la cime des arbres. Je voyais les grimaces du diable, le ciel s'écarter entre ses mains et sa figure plonger vers nous, son souffle jaune, son œil luisant, ses lèvres qui fumaient comme des saucisses. Mais tout allait bien se passer, selon Vito.

Nous allions mourir. Vito disparaissait derrière un écran laiteux, la tête rentrée dans les genoux. J'ai pensé que je n'avais pas pu profiter de lui aussi longtemps que je l'espérais. Je me suis bouché les oreilles à cause du bruit mais ça n'a pas servi à grand-chose. La gorge me piquait. La peur m'abandonnait mais ma tristesse était infinie et Vito n'en était qu'une des multiples causes. J'ai promené la culotte de Marion sur mon front, sur mes yeux, sur mes lèvres, puis je l'ai reniflée de toutes mes forces.

Elle m'a mis un doigt dans le cul. J'ai cru que ma bite allait doubler de volume et l'étouffer. Je lui caressais la fente jusqu'au coccyx avec le côté intérieur de mon pied, pendant ce temps-là. Je l'ai regardée déglutir, encore arc-bouté sur mon siège, les quelques poils de ma poitrine se tortillant à l'envers. Je n'étais pas sûr de pouvoir éjaculer encore mais je bandais toujours. Je l'ai donc mise à quatre pattes, après avoir pris soin de lui renfiler sa culotte à mi-cuisses et je lui ai badigeonné les tuyaux du bout de ma queue jusqu'à ce que j'obtienne une mousse onctueuse et que son discours devienne incohérent. Comme je refusais de l'enfiler, histoire de la taquiner, elle est allée se branler contre le pied de la table, un meuble de jardin recouvert d'une substance élastique. Pour lui montrer que je n'étais pas jaloux, je me suis enduit la bite de mayonnaise, l'ai enroulée dans une tranche de jambon et suis venu m'astiquer sous ses yeux. Elle a voulu me sucer encore. Je l'ai laissée faire. Je regardais d'un œil attendri le filet de bave qui lui coulait aux lèvres. Puis je m'y suis collé à mon tour. Je me demandais si elle allait me pisser dans la bouche. Je sentais mes cheveux soudés par paquets sur mon front, mon visage tout entier dégoulinant d'une espèce de blanc d'œuf. Elle m'a tenu la figure entre ses mains pendant que je l'embrassais et lui en mettais quelques coups dans le cul. Ensuite, il a fallu qu'elle serre les jambes pour que nous puissions baiser, sinon ça dérapait dans tous les sens, j'aurais pu y passer mon poing. Et puis c'est revenu comme par miracle. On ne s'y attendait pas. Elle avait placé un oreiller derrière sa tête et je lui présentais de nouveau ma bite. C'était pourtant un moment assez calme. Mais elle la prenait à peine en main, tendait juste les lèvres quand j'ai senti un spasme éclairer tout mon corps. Je lui ai arrosé proprement toute la face. Et elle souriait encore que de petits jets continuaient de lui goutter sur le ventre.

« Lève-toi, viens voir... », m'a lancé Vito.

Il a été obligé de m'appeler une seconde fois avant que je ne me décide à relever la tête. Je me suis redressé avec peine, les idées mal en place.

On aurait dit qu'une écume blanchâtre recouvrait le sol, que des piquets noirs étaient plantés autour de nous. J'ai reglissé dans le fond de la cuve.

J'étais content d'être vivant mais le retour à la réalité était un peu brutal et le paysage désolant. Je me suis tout de même remis sur mes jambes, après une ou deux minutes.

En y regardant mieux, j'ai pu constater que des arbres étaient toujours en feu et que des lueurs couvaient encore sous la cendre qui frémissait au moindre souffle d'air. L'odeur de bois brûlé était presque suffocante. Le ciel était blanc, opalescent, l'air était empli de substances plus légères que des flocons de neige et poursuivait un mouvement ascendant. Le front de l'incendie avait disparu derrière une petite colline, à environ deux cents mètres, emporté par le vent. Une muraille de fumée sombre s'élevait de l'autre versant, basculait au-dessus de la forêt qui allait s'embraser.

Un des bâtiments de la scierie brûlait de l'intérieur. Il ne restait des autres que des pans de murs calcinés, des poutres noircies qui s'éteignaient sans avoir brûlé jusqu'au cœur car le feu s'était pressé. Il avait traversé notre esplanade assez rapidement, n'avait dévoré qu'un peu de végétation et d'herbe sèche, secoué de vieux hangars vermoulus, avant de regrimper aux arbres.

Mais le spectacle autour de nous était si effarant que nous ne pouvions pas parler. J'en avais la gorge serrée. Puis j'ai éprouvé un tel sentiment de haine pour mon grand-père que la colère m'a fait monter les larmes aux yeux.

« Mais quel foutu salaud... !!! » ai-je lâché.

Et disant cela, j'ai pris subitement conscience qu'il ne s'était pas contenté de brûler les Malayones pour avoir Vito, *mais qu'il avait failli me brûler aussi... !* Cette révélation m'a étourdi. Je m'en suis aussitôt confié à Vito, mais ça n'a pas eu l'air de l'étonner.

— Et puis ça prouve que tu n'es plus son petit chéri..., a-t-il ajouté. Il sait que tu es en train de lui échapper... Tu y as mis le temps et tu ne t'en rends peut-être pas très bien compte, mais tu as parcouru du chemin, ces deux derniers jours... Qu'est-ce que je dis, même pas deux jours... !

C'est vrai que je me sentais un peu fatigué, je devais manquer de sommeil. J'ai mis sur ce compte le sentiment de vide angoissant qui m'a traversé. Je n'avais pas encore atteint ma majorité mais je venais de franchir le Grand Passage, celui que je m'étais toujours figuré. Je n'y croyais plus beaucoup depuis un moment, je pensais même que c'était une chimère d'adolescent. Et ça me tombait tout d'un coup sur les épaules. J'en étais assez retourné.

Vito m'a demandé si ça allait.

J'ai hoché la tête. De voir les Malayones dans cet état me causait une tristesse indicible. Accentuait cette impression de déchirement qui m'envahissait pour d'autres raisons, plus ou moins claires. Je ne savais pas où poser les yeux. Le vrombissement d'un canadair. Et soudain, l'appareil a rugi au-dessus de la clairière et a disparu dans la fumée. Est-ce qu'il y avait encore quelque chose à sauver... ?

Vito m'a demandé si j'étais sûr que ça allait.

Je lui ai dit oui.

Il m'a répondu : « Alors on va essayer de s'en sortir... ! »

Car d'après lui, nous n'étions pas encore tirés d'affaire.

— D'accord ! ai-je admis. C'est un vrai fou furieux... !

— Seulement, il n'est pas complètement idiot. Il ne devait pas y avoir beaucoup d'endroits comme celui-ci. Il en aura vite fait le tour...

Il a grimacé en regardant autour de lui. Puis il a attrapé les jumelles. Pendant qu'il inspectait les alentours, deux autres canadairs sont passés à une minute d'intervalle, si bas qu'ils en couvraient la clairière de leur ombre. Je me suis assis car le ciel m'étourdissait.

« Bon, alors voilà quelle est la situation..., m'a déclaré Vito, voyant que j'ouvrais un œil. Ton grand-père est là, alors je vais y aller... »

Je m'étais endormi. J'ai voulu bouger quand je me suis aperçu que j'avais les mains attachées dans le dos. Le temps que je comprenne ce qui m'arrivait et ne commence à m'exciter, Vito me bâillonnait avec son mouchoir.

« Je ne veux pas t'entendre... », m'a-t-il expliqué en accomplissant sa besogne.

J'ai poussé quelques grognements coléreux, me suis roulé sur le fond de la cuve. Il s'est accroupi devant moi.

« Ne t'inquiète pas. De toute façon, l'un de nous deux reviendra te chercher... » Je me suis figé sur place pour lui dire ce que j'en pensais, mais mon regard n'a pas eu l'air de lui suffire.

Je me suis remis debout tant bien que mal. Ce qui m'a permis de constater que j'étais également tenu en laisse. Un morceau de fil de fer s'est tendu entre mes poignets et le rebord de la cuve.

Un rayon de soleil a filtré, aspirant de fines molécules de cendre étincelante. « Il est seul..., a repris Vito avec les jumelles sur les yeux. Je ne vois plus les autres... Il a dû s'en débarrasser ou les envoyer pour nous couper le chemin au cas où l'on voudrait filer... »

Il s'est tourné vers moi. Il n'avait pas la tête de quelqu'un qui s'apprête à rejoindre sa fiancée. Il m'a regardé un instant mais il n'avait rien de plus à me dire.

Je me suis de nouveau agité, ai gémi et hurlé autant que je pouvais pendant qu'il descendait de la cuve. Je me suis fait mal aux poignets et à demi étranglé et c'est tout.

Je l'ai suivi des yeux. Il est parti au petit trot, sans jeter un seul coup d'œil en arrière, soulevant de petits nuages de cendres dans sa foulée.

J'ai serré le mouchoir entre mes dents et me suis mis à balancer des coups de pied contre la paroi de la cuve qui s'est mise à sonner comme un bourdon fêlé. Nous n'avions pas plus de souffle l'un que l'autre. Mes sentiments étaient confus.

Je me suis très vite effondré. J'ai eu besoin de m'allonger afin de pousser tous les beuglements imaginables et permis, eu égard à ma situation. J'avais toutes les peines du monde à reprendre mon souffle et pendant ce temps-là, on me volait, on se foutait de moi, on m'abandonnait, on me piétinait, on m'enterrait vivant. Et alors que je vomissais mon hurlement-râle le plus délirant d'entre tous, le père de Moxo a pointé son nez par-dessus bord. Ah ! comme j'ai aimé cet homme, tout d'un coup ! Comme j'aurais baisé cette vieille figure couverte de poils, ces mains repoussantes, ces lèvres grises, ces commissures où avait séché un dépôt blanchâtre ! Aussitôt qu'il m'a débâillonné, je lui ai dit : « Merci, monsieur... ! » et je lui ai tendu mes poignets pendant qu'il m'expliquait que l'autre pourrait avoir besoin d'un coup de main.

J'ai bondi par-dessus bord et me suis étalé au milieu des herbes calcinées, des chardons, des ronces qui avaient rendu l'âme. C'était ma forêt, la terre qui m'avait vu grandir, les arbres qui m'avaient porté et qui fumaient encore. Je me suis relevé en rassurant le vieillard qui m'avait délivré et m'adressait un signe d'encouragement.

Vito avait laissé comme une trace au milieu de la clairière. Je me suis envolé par-dessus en jetant un coup d'œil sur les morts qui m'entouraient, qui m'offraient leurs bras noirs et frémissaient au passage des canadairs qui piquaient du nez un peu plus loin.

Je suis entré au milieu des bois envahis de tulle et de crêpe, jonchés de poudre blanche, de brindilles et de branches pétrifiées. Des lumières obliques se penchaient comme une troupe d'infirmiers au milieu de décombres, s'affairaient. Un éclair de joie sombre m'a effleuré, à la seconde où je suis tombé sur eux.

Vito venait d'accrocher mon grand-père au passage et celui-ci tournait les yeux vers le ciel.

Ils étaient sales, couverts de poussière, griffés de traits noirs, jusque sur le visage. Quand ils m'ont vu, ils m'ont rejeté en arrière. Vito s'est élancé et mon grand-père lui a planté son épée dans l'épaule. Il est tombé par terre, s'est relevé. Je me suis élancé pour les séparer. Il a pointé son arme contre moi. Vito m'a sauté dessus et nous avons roulé aux pieds de mon grand-père. Nous nous sommes écartés de lui rapidement, crachant un nuage de braises et de cendres.

Et comme il s'avançait et me menaçait une fois encore, Vito l'a empoigné et l'a soulevé au-dessus de sa tête. Victor Sarramanga pesait plus de cent kilos mais Vito l'a soulevé à bout de bras. Un hurlement a envahi la forêt. Mon grand-père s'est écrasé sur le sol.

Mais il a bondi sur ses jambes. Et il a dirigé son épée contre Vito, en joignant les pieds, en fermant un œil. Et comme il allait s'élancer, j'ai saisi le bâton de Vito et je lui ai transpercé le ventre. Il était à peine midi. La forêt a brûlé pendant trois jours. Innu pour *Innumerables.*

Florence, février 92.
Bordeaux, février 93.